KB132392

Nights of Rain and Stars

NIGHTS OF RAIN AND STARS
by Maeve Binchy

이 도서의 국립중앙도서관 출판예정도서목록(CIP)은
서지정보유통지원시스템 홈페이지(http://seoji.nl.go.kr)와
국가자료종합목록 구축시스템(http://kolis-net.nl.go.kr)에서 이용하실 수 있습니다.
(CIP제어번호: CIP2019025085)

Nights of Rain and Stars

비와 별이 내리는 밤

메이브 빈치 장편소설 | 정연희 옮김

문학동네

일러두기

1. 주석은 모두 옮긴이주다.
2. 본문 중 고딕체는 원서에서 이탤릭체나 대문자로 강조한 부분이다.

소중하고 참 좋은 고든에게,

내가 책에서 당신을 그려낸다면

누구도 믿지 않을 만큼

힘이 되어주는 다정한 사람.

진심으로 고마워요.

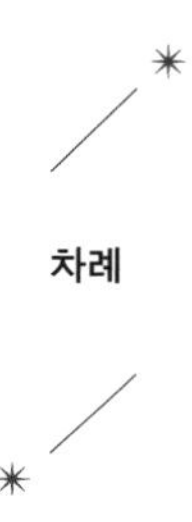

차례

1

안드레아스는 저 아래 만에서 일어난 화재를 어느 누구보다 자신이 먼저 본 것 같았다. 그는 믿을 수 없는 심정으로 그 장면을 물끄러미 쳐다보면서 고개를 가로저었다. 이런 일은 일어난 적이 없었다. 여기 아기아안나에서는 아니었다. 관광객을 싣고 만으로 나가는 빨간색과 흰색의 작은 배 올가에서는 아니었다. 마노스, 어린 시절부터 지켜봐온 어리석고 고집 센 그 마노스에게는 아니었다. 이것은 꿈, 빛의 장난 같은 것이었다. 저기 저것이 올가에서 치솟는 연기와 불길일 리 없었다.

어쩌면 그의 몸 상태가 좋지 않아서일 것이다.

마을의 일부 어르신들은 자꾸 뭔가를 상상하게 된다고 말했다. 날이 덥거나, 전날 밤 라키를 너무 많이 마시면 그렇게 된다고. 하지만 그는 어제 일찍 잠들었다. 언덕에 있는 자신의 레스토랑에서 라키를 마시지도, 춤을 추지도, 노래를 부르지도 않았다.

안드레아스가 눈 위로 손차양을 만든 것과 동시에 머리 위로 구름이 지나갔다. 아까만큼 뚜렷하게 보이지 않았다. 잘못 본 것이 틀림없었다. 하지만 이제 정신을 차리고 마음을 가다듬을 때였다. 그는 레스토랑을 운영하는 사람이었다. 언덕길을 올라 여기까지 걸어온 사람들이 햇볕 때문에 정신이 나가 그리스 어느 평화로운 마을에서 재앙을 상상하는 미치광이를 보고 싶어하지는 않을 터였다.

그는 자기 타베르나*의 실외 테라스에 놓은 긴 나무 테이블에 빨간색과 녹색의 비닐천을 작은 클립으로 고정하는 일을 계속했다. 오늘은 날이 더우니 점심때 사람들이 몰려올 것이다. 그는 칠판에 정성스럽게 메뉴를 적었다. 그러면서도 이걸 왜 적는지 종종 의아해했다…… 매일 같은 음식이었기 때문이다. 하지만 이곳을 찾는 사람들이 그것을 좋아했다. 그는 '환영합니다'를 여섯 개 언어로 썼다. 사람들은 그것도 좋아했다.

음식은 특별하지 않았다. 수십 곳의 다른 작은 타베르나가 내놓는 것과 별반 다르지 않았다. 수블라키, 즉 양고기 케밥이 있었다. 뭐, 실제로는 염소고기 케밥이었지만 손님들은 양고기라고 생각하는 걸 좋아했다. 그리고 큰 파이 접시에 담아 내는 따뜻하고 찐득찐득한 무사카가 있었다. 큰 볼에 담아 내는 샐러드에는 네모로 썬 하얗고 짭조름한 페타치즈와 싱싱한 빨간 토마토가 들어 있었다. 석쇠판에는 바르부니, 즉 숭어가 구워질 때를 기다리고 있었고, 황새치 스테이크도 있었다. 냉장고에는 금속 쟁반에 담긴 디저트가

* 그리스 지방의 작은 음식점.

있었는데, 견과류와 꿀과 페이스트리로 만든 디저트 카타이피와 바클라바였다. 레치나*와 이 지역 와인을 차갑게 보관하는 와인냉장고도 있었다. 이런 것들이 아니라면 사람들이 무엇 때문에 그리스에 오겠는가? 전 세계에서 찾아오는 사람들이 안드레아스나 그와 같은 많은 이들이 제공하는 것들을 사랑했다.

그는 아기아안나를 찾는 사람들의 국적을 늘 잘 식별했고, 그들의 언어로 된 단어 몇 개로 그들을 맞이할 줄 알았다. 사람들이 걸어들어오는 방식을 살피고 그들의 몸짓언어를 읽으며 숱한 세월을 보내고 나니 이제 그것은 그에게 게임 같은 일이 되었다.

영국인은 메뉴가 아니라 슈파이제카르테**라고 말하면서 메뉴판을 놓으면 좋아하지 않았다. 캐나다인은 미국에서 왔다고 여겨지는 것을 바라지 않았다. 이탈리아인은 봉주르 하고 인사를 건네면 좋아하지 않았고, 그의 고국 사람들은 해외에서 온 관광객이 아니라 아테네에서 온 중요한 인물로 여겨지고 싶어했다. 안드레아스는 말하기 전에 먼저 주의깊게 살펴보는 법을 배웠다.

길을 내려다보니 그날의 첫 손님들이 오고 있었다.

안드레아스의 마음은 항공기 자동조종장치 모드로 바뀌었다.

미국인들만 입는 반바지를 입은 조용한 남자. 그 반바지는 엉덩이나 다리를 돋보이게 하기는커녕 인체의 우스꽝스러운 윤곽만 부각시켰다. 남자는 혼자였다. 그가 걸음을 멈추더니 쌍안경을 들고 화재 현장을 바라보았다.

---

* 수지향을 첨가한 그리스산 와인.

** '메뉴'라는 뜻의 독일어.

키가 크고 아름다운 독일 여성. 피부가 가무잡잡하게 탔고, 머리카락은 햇볕에 바랜 건지 값비싼 미용실에서 한 건지 가닥가닥 색깔이 달랐다. 그녀는 말없이 서서 선홍색과 오렌지색 불길이 아기아안나만에 떠 있는 배를 날름날름 핥는 장면을 믿기지 않는다는 듯 쳐다보았다.

이십대로 보이는 작은 체구의 청년도 있었다. 그는 근심스러운 얼굴로 안경을 벗고 닦기를 반복했고, 겁에 질린 표정으로 입을 벌리고 서서 저 아래 만에 떠 있는 배를 바라보았다.

역시 이십대인 한 커플은 언덕을 걸어올라온 뒤여서인지 녹초가 되어 있었다. 안드레아스는 그들이 스코틀랜드인이나 아일랜드인일 거라고 짐작했지만, 억양이 확실히 식별되지는 않았다. 남자는 걸어올라온 게 전혀 힘들지 않았다는 것을 가상의 관객에게 보여주려는 듯 좀 건들거리는 태도를 보였다.

그들이 보기에 안드레아스는 키가 크고 약간 구부정하고 회백색 머리칼에 눈썹이 짙은 남자였다.

“저거 어제 우리가 탔던 배야.” 여자가 깜짝 놀라며 손으로 입을 막았다. “맙소사, 우리가 저 배에 탔을 수도 있었어.”

“뭐, 하지만 안 그랬잖아. 그런데 굳이 그런 말을 할 필요가 있어?” 그녀의 남자친구가 딱딱하게 말했다. 그는 안드레아스가 신은 끈부츠를 경멸스럽게 바라보고 있었다.

그 순간 저 아래 만에서 폭발음이 들렸고, 안드레아스는 처음으로 그것이 실제 상황인 것을 깨달았다. 화재가 일어난 것이다. 단순한 햇빛의 장난이 아니었다. 다른 사람들도 보았다. 늙은이의 나빠진 시력 탓으로 돌릴 문제가 아니었다. 몸이 부들부들 떨리기 시작했다. 그는 몸을 지탱하려고 의자 등받이를 잡았다.

"요르기스 형에게 전화해야겠어요. 경찰서에서 일하는데…… 거기서는 모르고 있을 수도 있어요. 저 아래에서는 불난 게 보이지 않을 거예요."

키 큰 미국 남자가 점잖게 말했다. "보이나본데요, 저기, 구명보트가 이미 그쪽으로 가고 있어요."

하지만 안드레아스는 어쨌거나 전화를 하러 갔다.

항구 근처 언덕에 있는 작은 경찰서에서는 당연히 아무도 전화를 받지 않았다.

젊은 여자는 결백해 보이는 푸른 바다를 뚫어져라 내려다보았다. 날름거리는 선홍색 불길과 검은 연기가 그림 한가운데에 찍어놓은 그로테스크한 하나의 점처럼 보였다.

"믿을 수가 없어." 그녀가 그 말을 반복했다. "어제 그 사람이 바로 저 배에서, 자기 할머니 이름을 따서 올가라고 이름 붙였다고 한 저 배에서 우리에게 춤추는 걸 가르쳐줬어요."

"저 배가 그 사람, 마노스 거 맞죠?" 안경 쓴 남자가 물었다. "저도 그 사람 배에 탔었어요."

"네, 마노스 배예요." 안드레아스가 무거운 목소리로 말했다. 저 바보 같은 마노스가 평소에도 그러더니 사람을 너무 많이 태웠어. 음식을 만드는 제대로 된 시설도 없으면서 술을 부어주고 구닥다리 가스통으로 케밥을 만들겠다고 고집을 부렸어. 하지만 마을 사람 어느 누구도 그런 이야기는 꺼내지 않을 것이다. 마노스는 이곳에 가족이 있었다. 모두 지금 저 아래 항구에 모여 새 소식을 기다리고 있을 것이다.

"그 사람을 아세요?" 쌍안경을 가진 키 큰 미국인이 물었다.

"그럼요, 알다마다요. 여기선 서로 다 알아요." 안드레아스가 테이블 냅킨으로 눈을 훔쳤다.

그들은 못박힌 듯 서서 멀리 있던 배들이 다가와 물을 부어 불길을 잡으려 하는 것을, 사람들이 더 작은 배에 의해 구조되기를 바라며 물속에서 버둥거리는 것을 지켜보았다.

미국인은 보고 싶어하는 사람이 있으면 누구에게든 쌍안경을 빌려주었다. 모두 할말을 찾지 못했다. 가서 도와주기에는 너무 멀었고 그들이 할 수 있는 것도 없었지만, 그럼에도 그들은 저 아래 순결하고 아름답고 푸른 바다에서 벌어지고 있는 참사에서 시선을 돌릴 수 없었다.

안드레아스는 음식을 내오려면 움직여야 한다는 걸 알았지만, 그러는 게 좀 사려 깊지 않은 행동 같았다. 마노스와 그의 배가 결국 어떻게 되는지, 행복한 휴가를 즐기려고 아무 의심 없이 유람선을 타고 바다로 나간 사람들이 결국 어떻게 되는지 보지 않고 자리를 뜨고 싶지는 않았다. 이 손님들에게 속을 채운 포도잎에 대해 설명하고 그가 준비하고 있던 테이블에 앉힌다면, 그건 너무 매정할 것이다.

누가 그의 팔을 잡는 것이 느껴졌다. 금발의 독일 여자였다. "더 힘드시겠죠. 여긴 당신이 사는 곳이니까요." 그녀가 말했다.

안드레아스는 다시 눈물이 차오르는 것을 느꼈다. 그녀의 말이 맞았다. 여기는 그가 사는 곳이었다. 그는 여기서 태어났고, 아기아 안나에 사는 사람 모두를 알았다. 마노스의 할머니 올가를 알았고, 희생자들을 구조하러 물살을 헤치고 자신들의 배를 이동시키는 젊은 남자들을 알았다. 그리고 항구에 서서 기다리는 가족들을 알았다. 그랬다, 그에게는 더욱 힘들었다. 그가 슬픈 얼굴로 그녀를 쳐다보았다.

그녀는 다정한 얼굴을 하고 있었지만, 한편으론 현실적이었다. "좀 앉지 그러세요? 앉으세요." 그녀가 상냥하게 말했다. "저 사람들을 돕기 위해 우리가 할 수 있는 일은 없어요."

그 말에 그는 힘을 얻었다. "안드레아스라고 합니다." 그가 말했다. "당신 말이 맞아요. 여긴 내가 사는 곳이고, 여기서 아주 끔찍한 일이 일어났어요. 충격적인 일을 목격한 여러분 모두에게 메탁사 브랜디를 대접할게요. 그리고 만에 있는 사람들을 위해 같이 기도합시다."

"정말로 우리가 할 수 있는 일이 아무것도, 아무것도 없어요?" 안경 쓴 영국 남자가 물었다.

"여기까지 올라오는 데 세 시간 정도 걸렸어요. 다시 내려갔을 때쯤이면 우리는 방해만 될 것 같은데요." 키 큰 미국인이 말했다. "그건 그렇고, 저는 토머스라고 합니다. 우리가 항구로 몰려가지 않는 게 좋겠어요. 보세요, 저기 이미 사람들이 많이 가 있어요." 그는 다른 이들이 직접 볼 수 있게 자신의 쌍안경을 내밀었다.

"저는 엘자라고 해요." 독일 여자가 말했다. "제가 잔을 가져올게요."

그들은 불 같은 액체가 든 작은 잔을 손에 들고 서서, 햇빛 속에서 좀 이상한 건배를 했다.

아일랜드에서 온, 머리색이 빨갛고 코에 주근깨가 난 피오나가 말했다. "그들의 영혼과 세상을 떠난 모든 신자들의 영혼이 평화로

이 쉬게 해주소서, 아멘."

그 말을 들은 그녀의 남자친구가 약간 눈살을 찌푸리는 것 같았다.

"왜, 뭐가 어때서, 셰인?" 그녀가 방어적으로 말했다. "축복의 기도야."

"평안히 떠나소서." 토머스가 배의 잔해를 보며 말했다. 이제 불길은 사그라들었고, 산 자와 죽은 자의 수를 헤아리는 일이 남아 있었다.

"엘하임." 안경을 쓴 영국 청년 데이비드가 말했다. "'인생을 위하여'라는 뜻이에요." 그가 설명했다.

"루에트 인 프리덴."* 엘자가 눈물을 글썽이며 말했다.

"오 세오스 나나팝시 틴 시이 투."** 안드레아스는 아기아안나에서 지금껏 일어난 최악의 참사로 보이는 그 광경을 내려다보며 슬픔에 북받쳐 고개를 숙였다.

그들이 점심식사를 주문하지 않았는데도 안드레아스가 음식을 내왔다. 염소치즈를 넣은 샐러드에 양고기와 속을 채운 토마토 요리, 그리고 후식으로는 그릇에 과일을 담아 가져왔다. 그들은 각자 자기소개를 하며 어디어디를 여행하고 왔는지 이야기했다. 이 주짜리 관광상품으로 여행 온 사람은 아무도 없었다. 모두 적어도 몇 달 동안 장기 여행을 하는 중이었다.

미국인인 토머스는 여행을 하면서 잡지에 실을 글을 쓴다고 했

---

* '평안히 잠드소서'라는 뜻의 독일어.

** '오, 하느님, 그들의 영혼을 쉬게 하소서'라는 뜻의 그리스어.

다. 대학에서 학생들을 가르치는데, 일 년 동안 정식으로 안식년을 즐기는 중이었다. 그는 그 시간이 꼭 필요하다고…… 세상을 구경하고 견문을 넓히는 축복을 누리며 한 해를 보내야 한다고 말했다. 가르치는 사람이라면 무엇을 가르치건 밖으로 나가 다른 나라 사람들과 이야기를 나눠볼 기회가 있어야 한다고, 그렇게 하지 않으면 자신이 일하는 대학의 내부 정책 안에 갇혀버릴 수 있다고 말했다. 그 말을 할 때 그가 캘리포니아에 두고 온 뭔가를 그리워하는 것처럼 어딘지 모르게 먼 곳을 보는 것 같다고 안드레아스는 생각했다.

독일 여자인 엘자는 달랐다. 그녀는 두고 온 어떤 것도 그리워하는 것 같지 않았다. 그녀는 자신이 일에 지쳤고 한때 중요하다고 생각한 것이 사실은 하찮고 뻔한 것이었음을 깨달았다고 말했다. 모은 돈이 일 년 여행할 경비로 충분했다. 여행을 시작한 지 삼 주 됐는데, 그리스를 떠나고 싶은 마음이 전혀 들지 않는다고 했다.

아일랜드 출신의 귀여운 아가씨 피오나는 좀더 모호했다. 그녀는 자신들은 세상을 돌아다니다가 어딘가 사람들이 자신들을 판단하지 않고 개선시키거나 변화시키려 하지 않는 곳을 찾으면 정착하고 싶다고 말하면서, 동의를 구하려는 듯 뚱한 표정의 남자친구를 쳐다보았다. 남자친구는 자신의 생각이 같다거나 다르다거나 아무 말도 하지 않고 그저 이 모든 것이 따분해 죽겠다는 듯 어깨만 으쓱했다.

데이비드는 자신은 아직 젊으니 세상을 구경하면서 자신이 무엇을 좋아하는지 알아내서 그 일을 시작해보고 싶다는 바람을 말했다. 자신이 찾고 있던 것을 몇십 년 늦게, 늙은이가 되어 발견하는 것보다 더 서글픈 일은 없을 거라고. 어떤 변화의 기회가 있는지 몰라서 변화를 시도할 용기를 내지 못하는 사람이 되는 것 말이다. 데이비드가 그것을 발견하는 길에 오른 지는 아직 한 달밖에 되지 않았다. 그의 마음은 그가 본 것들로 가득 채워졌다.

하지만 이야기를 나누며 뒤셀도르프, 더블린, 캘리포니아, 맨체스터에서의 생활에 대해 조금씩 서로 말해줄 때조차, 안드레아스는 그들이 고국에 두고 온 가족 이야기는 전혀 하지 않는다는 사실을 알아차렸다.

그는 여기 아기아안나에서의 삶에 대해 말해주었다. 자신이 어렸을 때는 관광객이 전혀 찾아오지 않았고 언덕에서 올리브나무를 키우고 염소를 돌보는 것으로 생계를 유지했는데, 지금은 그때에 비해 부유해졌다고. 그리고 오래전에 미국으로 떠난 형제들과, 구년 전 말다툼 끝에 이 레스토랑을 떠나 그뒤로 한 번도 돌아오지 않은 아들에 대해 말했다.

"무슨 일로 다퉜어요?" 큰 녹색 눈을 가진 귀여운 아가씨 피오나가 물었다.

"오, 그애는 이곳에서 나이트클럽을 하고 싶어했지만 나는 그러고 싶지 않았어요. 늙음과 젊음, 바꾸려는 마음과 바꾸지 않으려는 마음 사이에 일어나는 흔한 말다툼이었지요." 안드레아스가 슬프게 어깨를 으쓱했다.

"그렇게 해서 아드님을 여기 계속 있게 할 수 있었다면 나이트클럽을 하셨을 것 같아요?" 엘자가 물었다.

"네, 이제는 그럴 것 같아요. 하나뿐인 아들이 바다 건너 저멀리 시카고에 살면서 편지 한 통 보내오지 않는다는 게 얼마나 외로운 일인지 알았다면…… 그랬다면, 네, 나이트클럽을 했을 것 같아요. 하지만 그땐 몰랐죠."

"아내분 생각은 어땠어요?" 피오나가 물었다. "다시 아들을 불러서 나이트클럽을 하자고 애원하지 않으셨어요?"

"아내는 죽었어요. 우리를 화해시켜줄 사람은 아무도 남지 않았죠."

침묵이 흘렀다. 남자들은 고개를 끄덕이며 그 말을 전적으로 이해하는 것 같았고, 여자들은 그가 무슨 말을 하는지 잘 모르는 것 같았다.

오후 그림자가 점점 길어졌다. 안드레아스가 커피를 내왔다. 아무도 그곳을 떠나고 싶어하지 않는 것 같았다. 언덕 높이 자리잡은 이곳 타베르나에서 저 아래의 항구가 내려다보였고, 거기에선 지옥 같은 장면이 펼쳐지고 있었다. 화창한 날이 죽음과 재앙의 하루가 되었다. 그들은 쌍안경을 통해 들것에 실려나가는 시신들과 몰려드는 사람들, 사랑하는 사람이 살았는지 죽었는지 보려고 서로 밀치는 사람들을 보았다. 그들은 여기 언덕 위에서 안전하다고 느꼈고, 어쩌다 이렇게 한자리에 모이게 됐을 뿐 서로 아무것도 모르지만, 오래된 친구처럼 이야기를 나누었다.

첫 별이 하늘에 떴을 때도 그들은 여전히 이야기를 나누고 있었다. 지금 저 아래 항구에서는 카메라들이 플래시를 터뜨렸고, 이 비극을 세상에 알리려고 현장을 녹화하는 텔레비전 팀들도 보였다. 재앙의 소식이 미디어에 이르기까지 시간이 오래 걸리지 않았다.

"저 사람들은 저게 일인 거죠." 데이비드가 체념하며 말했다.

"하지만 비극에 처한 사람들의 삶을 먹이로 삼는 건 참 잔인하고 끔찍한 일 같아요."

"끔찍해요, 정말로요, 제가 하는 일이 그런 거예요. 아니, 했던 일이 그거였어요." 엘자의 말은 뜻밖이었다.

"기자인가요?" 데이비드가 흥미를 보이며 물었다.

"텔레비전 시사 프로그램을 했었어요. 내가 쓰던 스튜디오 데스크에 앉은 나 같은 어떤 사람이 지금 멀리 떨어진 저 아래 항구에 있는 누군가에게 질문을 하고 있을 거예요. 시신 몇 구가 수습되었는지, 그 일이 어떻게 일어났는지, 사망자들 가운데 독일인은 있는지, 그런 질문들요. 당신 말이 맞아요. 그건 정말 끔찍해요. 지금은 그 일에서 빠져나와 있는 게 다행으로 여겨지네요."

"하지만 사람들은 기아와 전쟁에 대해 알아야 해요. 그렇지 않으면 어떻게 그걸 멈출 수 있겠어요?" 토머스가 물었다.

"절대 못 멈춰요." 셰인이 말했다. "그건 돈 문제예요. 그런 것엔 큰돈이 걸려 있어요. 그게 그런 일이 일어나는 이유, 사실 이 세상 모든 일이 일어나는 이유죠."

안드레아스가 보기에 셰인은 나머지 사람들과 다른 것 같았다. 사람들을 무시하고, 잠시도 가만있지 않고, 어디 다른 곳에 가고 싶어 안절부절못하고. 하지만 그는 젊은 남자이고, 이렇게 더운 날 높은 언덕에서 낯선 사람들과 대화를 나누는 것보다, 매력적이고 귀여운 여자친구 피오나와 단둘만 있고 싶어하는 것이 당연할 것이다.

"모두가 돈에 관심 있진 않아요." 데이비드가 부드럽게 말했다.

"당신이 그렇다고 말한 게 아니에요. 내 말은 그게 세상 돌아가는 이치다, 그거죠."

피오나는 전에도 이런 일을 겪은 적이 있는 듯 고개를 번쩍 들더니 셰인의 관점을 방어해주었다. "셰인이 의미한 건 시스템이 그렇다는 거예요. 그의 삶에서나 내 삶에서나 돈이 신과 같지는 않아요. 돈을 추구했다면 난 절대 간호사가 되지 않았을 거예요." 그녀가 미소를 지으며 그들 모두를 둘러보았다.

"간호사예요?" 엘자가 말했다.

"네, 저 아래로 내려가면 내가 도움이 될까 고민하고 있었는데, 그렇지 않겠죠……?"

"피오나, 넌 외과의사가 아니야. 저 아래 항구 카페에서 다리를 절단할 건 아니잖아." 셰인이 말리고 나섰다. 얼굴에 조롱이 떠올라 있었다.

"하지만 적어도 뭔가 할 수 있지 않을까 했어." 그녀가 말했다.

"맙소사, 피오나. 현실적으로 생각해. 네가 뭘 할 수 있겠어? 그리스어로 진정하라고 말해주는 거? 위기 상황에서 외국인 간호사는 크게 쓸모가 없어."

피오나의 얼굴이 어둡게 달아올랐다.

엘자가 나서서 피오나를 구해주었다. "우리가 저 아래 있었다면 당신은 정말 소중한 존재였을 거예요. 하지만 내려가기엔 시간이 너무 많이 걸리니까 지금은 방해가 되지 않게 여기 위에 있는 게 더 나을 것 같아요."

토머스도 같은 의견이었다. 그는 다시 쌍안경을 통해 아래를 보고 있었다. "저기 있었다고 해도 부상자 근처엔 가지도 못했을 거예요." 그가 안심시켰다. "봐요, 아수라장이에요." 그가 피오나에게 쌍안경을 건넸고, 그녀는 떨리는 손으로 저멀리 항구와 서로 거칠게 떠미는 사람들을 내려다보았다.

"그러네요, 당신 말이 맞아요, 알겠어요." 피오나가 작은 목소리로 말했다.

"간호사가 되면 참 좋을 것 같아요. 두려워할 일이 결코 없을 것 같거든요." 토머스가 피오나의 기분을 좋게 만들어주려고 말했다. "참 멋진 직업이에요. 우리 어머니도 간호사세요. 일하는 시간은 긴데 보수는 충분하지 않죠."

"당신이 어렸을 때 어머니가 일하셨어요?"

"지금도 일하세요. 어머니가 우리 형제를 대학에 보내주셨고, 그래서 우리는 하고 싶은 일을 선택할 수 있었어요. 고마움의 표시로 어머니가 살 집을 마련해드리고 좀 쉬시라고 하고 싶은데, 어머니는 자신이 계속 일을 해야 하는 사람이라고 말씀하세요."

"대학 교육을 받고 어떤 길을 선택하셨나요?" 데이비드가 물었다. "나는 경영학 학위를 받았지만 그걸로 내가 원하는 것은 전혀 얻지 못했어요."

토머스가 천천히 말했다. "대학에서 19세기 문학을 가르쳐요." 그가 별일 아니라는 듯 어깨를 으쓱했다.

"당신은 무슨 일을 하세요, 셰인?" 엘자가 물었다.

"그건 왜 묻죠?" 그가 그녀를 똑바로 쳐다보았다.

"글쎄요, 아마 내가 질문하는 걸 멈출 수 없기 때문이겠죠. 그리고 우리는 다 이야기를 했으니까, 당신만 빼고 싶지는 않았나봐요." 엘자의 미소는 아름다웠다.

셰인이 긴장을 풀었다. "그러죠, 뭐. 나는 이런저런 일을 조금씩

하고 있어요."

"그렇군요." 엘자가 그럴듯한 대답이라는 듯 고개를 끄덕였다.

다른 사람들도 고개를 끄덕였다. 그들 역시 그 의미를 알고 있었다.

바로 그 순간 안드레아스가 아주 천천히 말했다. "내 생각엔 여러분 모두 집으로 전화해서 여러분이 살아 있다는 걸 알려야 할 것 같은데요."

그들은 깜짝 놀라서 안드레아스를 쳐다보았다.

그는 어떤 생각으로 그 말을 했는지 설명했다. "엘자가 말한 대로 이 사건이 오늘밤 텔레비전 뉴스에 나올 거예요. 사람들이 다 볼 텐데, 혹시 여러분이 여기 아기아안나에 있는 걸 안다면, 여러분이 마노스의 배에 탔을지도 모른다고 생각할 거예요." 그가 주변을 둘러보았다. 이 다섯 명은 각각 다른 가족, 다른 고향, 다른 나라에서 온 사람들이었다.

"음, 제 휴대전화는 여기서 작동하지 않아요." 엘자가 유쾌하게 말했다. "며칠 전에 써봤어요. 그리고 이렇게 생각했죠. 이게 훨씬 좋은데, 이제 정말로 탈출한 거야."

"지금은 캘리포니아 시간으로 적당하지 않은 때예요." 토머스가 말했다.

"자동응답기가 받을 거예요. 가족들은 또 뭔가 사업과 관련된 행사에 갔겠죠." 데이비드가 말했다.

"저는 이 말을 또 한번 귀가 닳도록 들어야 할 거예요. '얘야, 얘야, 그 좋고 안정된 직장을 그만두고 세상을 돌아다니니 무슨 일이 일어나는지 봐라.'" 피오나가 말했다.

셰인은 아무 말도 하지 않았다. 그에게는 집에 전화를 하는 게 뭔지에 대한 생각 자체가 떠오르지 않았다.

안드레아스가 자리에서 일어서서 그들에게 말했다. "진심이에요. 시카고에서 총격전이나 홍수나 무슨 재앙이 일어났다는 뉴스를 들으면 나는 우리 아도니가 혹시 그 자리에 있다가 못 빠져나온 건 아닐까 혼자 걱정해요. 그애가 전화로…… 그저 무사하다는 짧은 말만 해줘도 좋을 텐데. 그게 다예요."

"아드님 이름이 아도니였어요?" 피오나가 놀라서 말했다. "미의 신 아도니스처럼?"

"지금도 아도니예요." 엘자가 고쳐주었다.

"그러니까 그가 아도니스 같은 사람인가요? 여자들이 쫓아다니는?" 셰인이 능글맞게 웃으며 말했다.

"그건 몰라요, 나한테 말을 안 하니까." 안드레아스의 얼굴이 슬퍼졌다.

"저, 안드레아스, 당신은 정말로 자식을 걱정하는 아버지네요. 어떤 아버지는 그렇지 않거든요." 데이비드가 말했다.

"부모라면 다 걱정해요. 단지 보여주는 방법이 다른 거죠."

"그리고 물론 부모가 없는 사람들도 있고요." 엘자가 가벼운 어조로 말했다. "나처럼요. 아버지는 오래전에 사라졌고, 어머니는 젊은 나이에 돌아가셨어요."

"하지만 독일에 분명 당신을 사랑하는 사람이 있겠죠, 엘자." 안드레아스가 말했다. 그러고는 자신이 지나쳤던 게 아닌가 생각했다. "자, 전화기는 저기 바에 있어요. 그리고 이제 와인 한 병을 딸 생각이에요. 오늘밤 우리가 별이 가득한 하루를 또 보내며 아직 남은 우리의 모든 희망과 꿈을 안고 여기 모여 앉은 것을 기념하기 위해서요."

그는 안으로 들어갔다. 테라스에서 그들이 말하는 소리가 들렸다.

"저분은 우리가 정말로 전화하길 바라는 것 같아요." 피오나가 말했다.

"그랬다가 무슨 꼴을 당하려고." 셰인이 반대하고 나섰다.

"너무 소란을 피우는 게 될지도 몰라요." 엘자는 고민이 되는 것 같았다.

그들은 다시 저 아래 펼쳐진 광경을 내려다보았다. 그리고 이번에는 다른 의견이 없었다.

"내가 먼저 할게요." 토머스가 말했다.

안드레아스는 서서 유리잔을 닦으면서 그들이 통화하는 소리를 들었다. 오늘 이 몇 안 되는 이상한 사람들이 자신의 타베르나에 모여들었다. 그들 중 어느 누구도 통화하는 대상과 편안한 관계로 보이지 않았다. 그들 모두 뭔가에서 도망치려고 하는 것 같았다. 그들 하나하나가 안 좋은 상황으로부터 달아나려는 사람 같았다.

토머스의 목소리는 딱딱했다. "그애가 일일 캠프에 간 거 나도 알아. 나는 그냥…… 아니, 됐어…… 정말이야, 특별한 용건은 없어. 셜리, 제발, 내가 문제를 일으키려는 게 아니잖아. 나는 그냥…… 알았어, 셜리. 당신 마음대로 생각해. 아니, 아직 아무 계획 없어."

데이비드는 걱정이 가득한 목소리였다. "아, 아버지, 집에 계시네요. 네, 뭐, 당연히 그러시겠죠. 그저 이 사고에 대해 알려드리고 싶었어요…… 아니요, 저는 다치지 않았어요…… 아니요, 저는 그 배에 타지 않았어요." 긴 침묵. "알았어요, 아버지, 엄마한테 사랑한다고 전해주세요. 아니요, 언제 돌아갈지 아직 결정된 건 없다고 전해주세요."

피오나의 대화는 배의 참사에 관한 것이 거의 아니었다. 어느 누구도 그녀가 그 이야기를 하도록 내버려두지 않는 것 같았다. 셰인이 예측한 대로, 그녀에게 돌아오라고 애원하는 내용이었다. "아직 날짜를 말씀드릴 수는 없어요, 엄마. 이 이야기는 수도 없이 했잖아요. 그 사람이 가는 곳엔 저도 같이 가요, 엄마. 그건 두 분이 직접 계획을 세워야 하고요. 그러는 게 훨씬 나을 거예요."

엘자의 대화는 미스터리였다. 안드레아스는 독일어를 할 줄 알아서 뭐라고 하는지 완벽하게 이해했다. 그녀는 자동응답기 두 대에 각각 메시지를 남겼다.

첫번째 메시지는 따뜻했다. "한나, 나야 엘자. 지금 그리스 아기아안나라는 아주 아름다운 곳에 와 있어. 그런데 오늘 이곳에서 끔찍한 사고가 일어났어. 그 참사에서 배에 탔던 사람들이 죽었어. 우리가 보는 데서. 얼마나 슬펐는지 몰라. 나도 그 사고를 당했는지 네가 궁금해할까봐, 나는 운이 좋았다고 말해주려고…… 오, 한나, 네가 정말 보고 싶어. 기대어 울 수 있는 네 다정한 어깨가 그리워. 하지만 요즘은 많이 울지 않아. 그래서 멀리 떠나온 게 잘한 일인 것 같아. 여느 때처럼 내 소식 들었다는 말은 하지 않는 게 좋을 것 같아. 넌 정말 좋은 친구야, 내겐 과분한 친구. 곧 다시 연락할게, 약속해."

그러고는 두번째 전화를 걸었다. 이번에 엘자의 목소리는 얼음장처럼 차가웠다. "나는 그 배에서 죽지 않았어. 하지만 때때로 죽었어도 괜찮았을 거라고 생각하는 거 당신도 알 테지. 이메일은 읽지 않으니 헛수고하지 마. 당신은 할말도, 할 수 있는 일도 없어. 당신은 모든 걸 다 했고, 모든 걸 다 말했어. 내가 당신에게 전화한 이유는 오로지 방송국 사람들이 내가 그 유람선 화재에서 불에 타 죽었기를 바라고 있거나, 내가 항구에 서서 목격담 진술을 해주길 기다리고 있을 것 같아서야. 하지만 나는 현장에서 아주 멀리 떨어져 있고, 당신에게서는 더욱 멀리 떨어져 있어. 내가 하고 싶은 말은 이것뿐이야, 진심으로."

안드레아스는 수화기를 내려놓는 엘자의 얼굴에서 눈물을 보았다.

2

안드레아스는 그들 중 누구도 그의 레스토랑을 떠나고 싶어하지 않는다는 것을 알아차렸다. 그들은 여기, 그의 테라스에서 더 안전하다고 느꼈다. 저 아래에서 펼쳐지고 있는 비극에서 멀리 떨어진 이곳, 그리고 각자 떠나온 고국에서의 불행한 삶으로부터 멀리 떨어진 이곳에서.

그는 가족이란 것에 대해 생각했다. 아주 오래전 그런 생각에 빠져 밤을 보낸 것처럼. 아도니가 떠난 것이 그저 나이트클럽에 관한 그 말다툼 때문이었을까? 아니면 옛날 방식에서 벗어나 자유를 얻고 싶은 욕구 때문이었을까? 그때로 돌아가 처음부터 다시 해볼 수 있다면, 그는 더 열린 마음으로 더 너그럽게, 정착하기 전에 먼저 나가서 세상 구경을 해보라고 아들을 격려했을까?

하지만 이 젊은 사람들을 보면 모두 그렇게 하고 있는데도 집에 여전히 문제가 있었다. 그들 모두의 대화에서 그 사실이 드러났다. 그는 와인을 테이블에 올려놓고, 그들이 이야기하는 동안 워리 비즈*를 이 손 저 손 바꿔가며 만지작거리면서 어둠 속에 앉아 있었다. 저녁시간이 되고 와인을 더 따라 마시자 긴장이 점점 풀리고 그들도 더 많은 이야기가 하고 싶어진 것 같았다. 각자 고국에서 어떻게 살고 있는지에 대해 더이상 숨기려 들지 않았다.

가여운 피오나가 누구보다 적극적이었다.

"자기 말이 맞았어, 셰인…… 전화하지 말 걸 그랬어요. 부모님에게, 내가 내 삶을 얼마나 엉망으로 망가뜨리고 있는지 말할 기회를 또 한번 드린 셈이 됐어요. 그분들은 내가 어디에 있을지 알게 될 때까지 은혼식 계획을 세우지 않겠다고 하셨어요. 다섯 달 남았는데, 테이크아웃 중국요리를 대접하면 충분할 거라고 생각했던 엄마가 이제 파티 걱정을 하고 계세요! 내가 그때쯤 우리가 어디 있을지 전혀 모른다고 단도직입적으로 말했더니, 엄마가 우시는 거예요. 엄마는 사실 파티 때문에 우신 건데, 여기서 내려다보이는 저 아래 항구에 있는 사람들은 정말로 울 이유가 있는 거잖아요. 그걸 생각하니 마음이 불편해요."

"그럴 거라고 했잖아." 셰인이 연기를 들이마셨다. 그와 피오나는 마리화나를 피우고 있었다. 다른 사람들은 같이 피우지 않았다. 안드레아스는 용납할 수 없었지만, 지금은 엄중한 규칙을 적용할 때가 아니었다.

토머스가 목소리를 냈다. "나도 운이 없긴 마찬가지였어요. 내 어린 아들 빌, 나를 정말로 걱정해줄 사람은 그앤데, 지금 일일 캠

* 마음을 진정시키기 위해 잡고 돌리는 염주.

프에 가 있다는군요. 전처는 내 전화를 받은 게 탐탁지 않은 눈치였는데, 아마 내가 마노스의 배에서 죽었다고 생각하고 싶었을 거예요. 하지만 적어도 아들이 그 뉴스를 보고 내 걱정을 하지는 않을 거니까요." 그는 그 문제에 대해 달관한 태도를 보였다.

"당신이 이 지역에 있다는 걸 그애가 대체 어떻게 알겠어요?" 셰인은 집으로 전화를 거는 건 모두에게 시간 낭비라고 생각하는 게 분명했다.

"내 전화번호를 적어서 팩스를 보냈어요. 셜리가 부엌 메모판에 붙여놓기로 했고요."

"그렇게 한대요?" 셰인이 물었다.

"그러겠다고 했어요."

"그래서 당신 아들이 전화를 했나요?"

"아니요."

"그러면 그렇게 안 한 거예요, 안 그래요?" 셰인은 모든 것을 알아서 해석했다.

"그런 것 같네요. 전처가 우리 어머니께도 전화드리지 않을 것 같아요." 토머스의 얼굴에 깊은 주름이 잡혔다. "차라리 어머니한테 전화를 드릴 걸 그랬어요. 하지만 빌의 목소리가 듣고 싶었던 건데, 셜리 때문에 너무 화가 나서……"

마침내 데이비드가 조용히 말했다. "전화를 걸 때는 자동응답기에 좋은 마음으로 차분하게 메시지를 남길 마음의 준비가 돼 있었는데, 가족들이 집에 있었고 하필 아버지가 받으셨어요…… 그러고는 이러시더군요…… 아무 일도 안 일어났는데 전화는 왜 한 거냐고."

"진심이 아니었을 거예요." 토머스가 달래듯 말했다.

"일단 안심하고 나면 말이 늘 어떤 식으로 잘못 나오는지 알잖아요." 엘자가 거들었다.

데이비드는 고개를 저었다. "하지만 아버지는 진심이었어요. 아버지는 요점을 정말로 보지 못하셨어요. 그리고 엄마가 거실에서 소리지르는 게 들렸어요. '그애한테 시상식 때 어떻게 할 건지 물어봐요, 해럴드, 그 날짜에 맞춰 돌아온대요?'"

"시상식이라니요?" 다른 사람들이 물었다.

"돈을 아주 많이 벌었다고 등을 톡톡 두드려주는 그런 거예요. '여왕 산업발전 공로상'처럼요. 대충 그런 거예요. 대규모 연회와 기념식 같은 게 열릴 거고요. 그분들에겐 세상에서 그것 말고 중요한 게 없어요."

"집에 당신 대신 그 시상식에 갈 수 있는 다른 사람은 없나요?"

"음, 아버지 회사 직원들 전부, 아버지가 회원인 로터리클럽과 골프클럽 친구들, 어머니 친척들……"

"그럼 외동이에요?" 엘자가 물었다.

"그게 문제예요. 그게 이 문제의 전부죠." 데이비드가 슬프게 대답했다.

"당신 인생인데 당신 하고 싶은 대로 해요." 셰인이 어깨를 으쓱했다. 뭐가 문제인지 이해할 수 없다는 태도였다.

"그분들은 그저 그 영예를 당신과 나누고 싶어하는 것 같은데요." 토머스가 말했다.

"네, 하지만 나는 이 참사와 죽어가는 사람들에 대해 이야기를 하고 싶었던 건데, 부모님은 그 행사에 대한 말을 꺼내더니 내가 그 날짜에 맞춰 집에 돌아올 수 있는지 그것만 알고 싶어하셨어요. 끔찍해요."

"어쩌면 '집으로 돌아와'라는 말을 그렇게 표현하신 건지도 몰라요. 그렇지 않을까요?" 엘자가 자신의 의견을 말했다.

"모든 게 '집으로 돌아와' 하고 말하는 거죠. '집으로 돌아와서 좋은 직장을 구하고 아버지 사업을 도와드려.' 그리고 그게 바로 내가 하지 않으려는 거고요. 지금도 그럴 마음이 없고, 앞으로도 없어요." 데이비드가 안경을 벗어 닦았다.

엘자는 아직 자신의 이야기를 전혀 하지 않고 있었다. 그녀는 작은 섬들의 해안선을 따라 자란 올리브나무 숲 너머의 먼 바다를 바라보며 앉아 있었다. 모든 사람들이 그 섬들에서 햇볕 좋은 오후를 즐기며 휴가를 보낼 거라고 생각했었다. 그녀는 모두 자신을 쳐다보고 있는 것을 느꼈다. 그녀가 어떤 통화를 했는지 말해주기를 기다리는 것이다.

"오, 나는 어떤 대답을 들었느냐고요? 음, 독일 집에는 아무도 없는 것 같았어요! 그래서 친구 둘에게 전화를 걸었어요. 둘 다 자동응답기가 받았죠. 둘 다 내가 미쳤다고 생각했겠지만, 아무럼 어때요?" 엘자가 조금 웃었다. 응답기 하나에는 모호하고 명랑한 메시지를 남겼고, 다른 하나에는 긴장되고 거의 증오로 가득한 메시지를 남겼다는 암시는 어디에도 없었다.

안드레아스는 어둠 속에서 그녀를 쳐다보았다. 아름다운 엘자는 그리스 섬에서 평화를 찾으려고 텔레비전 일을 그만두고 떠나왔지만 아직 평화를 찾지 못한 게 분명하다고, 그는 속으로 혼잣말을 했다.

그들은 이제 테라스에서, 자신들이 통화한 내용을 곱씹고 그때로 되돌아가 다시 전화를 한다면 어떻게 대화를 이어갈지 생각하느라 다시 조용히 있었다.

피오나는 어머니에게 이렇게 말할 수도 있었을 것이다. 저 아래 항구에서 많은 엄마와 딸이 비통한 심정으로 서로를 찾는 것을 보면서 집으로 전화를 걸어야겠다고 생각했다고, 그 모든 걱정거리를 안겨 죄송하다고, 하지만 어른이 되어 자기 인생을 주도해나간다는 것이 엄마와 아빠를 사랑할 수 없다는 의미는 아니라고. 그렇게 말했다면, 그리고 어머니의 계획에 대해서도 이야기하면서 자신이 부모님을 사랑하고 소중히 여기니 은혼식에 맞춰 집에 돌아가도록 노력해보겠다고 반복해서 말했다면, 부모님도 그렇게 속상해하지는 않았을 것이다. 기다려보면 아실 거라고.

데이비드는 자신이 여러 곳을 돌아다니고 있으며 세상에 대해 많은 것을 배웠다고 말할 수도 있었을 거라고 생각했다. 오늘 그리스의 어느 아름다운 섬에서 이 슬픈 비극이 일어났지만, 그 일이 그에게는 잠시 멈춰서 인생은 짧고 전혀 예기치 못한 순간에 끝날 수 있다는 사실을 생각해볼 확실한 기회가 되었다고 말할 수도 있었을 것이다.

그의 아버지는 속담이나 격언을 즐겨 인용했다. 데이비드는 '자식을 사랑하면 여행을 보내라'는 속담이 있다고 말할 수도 있었고, 아직 자신의 계획이 여물지 않았지만 하루하루가 배움의 경험이고 그것이 그를 더 나은 사람으로 만들어줄 것이라고 말할 수도 있었을 것이다. 그러면 괜찮았을 것이다. 그가 만들어낸 깊고 텅 빈 골보다는 훨씬 나았을 것이다.

토머스는 셜리가 아니라 어머니에게 전화를 걸었어야 했다는 것을 깨달았다. 빌과 통화하고 싶은 마음이 너무 커서 아이가 집에 있을지 모른다는 기대를 물리칠 수 없었던 것이다. 그가 전화를 걸었어야 할 사람은 어머니였다. 어머니에게 자신은 비극을 당한 사람들에 포함되지 않았다고 말한 뒤 빌에게 그렇게 전해달라고 부탁하면 됐을 것이다. 그리고 처음 만난 사람들과 이야기를 나누면서 그들에게 어머니가 얼마나 훌륭한 여인이고 어머니가 야간근무까지 해가며 자신의 학비를 대준 것을 자신이 정말로 고마워한다는 말을 했다고, 어머니에게 그렇게 말할 수 있었을 것이다. 그렇게 했다면 어머니가 좋아했을 것이다.

엘자만이 자신이 전화 통화를 잘 처리했다고 생각했다. 두 사람 다 그녀가 그리스에 있다는 것을 알고 있었지만 어디에 있는지는 정확히 몰랐고, 그녀는 자신과 연락할 어떤 방법도 남기지 않았었다. 엘자는 두 사람 각각에게 정확히 자신이 말하고 싶은 것만 말했다. 한 사람에게는 모호하고 부드럽게 말했고, 또 한 사람에게는 통명스럽고 차갑게 말했다. 단어 하나조차 바꿀 필요 없었을 것이다.

전화벨이 울리자 안드레아스는 흠칫 놀랐다. 경찰서에서 형 요르기스가 전화를 해온 것이리라. 아마 사망자와 부상자에 대해 알려주려고 걸었을 것이다.

하지만 요르기스가 아니었다. 독일어를 쓰는 남자였다. 남자는 자신을 디터라고 소개하며 엘자를 찾고 있다고 말했다.

"여기 없는데요." 안드레아스가 말했다. "조금 전에 다들 항구로 다시 내려갔어요. 엘자가 왜 여기 있다고 생각하시죠?"

"떠났을 리 없어요." 남자가 말했다. "나한테 전화한 게 십 분 전이었어요. 엘자가 전화를 건 곳의 번호를 추적했는데…… 지금 그녀가 어디서 지내는지 말씀해주시겠어요? 다급하게 말씀드려서 죄송하지만 그 정보가 정말로 필요해요."

"정말로 모릅니다, 헤어* 디터, 전혀 몰라요."

"그럼 엘자가 누구와 같이 있었습니까?"

"사람들하고요. 제 생각엔 다들 내일 이 마을을 떠날 것 같아요."

"하지만 꼭 찾아야 합니다."

"도움이 되지 못해 진심으로 안타깝네요, 헤어 디터." 그가 전화를 끊고 돌아보니 엘자가 서서 그를 쳐다보고 있었다. 그녀는 그가 독일어로 통화하는 것을 듣고 테라스에서 안으로 들어온 것이었다.

"왜 그러셨어요, 안드레아스?" 엘자의 목소리는 침착했다.

"그렇게 해주기를 바랄 거라고 생각했어요. 하지만 내가 잘못 생각한 거라면 전화기는 아직 여기 있으니 그에게 다시 전화를 걸어요."

"잘못 생각하신 거 아니에요. 전적으로 잘하셨어요. 정말로, 아주 많이 감사해요. 디터를 따돌리신 거 정말로 잘하신 거예요. 저는 대체로 강한 편이지만, 오늘밤엔 그 사람과 그런 대화를 할 수 없었을 거예요."

"나도 알아요." 그가 다정하게 말했다. "너무 적게 말하거나 너무 많이 말하게 될 때가 있죠. 그럴 때는 아무 말도 하지 않는 게 가장 좋아요."

전화벨이 다시 울렸다.

---

* '씨'라는 뜻으로, 남자에 대한 독일어 경칭.

"제가 어디 있는지 여전히 모르는 걸로 해주세요." 엘자가 조심시켰다.

"물론이죠." 안드레아스가 허리를 굽혀 인사하며 말했다.

이번에는 그의 형 요르기스였다.

사망자는 스물네 명.

외국인이 스무 명이고, 나머지 네 명은 아기아안나 사람이었다. 마노스뿐 아니라 그날 삼촌을 도우려고 자랑스럽게 따라 나간 어린 조카도 포함되었다. 여덟 살 된 소년이었다. 그리고 배에서 일하던 지역 청년 둘이 있었다. 앞날이 창창한 젊은이들이었다.

"참으로 암울한 시간이실 거예요, 안드레아스." 엘자가 말했고, 목소리는 염려로 가득했다.

"여러분에게도 밝은 날은 아니지요." 그가 대답했다.

그들은 거기 앉아 각자 자신의 생각에 빠졌다. 서로 줄곧 알고 지낸 사이 같았다. 뭔가 말할 게 있을 때 말하면 되는 것이다. 마침내 엘자가 입을 열었다.

"안드레아스?" 그녀가 바깥을 내다보았다. 다른 사람들이 이야기를 나누고 있었지만 들리지는 않았다.

"네?"

"저를 위해 한 가지만 더 해주실 수 있으세요?"

"할 수 있는 일이면, 네, 물론이죠."

"아도니에게 편지를 쓰세요. 아기아안나로, 집으로 돌아오라고 하세요. 지금 돌아오라고요. 이 마을이 청년 셋과 소년 하나를 잃었다고, 그래서 사람들 모두, 여길 떠났으나 돌아올 수 있는 누군가의 얼굴을 보고 싶어할 거라고요."

그는 고개를 가로저었다. "아니요, 내 친구 엘자, 소용없을 거예요."

"시도해보지 않으시겠단 거로군요. 일어날 수 있는 최악의 상황이 어떤 걸까요? 아드님이 고맙지만 싫다고 편지를 써 보내는 거겠죠. 오늘밤 이곳에서 일어난 그 모든 일과 비교하면, 그게 세상의 끝은 아니잖아요."

"왜 모르는 사람들의 삶을 바꾸고 싶어하는 건가요?"

엘자가 고개를 뒤로 젖히고 웃었다. "오, 안드레아스. 제가 실제로 어떻게 살아왔는지 아신다면, 그게 제가 늘 해온 거예요. 저는 캠페인 저널리스트예요. 텔레비전 방송국에서 저를 그렇게 불러요. 친구들은 저를 쓸데없이 개입하는 참견쟁이라고 하고요. 저는 늘 가족들은 뭉치고, 아이들은 마약에 손을 대지 않고, 거리에는 쓰레기가 없고, 스포츠는 정정당당한 것이 되게 하려고 노력해요…… 제 타고난 본성이 모르는 사람들의 인생을 바꾸는 거예요."

"그게 뜻대로 되나요?" 그가 물었다.

"가끔은요. 그 일을 계속하려는 마음이 들 만큼 충분히."

"하지만 거길 떠났잖아요?"

"일이 싫어서 떠난 건 아니었어요."

안드레아스가 전화기를 쳐다보았다.

엘자가 고개를 끄덕였다. "네, 맞아요. 디터 때문이에요. 이야기가 길어요. 언젠가 여기 다시 와서 다 말씀드릴게요."

"그러지 않아도 괜찮아요."

"왠지 모르지만 그렇게 하고 싶어요. 시카고에 사는 아도니에게 편지를 보내셨는지도 알고 싶고요. 그렇게 하겠다고 말씀해주세요."

"나는 편지를 잘 썼던 적이 없어요."

"제가 편지 쓰는 걸 도와드릴게요." 그녀가 제안했다.

"그래주겠어요?" 그가 부탁했다.

"제대로 할 수 있을지 모르겠지만, 당신의 목소리로 말하도록 애써볼게요."

"음, 나 자신도 제대로 말하지 못할 텐데요." 안드레아스의 표정이 슬퍼졌다. "어떤 때는 내가 어떻게 말하면 되는지 알 것 같고, 내가 부둥켜안으면 그애가 '아빠' 하고 말하는 걸 상상해요. 또 어떤 때는 그애가 아주 뻣뻣하고 강한 태도로 한번 내뱉은 말은 돌이킬 수 없다고 말하는 걸 상상하고요."

"우리가 편지를 쓴다면, '아빠' 하고 말하게 만들 편지가 될 거예요."

"하지만 그게 내가 쓴 편지가 아니란 걸 알 텐데요. 이 늙은 아버지는 글재주가 없는 사람인 걸 아니까요."

"종종 가장 중요한 건 타이밍이에요. 아도니는 시카고에 있어도 신문을 통해 고향인 아기아안나에서 일어난 이 비극, 이 재앙에 대해 알게 될 거예요. 아버지에게서 소식을 듣고 싶어할 거예요. 가끔 어떤 일은 우리 자신보다 더 크고 우리의 작은 싸움들보다 더 중요하니까요."

"그 말이 당신과 헤어 디터에게도 해당되나요?" 그가 물었다.

"아니요." 그녀가 고개를 가로저었다. "아니요, 그건 달라요. 언젠가 말씀드릴게요, 약속해요."

"당신 문제를 내게 꼭 말할 필요는 없어요, 엘자." 그가 말했다.

"제 친구이시니, 말씀드리고 싶어요."

하지만 그 순간 그들은 다른 사람들이 다가오는 소리를 들었다.

토머스가 대표로 말했다. "좀 주무시는 게 좋겠어요, 안드레아스. 내일은 긴 하루가 될 테니까요."

"우리는 다시 언덕을 내려가 각자 숙소로 돌아가야 할 것 같아요." 데이비드가 말을 꺼냈다.

"요르기스 형이 곧 여기로 트럭을 올려보낼 거예요. 태워 보내야 할 친구들이 있다고 말해뒀거든요. 길이 멀어요."

"그러면 이제 우리가 먹은 음식에 대한, 함께 긴 낮과 밤을 보낸 것에 대한 비용을 드려도 될까요?" 토머스가 물었다.

"요르기스에게 말한 대로 여러분은 내 친구들이고, 친구는 음식값을 내지 않습니다." 안드레아스가 품위를 갖춰 말했다.

그들이 그를 쳐다보았다. 오늘 그들만이 유일한 손님이었던 이곳에서 열심히 일한 약간 구부정하고 불쌍한 노인. 그들은 어떻게든 돈을 내고 싶었지만 그에게 모욕감을 느끼게 하고 싶지는 않았다.

"저, 안드레아스, 같이 음식값을 나눠 내지 않고 떠나면 우리 마음이 불편할 것 같아요. 우리 모두가 어느 면에선 친구니까요." 피오나가 나섰다.

셰인의 의견은 달랐다. "저 사람이 돈을 안 받겠다고 말한 거 너도 들었잖아." 셰인은 모두를 둘러보았다. 하루 먹고 마신 게 공짜가 될 기회가 눈앞에서 그들을 쳐다보고 있는데 그것을 보지 못하는 사람들.

엘자가 천천히 말했다. 그녀에게는 사람들을 주목하게 만드는 힘이 있었다. 나머지 사람들이 모두 말을 멈추고 귀를 기울였다. 그녀의 눈에 눈물이 고인 것 같았다.

"마노스 가족과 그의 어린 조카, 그리고 오늘 우리 눈앞에서 죽어간 다른 사람들을 위해 모금을 하는 건 어때요? 그들을 위한 기금이 틀림없이 조성될 거예요. 여기서 먹은 음식과 음료 가격이 다른 타베르나에서였다면 얼마일지 대충 계산해서, 봉투를 구해 거기 넣고 '안드레아스의 친구들로부터'라고 쓰면 될 것 같은데요."

피오나의 숄더백에 봉투가 있었다. 그녀가 봉투를 꺼냈고, 그들은 말없이 각자 가진 유로를 접시에 내려놓았다. 경찰 트럭이 언덕을 올라오는 소리가 들렸다.

"그들에게 전할 글을 써줘요, 엘자." 피오나가 제안했다.

그러자 엘자가 차분히 써내려갔다.

"그리스어로 쓸 수 있다면 좋을 텐데요." 엘자가 안드레아스에게 말하고, 비밀을 공유하는 사이인 것처럼 그를 쳐다보았다.

"여러분 모두의 넉넉한 마음이면 충분해요, 그거면 어떤 언어로든 충분해요." 안드레아스가 말했고, 목이 멘 듯했다. "나는 편지는 어떤 종류든 잘 쓰지 못해요."

"가장 어려운 건 언제나 시작하는 말이에요, 안드레아스." 엘자가 끈기 있게 설득했다.

"그럼 '아도니 무*'로 시작할게요." 그가 주저하며 말했다.

"이제 절반은 하셨어요." 엘자가 말했고, 그들이 트럭에 올라타기 전에 아주 잠시 그를 안아주었다. 그리고 그들은 언덕을 내려가 작은 시내로 돌아갔고, 그곳은 전날 밤 이후 아주 많이 달라져 있었다. 그래도 별들은 여전히 똑같아 보였다.

---

* mou. '나의'라는 뜻의 그리스어.

3

작은 밴이 언덕을 덜컹덜컹 내려가는 동안 그들은 말없이 앉아 있었다. 그들 모두 오늘밤을 결코 잊지 못하리라는 것을 알았다. 무겁고 격한 감정에 휩싸인 긴 하루였다. 한편으로는 서로에 대해 너무 많은 것을 알게 되어 불편한 마음도 있었다. 하지만 그들 모두 안드레아스 노인을 정말로 다시 만나길 바랐다. 안드레아스에게는 뒤에 트레일러가 달린 통통 바이크가 있는데, 날마다 필요한 물품을 사러 그걸 타고 울퉁불퉁한 길을 내려가 이른바 '시내'로 간다고 했다.

그날 밤 그들 중 누구도 잠을 쉽게 이루지 못했다. 지중해의 이 따뜻하고 어두운 하늘 아래 누워 잠을 이룰 수 없다는 것이, 그들을 하나로 묶어주는 유일한 사실이었다. 그들은 몸을 뒤척이며 돌아누웠다. 침실로 스며드는 별빛이 너무 밝았다. 하늘에 핀을 꽂아 놓은 것 같은 백만 개의 작은 점들이 그들에게 필요한 수면을 방해하고 있었다.

엘자는 아파트식 호텔의 작은 발코니에 서서 어두운 바다를 내려다보았다. 그녀는 스튜디오 아파트에서 지냈다. 플로리다에서 부동산 사업을 배운 뒤 기본 시설이 갖춰진 작고 독립된 공간 여섯 개가 있는 건물을 짓겠다는 아이디어를 가지고 돌아온 어느 젊은 그리스 남자가 운영하는 곳이었다. 시설은 단순했고, 나무 바닥에는 그리스산 러그가 깔려 있었다. 선반에는 다채로운 색깔의 그리스 자기 제품들이 놓여 있었다. 어느 발코니에서도 다른 발코니가 내려다보이지 않았다. 아기아안나의 기준에 비해 돈을 많이 받았지만, 그의 아파트는 늘 만원이었다.

엘자는 여행 잡지에 실린 광고에서 이곳을 보았고, 실망하지 않았다.

발코니에서 내려다보이는 밤바다는 아주 안전하고 편안해 보였다. 하지만 바로 저 항구 바깥에서 스물네 명의 사람이 사라졌고, 바로 그 바다가 솟구쳐오르지 못해 불길을 잡지 못했다.

그녀는 누군가 아주 슬프고 외로우면 바다의 품에서 인생을 끝내고 싶어할 수 있겠다는 것을 처음으로 이해했다. 물론 물에 빠져 죽는 것은 바보 같은 일이고 낭만적인 면도 전혀 없었다. 엘자는 그것이 단순히 눈을 감고 삶의 문제에서 부드럽게 떠밀려가는 것이 아님을 알고 있었다. 숨을 쉬려고, 겁에 질린 채, 팔다리를 버둥거리며 몸부림칠 것이다. 그녀는 자신이 디터에게 남긴 메시지가 진심이었는지 생각해보았다…… 자신 역시 오늘 죽기를 바랐다고 말했던 것이 진심이었는지.

아니, 정말로 진심은 아니었다. 맹렬히 덮쳐오는 바다에 저항해

사력을 다해 싸우는 것은 그녀가 바라는 것이 아니었다.

하지만 어느 면에서, 한편으로 그렇게 하면 모든 문제가 해결되었을 것이다. 그렇게 했다면 그녀가 필사적으로 달아나려고 하지만 가는 곳마다 그녀를 쫓아오는 그 끔찍한 상황이 정리되었을 것이다. 엘자는 자신이 한참 동안 잠을 이루지 못하리라는 것을 알았다. 누워 있는 것은 의미가 없었다. 그녀는 의자를 당겨 앉아 연철로 만들어진 작은 발코니 난간에 팔꿈치를 올리고 달빛이 바다에 그려내는 무늬를 바라보았다.

데이비드의 작은 방은 몹시 덥고 답답했다. 지금까지는 괜찮았지만 오늘은 달랐다. 그 집 사람들이 너무 큰 소리로 울부짖어서 누구라도 잠들 수 없을 것 같았다. 그들의 아들이 오늘 마노스의 배에 탔다가 숨진 것이다.

데이비드는 집안으로 들어갔다가 그 집 가족과 친구들이 서로 위로하고 있는 것을 보고 충격을 받았다. 그는 어색하게 악수를 하면서 더듬더듬 무슨 말이든 해보려 했지만 할 수 없었다. 그들은 영어를 거의 못했고, 그를 처음 본다는 듯 퀭한 눈을 둥그렇게 뜨고 쳐다보았다. 그가 밤 산책을 하려고 아래층으로 다시 내려왔을 때도 그들은 거의 알아차리지 못했다. 슬픔이 너무 컸다.

데이비드는 자신이 그 배에서 죽었다면 어떤 일이 일어났을지 생각해보았다. 자칫하면 그렇게 됐을 것이다. 그저 그가 투어를 하는 날로 이날 대신 다른 날을 골랐던 것뿐이었다. 삶은 그런 일상적인 선택에 의해 달라지고 파괴된다.

그의 집에서도 이렇게 울고불고했을까? 그의 아버지도 비통한 심정으로 몸을 격하게 앞뒤로 흔들었을까? 아니면 아들이 자기 인생을 선택했고 그 선택에 따라 살다 죽은 거라고 매정하게 말했을까?

데이비드는 슬픔에 잠긴 마을을 돌아다니다 문득 간절한 바람에 사로잡혔다. 아까 시간을 함께 보낸 이들 중 누군가를 만날 수 있지 않을까. 피오나의 재수없는 남자친구 셰인은 당연히 아니고, 나머지 중 누구라도.

그는 작은 타베르나에 가보기로 했다. 그곳에는 사람들이 여전히 그날의 참혹한 사고에 대해 이야기하며 앉아 있었다. 우연히 피오나를 만나 늘 가보고 싶었던 아일랜드에 대해 이야기를 나눌 수 있을지도 몰랐다.

간호사로 일하는 것이 어떤지, 사람들 말처럼 정말로 보람된 일인지 물어볼 수도 있을 것이다. 환자들의 상태가 호전되면 기쁘고 뿌듯한가요? 환자들이 당신을 잊지 않고 편지를 써서 감사의 마음을 표하나요? 영국인들은 아일랜드에서 관광객으로나 노동자로 환영받아요? 적대감이 모두 누그러졌어요? 아일랜드 서부에 공예를 가르치는 과정이 있나요? 데이비드는 종종 도예가가 되면 좋겠다고 생각했다. 자기 손으로 뭔가를, 돈을 버는 세상과 거리가 먼 뭔가를 하는 것이다.

아니면 토머스에게 그가 쓴다는 글에 대해 물어볼 수도 있었다. 어떤 글을 쓰는지, 왜 재직중인 대학에서 이렇게 먼 곳으로 왔는지, 어린 아들은 얼마나 자주 만나는지.

데이비드는 사람들의 이야기를 듣는 것이 좋았다. 아버지가 하는 투자 중개 사업에 자신은 도움이 되지 않는다고 느끼는 이유가 그것이었다.

고객들은 그에게 어떤 돈을 어떻게 쓸지 말해달라고 했다. 데이비드는 투자 가치보다는 가정으로서의 집에 대해 물어보는 데 더 관심이 있었다. 고객들이 빠른 자금 회수에 대해 이야기하고 싶어할 때, 데이비드는 그들이 개를 키울 건지, 과수원을 원하는지 알고 싶어했고, 그것이 그들을 불안하게 만들었다.

그는 걸어가면서 발코니에 나와 있는 엘자를 보았지만 소리쳐 부르지는 않았다. 그녀는 너무 차분하고 절제되어 보여서, 한밤중에 갈팡질팡 서성이는 자기 같은 바보와는 상종하고 싶어하지 않을 것 같았다.

토머스는 공예품가게 위층의 작은 아파트에서 두 주 동안 지내기로 예약해둔 상태였다. 주인은 보니라는 이름의 괴짜 여자로, 사십대 후반 정도에 매일 다른 꽃무늬 스커트와 검은 셔츠를 입었다. 토머스는 그녀가 다음 끼니를 사먹으라고 돈을 좀 건네야 할 것처럼 보이는 사람이라고 생각했었다. 하지만 사실 보니는 관광객에게 빌려주는 이 호화로운 고급 아파트를 소유한 사람이었다. 내부에는 값비싼 가구가 비치되어 있고, 값비싼 도자기 인형이나 그림도 있었다.

보니는 자기 이야기를 하려고 하지 않았지만, 토머스는 그녀가 아일랜드 출신일 거라고 짐작했다. 그를 혼자 내버려둔다는 점에서 그녀는 완벽한 집주인이었다. 그의 옷을 지역 세탁소에 맡겨주겠다고 제안했고, 이따금 현관에 포도 바구니나 올리브가 든 그릇을 두었다.

"제가 여기서 지내는 동안 어디서 지내세요?" 맨 처음에 토머스가 물었다.

"별채*에서 잠을 자요." 보니가 대답했다.

토머스는 그녀가 농담을 하는 건지, 아니면 그저 머리가 좀 단순한 사람인지 확신이 서지 않았다. 그리고 더이상 묻지 않았다. 그는 보니의 집에서 행복하게 지냈다.

그 액수의 십분의 일만큼 받는 곳에서도 행복하게 지냈겠지만, 빌이 그에게 전화를 하고 싶어할지 모르니 전화기가 필요했다.

토머스는 미국에서도 휴대전화는 사용하지 않겠다는 입장을 늘 고수했다. 너무 많은 사람들이 휴대전화의 노예로 살았다. 휴대전화가 여행에 방해가 될 것 같았고, 어쨌거나 사람들은 외진 곳에서 신호가 잘 잡히지 않는다고 늘 불평을 해댔다. 전화기만 있다면 아파트에 돈을 얼마나 쓰든 그게 뭐가 중요한가? 달리 교수 월급을 쓸 곳도 없었고, 심지어 그가 쓴 시도 돈벌이가 되기 시작했다.

이름 있는 잡지사에서 해외로 가는 비용을 대줄 테니 그에게 여행 기사를 써달라고 했다. 가고 싶은 곳 어디든 가서 그만의 스타일로 글을 쓰라고. 떠나야 할 필요가 있다는 것을 깨달았을 때 맡기에 완벽한 일이었다. 그리고 그에게는 떠나는 것이 절실했다. 그는 아기아안나에 대한 글을 쓰려고 했었지만, 아기아안나는 이미 악명을 뒤집어쓴 곳이 되었다. 내일이면 세계 각지의 언론사가 도착할 것이었다.

예전에는 전처인 셜리와 같은 타운에 계속 살면서 아들 빌을 가

* outhouse. 옥외 화장실이라는 뜻도 있다.

능한 한 자주 만나고 그녀와도 세련되고 전투적이지 않은 관계를 유지하는 것이 쉬울 거라고 생각했다. 어쨌거나 더는 셜리를 사랑하지 않았기 때문에 예의를 갖춰 대하기도 쉬웠다.

사람들은 그들이 서로를 비난하지 않는다고, 이혼 후에도 분노의 순간들을 곱씹는 원한 깊은 다른 부부들 같지 않다고 감탄하기까지 했다.

하지만 이제는 달라졌다.

셜리의 새 남자친구 앤디는 자동차 영업사원이었다. 피트니스센터에서 만났다고 했다. 셜리가 앤디와 결혼하겠다고 선언했을 때 모든 것이 달라졌다.

그 말인즉 토머스가 가까이 없으면 일이 더 쉽게 진행될 거라는 의미였다.

셜리는 진실하고 영원한 사랑을 찾았다고 했다. 토머스도 다시 결혼하기를 바란다고 했다.

그는 그때 분통 터지는 감정이 들었던 것이 기억났는데, 그녀가 가르치려는 투로 말했기 때문이었다. 마치 가구를 재배치한다는 듯이.

토머스는 그 사실에 자신이 얼마나 화가 나는지에 깜짝 놀랐다. 앤디는 나쁜 사람이 아니었다. 문제는 토머스가 셜리와 빌과 함께 살려고 구입한 집으로 앤디가 너무 쉽게 들어와버린 것이었다.

"그렇게 하면 훨씬 더 쉬우니까." 셜리가 설명했다.

빌은 앤디가 괜찮은 사람이라고 말했고, 딱 그 말 그대로였다. 앤디는 괜찮았다. 하지만 그는 운동을 하는 부류이지, 책을 읽는 부류는 아니었다. 밤에 '자, 읽고 싶은 책을 골라봐, 같이 읽어보자'

하고 말하며 빌과 함께 책을 잡고 있을 사람은 아니었다.

그리고 솔직히 말하면, 앤디가 이 모든 어색한 분위기를 눈치챘다. 그는 토머스에게 자신이 피트니스센터에 가 있는 다섯시에서 일곱시 사이 빌을 보러 오라고 제안했다.

합리적이고 현명하고 세심하기까지 한 배려였지만, 토머스는 그래서 더 화가 났다. 자신이 그들의 삶을 침해하지 않는 어딘가로 물살에 떠밀려가는 기분이었다. 갈 때마다 그 집이 점점 더 싫어졌다. 부엌과 욕실 곳곳에 비타민과 건강보조제가 놓여 있고, 차고에는 로잉머신이 있었다. 커피 테이블에는 건강과 피트니스에 관한 잡지들이 놓여 있었다.

떠날 수 있는 기회가 왔을 때 토머스는 그것을 붙잡는 것이 옳다고 확신했다. 아들과는 전화나 편지, 이메일로 계속 연락하면 된다. 짜증을 내거나 분개할 일이 줄어들 것이다.

그것이 모두에게 더 좋은 일이라고 스스로를 설득했다.

처음 몇 주 동안은 잘되는 것 같았다. 그는 더이상 화난 상태로 눈을 뜨지 않았고, 아들의 새 가정을 생각해도 미칠 것 같지 않았다. 휴식은 좋은 것이었다.

하지만 오늘 일어난 사건이 모든 것을 바꾸어놓았다. 그 모든 사람들이 죽었고, 마을은 애도의 분위기에 빠져들었다. 사람들의 울음소리가 항구에서 그에게로 흘러왔다.

토머스는 어떻게 해도 잠을 이룰 수 없을 것 같았다. 생각이 성난 벌레들처럼 끊임없이 윙윙거렸다.

토머스는 보니의 아파트에서 밤새 서성였다. 이따금 뒤엉킨 포도덩굴이 무성한 정원 끝에 있는 계사鷄舍를 내려다보았다. 한두

번 낡은 창문 앞을 지나가는 보니의 헝클어진 머리를 본 것도 같았다. 하지만 다시 생각하면 늙은 닭이었는지도 몰랐다.

피오나 역시 시내 외곽에 위치한 좁고 작은 집, 그들의 방에서 깨어 있었다.

어린 아들 셋을 키우며 사는 엘레니라는 이름의 야위고 불안해 보이는 여자의 집에 있는 방 하나를 빌린 것이었다. 남편이 있다는 표시는 없어 보였다. 보통은 손님을 받지 않았다. 피오나와 셰인은 이 집 저 집 문을 두드려서 그들을 하룻밤 재워주는 대가로 얼마 안 되는 유로를 받는 곳을 찾았다. 셰인이 그렇게 하자고 고집을 부렸다. 밤에 쓸 침대 같은 사치스러운 물건에 낭비할 만큼 돈이 많지 않다는 것이었다. 그들은 가능한 범위 내에서 가장 싼 곳을 구해야 했다.

엘레니의 소박한 집이 근방에서 가장 쌌다.

셰인은 지금 의자에 팔다리를 쭉 뻗고 누운 채 잠들어 있었다. 그들 중 밤의 휴식을 취할 수 있었던 사람은 셰인뿐이었다. 피오나가 잠을 이룰 수 없었던 건 셰인이 난데없이 다음날 이동할 거라고 말했기 때문이었다.

그녀는 깜짝 놀랐다.

두 사람 다 아기아안나가 한동안 지낼 수 있을 만한 곳이라고 생각했었다. 하지만 이제 셰인의 마음이 바뀌었다.

"아니, 여기서 지낼 수 없어. 이런 일이 벌어졌으니 이제 여긴 소름 끼치는 곳이 될 거야." 셰인이 말했다. "여기서 빠져나가자, 우리는 내일 아테네로 가는 배를 탈 거야."

"하지만 아테네는 큰 도시야…… 아주 더울 거고." 그녀가 반대했다.

하지만 셰인은 거기서 만날 사람이 있다고, 꼭 만나야 한다고 말했다.

피오나와 셰인이 한 달 전 집을 떠날 때만 해도 만나야 한다는 이 사람에 대한 언급은 전혀 없었다. 하지만 피오나는 경험을 통해, 이런 사소한 일로 셰인을 화나게 만드는 것은 현명한 일이 아니라는 것을 알고 있었다.

게다가 어느 면에서 그들이 있을 곳이 여기인지 아테네인지는 결국 중요하지 않았다.

하지만 그녀는 마노스의 장례식에 참석하고 싶었다. 그녀의 엉덩이를 살짝 꼬집으며 '오리아'라고 말한 잘생기고 섹시한 그리스 남자. 오리아는 멋지다, 아름답다는 뜻이었다.

그는 철없는 남자였지만 성격 좋고 유쾌했고, 모든 여자들이 오리아라고 생각했다. 와인을 병째 들고 마셨고, 사람들에게 그리스인 조르바가 춘 것 같은 춤을 춰주었으며, 전 세계 사람들의 앨범에 자기 사진이 들어간다는 사실을 흔쾌히 받아들였다.

그에게서는 어떤 악의도 느껴지지 않았다. 그는 어린 조카와 같이 일하는 동료들, 멋진 시간을 즐기고 있던 그 모든 관광객들과 함께 그렇게 죽어서는 안 될 사람이었다.

그리고 피오나는 오늘 만난 사람들도 다시 보고 싶었다. 안드레아스라는 노인은 아주 다정하고 너그러웠다. 대학 교수 토머스는 현명하고 좋은 사람이었다. 데이비드에게는 좀더 외향적이 되어보라고, 그녀가 격려해줄 수도 있었을 것이다.

그리고 엘자에 대해서는……

엘자는 언제 어떤 말을 해야 할지 정확히 알았고, 피오나는 그 점에 대해 어느 누구에게도 그렇게 감탄해본 적이 없었다. 엘자의 손가락에는 결혼반지가 끼워져 있지 않았고, 나이는 스물여덟쯤인 것 같았다. 피오나는 엘자가 독일에 있는 누구에게 전화를 했는지 궁금했다.

셰인은 여전히 의자에 잠들어 있었다.

피오나는 오늘 그가 안드레아스와 다른 사람들 앞에서 마리화나를 꺼내지 않았으면 좋았을 거라고, 그들 모두에게 좀더 친절한 태도를 보였으면 좋았을 거라고 생각했다. 셰인은 때때로 아주 까다롭고 힘들었다. 하지만 그는 사랑이 없는 혼란스러운 삶을 살아왔던 것이다.

피오나를 만나기 전까지는 그랬다. 그리고 그녀만이 진짜 셰인에게 가닿는 방법을 알고 있었다.

그 방은 아주 덥고 좁았다.

그녀는 조금 더 나은 곳에서 지낼 수 있었다면 좋았을 거라고 생각했다. 그러면 셰인도 아마 내일 그렇게 일찍 이동하자는 말은 하지 않았을 것이다.

밤새 별들은 만을 내려다보며 반짝거렸고, 안드레아스는 편지를 썼다. 각각 다르게 몇 통을 써보았는데, 마지막으로 쓴 것이 가장 나은 것 같았다. 아침 무렵에는 시카고로 간 아들에게 구 년 만에 처음 쓴 유일한 편지를 부칠 준비가 끝나 있었다.

해가 떠올랐을 때 그는 통통 바이크를 타고 시내로 내려갔다.

아기아안나에 해가 다시 떠올랐을 때 공예품가게 위 우아한 아파트에서 전화벨이 울렸다.

토머스의 아들 빌에게서 걸려온 전화였다.

"아빠, 괜찮으세요?"

"나는 아주 좋아, 아들. 괜찮아. 전화해줘서 고맙다. 엄마가 전화번호를 알려줬니?"

"메모판에 적혀 있었어요, 아빠. 엄마는 거기가 늘 한밤중이라고 했지만, 그래도 앤디 아저씨가 전화해보라고 하셨어요."

"앤디 아저씨한테 고맙다고 전해주렴."

"그럴게요, 아빠. 우리가 텔레비전에서 거기 불이 난 걸 봤을 때 앤디 아저씨가 세계지도를 꺼내서 아빠가 있는 곳이 어디쯤인지 알려줬어요. 정말 무서웠을 것 같아요."

"음, 슬펐어." 그가 말했다.

"아빠가 계신 곳은 아주 머네요."

토머스는 아들 옆에 있고 싶은 마음이 간절했다. 몸으로 느껴지는 생생한 아픔이었다. 하지만 밝은 모습을 유지해야 했다. 그렇게 하지 않는다면 이게 다 무슨 의미가 있겠는가?

"요즘은 어디든 멀지 않아, 빌. 어디서든 전화를 할 수 있잖아. 봐! 옆방에 있는 거나 같아."

"네, 저도 알아요. 그리고 아빠는 늘 여행을 좋아하셨고요." 아들이 그렇다고 말해주었다.

"맞아, 그리고 너도 언젠가 그럴 거란다."

"그럼요. 제가 할머니한테 전화해서 아빠는 괜찮다고 말씀드렸어요. 할머니가 아빠보고 조심해서 다니라고 하셨어요."

"그럴게, 빌, 정말로, 조심할게."

"이제 끊어야겠어요. 안녕, 아빠."

아들이 전화를 끊었다. 해는 다시 떠올랐고, 그 하루는 아름다웠다. 그의 아들이 전화를 했다. 토머스는 살아 있는 기분이었다. 오랜만에 처음으로 모든 것이 참 좋다고 느꼈다.

아기아안나에 해가 다시 떠올랐을 때 피오나는 욕실을 쓰다가 문득 생리가 엿새 늦은 것을 깨달았다.

아기아안나에 해가 다시 떠올랐을 때 엘자는 항구로 걸어내려갔다. 교회 앞을 지나가면서 보니 그곳이 임시 시체안치소가 되어 있었다. 모퉁이를 돌다가 그녀는 아테네에서 도착한 사람들 무리 중에 그녀가 속해 있던 독일 텔레비전 방송국 팀이 있는 것을 보고 가슴이 덜컹했다. 그들은 항구로 예인되었으나 여전히 연기를 피워올리고 있는 배의 잔해를 촬영하고 있었다.

그녀는 촬영기사와 음향기사를 알아보았다. 그녀를 봤다면 그들도 알아보았을 것이다. 그러면 디터도 그녀가 어디 있는지 알게 될 테고, 그가 여기로 오는 것은 시간문제였다.

그녀는 조심스레 물러서서 작은 카페로 숨으면서 다급히 주위를 둘러보았다.

실내에서는 노인들이 백개먼 게임 같은 것을 하고 있었다. 거긴 그녀를 도와줄 만한 사람이 없었다. 그리고 한 테이블에 데이비드가 있는 것이 보였다. 어제 만났던 데이비드, 그 다정한 영국 청년은 고민에 빠져 있었고, 아버지를 즐겁게 해주는 것은 불가능하다고 말했었다.

"데이비드." 엘자가 조그맣게 불렀다.

데이비드는 그녀를 보더니 몹시 기뻐했다.

"데이비드, 내 부탁 좀 들어주면 좋겠는데, 택시를 잡아 여기로 오게 해줄 수 있어요? 밖에 나갈 수가 없어요. 만나고 싶지 않은 사람들이 와 있어서요. 그렇게 해줄 수 있을까요? 부탁이에요……"

데이비드는 어제와 아주 다른 엘자의 모습을 보고 깜짝 놀란 것 같았다. 어제와 비교해서 자제력을 잃은 모습이었다. 하지만 다행히도 그는 이해하는 것 같았다.

"어디로 간다고 말하면 되나요?" 그가 물었다.

"당신은 오늘 어디로 갈 생각이에요?" 그녀가 다급하게 물었다.

"50킬로미터 떨어진 곳에 작은 신전과 예술가 마을이 있어요. 트라이…… 트라이 뭐라고 하는 곳이에요. 작은 만에 있어요. 거기 가는 버스를 탈 생각이었어요."

"거기로 같이 택시를 타고 가요." 그녀가 단호하게 말했다.

"아니에요, 엘자. 나가서 같이 버스를 타요. 택시를 타면 요금이 엄청 많이 나올 거예요, 정말로요." 데이비드가 다른 의견을 냈다.

"그런 문제라면 내겐 돈이 엄청 많아요, 정말로요." 엘자가 그에게 지폐 뭉치를 건네며 말했다. "제발, 데이비드, 이 순간만큼은 배포를 크게 갖고 그냥 행동에 옮겨요. 이번 한 번은 기회를 잡아요……" 그녀가 그를 보았다. 그는 의기소침한 표정을 하고 있었다. 그녀는 왜 그렇게 잔인하고 가혹하게 말했을까. 그녀가 그를 나약한 사람으로 생각했다고 말해준 것이나 다름없었다.

"잘 알지 못하는 사람이 이런 부탁을 하는 게 미친 짓이라는 뜻이에요. 하지만 당신의 도움이 필요해요. 간곡히 부탁하는 거예요. 그곳에 도착하면 다 말할게요. 내가 범죄를 저질렀다거나 그런 건 아니고요. 곤란한 상황이에요. 지금 나를 도와주지 않으면, 솔직히 어떻게 할지 모르겠어요." 엘자는 진심으로 말했다. 연기를 하는 건 아니었지만, 그 강렬함은 카메라 앞에서 능숙하게 발휘하던 그대로였다.

"광장에 가면 택시들이 줄을 서 있어요. 오 분 안에 돌아올게요." 데이비드가 말했다.

그리고 엘자는 어두운 카페에 앉아 있었다. 그 공간의 모든 시선이 이런 뜻밖의 장소로 걸어들어와 불안한 표정의 안경 낀 청년에게 일 년 치 봉급은 되어 보이는 큰돈을 건네고 이제 두 손에 머리를 묻은 채 앉아 기다리는 키 큰 금발의 여신에게 쏠린다는 사실에는 신경도 쓰지 않고서.

4

피오나는 셰인이 일어날 때까지 꽤 오래 기다렸다. 그는 입을 벌린 채 의자에 누워 있었고, 머리카락은 축축해져 이마에 들러붙어 있었다.

잠들어 있을 때 셰인은 아주 연약해 보였다. 피오나는 그의 얼굴을 어루만지고 싶었지만 그가 준비될 때까지 깨우고 싶지 않았다.

방은 후텁지근했고, 이 집 사람들이 옷을 그 방에 두어서 중고품 가게 냄새가 났다.

아래층에서 지친 엘레니의 목소리가 들렸는데, 큰 소리로 어린 세 아들을 부르고 있었다. 그녀의 눈은 그 비극 때문에 우느라 빨개져 있었다. 이웃들이 계속 전화를 걸어왔는데, 서로 그 이야기를 나누고 또 나누는 것이 분명했다. 그들 모두 그 참사에 충격을 받았다.

피오나는 셰인이 일어나 나갈 준비가 되기 전까지는 내려가서 사람들을 방해하고 싶지 않았다.

그가 깨어났는데 기분이 좋지 않아 보였다.

"의자에서 자는 걸 왜 그냥 내버려뒀어?" 그가 목을 문지르며 물었다. "몸이 완전 나무토막처럼 뻣뻣하잖아."

"가서 수영하자. 그러면 좀 나아질 거야." 피오나가 그의 기분을 풀어주려고 했다.

"너한텐 쉽겠지. 너는 밤새 침대에서 잤으니까." 그가 투덜거렸다.

지금은 셰인에게 자신이 가엾은 마노스, 그 지역 교회에서 어린 조카와 그 배에서 죽은 다른 많은 사람들 옆에 시신으로 누워 있는 그를 생각하며 밤을 거의 지새웠다는 사실을 말할 때가 아니었다. 그리고 자신이 임신했을 가능성이 아주 높다고 말할 때는 더더욱 아니었다. 그 이야기는 그가 완전히 깨어나 정신이 들고 어깨가 아프다는 불평을 하지 않을 때까지 기다려야 할 것이다.

어쨌거나 그들은 오늘 아테네로 갈 거라고, 그가 그렇게 말했었다. 만날 사람이 있다고, 할일이 있다고 했다.

"아침 먹기 전에 짐을 꾸릴까?" 피오나가 물었다.

"짐을 꾸려?" 셰인이 어리둥절한 표정으로 말했다.

어쩌면 그는 그런 생각을 한 것 자체를 잊어버렸을지도 모른다.

"신경쓰지 마, 나는 대체로 내가 지금 어디 있는지도 모르니까." 피오나가 웃으면서 말했다.

"누가 할 소리…… 자, 나는 침대에서 잠깐 잘 테니까 나가서 우리가 마실 커피나 좀 가져와. 알겠어?"

"카페까지는 멀어. 돌아올 때쯤이면 커피가 식을 거야."

"오, 피오나, 아래층에 내려가서 부탁해. 어쨌거나 커피잖아. 저 사람들이 좋아하는 부탁해요, 감사해요, 그런 말 알잖아."

대부분의 사람들이 좋아하는 말이겠지, 피오나는 혼자 생각했을 뿐 그렇게 말하지는 않았다.

"그럼 두어 시간 눈 좀 붙여." 피오나가 말했지만, 이미 잠든 셰인은 그녀의 말을 듣지 못했다.

그녀는 바닷가를 따라 다시 시내로 걸어갔다. 물가의 따뜻한 모래가 맨발에 차이고 지중해 바닷물이 발가락을 간질였다. 그녀는 지금 일어나고 있는 일을 믿을 수 없었다. 피오나 라이언, 가족 전체에서 가장 분별 있는 사람이자 병동 전체에서 가장 믿을 만한 간호사인 그녀가 직장을 때려치우고 셰인과 함께 달아난 것이다. 사람들 모두 만나지 말라고 경고했던 그 남자와.

그리고 지금 그녀는 임신했을 가능성이 아주 높았다.

그녀 인생의 나머지 반쪽이 될 사람으로 셰인은 안 된다고 말한 사람이 어머니만은 아니었다. 여섯 살 때부터 가장 친하게 지낸 친구 바바라를 포함해 모든 친구가 그랬다. 그리고 그녀의 여동생들, 동료 간호사들도 그랬다.

하지만 그들이 뭘 알겠는가?

그리고 어쨌거나 사랑이란 결코 단순한 것이 아니었다. 어떤 위대한 러브스토리를 떠올리더라도 알 수 있다. 사랑은 적당하고 괜찮은 사람을 만나는 것, 가까이 살고 좋은 직장에 다니고 오랜 약혼 기간을 원하고 집세 보증금을 저축하는 사람을 만나는 것과는 아무런 상관이 없었다.

그것은 사랑이 아니었다. 타협이었다.

피오나는 임신했을 가능성에 대해 생각했고, 그러자 심장이 벌

렁거렸다. 꽤 최근에 그들이 조심하지 않은 때가 몇 번 있었다. 하지만 예전에도 그런 때가 있었고 아무 일도 일어나지 않았었다.

피오나는 자신의 납작한 배를 만져보았다. 장차 아이가 될 점 하나가 거기서 자라는 것이 가능할까? 절반은 셰인이고 절반은 자신인 어떤 존재가? 그건 상상조차 할 수 없을 만큼 몹시 흥분되는 일이었다.

바닷가에서 피오나는 그녀 앞에 이상한 배기 반바지와 길게 내려오는 티셔츠 차림의 토머스가 있는 걸 보았다. 어제 시간을 같이 보낸 멋진 미국인이었다.

토머스가 그녀를 알아보고 소리쳐 불렀다. "행복해 보이네요!"

"행복해요." 그에게 이유를 다 말하지는 않았지만, 그녀는 떠오르는 대로 멋진 계획을 그리며 마음이 부풀어 있었다. 여기 아기아 안나에 살면서 이 사람들과 더불어 아이를 키우고, 셰인은 어선이나 레스토랑에서 일하고, 자신은 지역 의사를 돕는 일을 하면 되겠다고, 심지어 아이 받는 일을 할 수도 있겠다고 생각했다. 그것은 미래에 대한 꿈, 나중에 셰인이 커피를 마실 때 의논할 꿈이었다. 그때 그에게 말할 것이다.

"우리 아들이 미국에서 전화를 걸어왔어요. 멋진 대화를 나눴어요." 토머스는 자신의 좋은 소식을 나누고 싶은 마음을 참을 수 없었다.

"정말 잘됐어요."

이 남자는 딱 그 한 가지에만 관심이 있는 것 같았다. 그들이 함께 긴 시간을 보내는 동안 그가 사진을 보여주었던 빌이라는 이름의 아들. 금발에 이를 드러내고 웃는 모습은 여느 사내아이와 다를 바 없어 보였지만, 어느 부모에게나 그렇듯 토머스에게는 세상에서 가장 특별한 아이였다.

피오나는 꼬리를 무는 생각에서 빠져나왔다. "어젯밤에 당신 아들이 전화를 걸지도 모르겠다고 생각했었어요. 우리한테 그 이야기를 해주실 때 그런 느낌이 들었어요."

"자축하는 의미로 커피를 사드릴게요." 토머스가 말했고, 두 사람은 함께 해변 근처 작은 타베르나로 걸어갔다. 그들은 어제 그랬던 것처럼 편안하게 이야기를 나누었다. 그 비극적인 사건에 대해, 얼마나 잠을 이루기 힘들었는지에 대해, 어제 이런 타베르나에서 커피를 마시며 하루를 시작했던 사람들이 지금은 죽어서 교회에 누워 있다는 사실에 대해.

피오나는 시내에는 아침 끼니로 빵과 꿀을 사러 나왔고, 방을 빌려준 사람들에게도 그것을 좀 주면 그 대가로 셰인이 마침내 깨어났을 때 자신이 커피를 만들어줄 수 있을 거라고 설명했다.

"우리는 오늘 아테네로 가기로 했었어요. 그런데 셰인이 많이 피곤한가봐요." 그녀가 말했다. "한편으로는 셰인이 많이 피곤해하는 게 다행스러워요. 나는 이곳이 좋거든요. 계속 여기 있고 싶어요."

"나도 그래요. 나는 저 언덕을 걸어올라가보려고요. 그리고 왠지 몰라도 여기 있으면서 장례식을 보고 싶어요."

피오나가 그 말에 관심을 보이며 그를 바라보았다. "나도 그래요. 병적인 호기심 같은 것 때문에 직접 장례식을 보고 싶은 건 아니고, 그저 함께하고 싶었어요."

"싶었다고요? 그러면 더 있지 않을 거란 뜻인가요?"

"음, 언제가 될지 모르지만, 아까 말한 대로 셰인이 아테네로 가고 싶다고 해서요."

"하지만 당신이 하고 싶은 건 분명……" 그의 말끝이 흐려졌다.

피오나는 그의 얼굴에 떠오른 표정을 보았다. 셰인을 만난 사람들 모두의 얼굴에 결국 떠올랐던 바로 그 표정이었다. 그녀가 일어섰다.

"커피 고마워요. 이제 가볼게요."

그는 그녀가 더 있어주기를 바랐던 것처럼 실망한 표정이었다. 그녀 또한 더 있으면서 이 멋지고 편안한 남자와 계속 이야기하고 싶었지만, 셰인이 깨어나서 그녀가 없는 것을 알아차리는 위험을 감수하고 싶지는 않았다.

"토머스, 돈을 드릴 테니 꽃을 사달라고 부탁해도 될까요…… 음, 사람들이 그들 모두를 위한 꽃을 준비할지 모르니까요."

토머스가 한 손을 들어올렸다. 그는 그녀에게 돈이 많지 않다는 것을 알고 있었다. "넣어두세요. 꽃은 내가 기꺼이 준비해서 아일랜드에서 온 피오나가 '평안한 안식을 빕니다'라고 쓸게요."

"고마워요, 토머스. 그리고 혹시 다른 사람들, 데이비드나 엘자를 보면……"

"셰인하고 아테네로 가야 해서 작별인사를 하더라고 전해줄게요." 그가 아주 다정하게 말했다.

"모두들 참 좋았어요. 같이 시간을 보내기에 정말 멋진 사람들이었어요…… 지금은 어디 있는지 모르겠네요."

"오늘 아침에 둘이 함께 택시를 타고 시내를 빠져나가는 걸 봤어요." 토머스가 말했다. "하지만 여긴 좁은 곳이잖아요. 다시 만날 거예요."

토머스는 피오나가 이기적인 젊은 남자에게 가져갈 맛있고 따뜻한 빵과 작은 단지에 든 지역산 꿀을 사는 것을 지켜보며 한숨을 내쉬었다. 교수이자 시인이자 작가였으나, 그는 삶과 사랑에 대해서는 아주 작은 것도 이해하지 못했다.

셜리가 왜 그를 냉정하고 멀게 느끼고 골이 빈 앤디를 즐거운 동반자로 여겼는가 하는 이유 같은 것을 말이다. 토머스는 어제 해가 진 뒤 함께 나눈 대화를 떠올려보았다. 그때 나눈 살아가는 이야기 역시 그는 이해하지 못했다. 데이비드 같은 아들을 둔 것을 자랑스러워하고 행복해야 할 아버지가 왜 아들을 서먹서먹하게 대하면서 잘못된 말, 상처가 되는 말만 하는지 이해하지 못했다.

뭔가에 사로잡힌 눈빛을 하고 고국에서 도망쳐온 멋진 독일 여자 엘자에게 일어났을 법한 일도 토머스는 전혀 짐작하지 못했다.

자신은 그런 일들을 도저히 이해하지 못할 것 같다고, 그는 체념하며 혼잣말을 했다. 시도하지 않는 게 더 나았다.

고개를 드니 보니가 길을 건너고 있는 게 보였다.

"야수*, 토머스." 보니가 말했다.

"야수, 어떻게 이런 비극이 있을 수 있나요? 마노스와 아는 사이셨겠죠?"

"네, 아장아장 걷는 어린아이였을 때도, 학생이었을 때도 알았죠. 그때도 마노스는 겁이 없었어요, 늘 겁이 없었죠. 내 정원에서 뭘 훔쳐가곤 해서, 내가 마노스에게 정원에서 일할 수 있게 일자리를 만들어줬어요. 그러니 문제가 해결되더군요." 보니는 그 기억을

* '안녕하세요'라는 뜻의 그리스어.

떠올리며 기분이 좋아진 것 같았다.

토머스는 그녀와 대화를 하고 싶은 마음, 왜 이 섬에 왔는지 물어보고 싶은 마음이 불쑥 치밀었다. 하지만 보니의 태도에는 어떤 친밀감도 생기지 않게 만드는 뭔가가 있었다. 그녀는 늘 너무 빨리 가벼운 말로 넘겨버려 더 다가갈 틈이 없게 만들었다.

"어쨌거나 오늘밤 하느님과 맞대면을 해야 할 텐데, 마노스라면 그럭저럭 매력을 발휘할 수 있을 거예요." 그녀가 어깨를 으쓱하고는 가버렸다.

대화는 그것으로 끝났다는 것을 토머스는 알 수 있었다. 그는 보니가 공예품가게 쪽으로 계속 걸어가는 것을 지켜보았다. 오늘은 장사를 하는 곳이 거의 없을 것이다. 보니가 오늘 그 작은 가게를 열 것인지 궁금했다.

그는 그녀가 이곳에서 집처럼 편안한 모습으로 지나가는 사람들과 악수하는 것을 바라보았다.

엘자는 택시 안에서 허리를 숙였고, 시내를 벗어날 때까지 얼굴을 스카프로 가리고 있었다. 시내를 벗어난 다음에야 허리를 폈다. 얼굴에는 긴장과 근심이 어려 있었다.

"지금 가고 있는 곳에 대해 내가 아는 걸 말해볼까요?" 데이비드가 말을 꺼냈다.

"고마워요. 그거 정말 좋겠네요." 그가 말하는 단어들이 흘러오는 동안 엘자는 몸을 뒤로 기댄 채 눈을 감고 있었다. 듣자 하니 그곳은 작은 신전이 있던 터였는데, 한때 발굴 작업이 진행되다가 자금이 고갈되어 지금은 어중간하게 파헤쳐진 상태로 방치되어 있었다. 어느 누구도 그 신전에 대해 많이 알지 못했다. 초기에 발굴이 중단되어 밝혀진 것이 거의 없었다. 하지만 구경하러 갈 가치가 충분하다고 말하는 사람들이 있었다.

그리고 몇 년 전 그곳에 예술가 마을이 만들어졌고, 여전히 잘 유지되고 있었다. 요즘도 세계 각지에서 은세공인이나 도예가가 찾아왔다. 지나치게 상업화가 진행된 곳은 전혀 아니었고, 그곳에서 활동하는 예술가들은 자신들이 만든 물건을 팔려고 시내로 가져왔다.

데이비드는 말하면서 이따금 엘자를 쳐다보았다.

엘자의 얼굴에서 긴장이 걷혔다. 두려워하는 게 뭔지 말하고 싶지 않은 게 분명해 보여서 그도 묻지 않을 생각이었다. 그들이 가려고 하는 이 장소에 대해 계속 떠들어대는 편이 더 나았다.

"나하고 있으니까 재미없죠?" 그가 불쑥 물었다.

"아니에요, 도대체 왜 그런 생각을 한 거예요? 당신은 편안하고, 같이 있으면 위로가 돼요." 엘자가 희미하게 미소를 지으며 말했다.

데이비드는 기분이 좋아졌다. "나하고 있으면 사람들이 종종 따분해해요." 그가 솔직히 말했다. 자기 연민에서 한 말도 아니고 반박해주기를 바란 것도 아니었다. 그저 있는 그대로의 사실을 말한 것이었다.

"아닌 것 같은데요." 엘자가 재빨리 말했다. "같이 있으면 당신이 아주 평화로운 사람으로 느껴져요. 그 단어가 맞아요? 아니면 '평화적인'이라고 말했어야 하나요?"

"'평화로운'이 좋은데요." 데이비드가 말했다.

그녀가 그의 손을 가볍게 톡톡 쳤고, 그들은 택시 안에서 사이좋게 뒤로 기대앉아 풍경을 구경했다. 한쪽으로는 염소들이 울퉁불퉁한 산비탈을 올라가고 있었고, 반대쪽에는 반짝거리는 푸른 바다가 펼쳐지고 있었다. 지금은 아주 친근하고 매력적으로 보이지만 어제 아주 많은 사람들의 생명을 앗아간 그 바다가.

"장례식은 언제일까요?" 엘자가 불쑥 택시 기사에게 물었다.

그는 질문을 알아들었지만 대답할 말을 몰랐다.

"아브리오?" 택시 기사가 말했다.

"아브리오?" 그녀가 따라 했다.

"내일이란 뜻이에요." 데이비드가 말했다. "단어를 오십 개밖에 못 외웠어요." 그가 미안하다는 듯 덧붙였다.

"나보다 마흔다섯 개 더 많이 외웠네요." 엘자가 말했고, 얼굴에 예전의 미소가 희미하게 되살아났다. "에파리스토, 내 친구 데이비드, 에파리스토 폴리.*"

그들은 먼지 날리는 길을 계속 달려갔다. 정말로 친구 같았다.

셰인은 커피를 마시고 꿀 바른 빵을 먹고 나자 기분이 한결 좋아졌다. 그는 그들이 이 미친 곳에 하루 더 있다가 다음날 아테네로 갈 거라고 말했다. 항구에서 아테네로 가는 배가 두 시간 간격으로 있으니, 떠나는 건 큰일이 아니었다.

그가 즐길 거리가 있을 만한 곳이 어디인지 물었다.

"오늘은 낮이건 밤이건 즐길 거리는 별로 없을 것 같아. 마을 전체에 언론인과 조사자와 공무원 들이 몰려와 있어. 아래층 사람들

* '정말 고마워요'라는 뜻.

이 그러는데 장례식은 내일이래." 피오나는 장례식이 끝난 뒤에 떠날 수 있는지 정말로 물어보고 싶었다. 하지만 낮에 그에게 해야 할 말이 너무 많아서 그 질문은 잠시 그냥 두기로 했다. "곶에서 작지만 예쁜 장소를 봐뒀어. 바다에서 물고기를 잡아올려서 바로 구워줘. 거기 갈까? 어때?"

셰인이 어깨를 으쓱했다. 안 갈 이유가 무엇인가? 어쨌거나 항구 옆 비싼 가게들보다 와인값도 더 쌀 텐데. "자, 그럼 거기로 가자, 피오나. 아래층 사람들에게 '나는 이제 가요, 여러분은 안녕히 계세요' 하고 말하는 데 몇 시간 쓰지 말고."

피오나가 온화하게 혼자 빙그레 웃었다. "그렇게 염치없게는 못 할 것 같아. 그냥 엘레니에게 우리한테 잘해줘서 고맙다고 말하고, 친구들에게 일어난 일을 유감스럽게 생각한다고 말하려고."

"네 잘못이 아니잖아. 하느님 맙소사." 셰인의 기분 상태로는 누가 조금만 건드려도 싸울 것 같았다.

"아니, 물론 아니지. 하지만 예의를 갖춘다고 나쁠 건 없잖아."

"이 사람들은 우리를 여기 재워준 값을 충분히 받았어." 그가 툴툴거렸다.

피오나는 자신들이 낸 돈이 실제로 얼마 안 된다는 것을 알고 있었다. 그 가족이 그렇게 가난하지 않았다면 자신들의 침실을 내주어야 할 일도 없었을 것이다. 하지만 지금은 셰인과 그 문제로 논쟁을 벌일 때가 아니었다.

"네 말이 맞아, 너무 더워지기 전에 나가자." 그녀가 말했고, 그들은 허름한 계단을 내려와 가족들이 어마어마한 비극에 어쩔 줄 몰라하며 앉아 있는 비좁은 부엌을 통과했다. 그녀는 걸음을 멈추고 그들 옆에 앉아 위로의 말을 해주고 싶은 생각이 간절했다. 어딜 가나 들리는 짧은 그리스어 문장들. 티포타, 덴 피라지.*

하지만 그녀는 셰인이 그날 처음 마실 차가운 맥주를 몹시 원하고 있다는 것을 알았다. 오늘 그에게 말할 것이 아주 많았다. 지체할 시간이 없었다. 곧 정오가 될 것이고, 날이 아주 더웠다. 당장 바닷가의 타베르나로 가야 한다.

날이 정말로 아주 더워지고 있었다.

토머스는 언덕을 오르지 않기로 했다. 그 길을 올라가려면 아침에 훨씬 일찍 떠났어야 했다. 그가 공예품가게 안을 들여다보았다. 그의 짐작이 맞았다. 보니의 가게는 열려 있지 않았다. 창문에 그리스어로 된 안내문이 붙어 있었다. 검은 테두리 안에 짧은 글을 쓴 것이었는데, 다른 곳에서도 비슷한 안내문을 보았다. '조의를 표하며 영업을 하지 않습니다'라는 뜻이라고 들었다.

보니는 의자에 앉은 채 잠들어 있었다. 고단하고 늙어 보였다. 그녀가 정말로 계사에서 잤다면? 아파트에 빈방이 있는데도? 그 방에서 잠을 자도 무방했다. 하지만 물어보지 않는 편이 더 나으리라.

가게문들은 닫혀 있었지만 볼 것은 많았다. 솔직히 그는 슬픔에 휩싸인 그 작은 마을에서 멀리 벗어나고 싶지 않았다. 해안을 따라 걸어서 지난주에 곶에서 봤던 소박한 장소로 갈 것이다. 며칠 전 그 앞을 지나갈 때 생선 굽는 맛있는 냄새가 났으니, 앉아서 바다를 보며 생각에 잠기기 좋은 곳일 것 같았다. 그는 그곳이 기억난

---

* '아무것도 아니에요, 괜찮아요'라는 뜻.

것이 기뻤다.

거기엔 햇볕을 가려주는 허름한 파라솔이 있었고, 바다에서 시원한 바람이 불어왔다. 가볼 만한 장소였다.

엘자와 데이비드의 택시가 칼라트리아다의 중심지에 있는 옛 광장에 도착했다.

운전사가 그들을 어디에 내려주면 되는지 물었다.

"여기가 좋겠네요." 엘자가 말하고는 택시 요금을 넉넉히 건넸다. 데이비드는 요금을 나누어 내고 싶어했지만, 엘자는 자기가 낸다고 고집을 부렸다. 그들은 선 채로, 구불구불하고 위험해 보이는 길을 올라와 그들 눈앞에 펼쳐진 그 마을을 둘러보았다. 인기 있는 관광지는 아니었다. 아직 개발자들이 발견하지 못한 장소임이 틀림없었다.

저 아래 또다른 좁은 길을 내려가면 바다가 나왔다. 광장 주변의 건물 절반이 작은 레스토랑이나 카페였고, 도자기 제품을 파는 가게들이 모여 있는 곳이 있었다.

"신전을 보러 가고 싶지 않으세요?" 엘자가 말했다. "안전하고 좋은 곳에 데려와주셨네요. 여기면 숨을 수 있겠어요."

"신전을 그렇게 급하게 보러 갈 건 없어요." 데이비드가 말했다. "잠시 당신과 앉아 있어도 돼요."

"음, 이렇게 구불구불 먼길을 올라오고 나니 커피가 마시고 싶네요." 엘자가 싱긋 웃었다. "하지만 여기 정말 오기 좋은 곳이에요. 이곳에선 제대로 숨을 쉴 수 있겠어요. 당신은 정말로 내 영웅이에요."

"오, 영웅이라니요!" 데이비드가 그 말에 웃었다. "유감스럽게도 평소 내 역할은 아닌데요."

"당신이 대체로 악당 역을 맡는다는 말은 할 생각도 하지 마요." 엘자는 다시 기분이 좋아졌다.

"아뇨, 늠름한 것과는 거리가 멀어요. 얼뜨기 같을 때가 더 많죠." 그가 솔직히 말했다.

"지금 이 순간에는 안 믿어지는데요." 엘자가 말했다.

"나를 잘 몰라서 그래요. 내 실제 생활을 못 봐서 그러는데, 나 때문에 모두가 힘들어해요."

"그렇지 않아요. 아버지와 의견이 다르다고 했잖아요. 그건 죽을 죄가 아니에요. 이 세상 남자들 절반이 똑같이 느낄걸요."

"난 모든 것에서, 모든 것 하나하나에서 아버지를 실망시켰어요, 엘자. 솔직히 내가 아니라 다른 아들이었으면 아버지 뜻대로 됐을 거예요. 이미 일으켜세운 사업이 있고, 지역사회의 명예로운 지위도 차지했고, 예쁜 집이 있고…… 하지만 그 모든 것을 생각하면 숨이 턱 막히고 덫에 갇힌 것 같았어요. 아버지가 나를 경멸하는 것도 이상한 일이 아니죠."

"여기 좀 앉을까요?" 엘자가 가장 가까운 곳을 가리키고 아주 소박한 그 카페의 부러질 것 같은 의자에 앉았다.

종업원이 와서 다른 의자에 파라핀지를 깔아주었다.

"숙녀분께는 더 좋은 의자를 드려야죠." 종업원이 말했다.

"여기 사람들은 모두 아주 친절한 것 같아요." 그녀가 놀라워했다.

"어디서든 모두 당신에게 친절하죠, 엘자. 당신은 햇빛으로 가득한 사람이에요."

데이비드가 메트리오스, 즉 중간 정도로 단 커피를 두 잔 주문했다. 그들은 다정하게 커피를 홀짝였다.

"나는 아버지에 대해 몰라요, 데이비드. 아버지는 일찌감치 우리를 떠났고, 나는 엄마와 많이, 엄청 많이 싸웠어요."

"어쩌면 그게 더 건강한 건지도 몰라요. 내 경우에는 정말로 싸워본 적이 아예 없어요. 한숨을 쉬거나 어깨를 들썩이는 게 전부였죠." 데이비드가 말했다.

"솔직히 나는 엄마한테 너무 많은 말을 했어요. 비난하는 말을 너무, 너무 많이 했어요. 그 시간을 되돌릴 수 있다면 그렇게까지는 말하지 않았을 거예요. 하지만 딸들과 엄마들은 늘 말을 하니까요!"

"무슨 일로 다퉜어요?"

"모르겠어요, 데이비드. 모든 것이겠죠. 내 방식은 맞고 엄마 방식은 틀렸다고 말하곤 했어요. 엄마 옷은 끔찍하고, 엄마 친구들도 그렇다고. 보통 하는 폭력적인 말들 있잖아요."

"나는 잘 모르겠어요. 우리는 전혀 대화를 하지 않아서요."

"그 모든 걸 다시 할 수 있다면 어떻게 할 것 같아요?" 엘자가 물었다.

"똑같죠, 다 망쳐놓을 것 같은데요."

"너무 패배주의자 같네요. 당신은 젊어요. 나보다 훨씬. 부모님도 살아 계시고, 당신에게는 시간이 있어요."

"나를 더 비참하게 만들지 마요, 엘자. 제발요."

"당연히 그런 거 아니에요. 우리가 뭔가 공유하는 게 있다고 말하는 편이 맞는 것 같아요. 하지만 나는 그걸 고쳐볼 기회가 없어요. 어머니가 돌아가셨거든요."

"어쩌다가요?"

"어울리면 안 되는 친구 하나하고 같이 차를 타고 가다가 사고가 났어요."

데이비드가 몸을 굽혀 엘자의 손을 톡톡 쳐주었다. "틀림없이 고통 없이 빨리 가셨을 거예요." 그가 말했다.

"당신은 정말 다정한 남자로군요, 데이비드." 엘자가 떨리는 목소리로 말했다. "커피를 다 마시면 칼라트리아다를 돌아보죠. 그리고 점심때 내 문제가 뭔지 말해줄게요. 내게 조언을 해줘요."

"꼭 그러지 않아도 돼요." 그가 말했다.

"평화로운 데이비드." 그녀가 미소를 지으며 말했다.

"네가 아주 좋다고 한 거긴 어디야?" 셰인이 툴툴거렸다. 그는 지나가는 길에 있던 시끄러운 바에 관심이 쏠렸다. "여기 괜찮을 것 같은데." 그가 제안했다.

하지만 거긴 그에게 그 소식을 알려줄 만한 장소가 전혀 아니어서, 피오나는 그냥 지나가자고 했다. "너무 비싸. 관광객 상대야." 그녀가 말했다. 그러자 그 문제는 해결되었다. 그들은 곶에 있는 생선 요리 레스토랑으로 걸어갔다.

안드레아스는 형과 함께 경찰서에 앉아 있었다. 요르기스의 책상에 그 사고에 관한 보고서가 수북이 쌓여 있었다. 전화기가 쉴새 없이 울려대던 시간이 지나고, 지금은 잠잠해진 상태였다.

"오늘 아도니에게 편지를 썼어." 안드레아스가 천천히 말했다.

"잘했어, 잘했어." 요르기스가 약간 뜸을 들인 뒤 말했다.

"미안하다는 말 같은 건 하지 않았어."

"그럼, 당연히 안 해야지." 요르기스가 잘했다고 말해주었다.

"미안하지 않으니까. 알잖아."

"알지, 알지." 요르기스는 자신의 형제가 오랫동안 소원하게 지낸, 지금 시카고에 살고 있는 그 아들에게 왜 편지를 썼는지 그 이유를 물어볼 필요가 없었다. 이유는 알고 있었다.

마노스와 그 배에 탄 모든 사람의 죽음이, 인생이 얼마나 짧은지 말해주었기 때문이다. 그게 다였다.

토머스는 항구 옆 광장에서 텔레비전 방송국 사람들과 사진기자들을 스쳐지나갔다. 그 일 역시 여느 일과 다름없는 하나의 직업이라고 생각했지만, 그에게 그들은 얼마간 우글거리는 벌레떼로 보였다. 그들은 사람들이 즐겁게 지내며 잘살아가고 있는 곳에는 모여들지 않고, 재앙이 있는 곳에만 몰려들었다.

그는 엘자에 대해 생각했다. 멋지고 매력적인 독일 여자. 그녀는 모든 부분에서 자신이 맡았던 역할을 상당히 많이 벗어던진 상태였다. 엘자가 오늘 택시를 타고 어디로 갔는지 궁금했다. 어쩌면 그녀는 항구로 몰려든 이 독일 텔레비전 방송국 사람들을 알 것이다. 그리스는 독일인들에게 인기 있는 여행지인데다, 독일인 두 명이 마노스의 배에서 목숨을 잃었다. 하지만 주위를 둘러봐도 엘자의 모습은 보이지 않았다. 택시를 타고 갔다가 아직 돌아오지 않은 것이다. 토머스는 곶에 있는 레스토랑을 향해 계속 걸어갔다.

데이비드와 엘자는 폐허가 된 신전을 걸어다녔다. 이곳을 찾은 사람은 그들뿐이었다.

나이 지긋한 어느 가이드가 반 유로를 받고 휴대품 보관소 이용권을 주었고, 그 신전이 어떤 곳이었는지 설명하는, 서툴게 쓰여 거의 이해되지 않는 안내서를 주었다.

"제대로 된 독일어 안내서를 쓰면 큰돈을 벌 수 있겠어요." 엘자가 말했다.

"영어로도요." 데이비드가 웃었다. 그들은 천천히 거닐며 다시 광장으로 돌아갔다.

"점심을 사드릴 테니 맛있는 데로 찾아가볼까요." 그녀가 말했다.

"나는 까다롭지 않아요, 엘자…… 저기 봐요, 아까 갔던 곳의 종업원이 우리한테 손을 흔들고 있네요. 괜찮으면 저기 다시 가는 것도 좋아요."

"좋고말고요. 마침 나도 그러고 싶었어요. 하지만 한편으로 부탁할 게 또 있어서 좀더 근사한 데로 가고 싶기도 하고요."

"비싼 점심은 필요 없어요. 어쨌거나 칼라트리아다에 고급 레스토랑이 있을 것 같지도 않고요."

종업원이 그들을 보더니 기뻐하며 달려나왔다. "돌아오실 줄 알았어요, 숙녀분." 그가 얼굴 가득 환한 웃음을 지으며 말했다. 그러고는 올리브와 작은 치즈 조각들이 담긴 접시를 가져온 뒤 주방을 가리켰다. 거기 커다란 온장고 안에 요리들이 따뜻이 보관되어 있었다. 종업원이 자랑스럽게 각각의 요리를 하나씩 열어 보여주며 그들에게 먹고 싶은 것을 고르게 했다.

두 사람은 사이좋게 앉아 오랜 친구처럼 이야기를 나누었다.

그리고 자신들이 성장한 큰 도시 대신 이런 작은 언덕 마을에서

켰다면 어땠을지 생각해보았다.

그들은 북부의 추운 지방에서 이곳으로 내려와 보석 세공사나 도예가로 일하는 키가 큰 금발의 스칸디나비아인들을 보며 대단하다고 생각했다. 엘자가 이야기를 꺼낸 건 그들이 검고 달콤한 커피를 홀짝일 때였다. "이게 다 무슨 영문인지 말할게요."

"안 그래도 돼요. 좋은 하루를 보내고 있는걸요."

"아뇨, 말해야 해요. 왜냐하면, 그러니까, 나는 오늘밤 아기아안나로 돌아가고 싶지 않거든요. 우리가 장례식이 끝나는 내일까지 여기 머무르면 좋겠어요."

데이비드의 입이 벌어졌다. "여기 머무른다고요?"

"나는 그 마을로 돌아갈 수 없어요, 데이비드. 내가 일하던 텔레비전 방송국 사람들이 거기 와 있어요. 사람들이 나를 알아볼 거예요. 그러면 그들이 회사 대표인 디터에게 말할 거고, 그가 여기 와서 나를 찾아낼 거예요. 나는 그걸 참을 수 없어요."

"왜요?"

"내가 그 사람을 너무 많이 사랑하니까요."

"그러면 그게 나쁜 일인가요? 당신이 사랑하는 남자가 당신을 찾으러 오는 게요?"

"그만큼 간단한 일이면 좋겠어요." 엘자가 말했고, 그의 두 손을 잡아 자신의 얼굴로 가져갔다. 그는 눈물이 자신의 손가락을 타고 흘러내려 테이블에 떨어지는 것을 느꼈다.

"우리가 오늘밤을 여기 칼라트리아다에서 보내야 하는 이유를 알겠어요." 그렇게 말하면서 데이비드는 오늘 자신이 매 시간마다 정말로 영웅이 되어가는 것 같다고 느꼈다.

이른 시간이었다. 피오나와 셰인이 그 레스토랑의 유일한 손님이었다. 종업원이 생선 요리와 와인을 내려놓은 뒤 짙푸른 바다와 하얀 모래밭 옆에 두 사람만 두고 떠났다. 셰인은 맥주 두 잔과 레치나 한 잔을 순식간에 비웠다. 피오나는 그를 지켜보며 그 소식을 알려줄 적당한 때를 노리고 있었다. 마침내 더이상 기다릴 수 없어지자, 그녀는 그의 팔에 손을 얹고 생리가 엿새 늦어졌다고 말했다. 열두 살 때부터 하루도 늦어진 적이 없었다면서. 자신이 간호사로서 알고 있는 지식에 비춰봐도 틀린 경보가 아니니 정말로 그들이 아이를 가졌다는 뜻이라고 그녀는 확신했다. 그리고 기대하는 표정으로 그의 얼굴을 보았다.

셰인의 얼굴에 믿지 못하겠다는 표정이 가득 드리웠다.

그가 와인 한 잔을 더 마시더니 이렇게 말했다. "그럴 리가 없어." 그가 말했다. "우리는 조심했어."

"음, 우리가 늘 그런 건…… 아니었어. 기억을 더듬으면……" 그녀가 그에게 어느 특정한 주말을 상기시키려던 순간이었다.

"넌 어떻게 그렇게 바보 같을 수 있지?" 그가 물었다.

"음, 나만 그런 건 아니었어." 그녀는 상처를 받았다.

"맙소사, 피오나, 넌 모든 걸 망쳐놓는 재주가 있어. 모두의 인생을 엉망진창으로 만드는 재주." 그가 말했다.

"하지만 우리는 아이를 원했잖아, 우리가 그렇게 말했어, 네가 그렇게 말했다고……" 피오나는 울기 시작했다.

"나는 언젠가라고 했지, 지금이 아니라. 너 진짜 바보 같다. 우리가 이 여행에 나선 지 한 달밖에 안 된 지금은 아니라고."

"내 생각엔…… 내 생각엔……" 그녀가 눈물을 뚝뚝 흘리며 간신히 말했다.

"네 생각엔 뭐?"

"나는 우리가 여기, 어, 이곳에 살면서 아기를 키우면 될 거라고 생각했어."

"아기가 아니야, 생리가 육 일 늦은 거지."

"하지만 아기일지도 몰라, 우리 아기. 너는 레스토랑에서 일자리를 구할 수 있을 거고, 나도 일을 하면 되고……"

셰인이 일어서더니 테이블 위로 몸을 숙이고 피오나에게 소리를 질렀다. 그녀는 그가 하는 말을 제대로 들을 수가 없었다. 그 모든 말이 너무 아프고 잔인했다. 그녀 역시 다른 모든 여자들처럼 창녀다, 그를 애새끼들로 묶어놓고 웨이터로 일하게 만들려는 계략과 음모를 꾸미는 거다. 이런 후진 촌구석에서 종업원으로 살라고.

아기는 지워야 하고 이런 동화 같은 이야기는 다시 꺼낼 생각을 하지 말아야 한다. 결코. 그녀는 멍청하고 뇌 없는 바보다.

피오나는 그에게 맞서 따져야 했지만 어떤 것도 분명하게 이해되지 않았다. 그 순간 그녀의 얼굴에 얼얼한 타격이 느껴졌다. 그가 주먹을 불끈 쥐고 다시 그녀를 치려고 할 때 그녀는 그 충격 때문에 이미 뒤로 휘청거리고 있었다.

땅바닥이 그녀를 향해 올라오는 것 같았고, 속이 메슥거리면서 온몸이 후들거렸다. 바로 그때 뒤에서 뭐라고 외치며 달려오는 소리가 들렸다. 종업원 두 명이 셰인을 움직이지 못하게 뒤에서 끌어안았고, 어디선가 나타난 토머스가 피오나를 끌어당겨 다른 의자로 데려갔다.

토머스가 찬물로 얼굴을 적셔주자 피오나가 눈을 감았다.

"이제 괜찮아요, 피오나." 토머스가 그녀의 머리카락을 쓸어주며 말했다. "정말이에요, 이제 괜찮아요."

5

레스토랑 종업원이 토머스에게 경찰서 전화번호를 주었다. 피오나는 경찰에 전화를 한다는 말에 셰인이 웃는 소리를 들었다.

"시간 낭비예요, 토머스. 저 여잔 고소 같은 거 안 해요. 하더라도 이건 집안싸움이죠. 거기서 그럴걸요. 게다가 외국인들의 집안싸움, 그러니 뭐가 됐건 제기될 가능성은 없어요." 셰인이 손을 뻗어 와인잔을 잡았다.

종업원 두 명이 조언을 구하려는 듯 토머스를 쳐다보았다. 셰인이 술을 마시게 둬야 할까, 아니면 말려야 할까?

하지만 토머스는 고개를 조금 끄덕일 뿐이었다. 셰인이 더 취한 모습을 보인다면 안드레아스의 형 요르기스가 이 일을 처리하러 나타났을 때 더 나쁜 인상을 줄 수 있을 것이다.

토머스는 사람들이 없는 데서 전화를 하려고 사무실로 갔다. 전화로 경찰관에게 자신이 누군지 밝히자 경찰은 그가 누구인지 대번에 알았다.

“마노스 가족에게 기부한 너그러운 사람들 중 한 분이로군요.”

“실제로는 동생분이 하신 거예요. 우리한테 음식값을 받지 않으셨거든요.”

“당신들을 친구라고 했어요.” 안드레아스의 형은 그것을 분명한 사실로 받아들이는 것 같았다.

“우리가 그분의 친구인 건 자랑스러운 일인데, 저, 경찰관님, 문제가 생겼어요……” 토머스가 그 전부를 설명하자, 요르기스는 상황을 즉시 이해했다. 놀랍게도 관료적 형식주의가 거의 느껴지지 않았다. 이어 토머스는 종업원들에게 셰인을 사무실로 데려가 문을 잠가놓으라고 조용히 부탁했다. 셰인은 심지어 저항도 하지 않았다.

“시간 낭비라니까, 경찰들 시간을 낭비하는 거예요, 정말이에요, 경찰이 왔다가 그냥 가면 당신 후회할걸. 똑똑한 척은 다 하면서 어제는 아들하고 대화가 안 된다고 볼멘소리를 하더니. 당신은 고양이하고도 대화를 못 나눌걸, 토머스, 당신한텐 스타일이란 게 없어.”

“그리고 당신에겐 스타일이 있지, 당연히, 그 주먹 말이야.” 토머스가 말했다.

“아주 기발한데, 아주 정말 기발해.”

“여기선 여자를 때리는 걸 당연하게 여기지 않아요, 곧 알게 될 거예요.”

“나는 저 여자를 내 팔로 감싸고 여기서 걸어나갈 거예요. 전에도 이런 일이 있었으니 다시 그렇게 되지 말란 법 없지.” 그는 뻔뻔하고 자신만만해 보였다.

토머스는 목안에서 분노의 쓴맛이 올라오는 것을 느꼈고, 그럴 생각이 없었는데도 주먹이 쥐어진 것을 알아차렸다.

셰인이 보더니 웃었다. "마침내 사나이처럼 행동하겠다는 말은 하지 마요." 그가 토머스를 비웃었다.

하지만 분노는 토머스에게 도달하자마자 떠났다. 그는 다시 차분해졌다. "저 사람이 마실 와인을 좀 남겨둬요. 돈은 제가 내겠습니다." 토머스는 종업원들에게 할말을 끝낸 뒤 피오나 옆으로 가서 앉았다. 눈물로 얼룩진 피오나의 얼굴은 여전히 충격에 빠진 표정이었다.

"괜찮을 거예요." 토머스가 피오나의 손을 어루만지며 말했다.

"결코 괜찮지 않을 거예요." 피오나가 비장한 심정으로 말했다.

"우리는 살아남아요, 우리가 소멸되지 않고 지구를 떠돌며 여기 있는 이유가 그거예요."

그리고 그는 더이상 말이 없었고, 그들은 경찰차가 오기를 기다렸다. 거기 앉아서 레스토랑 아래로 파도가 밀려와 바위에 부딪히는 소리를 들었다. 피오나의 얼굴은 슬프고 멍해 보였지만, 토머스는 자신이 옆에 있어주는 것만으로도 친구로서 그녀에게 어느 정도 힘이 된다는 것을 알았다.

요르기스가 도착한 뒤, 셰인에게 그의 폭력 행위를 서로 다른 세 명의 목격자가 보았고 그는 경찰서에 스물네 시간 동안 갇혀 있게 될 거라고 말했다.

"하지만 그 여잔 아무 말도 안 했어요." 셰인의 목소리는 이제 분명하지 않았고 불안하게 들렸다. "피오나에게 물어봐요. 나는 그녀를 사랑하고, 우리는 서로 사귀는 사이예요. 우리는 아기를 낳을

지도 몰라요. 그렇지, 피오나? 말 좀 해봐."

피오나는 여전히 눈을 감고 있었다.

"그건 중요하지 않아요." 요르기스가 설명했다. "신고는 이 여자분이 한 게 아니니까. 그녀가 뭐라고 하건 그건 상관없어요." 그러고는 셰인에게 수갑을 채웠고, 그를 끌고 가 경찰차에 태웠다.

경찰차는 사람들이 점심을 먹으러 오기 시작할 때쯤 햇볕 속에서 멀리 사라졌다. 종업원들은 안도했다. 그들은 젊고 경험이 많지 않아서 그 모든 일이 당황스럽고 불안했다. 소동이 일어나고 경찰차가 오고 누군가가 체포되었다. 하지만 질서는 회복되었고 장사는 방해받지 않았다. 지금까지는 분주한 아침 시간이었다.

피오나는 그 시간 내내 아무 말도 하지 않았지만 이제 울기 시작했다. "친구가 있으면 좋겠어요, 토머스." 그녀가 말했다.

"내가 친구잖아요."

"네, 알아요. 하지만 고향에 있는 바버라 같은 여자 친구요. 그 친구라면 어떻게 하면 될지 말해줄 거예요. 조언을 해줄 거예요."

"그 친구에게 전화하고 싶어요? 내가 지내는 아파트에 전화기가 있어요." 그가 제안했다.

"지금 우리 사이는 예전 같지 않아요. 예전에도 이런 일이 있었던 적이 많은데, 그 친구가 아주 여러 번 도와주려고 했지만 내가 듣지 않았어요. 그 친구는 얼마나 많은 것이 달라졌는지 이해하지 못할 거예요. 얼마나 많은 일이 일어났는지."

"알겠어요, 한참 전의 일부터 말해야 하는 거로군요." 그가 공감하며 말했다.

"엘자한테는 이야기할 수 있을 것 같아요. 하지만 지금 엘자가 어디 있는지 모르겠네요. 어쨌거나 내 모든 불평을 듣고 싶어하지 않을 것 같긴 하지만요." 피오나가 냅킨으로 눈물을 닦으며 슬프게 말했다.

"엘자가 어디 있는지 알아낼 수 있어요. 오늘 아침에 데이비드하고 같이 택시에 타는 걸 봤어요. 어디로 가는 길이었는지는 몰라도요. 일단 뭘 좀 먹으면서 기운을 차리는 게 어때요?"

"꼭 우리 엄마처럼 말하네요." 그녀가 희미하고 작은 미소를 지었다.

"나는 엄마처럼 돌보는 걸 잘해요." 그가 말했다. "걸을 만큼 힘이 생기면 가서 택시 기사들에게 물어봅시다. 엘자 같은 사람을 잊었을 리 없어요."

"정말로 힘이 좀 없긴 해요."

"엘자는 아주 따뜻하고 공감을 잘하죠…… 이런 이야기를 꺼낼 수 있는 바로 그런 사람이에요." 토머스가 그녀를 안심시켰다.

"그렇게 생각해요?"

"네, 그럼요. 참, 피오나, 한 가지 궁금한 게 있는데요."

"뭔가요?"

"셰인이 당신이 임신했을지도 모른다고 하던데 사실인가요?"

"셰인이 그렇게 말했어요? 나는 모르고 있었어요." 피오나의 얼굴에 다시 애처로운 희망이 떠올랐다.

"그 말을 한 건 오로지 궁지에서 벗어나기 위해서였어요."

"혹시 기뻐서 그랬는지도 모르잖아요."

"아니에요. 잔인한 말을 하고 싶지 않지만 기쁜 목소리는 아니었어요. 그런데 그게 사실인가요?"

"그럴지도 몰라요." 그녀가 침울한 목소리로 말했다.
"일단 오믈렛을 먹고, 그러고 나서 택시 기사들에게 물어봅시다. 엘자를 기억하지 못하면 그들을 남자라고 부를 가치도 없어요."
토머스의 말이 맞았다. 그들 모두 금발의 독일 여자와 안경을 쓴 작은 체구의 남자를 기억하고 있었다. 그들을 칼라트리아다로 태워다준 남자가 요금을 후하게 받았다고 말했다.
"거기로 갑시다." 토머스가 말한 뒤, 깜짝 놀란 택시 기사에게 그날 또 한번의 후한 요금을 주겠다고 했다.

언덕을 지나는 구불구불한 길이 이어졌다. 일단 칼라트리아다라는 작은 마을에 도착하자, 그들은 엘자와 데이비드를 쉽게 찾아낼 수 있었다. 그곳은 카페들과 공예품가게들로 빙 둘러싸인 큰 광장 이상은 아니었다. 작은 가게 안에서 허리를 숙이고 자기 접시를 내려다보고 있는 엘자의 금발을 놓치기는 어려웠다. 설명은 거의 필요 없었다. 이건 명백히 우연이 아니었다. 엘자는 와락 겁을 먹었다.
"누가 나를 찾고 있어요?" 엘자가 다급하게 물었다. 그녀의 눈이 망연하고 겁에 질린 듯 보였다.
토머스가 단도직입적으로 말했다. "한편으론 그래요, 엘자. 당신과 피오나가 이야기를 나눠보면 좋지 않을까 해서요. 보다시피 피오나가 좀 놀란 상태예요."
"그러네요." 데이비드가 피오나의 뺨에 난 불그죽죽한 자국을 보며 말했다.
"한 방 더 맞았으면 코가 부러졌을 거예요." 토머스가 침통하게 말했다.

"음, 당연히 이야기를 나눠야죠." 엘자가 피오나의 팔에 손을 얹으며 말했다. "보자마자 나와 관련된 문제인 줄 알고, 미안해요. 나한테 문제가 좀 있어요. 오늘밤 데이비드와 이곳에 머물기로 한 이유도 그거고요."

"머문다고요?"

"여기 머문다고요?" 피오나와 토머스가 놀라서 동시에 말했다.

"그럼요, 여긴 멋진 곳이잖아요, 안 그래요? 저기 광장 맞은편에 아담하고 아름다운 호텔이 있어요. 방 두 개를 잡았어요. 피오나와 내가 같이 방을 쓰고, 남자 두 분이 한 방을 쓰면 되겠네요. 그러면 괜찮을까요? 어때요?" 엘자의 자신감 넘치는 미소가 되돌아왔고, 어제까지는 한 번도 만난 적 없는 네 사람이 칼라트리아다라는 작은 마을에서 어느 누구도 예상치 못한 작은 휴가를 보낸다는 것이 무엇보다 자연스러운 일로 느껴졌다. 데이비드만 알고 있었던 이곳에서. 그들 모두 당연히 그래도 괜찮다고 동의했다.

어제 이맘때까지 그들은 만난 적도 없는 사이였다. 그런데 오늘은 서로의 삶에 관여하고 있었다.

그들은 모든 문제에 대해 편하게 대화를 나누었다. 각기 다른 네 나라에서 온 네 명의 낯선 사람이 아니라, 같은 동네에서 자란 오래된 친구 같았다.

그 사고와 각자 집으로 전화를 걸었던 일로 아주 감정적인 상태였던 어젯밤과는 같지 않을 것이다. 밤하늘에 별이 나오자마자 친밀하게 대화를 나누기 시작했던 어젯밤과는. 오늘밤은 달랐다. 폭풍우가 다가오고 있었다.

작은 호텔을 경영하는 가족은 짐도 없이 느닷없이 나타난 이들

제각각의 무리를 보고도 전혀 놀라지 않는 것 같았다. 가족들은 모두 상냥하고 편안한 사람들 같았지만 약간 신경이 곤두선 모습이었는데, 생각해보면 그들이 살고 있는 곳이 그 끔찍한 비극이 일어난 아기아안나였다. 그들은 아마 배에서 목숨을 잃은 그 사람들을 알고 있을 것이다.

호텔을 경영하는 사람은 이리니라는 여자였다. 구부정한 자세로 그들에게 수건과 작은 비누를 갖다주는 그녀는 피곤해 보였다. 미소는 따듯하지만 고단함이 엿보였고, 남자들 셋이 구석에 앉아 보드게임을 하는 동안 혼자 청소와 요리를 다 하는 것 같았다. 남자들 중 누구도 그녀를 돕지 않았다.

"이 집의 많은 일이 여자 손으로 이루어지는 것 같네요." 엘자가 피오나와 함께 그들이 쓰게 될 방이 있는 2층으로 올라가면서 소곤거렸다.

"그런 문제를 다루려면 나부터 시작하면 될 거예요, 엘자." 피오나가 초라하게 말했다. "희생자를 찾으려면 멀리 볼 것 없이 나를 봐요."

엘자의 얼굴에 연민이 가득 떠올랐다. "잠시 눈 좀 붙여요." 그녀가 말했다. "몇 시간 자고 나면 모든 게 더 낫게 느껴질 거예요."

"그 사람 이야기를 하고 싶어요. 셰인이 왜 그런 행동을 하는지에 대해서요." 피오나가 말하기 시작했다.

"아니요, 하지 마요. 당신이 나한테 듣고 싶은 말은, 그에게 돌아가도 완벽히 괜찮다, 그가 그런 건 진심이 아니다, 그거잖아요."

피오나의 눈이 커졌다.

"어쩌면 내가 그렇게 말하게 될지도 모르지만 지금은 아니에요,

피오나. 지금 당신은 너무 고단하고 놀란 상태라 어떤 말도 들리지 않을 거예요. 일단 좀 쉬어요. 그 이야기는 나중에 해요, 세상에는 이렇게나 많은 시간이 있는걸요."

"그러면 당신은요?"

"나는 여기 앉아 산을 바라볼 거예요." 엘자가 말했다.

놀랍게도 피오나는 눈꺼풀이 무거워지는 것을 느꼈고 곧 깊은숨을 쉬기 시작했다.

엘자는 작은 등나무 의자에 앉아 어둠이 서서히 계곡을 덮는 것을 지켜보았다.

오늘밤엔 비가 내렸고, 하늘을 뒤덮었던 별들은 가려져 보이지 않았다.

"체스 할 줄 알아요, 토머스?" 데이비드가 물었다.

"잘 못해요." 토머스가 솔직히 말했다.

"나도 못해요. 하지만 나한테 작은 체스 세트가 있는데, 한 게임 할까요…… 수준이 높을 거란 기대는 전혀 하지 마요." 데이비드는 몹시 지쳐 보였고, 뭔가를 털어놓거나 이야기를 하고 싶어하는 것 같지는 않았다. 체스가 대안이 될 수 있었다.

그들은 창가에 작은 테이블을 놓고 함께 즐겁게 체스 게임을 했고, 서서히 밤 그림자가 드리우면서 폭우가 내리기 시작했다.

이리니가 두 개의 침실 문을 모두 두드렸다.

비가 너무 많이 와서 바깥에서 식사를 할 수는 없지만, 안에 앉아 칼라트리아다의 광장을 볼 수는 있다고, 그녀가 말했다. 피오나의 얼굴에 나타나기 시작한 큰 멍에 대해서는 어떤 말도 하지 않았다.

그들 모두 내려와서 파란색과 노란색의 체크무늬 보가 덮인 테이블로 갔다. 그리고 남자 노인들이 구석에서 주사위와 말을 달그락거리며 백개먼 게임을 하고 있는 동안, 이리니가 자랑스럽게 차려낸 케밥과 샐러드를 먹기 시작했다.

"오리아," 데이비드가 말했다. "폴리 폴리 칼라!"*

이리니의 고단한 얼굴에 이 빠진 미소가 커다랗게 번졌다. 나이는 마흔쯤이거나 그보다 더 적을 거라고 엘자는 짐작했다. 이곳에는 이리니에게 삶이라고 말할 게 없었지만, 그녀는 자신이 알고 좋아하는 사람들에게 둘러싸여 있었고, 지금은 손님 넷이 소박한 음식을 칭찬하면서 정말로 맛이 훌륭하다고 말하고 있었다.

한때 엘자는 모든 것에 확신이 있고 자신만만했다. 이리니의 삶 어느 부분이 잘못됐는지도 알았을 것이다. 이제는 그때만큼 확신이 없었다. 아마도 이리니는 산과 바다를 낀 이 아름다운 마을에서 사는 것이 더 좋을 것이다. 백개먼 테이블에 앉아 있는 사람들 중 한 명은 남편일 것이고 또 한 명은 아버지일 것이다. 아이들의 옷이 빨랫줄에 걸린 채 펄럭이고 있었다. 그녀에겐 아마도 가족과 어린 자식들이 있을 것이고, 그들은 이 마을 모든 사람들을 알 것이다.

어쩌면 이리니는, 안드레아스의 아들처럼 더 밝은 빛을 찾아 시카고로 떠나는 삶보다 이곳에서 사는 것이 훨씬 더 낫다는 것을 입증하는 사례가 될 것이다.

---

* '아주아주 좋아요!'라는 뜻.

엘자는 한숨을 쉬었다. 모든 것이 분명했을 때가 훨씬 쉬웠다. 예전 같았으면 피오나에게 셰인을 똑바로 보라고, 그러면 그가 그녀를 결코 사랑할 수 없을 것이고 아마 어느 누구도 사랑할 능력이 안 된다는 것을 깨달을 거라고 다그치듯 말했을 것이다. 어느 여자도 다른 여자에게 아이를 지우라는 충고는 하지 말아야겠지만, 피오나에게는 셰인의 아이를 달이 찰 때까지 뱃속에 품고 있는 것에 대해 모든 면을 살펴봐야 한다고 말했을 것이다. 하지만 요즘 엘자는 누군가가 어떻게 하는 것이 옳은지에 대한 판단을 내리는 데 전혀 확신이 서지 않았다.

엘자는 자신이 공상에 빠져 있었던 것을 깨닫고, 테이블에서 오가는 대화로 다시 관심을 돌렸다. 그녀가 이 멀리까지 떠나온 것은 머릿속을 정리하기 위해서지, 아테네로 오는 표를 사기 몇 주 전 그녀의 아파트에서 그랬듯이 혼란스러운 심경으로 앉아 고민에 빠져 있기 위해서가 아니었다.

그녀는 정신을 집중해야 했고, 다시 이런 상태에 빠져들어선 안 되었다. 토머스가 자신이 지내는 집의 주인에 대해 말하고 있었다.

"정말 괴짜예요. 이름이 보니인데, 분명 이곳에서 오래 산 것 같아요. 본인 이야기는 전혀 하지 않지만 본토에서 태어난 사람처럼 그리스어를 잘해요. 이곳 칼라트리아다를 잘 안다면서, 몇 주마다 한 번씩 여기 와서 공예품가게에서 팔 자기 제품을 산다고 했어요."

"아일랜드에서 왔대요, 어제 안드레아스가 말해줬어요." 피오나가 말했다. "마침 오늘 그분 생각을 하고 있었는데…… 그러니까, 그분이 여기 살 수 있었다면, 아마 나도 그럴 수 있을 거예요." 피오나의 작고 창백한 얼굴이 아주 슬퍼 보였다.

"보니가 이곳에 다른 누구하고 같이 왔을까요?" 피오나가 셰인과 함께 이곳 그리스의 자줏빛 산자락에서 가정을 꾸리는 상상의 세계로 들어가기 전에, 엘자는 이 논의에 다시 현실적인 측면을 불어넣고 싶었다.

토머스도 몰랐다. 그는 보니가 아주 개방적이고 친근하기는 해도 그녀에게 질문을 하는 건 꺼려진다고 말했다.

데이비드는 보니의 공예품가게에 들어갔다가 같이 대화를 나누었다고, 다양한 종류의 물건을 구비해놓았더라고 말했다. 관광객 대상의 기념품과 고급 취향의 상품 사이에서 적정선을 지키는 게 힘들 거라고.

"나는 보니가 돈에 강박적인 것 같지 않아 정말 좋아요. 돈이 많은 사람으로 보이지도 않고요." 데이비드가 말했다.

"그래요, 내 생각에도 먹고사는 게 꽤 힘들어 보여요." 토머스의 생각도 같았다. "그녀는 영어를 가르쳐요. 그리고 나한테 자기 집을 빌려주고 자기는 집 뒤쪽 헛간 같은 곳에서 지내요."

"나이는 어떻게 되나요?" 엘자가 물었다.

"쉰에서 예순 사이." 데이비드가 말했다.

"마흔에서 쉰 사이." 토머스가 동시에 말했다. 그들 모두 웃었다.

"음, 남자들을 즐겁게 해주려면 우리가 많이 꾸며야겠는데요." 엘자가 영리한 미소를 지으며 말했다.

"아니요, 보니는 꾸미지 않아요. 티셔츠와 색깔 있는 스커트를 입고 앞이 트인 샌들을 신어요. 화장은 아예 하지 않을걸요." 토머스는 사려 깊은 사람이었다. "어쨌거나 그게 묘하게 편안하게 느껴져요." 그는 아주 많이 꾸미고 늘 화장을 짙게 하는 누군가에 대한 생각에 빠진 듯, 아주 멀리 있는 것처럼 느껴졌다.

"그럼 반한 건가요? 편안하게 느껴지지만 나이를 정확히 모르는 그 여인에게?" 엘자가 그를 놀렸다.

"아니, 그런 건 전혀 아니지만 흥미로운 분이에요. 집에 불이 켜지지 않은 걸 보고 내가 자기 몰래 사라져버렸다고 생각할까봐 오늘밤 저녁을 먹기 전에 전화를 했어요."

"참 사려 깊네요." 피오나가 놀라며 말했다. 셰인이라면 그런 생각은 하지도 못했을 것이다.

"보니가 우리한테 또 택시를 탈 생각은 꿈에도 하지 말래요. 두 시간 간격으로 광장에서 출발하는 버스가 있으니 그걸 타라고요. 우리는 내일 장례식에 맞춰 돌아갈 것 같다고 말했고, 우리가 괜한 방해가 되지는 않겠는지도 확인했어요. 사람들이 고마워할 거라고 하더군요. 모두 그렇게 하는 거 괜찮은가요?"

"나는 괜찮아요." 데이비드가 말했다.

"네, 그리고 나는 경찰서에 가서 셰인하고 이야기해보려고요." 피오나가 진지하게 말했다. "지금쯤 많이 미안해하고 속상해할 거예요. 그 일 전부를 제대로 되돌아볼 시간을 가졌을 테니까요."

나머지 사람들은 피오나와 눈을 마주치지 않았다. 그들 중 뭔가 말을 하지 않은 사람은 엘자가 유일했다.

"엘자?" 토머스가 다정하게 말했다.

"나는 여기 며칠 더 있을 것 같아요. 나중에 여러분 모두와 합류할게요." 설명이 필요한 것 같았다. 그녀는 망설이다 곧 결심이 섰는지 말하기 시작했다. "말하기 좀 그렇지만, 지금 누군가를 피하는 중이에요. 그 사람이 떠날 때까지 여기 좀 숨어 지내려고요." 엘자는 세 사람의 표정이 멍해진 것을 보았다. "좀 바보같이 들리겠지만 지금 상황이 그래요. 나는 독일에서 도망쳐온 거예요. 내 친구들에게서, 내가 사랑하는 좋은 직장에서…… 오로지 그 사람에게서 멀어지기 위해서요. 아기아안나처럼 작은 곳에서 그를 다시 만나게 된다면 바보 같은 일이 될 거예요."

"그 사람이 거기 있다고 확신해요?" 토머스가 다정하게 물었다.

"네, 이건 그가 좋아할 만한 기삿거리예요. 어느 누구도 그 사람만큼 인간의 관심사를 잘 다루지 못해요. 내가 여기로 도망쳐 데이비드와 함께 있는 이유가 그거예요." 엘자가 고마워하는 표정으로 데이비드를 쳐다보았다.

"우리가 그 사람이 당신 가까이 오지 못하게 막을 수 있을 거예요." 데이비드는 이 모든 일에서 자신이 맡은 영웅 역할을 제대로 해내고 싶어 열심이었다.

"우리가 요르기스에게 말해볼 수 있어요. 안드레아스의 형 말예요…… 그 사람이 당신을 스토킹하거나 괴롭히려고 하면 요르기스가 주의를 줘서 가까이 오지 못하게 할 거예요." 토머스가 엘자를 안심시켰다.

엘자가 이쪽저쪽 쳐다보았다. "아니요, 그런 게 아니에요, 내가 그를 두려워한다는 말은 아니에요. 나는 나 자신이 두려워요, 그에게 돌아갈까봐요. 그렇게 되면 이 모든 일이—여기로 온 일 전부가—완전히 시간 낭비가 되는 거예요." 그녀의 입술이 떨리고 있었다. 엘자, 멋지고 자신만만한 엘자가 이런 모습을 보이고 있었다.

그들은 어리둥절했다.

"내가 여기 같이 머물면 좋을 텐데요, 엘자." 피오나가 말했다.

"하지만 경찰서로 가서 셰인이 어떤지 봐야 해요."

"거기 꼭 가야 하는 건 아니죠, 피오나, 그러고 싶을 뿐이지." 엘자가 말했다.

"음, 나는 셰인을 사랑해요, 당신이 알아야 하는 건 그거예요." 피오나는 이 말에 기분이 상했다. "정말이에요, 엘자. 사랑하지 않는다면 만나는 게 그렇게 두렵지 않을 테니, 그 사람을 사랑하는 게 틀림없어요."

토머스가 끼어들었다. 여자들의 대화가 너무 무거워지고 있었다.

"우리 모두 긴 하루를 보냈어요…… 여기서 여덟시에 만나 아침을 먹을까요? 가고 싶은 사람은…… 아홉시 버스를 타면 될 거예요. 괜찮아요?" 그의 목소리는 부드러웠지만, 학생들을 여러 해 가르쳐온 데서 묻어나오는 권위가 느껴졌다.

그들은 토머스의 말이 맞는다고 생각했고, 이제 자리에서 일어나기 시작했다.

"잠깐만요." 엘자가 말했다. "정말 미안해요, 피오나, 내가 무례했어요. 당신은 가서 사랑하는 남자를 만날 모든 권리가 있어요. 그리고 다른 사람들의 비극보다 나 자신의 이기적인 문제를 앞세운 것에 대해서도 사과할게요. 당연히, 나 또한 여러분과 함께 장례식에 갈 거고, 여러분 같은 친절한 사람들의 보호라면 기꺼이 받겠어요." 그녀는 한 사람 한 사람을 쳐다보았고, 그녀의 눈동자는 많은 눈물을 미소로 감춘 것처럼 지나치게 반짝거렸다.

6

경찰서 뒤쪽 유치장에서 셰인은 두 손으로 머리를 받친 채 앉아 있었다. 시원한 맥주가 몹시 마시고 싶었지만, 언덕 위에서 타베르나를 경영하는 짜증나는 안드레아스의 형인 그 무식한 그리스 경찰에게 맥주를 얻어 마실 가능성은 거의 없어 보였다.

피오나는 어디 있지? 그가 생각하기로 지금쯤은 피오나가 이곳에 와야 했다. 그녀가 오면 항구에 있는 피시바로 가서 시원한 맥주 세 캔을 사오라고 시킬 수 있었다. 물론 그는 그녀가 그렇게 불쑥 이야기를 꺼낸 것이 몹시 당황스러워서 그런 반응을 보인 거라고 둘러대면서 미안해, 미안해, 하고 말해야 할 것이다.

셰인은 딱딱한 빵이 담겨 있던 접시로 문을 탕 쳤다.

요르기스가 덧문을 열고 안을 들여다보았다. "무슨 일이오?"

"내 여자친구가 틀림없이 나를 보러 왔을 텐데, 당신이 나한테 못 오게 막았어요? 그런 식으로 빼돌릴 순 없을 텐데. 유치장에 간힌 사람들도 가족이나 친지를 만날 권리가 있다고요."
요르기스가 어깨를 으쓱했다. "아무도 안 왔어요."
"못 믿겠는데요."
"아무도 안 왔다고요." 요르기스는 그 자리를 떠나려고 했다.
"저기, 미안해요. 내가 당신 말을 안 믿으려고 한 건 아니고, 그게 그러니까, 우리가 아주 가까운 사이니까 올 거라고 예상……" 그의 말끝이 흐려졌다.
"어제는 둘이 아주 가까운 사이로 보이지 않던데요." 요르기스가 말했다.
"아니에요, 당신은 이해하지 못해요, 우리는 아주 열정적인 사이예요, 때때로 분노가 폭발하는 게 자연스럽죠."
"엔댁시." 요르기스가 말했다.
"그게 무슨 뜻이죠?"
"그렇군요, 혹은 좋아요, 혹은 좋으실 대로." 요르기스가 멀어졌다.
"피오나는 어디 있어요?" 셰인이 외쳤다.
"어제 아기아안나를 떠났다고 들었어요." 요르기스가 뒤돌아보며 소리쳤다.
"믿을 수 없어요!" 셰인이 외쳤다.
"믿고 싶은 대로 믿어요. 내가 듣기론 택시를 타고 이곳을 떠났다고 하니까."
셰인은 못 믿겠다는 표정으로 거기 앉아 있었다. 사실일 리 없었다. 피오나는 결코 그 없이 떠날 리 없었다.

"칼리메라 사스,* 요르기스. 걱정이 있어 보이네요." 보니가 걸음을 멈추고 경찰서 벽에 기댔다.

"음, 장례식에 온 사람들 모두를 깔아뭉갤 만큼 카메라맨들이 떼로 몰려왔어요. 경찰서에는 사고 조사자들과 보험사 임원들이 바글바글하고, 작성할 보고서가 열한 개 남았는데, 유치장에는 그 젊은 놈이 갇혀 있네요. 그자를 어떻게 해야 할지 모르겠어요."

"아일랜드 여자를 때렸다는 그 남자요?" 보니가 물었다. 여기서 일어난 일 중 그녀가 모르는 것은 없었다.

"네. 그자가 여기서 수백 마일은 떨어진 곳에 있으면 좋겠네요."

"음, 그러면 그런 데로 보내버려요."

"네?"

"오래전 아일랜드에서 했던 방식이에요. 문제를 일으킨 불량배에게 판사나 경비대가 그날 밤 잉글랜드로 가는 우편선을 탄다면 더이상 조치하지 않겠다고 말하는 거죠."

요르기스가 믿지 못하겠다는 듯 미소를 지었다.

"정말이에요, 사실이에요. 우리 불량배들을 그곳으로 보내버리는 건 잉글랜드에는 못할 짓이었지만 우리는 이렇게 생각했어요. 음, 잉글랜드는 더 크니까 처리할 수 있을 거야."

"그렇군요."

"그자를 열한시에 아테네로 떠나는 배에 태우는 건 어때요? 진지하게 하는 말이에요, 요르기스. 그자가 장례식 전에 여기 아닌 다른 곳에 가 있는 편이 모두에게 좋을 거예요."

"그리고 정말로 아테네는 그자를 처리할 만큼 크죠." 요르기스

* '좋은 아침'이라는 뜻.

가 생각에 잠긴 채 얼굴을 어루만졌다.

보니의 주름지고 그을린 얼굴에 커다란 미소가 퍼졌다. "정말로요, 요르기스. 아테네는 크고도 남죠." 그녀가 맞장구를 쳤다.

"당신이 나보고 이 섬을 떠나라 마라 명령할 순 없어요." 셰인이 말했다.

"받아들이거나 말거나. 우리는 지금 당신 문제를 처리할 시간이 없어요. 다음주까지 여기 갇혀 있다가 기소될 거예요. 어쩌면 감옥에 가게 되겠죠. 그게 한 가지 방법이고, 또 한 가지 방법은 아테네로 가는 공짜 배를 타는 거예요. 당신이 선택해요. 십 분 줄게요."

"내 소지품은요?" 셰인이 물었다.

"여기 경찰 하나가 당신을 데려가는 길에 엘레니의 집 앞을 지나갈 거예요. 그때 배낭을 꾸려서 열시 반에 배를 타면 돼요."

"난 아직 떠날 준비가 안 됐어요."

"마음대로 해요." 요르기스가 말한 뒤 유치장을 떠나려고 돌아섰다.

"아니, 잠깐만요, 돌아와요. 가는 게 낫겠어요."

요르기스가 셰인을 호송해 경찰차에 태웠다. 셰인이 시무룩하게 올라탔다.

"나라를 다스리는 별 희한한 방법도 다 있네요." 셰인이 말했다.

다시 엘레니의 집으로 간 그는 피오나의 소지품이 여전히 그 방에 있는 것을 보았다.

"피오나가 떠났다고 한 것 같은데요?"

엘레니가 그리스어로 그날 그 여자가 돌아올 거라고 설명했다.

지혜로운 젊은 경찰은 그 말을 있는 그대로 통역해주지 않았다. 그의 상관은 이 폭력적인 자가 열한시에 출발하는 페리를 타고 그의 관할권을 벗어나기를 바랐다. 그 어리석은 여자가 돌아온다고 했지만 어쨌거나 그자가 그녀에 대해 많이 물어봤던 건 아니었으니 이 일을 지체하는 것은 의미가 없었다.

경찰은 셰인이 가방 안에 옷가지를 쑤셔넣는 것을 가만히 지켜보았다. 셰인은 엘레니에게 방값을 지불하려는 시도는 전혀 하지 않았다. 경찰차를 타고 떠날 때 작별인사조차 하지 않았다.

칼라트리아다에서 출발하는 버스는 작은 언덕 마을을 구불구불 돌아 천천히 아기아안나로 향했다.

검은 옷을 입은 할머니들이 버스에 타거나 내리면서 모두에게 인사를 했다. 그들 중 일부는 아마도 시장에 내다팔 채소를 들고 있었고, 암탉 두 마리를 들고 있는 할머니도 있었다. 한 젊은 남자는 부주키를 연주했다.

그렇게 달리다가 한번은 성모마리아 조각상이 있는 길가 성지 앞에 멈춰 섰다. 그 주위로 꽃다발이 수두룩하게 놓여 있었다.

"굉장하네요." 토머스가 말했다. "영화사에서 전부 꾸며놓은 것만 같아요."

"네, 아니면 그리스 관광청에서 했거나요." 엘자가 동의했다.

하지만 그 이야기를 제외하면 그들은 거의 대화를 나누지 않았다. 그들 모두 각자 앞에 놓여 있는 그날에 관한 자기만의 생각과 걱정에 빠져 있었다.

엘자는 디터를 피해 도망쳐온 이 작은 마을에 그와 그의 텔레비전 방송국 팀이 나타나지 않을 가능성이 얼마나 될지 생각했다.

피오나는 셰인이 이제 많이 진정됐기를 바랐다. 어쩌면 멋진 노인 안드레아스에게 한마디해달라고 부탁하면 경찰서에서 장례식에 참석하라고 그를 내보내줄지도 몰랐다.

토머스는 보니에게 그 끔찍한 헛간에서 자지 말고, 그녀 자신의 아파트에 있는 빈방을 쓰라는 말을 어떻게 하면 될지 고심했다. 이래라저래라 하지 않고 그저 그녀가 현명한 판단을 하게 만들고 싶었다.

데이비드가 차창 밖을 내다보니 아이들이 있는 가족들이 버스가 지나가는 것을 보고 손을 흔들고 있었다. 그는 자신에게도 남자형제나 여자형제가 있어서 짐을 나눠가지면 좋겠다고 생각했다. 회계사 공부를 한 남자형제나 법을 공부한 여자형제, 대학에 가지 않았지만 열여섯 살에 아버지 회사에 들어가 밑바닥부터 일을 배운 남자형제가 있으면 좋겠다고. 그러면 데이비드 자신은 아무 문제 없이 자유롭게 칼라트리아다 같은 곳으로 가서 도예를 배울 수 있을 것이다.

그는 올리브나무가 무성한 언덕을 내다보며 한숨을 쉬었다. 그렇게 하기는커녕, 그는 여기 이곳에서 죄책감에 괴로워하고 있었다. 지난밤 피오나가 가톨릭 신자의 죄의식에 대해 언급했다. 그녀는 유대교 신자의 죄책감이 어떤 것인지는 아예 몰랐다.

보니는 공예품가게 뒤쪽 큰방에서 아이들에게 영어를 가르치고 있었다. 그녀가 장례식에서 부를 찬송가의 영어 가사를 아이들에게 가르치겠다고 제안했기 때문이었다. 지난 서른여섯 시간 동안 이곳으로 오는 모든 배를 타고 이 비극의 현장에 도착한 영어를 쓰는 친지들에게 그것이 작은 위로가 될지 몰랐다. 그녀는 독일어로 된 것도 찾아볼 수 있었다. 물어보면 될 것이다.

모두 그것이 좋은 생각이라고 했다.

그렇게 하면 어린아이들의 관심을 다른 데로 쏠리게 해, 울고 있는 가족들에게서 한동안 떼어놓을 수 있을 것이다. 가족들은 보니가 젊은 아가씨였을 때 아기아안나에 처음 온 뒤로 수십 년 동안 그래왔듯 보니에게 고마워했다. 그녀는 그들 모두와 함께 나이를 먹어갔고, 그들의 언어로 말했고, 그들의 아이들을 가르쳤고, 좋은 시간과 힘든 시간을 그들과 함께했다. 많은 사람들은 그녀가 처음 여기로 왜 왔는지도 기억하지 못했다.

토머스는 흰색 도료를 바른 계단을 올라 위층 아파트 안으로 들어가다가 믿기지 않는다는 듯 잠시 걸음을 멈추었다.

어린아이들이 노래하는 소리가 들렸다. "주님은 나의 목자시니, 나는 아무것도……"

그가 교회에 마지막으로 간 건 오래전 일이었다. 아마 아버지의 장례식 때였을 것이다. 그때가 그 노래를 마지막으로 들은 때였다. 그는 햇볕 속에 충격을 받은 듯 멈춰 섰다. 이 장례식은 그가 생각했던 것보다 훨씬 더 슬플 것이다.

안드레아스와 그의 형 요르기스가 페리 옆에 서 있었다.

셰인은 그들의 눈을 피했다.

"떠나기 전에 하고 싶은 거 있어요?" 안드레아스가 물었다.

"어떤 거요? 이를테면 전설에 남을 만큼 멋진 그리스식 환대를 해주신 걸 축하라도 할까요?" 셰인이 비꼬았다.

"이를테면 여자친구에게 편지를 쓰는 거 말입니다." 안드레아스가 무뚝뚝하게 말했다.

"종이나 펜이 없어요." 셰인이 말했다.

"나한테 있어요." 안드레아스가 그 두 가지를 내밀었다.

"뭐라고 쓰면 되죠? 당신과 게슈타포 같은 당신 형이 나를 쫓아냈다고? 그렇게 쓰면 갠 별로 안 좋아할 텐데요?" 셰인이 아주 호전적인 태도를 보였다.

"피오나는 아마 당신이 안전하게 잘 있다는 것, 풀려났다는 것…… 그리고 자리가 잡히면 연락하겠다는 것, 그런 걸 알고 싶어할 것 같은데요."

"그건 알 거예요."

펜과 종이는 여전히 안드레아스의 손에 들려 있었다. "짧게 몇 마디 정도는 어때요?" 안드레아스가 권유했다.

"아, 맙소사." 셰인이 돌아섰다.

배가 곧 떠난다는 것을 알리는 신호로 호각을 부는 소리가 들렸다. 젊은 경찰이 셰인을 갑판까지 데려다준 뒤 안드레아스와 요르기스에게 돌아왔다.

"그자가 편지를 쓰지 않는 게 더 나아요." 그가 연장자인 두 남자에게 말했다.

"그럴지도 모르겠군요." 안드레아스도 같은 의견이었다. "길게 보면 그게 확실한데, 짧게 보면 피오나의 가련한 가슴이 찢어질 것 같아서요."

데이비드와 피오나는 엘자와 함께 엘자의 아파트로 걸어갔다.

"봐요, 주변에 아무도 없어요." 데이비드가 말했다. 사실이었다. 언론사와 정부 관리들로 넘쳐나던 거리는 이제 고요했다.

"나도 더 오래 함께 있으면 좋을 텐데, 셰인이 잘 있는지 확인해야 해요." 피오나가 언덕을 올라 경찰서로 가면서 미안해했다. 그들 모두 저 아래 항구에서 오전 열한시 페리가 아테네로 떠나면서 울리는 경적소리를 들었다. 한낮이 되면 또다른 배가 장례식에 참석하려는 사람들을 더 많이 싣고 이곳에 도착할 것이다.

"내가 여기 같이 있길 바라나요, 엘자?" 데이비드가 물었다.

"내가 다시 달아날 수 없게 딱 오 분만요." 엘자가 웃었다.

"그러지 않을 거예요." 그가 그녀의 손을 가볍게 톡톡 쳐주었다.

"그러지 않으면 좋겠어요, 데이비드. 말해줘요, 지금까지 누군가를 강박적으로 바보같이 좋아한 적 있어요?"

"아니요. 나는 어느 누구도 사랑해본 적이 없어요." 그가 말했다.

"그건 아니었을 것 같은데요."

"유감스럽지만 사실이에요. 스물여덟 살에 자랑할 일은 아니지만요." 데이비드가 겸연쩍어했다.

"나하고 나이가 같네요!" 엘자가 놀라며 외쳤다.

"당신은 인생의 시간을 나보다 더 잘 사용한 것 같아요." 데이비드가 말했다.

"아니요, 진실을 안다면 그런 말은 하지 않을 거예요. 나는 결코 사랑하지 않는 편을 택했을 거예요. 어쩌면 이 모든 일이 있기 전의 나로 되돌아갈 수 있을 거예요. 나는 무엇보다 그걸 선택할 거예요." 엘자의 시선은 먼 곳을 향해 있었다.

데이비드는 무슨 말을 해야 할지 알고 싶었다. 적절한 말을 해서 이 슬픈 여인을 웃게 만들 수 있다면 정말 좋을 것 같았다. 분위기를 가볍게 만들어줄 농담이나 재미있는 이야기를 알고 있으면 좋을 텐데. 그는 머리를 쥐어짰다. 그의 아버지가 해준 골프에 관한 농담만 떠올랐다.

"골프 쳐요, 엘자?" 그가 불쑥 물었다.

엘자는 깜짝 놀랐다. "조금요." 그녀가 말했다. "골프 생각하고 있었어요?"

"아니, 아니요, 나는 안 쳐요. 사실 당신을 좀 즐겁게 해주려고 골프에 관련된 재미있는 이야기를 생각하고 있었어요."

엘자는 감동받은 듯했다. "그럼 이야기해봐요."

데이비드는 그 이야기를 기억해내 열심히 짜맞춘 뒤 어느 정도 가닥을 잡았다. 골프 코스를 돌다 죽은 아내를 둔 어느 남자에 관한 것이었다. 그의 친구들이 안타까움을 표시하자 그 남자가 아니, 그건 그렇게 나쁘지 않았어, 가장 나쁜 건 내가 공을 칠 때마다 아내의 시신을 들어올려 다음 홀로 옮기는 거였지, 하고 말했다.

엘자가 더 기대하는 표정으로 데이비드를 쳐다보았다.

"유감스럽게도 그게 다예요." 데이비드는 참담했다. "무슨 얘기냐 하면, 골퍼들은 아주 강박적이어서…… 게임을 포기하기보단 시신을 들고 자리를 옮겨다닌다는 거예요……" 그가 소스라치게 놀라며 말을 멈췄다. "아, 정말 미안해요, 엘자. 장례식 날 이런 어리석은 이야기를 하다니…… 난 정말 바보예요."

엘자가 손을 뻗어 그의 뺨을 어루만졌다. "아니요, 그렇지 않아요, 당신은 사랑스럽고 다정한 사람이에요. 여기 같이 있어줘서 참 좋아요. 우리 간단하게 점심 만들어 먹을까요?"

"아니면 나가서 오믈레타 트리아-아브가*를 먹을까요…… 그걸 달라고 하면 정말 좋아하더라고요…… 달걀 세 개를 원하는 게 맞는지 강조하면서요." 그는 그 모든 생각에 흥분한 듯 보였다.

"괜찮다면 난 밖에 나가지 않았으면 해요, 데이비드. 여기 안이 더 안전하게 느껴져요. 테라스에서 먹으면 되고, 그러면 남들에게 모습을 보이지 않고 바깥을 볼 수 있잖아요. 그건 싫어요?"

"물론 싫지 않죠, 아주 좋아요." 데이비드가 말했다.

그리고 그는 엘자의 냉장고로 행복하게 걸어가 페타치즈와 토마토를 꺼낸 뒤 그들이 먹을 점심을 만들었다.

"안녕하세요, 서장님과 이야기할 수 있을까요."

요르기스가 지친 기색이 역력한 채 자리에서 일어섰다.

피오나가 푸른색 면 원피스 차림에 흰색 양모 숄더백을 들고 서 있었다. 얼굴로 흘러내린 머리카락도 멍을 가리지는 못했다. 그녀는 가냘파서 인생이 그녀에게 돌린 패를 잘 처리할 수 있을 것 같지 않아 보였다.

"들어와요, 키리아.** 앉으세요." 요르기스가 피오나에게 의자를 내밀며 말했다

"저, 제 친구가 지난밤 이곳에 있었는데요." 그녀는 요르기스가

* 오믈렛에 달걀 세 개.

** '숙녀분'이라는 뜻.

아기아안나의 유치장이 아니라 고급 민박집이라도 운영하는 사람인 것처럼 말을 꺼냈다.

요르기스가 자기 앞으로 두 손을 벌려 보였다. 그녀는 그자를 몹시 보고 싶어하고 그자가 한 일을 아주 너그럽게 용서하는 것 같았다. 그런 돼지 같은 젊은 놈들은 어떻게 착한 여자들을 꼬드겨 그들을 사랑하게 만드는 걸까? 그리고 지금 그는 이 여자에게 그자가 한 번 뒤돌아보지도 않고 한 시간 전에 페리를 타고 떠났다고 말해야 하는 것이다. 적당한 말을 고르기가 어려웠다.

"셰인이 아주 미안해하고 있을 거예요. 티는 안 냈겠지만, 미안해하고 있어요." 그녀가 말하기 시작했다. "그리고 한편으로 많은 게 제 실수였어요. 그에게 말할 게 있었는데 제대로 설명하지 못하고 완전히 잘못된 방식으로……"

"그는 아테네로 갔어요." 요르기스가 거두절미하고 말했다.

"아니요, 그랬을 리 없어요, 저 없이는요. 저한테 말도 없이 갔을 리 없어요. 아니, 아니에요. 그런 일은 있을 수 없어요." 피오나가 몹시 당황한 얼굴로 그를 쳐다보았다.

"열한시 페리를 타고 떠났어요."

"저한테 편지 같은 걸 남기지 않았나요? 셰인이 어디로 갔는지 말해주세요. 어디로 가면 그를 만날 수 있죠? 그렇게 가버렸을 리 없어요."

"자리를 잡으면 연락하겠죠. 틀림없이 그럴 거예요."

"하지만 어디로요? 그가 어디로 편지를 보내야 제가 받죠?"

"어쩌면 여기로 편지를 보낼 수도 있겠네요." 요르기스가 모호하게 말했다.

"아니요, 그러지 않을 거라는 거 아시잖아요!"

"아니면 당신과 머물고 있던 그 집으로 보내거나요."

"아니요, 셰인은 엘레니의 집을 기억하지 못할 거예요, 거기가 어디인지도요. 아니요, 다음 배를 타고 가서 그를 찾아봐야겠어요." 그녀가 말했다.

"아니, 아가씨, 그러지 마세요, 아테네는 굉장히 큰 도시예요. 여기 있어요. 이곳에 좋은 친구들이 있으니 더 건강해질 때까지 여기 있어요."

이제 그녀는 울고 있었다. "하지만 전 그와 같이 있어야 해요……"

"오늘 떠나는 배는 더 없어요. 장례식 때문에요. 부탁인데 제발 진정해요. 그가 떠난 게 더 잘된 거예요."

"아니, 아니에요, 어떻게 그게 더 잘된 일일 수 있어요?"

"그러지 않았다면 그는 계속 갇혀 있어야 했으니까요. 적어도 이제 그는 자유예요."

"제게 남긴 말이 있나요?"

요르기스가 말했다. "모든 일이 아주 급박하게 돌아갔어요."

"전혀 없어요?"

"당신에 대해 물어보긴 했어요. 당신이 어디 있는지 알고 싶어했어요."

"오, 그런데 왜 가버린 거예요? 앞으로 평생 나 자신을 용서할 수 없을 거예요……"

요르기스가 훌쩍이며 우는 피오나의 어깨를 어설프게 토닥여주었다. 그녀의 어깨 너머로, 언덕 저 아래에서 보니가 한 무리의 어린아이들을 데리고 지나가는 게 보였다. 그 순간 좋은 생각이 떠올랐다.

"안드레아스가 그러던데, 간호사라고요?" 그가 말했다.

"전에는요. 네."

"아니, 간호사면 끝까지 간호사지…… 좀 도와줄 수 있겠어요? 저기 아래 보니 보여요? 그녀가 장례식 동안 아이들을 돌볼 거예요. 당신이 도와주면 좋아할 거예요."

"제가 지금 누구에게 도움이 될 수 있을지 잘 모르겠어요……" 피오나가 말했다.

"우리가 가장 큰 도움이 되는 순간에 종종 그런 마음이 들죠." 요르기스가 말했다. 그러고는 그리스어로 뭔가 큰 소리로 외쳤다. 보니가 뭐라고 대답했다. 피오나는 미련이 남은 표정이었다.

"우리가 여기 살면서 아이를 낳을 수 있다면, 그리스어도 배우고 저분처럼 이곳의 일부가 될 텐데." 피오나의 말은 혼잣말에 가까웠지만, 요르기스는 그 말을 들었고, 그의 목구멍에 뭔가 덩어리가 걸린 기분이었다.

토머스는 안절부절못했다. 그는 장례식이 빨리 시작해서 빨리 끝나기를 바랐다. 작은 마을 위에 무거운 기대감이 드리워져 있었다. 이 사람들이 묻혀 영면에 들어야 그는 마음을 잡을 수 있을 것 같았다. 그리고 정말로 그는 텔레비전 방송국 팀과 기자들이 떠나기를 간절히 바랐다. 그러면 모든 일이 예전처럼 흘러갈 수 있을 것이다.

음, 예전과 정확히 같지는 않겠지만.

마노스나 죽은 다른 청년들의 유족에게는 그렇지 않을 것이다.

방문객들 중 일부는 여기 묻힐 것이고, 일부는 관에 넣어져 잉글랜드와 독일로 이송될 것이다.

이 하루가 끝나면 모두 조금은 더 괜찮아질 것이다.

토머스는 엘자의 아파트로 그녀를 데리러 가서 작은 교회까지 같이 걸어가기로 약속했었다. 그는 엘자가 피하고 있고 또 아주 두려워하는 것 같기도 한 그 남자를 만나지 않기를 바랐다. 그에 대해 이야기할 때 엘자의 표정이 너무 고통스러워 보였다.

그곳은 아주 북적거릴 것이다. 누구인지 몰라도 그 사람은 엘자를 찾아내지 못할 것이다.

"피오나라고 해요." 그녀가 주름지고 피부색이 가무잡잡한 여자에게 말했다.

"더블린에서 왔어요?" 여자가 물었다.

"네, 당신은요? 사람들이 당신도 아일랜드 사람이라고 했어요."

"나는 서부에서 왔어요." 보니가 말했다. "하지만 아주, 아주 오래전 일이죠."

"아이들과 뭘 하고 계셨어요?"

"아이들의 가족들은 모두 마노스의 집에 모여 있어요." 보니가 쓰는 영어는 아일랜드 억양에 외국어 억양이 약간 섞여 있었다. 마치 영어가 제2언어인 것처럼. 시간이 그만큼 흐르면 아마 그럴 것이다. "시내 밖으로 조금 나가 언덕에서 꽃을 딸 생각이었어요, 도와주겠어요?"

"네, 그럼요, 하지만 저는 쓸모가 없을 거예요. 무슨 말을 할 수 있겠어요?"

"이 아이들은 영어를 배워야 해요. 아주 잘했어, 고마워, 그 말만 계속 해주면 돼요. 아이들이 그만큼은 익힌 것 같아요." 보니의 주름진 얼굴이 펴지더니 모든 것을 환하게 밝힐 만큼 큰 미소가 떠올랐다.

"그럴게요." 피오나가 말했고, 순간적으로 밝아진 얼굴로 다섯 살짜리 아이들 둘에게 손을 내밀었다. 그들 모두 교회를 장식할 꽃을 따러, 먼지 날리는 길을 한 줄로 삐뚤빼뚤 걸어 시내를 빠져나갔다.

토머스는 신부들이 두 사람씩 걸어가는 것을 보았다. 희끗하게 세어가는 머리칼을 작게 틀어올려 검은 모자로 감추고 긴 로브를 입은 키가 큰 남자들. 그들은 안색이 파리하고 근엄해 보였다. 토머스는 이런 햇볕 좋은 섬에 사는 젊은 그리스 남자가 종교인의 삶을 선택하게 된 이유가 무엇일지 궁금했다. 하지만 생각해보면 햇볕 좋은 캘리포니아에서도 그는 그런 사람들을 알았다. 심지어 교수들 중에도 성직자가 있었다. 신비주의 시를 가르치는 젊은 신부, 엘리자베스 시대의 문학을 강의하는 감리교 목사. 이 사람들은 신앙의 힘으로 강해졌다. 이 그리스정교의 사제들도 똑같을 것이다.

토머스는 이제 교회로 갈 시간이라는 것을 알았다. 그는 약속한 대로 엘자의 아파트로 갔고, 안에서 목소리가 들려 깜짝 놀랐다. 어쩌면 엘자가 결국 친구를 만난 것인지도 몰랐다.

그는 실망했지만, 그 남자는 당연히 엘자와 함께 있지 않고 장례식을 촬영하고 있으리라는 사실을 깨닫자 다시 괜찮아졌다.

그는 문을 두드렸고, 데이비드가 문을 열자 깜짝 놀랐다.

"토머스네요." 데이비드가 외쳤다. 큰 환영은 아니었다.

"음, 내가 엘자에게 교회까지 같이 걸어가겠다고 말했었거든요." 토머스는 언짢은 기색을 보이며 말했다.

"이런, 미안해요, 토머스, 오늘 내가 왜 이러는지 모르겠어요, 아무리 애써도 말이 제대로 안 나와요. 우리는 그저 생각하기를…… 우리는 걱정이……"

엘자가 안에서 나와 그들에게 합류했다. 그녀는 세련된 크림색 리넨 원피스에 감청색 재킷을 입고 있었다. 장례식에 맞게 격식을 갖춘 옷차림이었다.

토머스는 혹시 필요할까봐 주머니에 타이를 넣어 가지고 왔다. 지금 보니 그걸 매는 게 적절할 것 같았다.

"토머스, 내가 지금 아주 편집증적인 상태여서, 데이비드에게 문을 열어달라고 부탁했어요. 아직도 디터가 나를 찾아올 것만 같아서요. 용서해줘요."

"용서할 게 뭐가 있겠어요?" 토머스는 홀에 걸린 작은 거울 앞에서 타이를 매고 있었다.

"나도 타이를 가지러 집에 갔다 와야겠어요." 데이비드가 걱정하며 말했다.

"아니에요, 괜찮아 보여요, 데이비드." 토머스가 말했다. 그리고 그들은 함께 길을 나섰고, 사람들 무리를 따라 작은 교회로 갔다. 항구에서 구불구불 올라오는 길 양쪽으로 사람들이 서 있었다. 그들은 고개를 숙이고 있었고, 대화를 나누는 소리는 나지막했다.

"피오나는 어디 있을까요?" 데이비드가 속삭였다.

"저 위 경찰서에서 그 잘난 애인한테 철창 사이로 비스킷을 주고 있겠죠." 토머스가 말했다.

"피오나는 그를 사랑해요." 엘자가 변명을 해주듯 말했다.

"그자가 피오나를 때리는 걸 직접 봤어야 해요." 토머스가 말했다.

"피오나가 경찰서에 갔다면 거기 혼자 있겠군요. 경찰들이 전부 여기 와 있으니 말예요." 데이비드가 자신의 생각을 말했다.

그 순간 거대한 고요가 덮쳐왔고, 사람들은 침묵 속에 서서 장례식 행렬이 다가오는 것을 지켜보았다. 남자와 여자들이 작은 행렬을 이루어 관을 따라 걸어갔다. 눈물로 얼룩진 얼굴과 검은 옷은, 밝은 햇볕과 푸른 바다와 백색 도료를 바른 건물들과 전혀 어울리지 않아 보였다.

그들 뒤로는 사랑하는 이들을 묻으러 생각지도 못하게 이 그리스 마을로 오게 된 영국인과 독일인 유족들이 걷고 있었다. 모두 어리둥절하고 혼란스러운 표정으로, 자신의 역할을 익히지도 못한 채 연극 무대에 서게 된 사람처럼 주위를 둘러보았다.

아기아안나에 있는 모든 가게와 타베르나와 회사가 그날 문을 닫았다. 낚싯배는 한가로이 떠 있었고, 배들은 전부 돛대에 조기를 달았다. 저 먼 계곡의 수도원에서 조종이 울렸다. 대여섯 개 나라에서 온 텔레비전 카메라들이 그 장면을 촬영했다. 교회는 작아서 애도하기 위해 모여든 사람들의 십분의 일밖에 들어가지 못했다. 지직거리는 스피커가 밖에 있는 사람들에게 장례식 과정을 전달했다. 그리고 그리스어 기도와 음악이 이어지는 가운데, 예기치 않게 아이들 목소리로 〈주님은 나의 목자〉가 영어로 흘러나왔다. 교회 안에서 영국 사람들이 흐느껴 우는 소리가 들렸다. 토머스는 얼굴에서 눈물 한 방울을 닦아냈다.

그 순간 독일 찬송가 〈탄넨바움〉의 가사가 들려왔고, 엘자도 울음을 숨기지 않았다.

"저 아이들에게 저 노래를 가르친 사람이 내 친구 보니예요." 토머스가 소곤거렸다.

"음, 보니에게 훌륭한 일을 해냈다고 꼭 말해주세요. 우리 가슴을 미어지게 만들었네요." 데이비드도 소곤거렸다.

사람들이 교회에서 나와 묘지까지 짧은 거리를 걸어가려고 준비할 때, 엘자가 피오나를 보았다. 피오나는 보니와 아이들과 함께였고, 모두 야생화를 한아름씩 안고 있었다. 피오나는 남자아이 둘의 손을 꼭 잡고 있었다.

"또다른 하루가 오니 또다른 놀랄 일이 생기네요." 토머스가 말했다. "그녀가 마음을 저렇게 잘 추스를 줄 누가 알았겠어요."

"아마 셰인에 대해 생각하지 않으려고 그러는 거겠지요." 엘자가 단정적으로 말했다.

요르기스가 공지사항을 알렸다. 유족들이 묘지에서 있을 매장식에는 그들만 참석하고 싶어한다는 내용이었다. 애도하러 교회에 와준 것을 감사하게 생각하지만 지금은 자신들만 있고 싶다고 했다. 카페나 레스토랑 주인들에게도 가게문을 다시 열어 일상을 흘러가게 해달라고 부탁했다. 모두 이해해줄 거라고 믿는다면서.

텔레비전 방송국 팀들은 마지못해 동의했다. 논쟁해봐야 득이 될 게 없는 상황이었다. 아이들은 보니와 피오나와 함께 작은 묘지로 행진했다. 이미 파놓은 무덤들이 오래된 돌과 허물어진 담 사이에서 기다리고 있었다.

"실감이 나지 않아요. 어느 누구도 잃지 않은 것만 같아요." 토머스가 말했다.

"지금은 정말로 혼자 있고 싶지 않네요." 엘자가 애절하게 말했다.

"저기 항구에서 레치나 한 잔 하면서 칼라마리와 올리브를 먹는 게 어때요? 내가 살게요. 저기 봐요, 의자를 밖으로 옮기고 있어요." 토머스가 말했다.

"엘자는 사람들의 시선에서 벗어나 있는 걸 더 좋아할 것 같은데요." 데이비드가 반대 의견을 냈다.

"아, 깜박했네요. 그럼 저기 공예품가게 위 내 숙소에 차고 맛좋은 레치나가 있어요." 그들은 서로 헤어지고 싶지 않았기 때문에 그게 좋겠다고 생각했다.

"피오나에게 우리가 어디 있는지 알릴 방법이 있나요?" 엘자가 물었다.

"토머스가 말한 '그 잘난 애인'도 같이 온다는 뜻이겠죠." 데이비드는 내키지 않는 것 같았다.

"아니요, 그는 아직 갇혀 있을걸요." 토머스가 말했다. "그럼 괜찮은 계획이겠죠?"

"아주 괜찮죠." 엘자가 미소를 지었다. "저녁 바람에 대비해 일단 집으로 돌아가서 스카프를 챙겨야겠어요. 돌아오는 길에 얀니의 가게에서 올리브를 좀 살게요. 그리고 당신이 지내는 곳에서 다시 만나요." 그녀는 그렇게 하기로 한 것이 좋은 것 같았다.

토머스는 어느새 자신의 응접실을 정리하고 잔을 꺼내고 있었다. 데이비드는 실내를 돌아다니며 책을 살펴보고 있었다.

"이걸 다 캘리포니아에서 가져왔어요?" 데이비드가 놀라며 물었다.

"아니요, 보니 책이 많아요. 보니가 여기서 잠을 자면 정말 좋을 텐데요."

"무슨 말이죠?"

"저 아래 마당 끝에서 자요. 거기 헛간이 있는데, 닭들하고 또 뭐가 있는지 누가 알겠어요."

"설마요." 데이비드가 놀라서 다 쓰러져가는 건물을 쳐다보았다. 그들은 종이냅킨과 작은 접시를 준비하면서 잠시 편하게 이야기를 나누었다.

마침내 데이비드가 두 사람 모두 속으로만 궁금해하던 것을 말했다. "엘자가 올리브를 사오는 데 시간이 아주 많이 걸리네요."

긴 정적이 흘렀다.

"그 남자를 만났나봐요." 토머스가 말했다.

"그리고 그와 함께 떠났겠죠." 데이비드가 말했다.

엘자는 얀니의 델리카트슨에서 나오자마자 디터를 보았다. 그는 카메라맨 팀의 팀장인 클라우스에게 뭐라고 말하면서 자신의 손목시계를 보고 있었다. 그들이 아테네로 가는 느린 페리를 기다릴 여유가 없다고 생각했다면 헬리콥터를 빌렸을 거라는 걸 엘자는 알았다.

사진과 기사 내용은 벌써 모뎀으로 독일에 보냈을 것이다.

그녀는 다시 얀니의 가게 입구로 후다닥 들어갔지만 충분히 빠르지 못했다.

디터가 그녀를 보고 말았다.

엘자는 디터가 자신에게 달려오는 것을 보았다.

"엘자! 엘자!" 그가 좁은 거리에서 사람들을 밀치며 외쳤다. 그의 얼굴은 상기되었고, 눈동자는 반짝거렸다. 그녀는 그가 얼마나 잘생겼는지 잊고 있었다. 젊은 시절의 로버트 레드퍼드 같았다.

달아날 방법은 없었다. 그가 그녀 옆에 와 있었다.

"디터?" 그녀가 모호하게 말했다.

"사랑하는 엘자, 여기서 뭐하고 있어? 달아나서 어쩔 셈이었어?" 디터는 그녀의 어깨에 손을 올리고 서서, 그녀의 모습에 감탄하며 넋을 잃고 바라보았다.

신중하려고 했던 결심은 이미 폐기되었다. 게다가 어쨌거나 클라우스는 알고 있었을 것이다. 아마 텔레비전 방송국 사람들의 절반이 알고 있었을 것이다.

엘자는 아무 말 없이, 그저 그의 짙푸른 눈동자만 들여다보았다.

"클라우스가 당신이 여기 있다는 말을 들었다고 했어. 어제 다른 방송국 사람이 당신을 봤대. 하지만 나는 믿지 않았지. 오, 정말로 사랑하는 아름다운 엘자, 당신을 찾아내서 얼마나 좋은지 몰라."

그녀는 고개를 저었다. "당신이 나를 찾아낸 게 아니야, 우연히 만난 거지. 이제 나는 가봐야겠어."

그녀는 클라우스가 조심스럽게 물러서는 것을 보았다. 그는 연인들의 싸움에 끼어들고 싶은 마음이 전혀 없어 보였다.

"엘자, 바보같이 굴지 마. 당신은 직장도 버리고 나도 버렸지만 어떤 설명도 해주지 않았어…… 서로 이야기해볼 수 있는 게 전혀 없을까?"

디터의 얼굴이 씰룩거리며 감정을 드러냈다. 엘자는 그가 이렇게 당황한 것을 본 적이 없었다. 그가 카메라맨에게 소리쳤다. "클라우스, 나는 오늘밤 여기 있을게요. 다른 사람들하고 같이 돌아가요. 내일 전화할게요."

"나 때문에 여기 있지 마, 디터, 부탁이야. 그리고 내게 강요하거나 협박을 한다면 맹세코 경찰을 부를 거야. 경찰이 어제 여기서 여자를 협박한 일로 한 남자를 가뒀어. 유치장에 한 자리 더 있을 거야."

"내가 당신을 협박한다고, 엘자?" 디터는 그 말에 어안이 벙벙해진 것 같았다. "설마 내가! 나는 당신을 사랑해, 엘자. 당신이 왜 나를 떠났는지 말해달라고 하는 게 지나친 요구이고 미친 짓이야? 아무 설명 없이 떠나놓고?"

"편지를 남겼어." 그녀가 말했다.

"열두 줄." 그가 재킷 주머니에 손을 넣으며 말했다. "늘 갖고 다녀, 외울 정도야, 언젠가는 이걸 읽고 무슨 뜻인지 알게 되기를 바라면서." 그가 아주 혼란스러워하는 것 같아 그녀는 마음이 약해졌다.

"거기 다 써놨어." 그녀가 말했다.

"거긴 아무것도 없어, 엘자. 이유만 말해주면 당신을 두고 멀리 떠날게, 맹세해. 당신이 우리가 함께한 두 해를 왜 그렇게 내동댕이쳤는지 그것만 말해줘. 당신은 이유를 알지만…… 나는 몰라. 우리는 서로에게 늘 공정했어. 지금도 공정하게 대해줘. 나한테 그 정도는 해줘야 해."

엘자는 침묵했다. 어쩌면 그에게 열두 줄의 편지 이상은 해줘야 했다.

"어디서 지내? 내가 당신이 지내는 곳으로 갈게." 그가 재빨리 물었고, 그녀의 망설임을 보았다.

"내가 지내는 곳은 안 돼, 싫어. 당신은 어디 묵고 있어? 안나비치?"

그곳은 희미하게 관광지 분위기가 나면서도 편안한 곳이었다. 엘자는 그가 그곳에 머물고 있으리라 예상했다.

"맞아, 정확해." 디터가 그렇다고 했다.

"알았어, 내가 당신과 그리로 갈게. 카페 구석에서 이야기하면 돼. 바다를 내려다보는 베란다 같은 곳에서."

그가 안도의 한숨을 내쉬는 것 같았다.

"고마워." 그가 말했다.

"먼저 누군가에게 전할 말이 있어."

디터가 휴대전화를 내밀었다.

"아니, 전화번호를 몰라." 엘자가 계산대로 가서 올리브 봉지를 다시 얀니에게 건넸다. 이야기가 오갔고 합의가 이루어졌다. 얀니의 남동생이 올리브 봉지와 쪽지를 보니의 공예품가게 위 아파트로 가져갈 것이다. 그녀가 두꺼운 종이에 뭔가 갈겨썼다.

"그 남자한텐 열두 줄도 쓰지 않았군. 내가 우쭐해야 하는 건가." 디터가 말했다.

엘자가 그를 보며 미소를 지었다. "아니, 남자 한 명이 아니야, 실제로는 남자 둘이야. 하지만 그게 무슨 뜻인지 당신도 알걸."

"사랑해, 엘자." 그가 열정적으로 말했다.

"오늘 큰 도움이 됐어요, 피오나. 부모들이 당신에게 아주 많이 고마워해요."

"아무것도 아니었는걸요. 저는 아이들을 사랑해요." 피오나의 목소리가 슬프게 들렸다.

"언젠가 당신도 아이를 갖게 될 거예요."

"모르겠어요, 보니, 정말로 모르겠어요. 당신은 아이가 있나요?"

"하나 있어요," 보니가 말했다. "아들요. 하지만 간단히 설명할 만한 이야기는 아니에요." 보니의 어조에서 그 주제는 이제 그만 이야기하자는 뜻이 느껴졌다. 하지만 피오나를 아예 차단한다는 의미는 아니었다. 보니는 대화할 준비가 되어 있었다. 하지만 자기 아들에 대해서는 아니었다.

"진심이에요, 당신은 아이들을 참 잘 다뤄요. 아이들이 쓰는 언어를 모르는 건 중요하지 않아요." 보니가 칭찬했다.

"보니, 저 임신했을지도 몰라요." 피오나가 순식간에 말해버렸다. "사실 그렇다고 확신하지만…… 음, 이것도 간단히 설명할 이야기는 아니에요."

"아테네로 간 그 젊은 남자, 그 사람은 알아요?"

"알긴 해요, 하지만 제가 이 소식을 서툴게 전달했어요."

"당신은 지금 혼자 지내서는 안 돼요." 보니가 말했다. "우리집으로 가자고 하고 싶은데, 지금은 내가 토머스가 계사라고 부르는 곳에서 지내고 있어서요."

"엘자가 지내는 곳으로 갈게요." 피오나가 말했다. 하지만 그곳에 가니 아무도 없었다.

데이비드가 묵는 집 사람들도 그 역시 집에 돌아오지 않았다고 말했다.

보니는 피오나를 데리고 공예품가게로 왔다.

"누군가 같이 있어줄 사람을 찾을 때까지 내가 여기서 기다릴게요." 보니가 말했고, 피오나가 계단을 통해 아파트로 올라가는 동안 거리에 서 있었다.

보니는 토머스가 문을 열어 피오나를 들어오게 하는 것을 보고서야 항구로 돌아갔다. 이제 마노스의 가족이 사는 집으로 가서 부엌일을 도울 것이다. 거기엔 음식은 산더미처럼 많아도 차려줄 사람이나 나중에 설거지할 사람이 없었다. 보니는 자신의 도움이 필요한 동안은 거기 있을 생각이었다.

"내가 만나러 가기도 전에 셰인을 아테네로 보내버렸어요." 피오나가 흐느껴 울었다.

"어쩌면 그게 최선이었을 거예요." 데이비드가 말했다. 그리고 그는 피오나의 얼굴에 떠오른 표정을 보았다. "내 말은, 그렇게 하면 모두가 마음을 진정할 시간을 가질 수 있다는 거예요. 그러고 나면 그가 돌아오거나 다른 조치를 취하겠죠." 데이비드가 어설프게 말을 끝냈다.

"아니면 그가 편지를 보내거나요." 토머스가 자신 없이 덧붙였다.

"엘자는 어디 있어요?" 피오나가 불쑥 물었다. 이렇게 좋은 이야기만 해주는 사람들과 달리, 엘자가 뭔가 도움이 되는 말을 해줄지도 몰랐다.

침묵이 흘렀다.

이윽고 토머스가 말했다. "엘자가 다시 여기로 오는 길에 누군가를 만나는 바람에……" 그가 말하기 시작했다.

"그 독일 남자요." 데이비드가 말했다.

“그러면 그 사람하고 같이 떠났어요?” 피오나의 목소리에서 노골적인 부러움이 느껴졌다.

“그런 것 같아요.” 토머스와 데이비드가 정확히 동시에 말했다.

7

안나비치에 온 기자들 대부분이 체크아웃을 하려고 데스크 앞에 서 있었다. 또하나의 일이 끝났고, 또하나의 재앙이 기록으로 남겨졌다. 그리고 이제 그들은 다음 일을 향해 이동하려 하고 있었다. 조사자들이 공식적인 결론을 내리고 결과를 발표하면, 그들은 다시 이 기사를 다룰 것이다.

디터와 엘자는 온실로 가서 큰 라탄 의자와 낮은 테이블이 있는 쪽으로 갔다. 그들 아래로 검푸른 바다가 펼쳐졌고, 파도는 철썩철썩 천연덕스럽게 바위에 제 몸을 부딪치고 있었다. 바로 이 바다가 이번주에 만에서 그렇게 많은 사람들의 목숨을 앗아간 사실이 믿기지 않았다.

디터가 두 사람이 마실 커피를 주문했다.

"미안해요." 엘자가 종업원을 다시 불렀다. "이 사람은 커피를 마시지만, 나는 아니에요. 내 건 실수로 주문한 거예요…… 나는 우조와 물로 할게요."

"까다롭게 좀 굴지 마." 디터가 사정했다.

"까다롭다고? 내가 뭘 마실지 고르는 게?" 엘자가 당혹스러워하며 말했다.

"아니, 이건 먼저 내 기를 꺾으려는 거잖아." 그가 말했다.

"오, 지금 그런 기 싸움이나 하자는 게 아니지. 아무튼, 디터, 내가 여기 온 건 당신이 이야기를 하고 싶다고 해서였어. 말해봐."

"아니, 나는 당신이 말해주면 좋겠어. 그렇게 사라져버린 이유, 모든 걸 버리고 달아난 이유…… 이렇게 몰래 벽지로 숨어버린 이유."

"숨은 게 아니야." 엘자가 발끈해서 말했다. "내 일에서 공식적으로 물러난 거지. 나는 내 선택으로 여기 왔어. 내가 지금 여기 온 건 당신이 만나달라고 부탁해서야. 자, 여기 비밀스러운 게 뭐가 있지? 그리고 왜 여길 벽지라고 해? 저기 데스크를 봐. 세계 언론 절반이 여기 와 있어…… 나라면 생동감이 넘치는 곳이라고 말하겠어."

"당신이 이렇게 경박하게 나오는 건 싫은데, 엘자. 그건 연기야, 당신에게 어울리지 않아."

종업원이 왔다. 엘자가 아니스 열매로 만든 술에 물을 따르고 그것이 뿌옇게 변하는 것을 지켜보았다. 그리고 그것을 단숨에 들이켰다.

"그렇게 빨리!" 디터가 깜짝 놀랐고, 재미있다는 표정을 지으며 커피를 홀짝이기 시작했다.

"음, 당신 것도 다 비우지 그래? 그러면 당신 방으로 갈 수 있잖아?"

"뭐?" 그가 놀라서 그녀를 쳐다보았다.

"당신 방." 엘자는 그의 귀가 약간 먹었다는 듯 같은 말을 반복했다.

디터가 이해할 수 없다는 듯 그녀를 빤히 쳐다보았다.

"디터, 그러자는 거 아니었어? 당신이 대화를 하고 싶다고 했지만, 그게 정말로 대화를 하자는 뜻은 아니잖아? 자고 싶다는 거지."

그가 입을 벌리고 그녀를 쳐다보았다.

"음…… 나는…… 오, 왜 그래, 엘자. 이 일 전부에 대해 그렇게 상스럽게 굴 거 없잖아. 우리는 지금껏 그런 적이 없었어."

"미안, 나는 당신이 내 아파트로 왔을 때 우리가 밤마다 한 게 그거라고 생각했어. 그리고 점심시간에도. 그게 가능할 땐 언제건."

"엘자, 나는 당신을 사랑해, 당신은 나를 사랑하고. 도대체 왜 그 모든 걸 그런 저속한 말로 단정해버리려는 거지?"

"그러니까 당신은 내가 가서 당신하고 자는 걸 원하지 않는다는 거야?" 그녀가 그를 천진난만하게 쳐다보았다.

"내 마음 알잖아."

"그럼, 얼른 커피 마시고 열쇠 챙겨." 그녀가 말했다.

"고마워요, 보니. 당신 말고는 누구도 이런 밤에 여기 와서 설거지를 해줄 생각을 못할 거예요." 고인이 된 마노스의 아내 마리아가 부엌에 들어와 깨끗한 접시와 잘 닦인 유리잔들을 쳐다보며 서 있었다.

"그 안의 분위기는 지금 어때요? 친지들이 도움이 되나요?"

"네, 대부분은요. 하지만 마노스가 무책임했다고 말하는 사람들도 있고, 그건 전혀 도움이 안 돼요."

"오, 해서는 안 될 말을 하는 사람들은 늘 있어요. 그들은 그런 데 전문가인 것 같아요." 보니가 그녀를 위로했다.

"직접 경험해보신 것처럼 들리네요."

"그런 거라면 책을 쓰고도 남아요. 누구 때문에 가장 속상했어요?"

"언니요. 나더러 외모가 시들기 전에 곧 새 남편을 찾으래요. 무덤 속 마노스의 체온이 아직 식지도 않았는데 그런 말을 하다니요."

"이 섬 반대편에 사는 구두쇠와 결혼했다는 그 언니 말인가요?"

"네."

"음, 언니는 사랑에서는 세계 권위자라 할 수 없으니 그 말은 무시해요. 또 누가 있어요?"

"시아버님요. 내가 여기서 자기 손주들을 키우면 안 된다고, 모두 아테네로 와서 자기와 함께 살아야 한다고 하시네요. 나는 그러기 싫어요, 보니. 정말 싫어요. 나는 갈 수 없어요."

"당연히 가지 말아야죠. 일 년 동안 생각해보겠다고 하세요. 사별한 뒤 열두 달 동안은 아무것도 결정하면 안 된다는 말을 들었다고요. 오래된 관습이라고."

"그런가요?" 마리아가 물었다.

"아일랜드에서는요. 하지만 그게 어디 관습인지는 말할 필요 없어요. 그저 널리 알려진 사실이라고만 하세요."

"시아버님은 내가 자기 말을 따를 것 같다고 생각되면 계획을 세우기 시작할 거예요."

"아니, 아주 단호하게 말하세요. 지금부터 일 년 뒤까지는 어떤 계획도 안 된다고요. 일 년 동안은 아이들이 전학을 가도 안 되고 뭘 해도 안 된다고요."

"당신에게도 정말로 이런 걱정거리가 있었나요? 장례식에서 사람들이 해서는 안 되는 말을 한다든가? 당신은 늘 침착해 보여요."

"어머니 장례식이 끝나고 언니가 내게 편지를 써 보냈는데, 내가 우리 어머니한테 골칫거리이자 아픈 채찍이었다고 하더군요. 나 때문에 한 번도 침대에 누워 편히 쉬지 못했다고요."

"오, 아니에요, 보니. 그게 사실이었을 리 없어요."

"어렸을 때 난 제멋대로였어요. 당신 남편 마노스가 살아서 그랬던 것보다 훨씬 더 무책임했고요. 그 말이 크게 상처가 됐고, 오랫동안 정말로 그게 사실일지도 모르겠다고 생각했어요. 하지만 내가 어머니를 웃게 만들었던 게 기억났어요. 지루하고 진지하기만 한 언니는 결코 할 수 없는 일이었어요. 그 생각을 하니 기분이 좋아졌죠."

"그러면 언니하고는 계속 연락하고 지내나요? 나는 지금 그 방으로 돌아가 언니 뺨을 후려치고 싶은 심정이거든요." 마리아가 말했다.

"네, 나도 오랫동안 같은 마음이었어요. 하지만 뺨을 때리지 않으면 인생이 훨씬 더 쉬워져요. 정말로요. 나는 언니한테 해마다 생일카드와 크리스마스카드를 보내요."

"그러면 언니가 답장은 해요?"

"자기가 얼마나 교양 있는지 보여주겠다는 심산인지, 이탈리아로 오페라를 보러 가거나 스페인으로 클래식 음악 투어를 떠날 때 카드를 보내와요. 하지만 언니는 외롭고, 진정한 친구도 없어요.

따뜻하고 반갑게 맞아주는 이곳에서 내가 백만 배는 더 잘살고 있어요. 언니에게 예의를 갖춘 안부 카드를 보내는 건 할 수 있어요. 당신도 그래요, 마리아. 다행히도 당신은 언니가 고른 그런 구두쇠하고 결혼하지는 않았으니 하루하루 그 사실을 기뻐하며 잘 견뎌내야죠. 이틀 뒤면 언니가 동전을 헤아리면서 남편과 함께 오겠네요. 그러니 이번엔 언니 뺨을 후려치지 말아요."

마리아가 웃었다. "이렇게 같이 이야기하니 기분이 훨씬 나아졌어요. 다시 웃을 거라곤 생각 못했거든요." 그녀는 더 나이가 든 여인의 팔에 손을 올리며 말했다.

"그럼요, 웃게 될 거예요." 보니가 약속했다. "많이 울고, 웃기도 해요. 그게 우리가 살아남는 방법이니까요."

데이비드는 자신이 지내는 그 집으로 돌아가고 싶지 않았다. 죽은 아들 때문에 슬픔에 휩싸여 기진맥진한 가족들에게 자신이 방해가 되는 것 같았다. 피오나는 셰인이 어떤 설명도, 편지도, 전할 말도 남기지 않은 채 떠난 것을 알게 되자 엘레니의 집으로 걸어가 혼자 그곳에서 잠들고 싶지 않았다.

"그러면 두 사람 다 여기 있지 그래요?" 토머스가 불쑥 제안했다. "피오나는 안쪽 방을 쓰면 되고, 데이비드는 소파베드를 쓰면 돼요." 그가 그들의 얼굴을 보니 두 사람 다 아주 고마워하고 안심하는 것 같았다.

그들은 그렇게 하겠다는 뜻으로 고개를 끄덕였고, 그것이 아주 좋은 생각이라고 말했다.

누구든 혼자 있어서는 안 되는 밤이었다.

“여기 경찰서에 있어도 될까?” 안드레아스가 형 요르기스에게 물었다.

“그렇게 제안할 참이었어.”

“왜 그런지 모르지만, 그냥 오늘밤 저 산길을 올라가는 게 너무 멀게 느껴져서.”

“이런 슬픈 장례식을 치른 밤에는 아무도 혼자 있고 싶어하지 않을 거야.” 요르기스가 손을 내밀어 동생의 손을 가볍게 두드리며 말했다. “나도 혼자 있고 싶지 않아. 네가 여기 있겠다고 하니 나도 좋아.”

그들 중 어느 누구도 자신들이 혼자인 이유를 언급하지 않았다.

그들은 오늘 애도하기 위해 온 사람들에 대해 이야기했다. 자신들의 누이 크리스티나는 장례식에 오고 싶었겠지만 멀리 떨어져 사니 가족을 돌봐야 했을 거라는 이야기도 했다. 시카고에 살면서 고향 사람들과 아버지에게 연락하지 않는 안드레아스의 아들 아도니에 대해서는 아예 말하지 않았다. 마노스와 함께 이 길로 학교에 다녔던 아도니.

오래전에 어떤 사건 때문에 요르기스를 떠난 그의 아내에 대해서도 아무 언급이 없었다. 그의 아내는 관광객에게 잘해주는 것뿐이라고 늘 말했다. 요르기스는 그것이 단순한 친절을 훨씬 넘어서는 것이라고 생각했다. 돌이킬 수 없는 말을 내뱉었다. 그녀가 크레타섬에 사는 가족들에게 돌아간 건 오래전 일이었다.

요르기스는 서류 캐비닛으로 가서 메탁사 브랜디 한 병을 꺼냈고, 이어 깨끗한 시트와 베개도 가져왔다.

"유치장을 쓰게 할 참이야?" 안드레아스가 물었다.

"아니, 동생. 우리 어렸을 때 너랑 나는 오랫동안 한방을 썼잖아. 슬픔이 가득한 이 밤에 나이 먹고 외로운 두 늙은이가 또 그런다고 해서 나쁠 건 없겠지."

보니는 커피와 바클라바를 마리아와 마노스 가족에게 갖다주었고, 마리아가 부엌으로 돌아왔을 때는 조용히 떠날 준비를 하고 있었다.

"보니, 부탁 하나 해도 돼요?"

"뭐든요, 마리아."

"오늘밤 여기서 자고 가도 돼요? 오늘밤만요. 오늘밤엔 혼자 견딜 수 있을 것 같지 않아요."

"물론이죠. 그럴게요."

"당신은 정말 좋은 친구예요. 혼자 잠들기에는 침대가 너무 크고 너무 허전해요."

"미리 경고하는데, 내가 코를 좀 골아요." 보니가 미리 사과했다.

"마노스도 코를 골았어요, 매일 밤요. 자기가 그런다는 건 극구 부인했지만요."

"우리 마노스." 보니가 애정을 담아 말했다. "내가 그의 자리에서 하루나 이틀 밤 코를 곤다 해도 보나마나 그는 흔쾌히 허락할 거예요."

안나비치호텔에는 바다를 바라보는 작은 방갈로들이 있었다. 디터는 방갈로 문을 열쇠로 연 뒤 물러서서 엘자가 먼저 들어가게 했다.

그녀는 앉지 않고 선 채로 벽에 걸린 사진들을 보았다. 아기아안나의 해안을 크게 확대한 것이었다.

“아주 멋져.” 엘자가 감탄하며 말했다.

“이걸 기대한 건 아니었어.” 디터가 말했다.

“하지만 우리는 당신이 그걸 하고 싶어한다는 데 의견의 일치를 봤잖아.” 그녀가 빙긋 웃었다.

“그거 진짜 미소가 아닌데, 엘자.” 그가 말했다.

“당신이 텔레비전에 나올 때 미소 짓는 법을 가르쳐줬지. 치아와 눈, 당신이 말했잖아. 치아와 눈. 그거 잘 기억하고 있어.”

“제발, 내 사랑, 당신은 내가 사랑하는 사람이야. 빈정대지 좀 마.”

“아니, 진심이야. 그리고 시간 낭비하지 말자.” 엘자는 이미 감청색 재킷을 벗기 시작했다. 이제 그녀는 머리 위로 크림색 리넨 원피스를 벗어 의자 등받이에 반듯하게 걸쳐놓았다.

디터는 여전히 크게 확신이 서지 않았다.

엘자가 레이스 브래지어와 팬티를 벗어 원피스 위에 놓고, 마지막으로 발을 빼서 세련된 감청색 샌들을 벗었다.

“정말 아름다워. 다시는 당신을 볼 수 없을 거라고 생각했다니.” 그가 노골적으로 감탄하며 그녀를 쳐다보았다.

“그런 생각 안 했을걸, 디터. 당신은 원하는 모든 걸 손에 넣으니까.” 그녀가 그의 목에 양팔을 두르고 그에게 키스했다. 그러자 갑자기 그들이 한 번도 떨어진 적이 없었던 것처럼 느껴졌다.

피오나는 공예품가게 위 아파트의 작고 하얀 방에서 잠자리에 들었다. 보니가 침대에 청록색 이불을 깔고 밝은 파란색 의자를 넣어두었다. 작고 하얀 서랍장에는 틀이 파란색인 거울이 달려 있었고, 그 위에 조가비와 자기 제품들이 놓여 있었다. 시원하면서도 반갑게 맞아주는 분위기였다.

피오나는 고단하고 슬펐다.

그것은 하루 치의 악몽이었을 뿐 앞으로 더한 악몽이 기다리고 있었다. 그녀는 잠들 수 있을 것 같지 않았다. 너무 많은 일이 일어났고, 미래는 너무 두려웠다. 셰인이 여전히 여기 있고, 그들 둘이 토머스와 이 멋진 아파트에서 며칠 지낼 수 있다면 얼마나 좋을까. 하지만 그렇게 생각하면서도 피오나는 그게 바보 같은 생각이라는 것을 알았다. 셰인은 무슨 일로든 토머스와 싸웠을 것이다. 그는 사람들과 늘 그런 식이었다. 안전하다고 느끼지 못해 그러는 것이었다.

피오나는 조금 흐느껴 울었다.

사람들이 셰인을 오해하고 그의 가장 나쁜 모습을 끄집어내는 건 슬픈 일이었다.

그녀는 푸른색 이불이 깔린 침대에 누워 혼자 울다 잠이 들었다.

옆방에서는 토머스와 데이비드가 체스를 하고 있었다. 벽을 통해 흐느껴 우는 소리가 들려왔다.

"그 나쁜 놈 때문에 우나봐요!" 데이비드가 어이없다는 듯 소곤거렸다.

"그러게요, 내 머리론 이해가 안 되네요." 토머스도 소곤거렸다.

그리고 그들은 거기 앉아 흐느끼는 소리가 잦아들 때까지 기다렸다. 그러고는 안도하며 서로를 보고 미소를 지었다.

“우리가 어때 보이는지 알아요?” 데이비드가 말했다. “안 자겠다고 버티는 어린아이를 둔 부모 같아요.”

토머스가 한숨을 쉬었다. “맞아요, 아이가 잠들었다고 확신할 때까지는 방에서 나가고 싶지 않은 그런 순간이 늘 있었죠. 이제 됐다 생각하고 문 쪽으로 살금살금 가는데 아이가 다시 부르는 거예요. 정말로 행복한 나날이었어요.” 그는 아들 생각을 하는지 슬퍼 보였다.

데이비드는 어떤 말을 해야 할지 곰곰이 생각했다. 그는 종종 일을 그르치곤 했다.

“여자를 이해하기는 어려워요, 안 그래요?” 데이비드가 마침내 말했다.

토머스는 그를 쳐다보며 생각에 잠겼다. “정말로 그래요, 데이비드. 나도 똑같은 생각을 하고 있었어요. 피오나는 자신을 때려 정신을 못 차리게 만든 술주정뱅이 야만인 때문에 울고, 엘자는 벗어나려고 그렇게 멀리 도망친 남자와 사라져버리고, 시와 문학과 예술을 사랑한다고 말하던 내 아내는 내 집 방마다 운동기구를 들여놓은 골 빈 놈이랑 살고 말이죠.” 그의 목소리에서 씁쓸함이 묻어났다.

데이비드가 움찔해서 토머스를 쳐다보았다. 결국 그것도 하지 말았어야 좋았을 말이었던 것이다.

토머스가 어깨를 으쓱하며 말했다. “아마 당신에게도 여자는 이해할 수 없는 존재라고 한 당신만의 사정이 있었겠죠.”

“아니요, 바로 그게 문제예요. 엘자한테도 전에 말했는데, 난 정말로 누군가를 사랑한 적이 없어요. 그 때문에 피상적이고 차갑고

얕은 사람이 된 것 같아요."

토머스가 미소를 지어 보였다. "아니에요, 당신은 좋은 남자예요. 그리고 오늘밤 같이 지내게 돼서 기뻐요. 하지만 체스 실력은 별로인데요. 주변을 막아놔서 킹이 못 움직이잖아요. 출구가 없어요. 저런 어쩌나, 체크메이트.* 데이비드, 지금 그 상황이로군요."

그리고 왠지 모르지만 두 사람은 그게 아주 재미있다고 생각했는지, 옆방에서 잠든 피오나를 깨우지 않으려고 목소리를 최대한 낮추어 한바탕 신나게 웃었다.

디터가 엘자의 뺨을 어루만졌다.

"당신을 잃었다고 생각했다니 내가 미쳤었나봐." 그가 말했다.

엘자는 아무 말도 하지 않았다.

"모든 게 다시 괜찮아질 거야." 그가 말했다.

여전히 대답이 없었다.

"당신이 그런 식으로 나를 사랑하지 않을 순 없어. 그게 진심일 리 없어." 그가 말했고, 이제 약간 조바심이 나는 것 같았다.

엘자는 아무 말 없이 누워 있었다.

"말 좀 해봐. 이 모든 게 터무니없는 일이었다고 말해줘. 당신은 나와 같이 돌아갈 거고, 모든 게 다시 괜찮아질 거라고……"

그녀는 여전히 아무 말도 하지 않았다.

"부탁이야, 엘자…… 응?"

그녀가 천천히 침대에서 일어나더니 욕실 문에 걸려 있는 보풀

* 체스에서 킹이 붙잡히게 된 상황.

보풀한 큰 흰색 가운을 걸쳤다. 그리고 디터의 담뱃갑을 집더니 한 개비를 꺼내 불을 붙였다.

"담배 끊었잖아!" 그가 나무랐다.

그녀는 담배 연기를 깊이 들이마시고 큰 대나무 의자에 앉아 그를 쳐다보았다.

"같이 돌아갈 거지, 엘자?"

"아니, 당연히 그러지 않을 거야. 이건 작별의 뜻이었어, 그건 당신도 알고 나도 알아. 그러니 바보 같은 짓은 이제 그만하자, 디터."

"작별인사?" 그가 물었다.

"그래, 작별인사. 당신은 돌아가. 나는…… 음, 다른 곳으로 갈 거야. 어디로 갈지는 아직 확실히 정하지 않았어."

"이건 미친 짓이야, 우리는 서로 함께할 운명이라고. 그건 당신도 알고 나도 알아. 모두 안다고."

"아니. 모두가 아는 건 아니지. 회사 사람 몇 명은 당신 밑에서 일하니까 알면서도 말하지 않는 거야. 우리가 이 년 동안 이 은밀한 생활을 유지해온 건 우리 관계가 공개되는 걸 당신이 원하지 않아서였어. 그러니 우리가 서로 함께할 운명이라는 걸 모두 다 안다는 말은 과장된 거지."

그가 놀라서 그녀를 쳐다보았다. "상황을 다 알고 시작한 거잖아. 우리 둘 다."

"그래서, 상황을 다 아니까, 이제 거기서 빠져나오려는 거야." 엘자가 침착하게 말했다.

"당신은 약혼반지를 끼워달라고 이럴 여자가 아니야." 디터의 목소리에 조롱이 묻어나왔다.

"물론 아니지. 그런 걸 요구하지 않았잖아, 안 그래? 난 우리가 세번째로 만난 날 당신하고 잤어. 사랑 게임을 한 게 아니란 뜻이지. 호감을 감춘 것도 아니고."

"그럼 이 이야기가 다 뭐지?" 그는 정말로 영문을 알 수 없었다.

"말했잖아. 당신을 떠나기 전에 편지에 다 썼어."

"그게 쓴 거라고. 알아들을 수 없는 말 열두 줄 끼적거린 거지. 나는 여전히 무슨 말인지 하나도 모르겠어. 인생은 스무고개나 하라고 있는 게 아니야, 엘자. 우리 둘 다 그런 걸 하고 있기엔 너무 나이를 먹었어. 원하는 게 뭐야? 말해봐. 내 머리에 총구를 겨누고 우리가 결혼해야 한다고 말한다면, 그렇다면 좋아. 그게 필요한 거라면, 좋아, 그렇게 하자."

"나는 그보다 훨씬 괜찮은 프러포즈도 받아봤어." 그녀가 싱긋 웃으며 말했다.

"농담하지 마. 내가 당신을 가질 수 있는 유일한 방법이 그거라면 나는 당신과 결혼해. 자랑스럽게 결혼할 거야." 그가 잠시 생각해본 뒤 덧붙였다.

"고맙지만 됐어, 디터. 나는 당신과 결혼하고 싶지 않아."

"그러면 원하는 게 뭐야?" 그는 거의 절망적으로 부르짖었다.

"당신을 극복하는 것, 당신을 잊는 것, 더이상 당신을 내 인생의 일부로 만들지 않는 것, 바라는 건 그거야."

"그 모든 걸 아주 이상한 방법으로 보여주기로 했군." 그는 그녀가 조금 전에 빠져나간 침대를 내려다보며 말했다.

엘자가 어깨를 으쓱했다. "내가 말했잖아. 나는 더이상 당신을 신뢰하지 않는다고. 더이상 당신을 대단하게 생각하거나 존경하지 않아. 섹스는 그런 것과는 아무런 상관이 없어. 섹스는 그저 섹스야, 짧은 시간 동안의 기쁨과 흥분. 그 말을 해준 사람은 당신이었어, 당신이 기억한다면 말이지."

"기억해, 하지만 그건 완전히 다른 상황에서였어. 그건 우리 이야기가 아니었어, 당신과 내 이야기가 아니었다고."

"그럼에도 원칙은 같아, 안 그래?" 엘자는 다시 얼음장처럼 차가워졌다.

"아니, 내 경우엔 그렇지 않아. 그때 우린 영화 페스티벌에서 술 취한 상태로 같이 이야기를 나눴던 어느 멍청한 여자에 대해 이야기하고 있었어. 지금은 이름도 기억 안 나는 그 여자."

"비르기트. 그런데 그 여자는 당신을 기억하고 있지."

"그 여자는 당신을 화나게 만들 만한 어떤 이야기를 잘 기억하고 있었던 것뿐이야. 그보다 중요하지 않은 이야기가 있을까 싶은 그런 이야기."

"알고 있어, 그렇더라."

"그렇다면 말해줘, 엘자. 그걸 깨달았다면, 도대체 이 드라마 같은 일은 다 뭐야? 나를 떠난 이유가 뭐지?"

"편지에 썼어."

"그건 쓰지 않았어. 책임이 어떻고, 그어야 할 선이 어떻고, 그런 말도 안 되는 소리를 써놓았을 뿐이지. 맹세코 나는 당신이 무슨 말을 하는지 알아낼 수 없었어. 여전히 모르겠고."

그의 잘생긴 얼굴이 씰룩거리며 감정을 드러냈고, 숱 많은 머리칼은 헝클어져 있었다.

"비르기트가 모니카에 대해 말해줬어." 엘자가 말했다.

"모니카? 모니카? 하지만 모니카는 내가 당신을 만나기 한참 전에 만난 여자였어. 우리는 과거는 과거라는 데 동의했고. 안 그래?"

"그랬지."

"그런데 왜 그 여자 이야기를 꺼내는 거야? 맹세코 당신을 만난 뒤로 그 여자를 만난 적이 없어. 한 번도."

"알아."

"그럼 설명 좀 해줘. 제발 부탁이야. 내가 오랫동안 모니카를 만나지도 않았고 생각하지도 않은 걸 안다면…… 대체 왜 이러는 거야?"

"당신은 당신 딸도 만나지 않았고 생각하지 않았어."

"아," 디터가 말했다. "비르기트가 정말로 작정하고 말했군. 그렇지?"

엘자는 아무 말도 하지 않았다.

"그건 결코 의도된 일이 아니었어. 나는 모니카에게 부모가 되거나 정착할 준비가 되어 있지 않다고 말했어. 시작부터 그녀는 그걸 알고 있었어. 애매한 부분은 전혀 없었어." 그는 이제 성질을 내기 시작했다.

"그애가 몇 살이지, 디터?" 엘자의 목소리는 흔들림이 없었다.

그는 정말로 혼란스러웠다. "모니카?"

"게르다. 당신 딸."

"몰라, 나는 그들과 아무런 상관이 없다고 말했잖아."

"당연히 알아야지."

"여덟 살이나 아홉 살쯤 됐을 거야. 하지만 왜 자꾸 캐묻는 거야, 엘자? 전부 우리와 상관없는 일이야."

"당신은 그애 아버지야. 그건 당신과 상관이 있는 거야."

"아니, 없어. 그 일은 내 인생에서 오래전에 일어난 과거고, 내 잘못도 아니었어. 피임은 모니카 책임이었어. 나는 그녀의 아이와 아무런 상관이 없다고. 예전에도 없었고, 앞으로도 없을 거야. 우리 모두 다시 시작했어."

"하지만 게르다는 아버지 없이 시작했지."

"그애 이름 부르지 마, 그애를 알지도 못하잖아, 당신은 못된 비르기트가 떠벌린 말을 되풀이하고 있는 것뿐이야."

"당신이 내게 직접 말했어야 해."

"아니, 만약 그랬다면 그것 역시 문제가 되었을걸. 당신은 내가 이전 관계에서 태어난 아이 주변을 계속 얼쩡거린다고 말했을 테니까. 공정해지자, 엘자, 그랬다면 당신도 좋아하지 않았을 거야."

"난 그런 아버지를 백배는 더 좋아했을 거야. 자기만 쏙 빠지고 아이 혼자 희망을 품고 궁금해하게 내버려둔 아버지보다는."

"그건 모르고 하는 소리야, 당신은 그 아이에 대해 아무것도 몰라."

"전부 내 이야기 같아. 우리 아버지가 집을 나간 뒤로 내가 얼마나 오래 기다리고 바라고 궁금해하면서 보냈는지 몰라. 생일 때마다, 크리스마스마다, 여름마다. 나는 아버지가 내게 편지를 쓰거나 전화를 하거나 나를 보러 올 거라고 믿었어."

"당신 경우는 달랐어. 아버지가 당신하고 같이 집에서 살았잖아. 당신은 아버지가 늘 옆에 있을 거라고 생각할 권리가 있었어. 내 경우에 나는 모니카의 아이와 아무 관련이 없어. 앞으로도 영원히 없을 거고. 기대라는 것 자체가 불가능해."

엘자는 그를 한참 쳐다보았다.

"내가 어떻게 해주길 원해?" 디터가 마침내 물었다.

"아무것도, 디터."

"내가 전혀 모르는 이 아이와 뭔가 연결고리를 만들면 돌아와줄래?"

"아니, 나는 영원히 당신에게 돌아가지 않아."

"하지만 이 모든……" 그는 또다시 그들이 사랑을 나누었던 침대를 쳐다보았다. "이게 당신한텐 아무 의미 없는 거였어?"

"의미 있다는 거 당신도 알잖아. 작별의 뜻이었어." 엘자가 말한 뒤 옷을 입고 샌들을 신었다. 그러고는 속옷을 가방 안에 집어넣고 문을 향해 걸어갔다.

"이럴 순 없어!" 그가 외쳤다.

"안녕, 디터." 그녀는 안나비치호텔의 단정하게 손질된 작은 바위정원을 통과해 정문으로 걸어갔다. 어깨에 감청색 재킷을 걸친 채였다.

디터는 방갈로에서 그녀를 소리쳐 불렀다. "가지 마, 엘자. 제발 가지 마. 당신을 정말 많이 사랑해. 나를 떠나지 마……"

하지만 엘자는 계속 걸어갔다.

보니는 마리아의 집에 우유가 없다는 사실을 알아차렸다. 아침이 되면 모두 우유를 찾을 것이다. 마리아의 숨소리가 일정해지자 보니는 곧바로 커다란 더블베드에서 빠져나와 자기로 된 단지를 찾아냈다. 밤새 주방이 열려 있는 안나비치호텔로 갈 생각이었다.

보니가 호텔에서 기꺼이 채워준 단지를 들고 돌아오는데, 아름다운 독일 여자가 혼자 걷는 모습이 보였다. 얼굴은 눈물로 젖어 있었다. 보니는 마주치지 않으려고 커다란 부겐빌레아 관목 뒤로 얼른 숨었다.

그리고 한 남자가 그녀를 외쳐 부르는 소리가 들렸다. 보니는 독일어를 잘 못하지만 그가 무슨 말을 하는지는 알아들을 수 있었다. 보니가 그 말을 평가해본다면, 누군지는 몰라도, 그는 진심이었다.

하지만 엘자는 뒤돌아보지 않았다.

8

토머스는 아침식사를 위해 갓 구운 뜨거운 빵과 무화과를 사러 나갔다 왔다. 커다란 주전자에 커피를 가득 만들었고, 컵을 달그락거렸다.

피오나는 창백하고 고단한 얼굴로 방에서 나왔지만, 얼굴에 고마워하는 미소가 떠올라 있었다. 데이비드는 토머스가 주었던 가벼운 러그를 개고 쿠션을 톡톡 쳐서 부풀렸다.

데이비드가 진지한 표정으로 아침식사를 하러 식탁에 나타났다.

"토머스가 우리를 응석받이로 만드는데요, 피오나. 우리가 이런 마음씨 좋은 사람을 만난 게 행운인 거죠?"

"오, 그럼요." 피오나 역시 열정적인 모습을 보였다. "오늘은 훨씬, 훨씬 더 기운이 나는 것 같아요. 지금 계획이 아주 많아요, 정말로요."

토머스가 미소를 지으며 그녀를 쳐다보았다. "우리에게 그 계획을 말해줘요." 그가 말했다.

"이제 마음도 진정됐고 히스테리 상태도 아니니 서장님을 만나러 경찰서에 가려고요. 셰인을 찾는 걸 도와달라고 부탁할 거예요. 셰인이 어디로 갔는지 서장님이 알지도 모르잖아요. 여기로 오는 길에 우린 아테네에 겨우 스물네 시간 머물렀어요. 하지만 셰인은 신타그마광장을 좋아했고, 어쩌면 그에게 메시지를 전달해줄 수 있는 경찰을 요르기스가 알지도 몰라요. 그러고 나면 엘레니의 집으로 돌아가 옷을 갈아입을 거예요. 같은 옷을 며칠째 입고 있어요. 그러고 난 뒤엔 보니를 찾아가 아이들과 관련된 일로 도울 게 없는지 물어보려고요." 피오나의 눈동자는 빛나고 열정이 느껴졌다. 생기 없고 패배한 표정은 사라지고 없었다.

데이비드 역시 기력을 되찾은 것 같았다. "나는 안드레아스의 타베르나로 걸어가 그를 다시 만날 생각이에요. 이 단어가 너무 바보같이 들리지 않는다면, 그는 정말로 젠틀맨이에요."

"그 단어가 그분을 정확히 설명해주네요. 당신을 다시 만나면 아주 기뻐하실 거예요. 그분에게 우리 안부를 전해줘요, 네?"

"그럴게요." 데이비드가 약속했다.

"나도 오늘 몇 가지 할일이 있어요. 나중에 캘리포니아가 낮 시간일 때 아들한테 전화를 하려고요. 하지만 먼저 보니부터 찾아볼 거예요. 지난밤에 보니가 헛간으로 돌아오지 않았거든요."

"그걸 어떻게 알아요?" 데이비드가 깜짝 놀랐다.

"보통 보니는 횃불을 들고 그 안을 돌아다니는데 간밤엔 그러지 않았어요. 보니를 찾으면 이번에는 자신의 침대를 쓰라고 주장할 생각이에요. 보니가 마당 그곳에서 지내는 게 불편하고 신경이 쓰여요. 몸에 개미가 돌아다니는 것처럼요."

"개미가 돌아다니는 것처럼요?" 피오나가 물었다.

"그래요, 정말 멋진 표현 아닌가요. 뭔가 거슬리고 바지 안에 개미를 풀어놓은 것 같은 기분이 든다는 뜻이에요."

"셰인이 그 단어를 좋아할 거예요." 피오나는 행복하게 말했다.

거기 있던 남자들 중 누구도 대꾸할 말을 생각해내지 못했다.

엘자는 자신이 빌려 쓰는 아파트에 있었다. 잠이 오지 않을 것 같아서 발코니에 나가 앉아 아기아안나에 새벽이 오는 것을 보았다.

작은 마을이 다시 살아나고 있었다. 마침내 공포와 악몽으로 가득했던 그 밤이 끝난 것을 받아들였다는 듯, 그녀는 안으로 들어가 한참 동안 샤워를 하고 머리를 감았다. 그리고 깨끗한 노란색 면 원피스를 입고 커피 한 잔을 들고 앉아 페리가 떠날 준비를 하는 것을 지켜보았다.

디터는 오전 여덟시에 아테네로 떠날 것이다. 그것에는 조금의 의심도 없었다. 그녀가 동행하지 않는다는 것을 아는데, 디터가 왜 열한시까지 기다리겠는가? 그는 지체할 사람이 아니었다. 어제 그는 전세 낸 헬리콥터로 클라우스와 다른 사람들을 먼저 보냈다. 엘자를 찾아 마을을 샅샅이 뒤지고 다녀도 소용없다는 것을 잘 알고 있었다. 그는 이 발코니에 나와 앉은 그녀를 결코 보지 못하겠지만, 그녀는 그를 볼 수 있을 테고 그가 이곳을 떠난 사실도 알게 될 것이다.

밝은 색깔로 칠한 트랩 앞에 줄 선 사람들 중에서 디터를 찾아낼 수는 없었다. 하지만 그가 거기 있다는 사실은 알았다. 그들은 그 모든 일에도 불구하고 서로를 아주 잘 알았다.

그리고 엘자는 그를 찾아냈다. 그의 머리칼은 헝클어져 있었고, 셔츠의 목 단추는 풀어놓은 채였다. 자주 들고 다니던 가죽 여행가방의 손잡이를 꽉 움켜쥐고 있었다.

디터의 눈은 그 많은 사람들 속에서 엘자를 찾아낼 작정인 것처럼 군중을 샅샅이 훑고 있었다. 그는 아무것도 보지 못했고, 아는 얼굴도 없었다. 하지만 그녀가 지켜보고 있다고 추정할 만큼 그녀를 충분히 잘 알았다. 디터는 가방을 내려놓고 두 팔을 하늘 높이 쳐들었다.

"사랑해, 엘자." 그가 외쳤다. "당신이 어디에 있건 언제나 당신을 사랑할 거야."

주변에 있던 몇몇 젊은 남자들이 잘했다는 듯 그의 등을 툭툭 쳤다. 사랑을 선언한다는 건 좋은 것이었다.

엘자는 작은 페리가 바다를 건너 아테네의 항구인 피레에프스로 향할 때 돌처럼 앉아 있었다. 눈물이 얼굴 위로 천천히 흘러내려 커피 속으로 튀었다가 그녀의 무릎 위에 떨어졌다.

"데이비드, 내 친구, 어서 와요, 어서 와요." 안드레아스는 데이비드를 만난 것이 기뻤다.

데이비드는 자신에게 이런 아버지가 있었다면 좋았을 거라고 생각했다. 자신이 기억하는, 하나뿐인 아들에 대한 불만과 실망으로 표정이 굳어버린 아버지가 아니라, 아들이 가까이 가면 얼굴이 밝아지는 아버지가 있었다면 좋았을 거라고. 그들은 어제 있었던 슬픈 장례식에 대해, 아기아안나는 결코 예전과 같지 않을 거라는 데 대해 편하게 이야기를 나누었다.

“마노스와는 잘 아는 사이였어요?” 데이비드가 물었다.

“네, 여기서는 모두 서로를 잘 알죠. 비밀은 없어요. 모두 서로의 개인사를 알고 있어요. 마노스가 어렸을 때 여기로 올라와 아도니하고 다른 남자아이 하나하고 같이 놀곤 했어요. 그 아이들이 그네를 만들어 저기 저 나무에 매달았죠. 마노스는 가족과 떨어져 있고 싶을 때 여기로 올라오곤 했어요. 가족이 모두 여덟 명이었거든요. 아도니가 외동이라 우리는 누가 여기로 올라와 같이 놀아주는 게 정말 좋았어요. 지금은 하늘나라로 간 아내가 요리를 할 때 창밖을 내다보고, 아이들이 늙은 개와 놀거나 그네를 타고 있는 것이 보이면 그애가 무사하다는 걸 알았죠. 아내가 천국에서 우리를 내려다볼 수 있을까요, 데이비드…… 가엾은 마노스가 묻히는 걸 봤는지…… 아도니가 이곳의 모든 것과 연을 끊고 멀리 시카고로 떠나버린 걸 봤는지. 천국에서도 마음이 무거울 수 있다면 가엾은 아내의 가슴은 납덩이 같을 거예요.”

데이비드는 자신에게도 토머스처럼 온화한 통찰력이 있으면 정말 좋겠다고 생각했다. 토머스라면 뭔가 사려 깊고 도움이 되는 말을 했을 것이고, 적절한 시구도 몇 행 찾아냈을지 몰랐다.

데이비드는 아주 조금이라도 이 상황에 걸맞은 인용문을 생각해내려 했지만 떠오르지 않았다.

“제가 아는 건 유대인의 천국뿐이에요. 사실 그것도 그렇게 잘 알지는 못하지만요.” 그가 송구스럽다는 듯 말했다.

“음, 유대교에서는 천국에 가면 저 아래 세상에서 무슨 일이 일어나는지 볼 수 있다고 생각하나요?” 안드레아스가 물었다.

“네, 그럴걸요. 하지만 나는 그들이 더 넓은 관점을 가졌다고 생각해요, 그림 전체를 보는 그런 거요. 어쨌거나 제가 듣기로는요.”

이상하게도 안드레아스는 그 말을 듣고 마음이 편해졌다. 그가 몇 번 고개를 끄덕였다.

“이리 와요, 데이비드. 같이 점심 먹어요. 오늘 이곳을 찾는 사람들이 많진 않을 것 같아요.”

노인이 준비한 요리가 들어 있는 온장고를 보자 데이비드는 목구멍에 뭔가가 걸린 것처럼 목이 멨다. 이 모든 것을 준비했는데 아무도 오지 않다니.

“이렇게 양이 많은 파스타는 한 번도 먹어본 적이 없어요.” 데이비드가 말했다.

“데이비드, 괜찮으면, 저건 냉동하면 돼요. 오늘 아침에 만든 거거든요. 저거 말고 무사카나 칼라마리를 먹으라고 당신을 설득해도 되겠죠? 오늘 먹어 없애야 하는 음식만 권하는 건 환대가 아니니.” 안드레아스가 혼자 겸연쩍어하며 웃었다.

“무사카가 좋겠어요, 파스타를 말한 건 양이 많아서였어요. 애쓰신 게 헛수고가 되는 게 싫어서요.” 데이비드가 말했다.

“당신은 참 착한 사람이로군요. 여기 햇볕 속에 앉아요. 잔과 접시를 좀 가져올게요……”

데이비드는 앉아서 그 어리석은 청년은 여기서 살면 되는데 시카고에서 뭘 하고 있는 건지 모르겠다고 생각했다.

엘레니는 피오나가 돌아오자 반겨주었다. 셰인의 소지품이 전부 사라진 걸 보는 것은 충격적인 일이었다. 구겨진 셔츠와 청바지,

캔버스 가방, 담뱃갑과 그 안에 들었을 그 무언가, 그리고 담배를 마는 종이. 피오나는 셰인이 이 가족에게는 그녀에게 전할 말을 남겼기를 간절히 바랐었다. 하지만 그런 일은 없었다.

피오나는 갑자기 심한 현기증을 느꼈다. 후텁지근한 방 때문이거나, 셰인이 정말로 그녀의 삶에서 사라진 것을 깨달았기 때문일 것이다.

경찰서에서는 내키지 않았다 해도, 뭐라도 끼적거려 이 집에 남기는 것은 아주 간단한 일이었을 것이다. 피오나는 머리가 어질어질해지면서 기절할 것 같았다. 하지만 공감과 연민이 담뿍 담긴 얼굴을 한 다정한 엘레니 앞에서 마음을 굳게 먹었다.

그 순간 피오나의 허벅지에서 뜨겁고 축축한 뭔가가 느껴졌다.

땀일 것이다.

아주 더운 날이었다.

하지만 샌들을 내려다보았을 때 피오나는 그게 뭔지 너무나 잘 알 수 있었다.

그리고 엘레니도 피가 흐른 것을 보고 그게 무엇인지 알았다.

그리스 여자가 피오나를 부축해 의자로 데려갔다. "엘라*, 엘라, 엘라." 그녀는 그렇게 말하면서 수건을 가지러 달려갔다.

"엘레니, 보니 좀 찾아줄 수 있나요, 보니 알죠?" 피오나는 보니를 묘사하려는 것처럼 자신의 손을 얼굴로 가져가 주름살을 표현했다.

"지로** 보니, 네, 보니, 알아요." 엘레니가 말하고는 아래층에

* 놀랐을 때 사용하는 감탄사.

있는 아이들을 소리쳐 불렀다.

피오나는 눈을 감았다.

곧 보니가 여기 올 것이고, 그녀라면 무엇을 어떻게 해야 할지 알 것이다.

보니는 공예품가게 위 아파트에서 토머스 맞은편에 앉아 있었다.

"전에도 말했고 재차 말하는데, 내게 엄청난 액수의 유로를 지불했으니 여긴 당신이 쓰는 곳이에요. 당신 덕에 나는 부자가 됐고 당신의 연민을 받아들여 당신 집에서 잠을 자는 일은 없을 거예요."

"우정이 어떤 건지에 대한 생각은 안 갖고 계세요, 보니?" 토머스가 물었다.

"가지고 있지요. 하지만 그 문제로는 우리 모두 각자 생각하는 게 있잖아요."

"그럼 그 개념을 여기 적용해주세요. 부탁이에요, 당신이 아주 아름답게 꾸민 그 작은 방에서 집주인으로서가 아니라 친구로서 잠을 자달라고 부탁하는 거예요. 닭들이 사방에서 꽥꽥거리는 곳 말고 그 방에서 주무세요."

보니가 웃음을 터뜨렸다. "오, 토머스, 아주 캘리포니아식인데요. 아주 위생적이고요. 거기 나한테 꽥꽥거리는 닭들은 없어요. 그 건물 다른 부분에서 사는 닭 몇 마리는 아마……"

"저 방에서 지내세요, 보니, 부탁이에요. 나는 혼자 지내는 게 싫어요. 외로워요, 이 집에 누가 같이 있으면 좋겠어요."

** '알아요'라는 뜻.

"오, 왜 이래요, 토머스. 당신은 평화와 혼자만의 시간을 사랑하잖아요. 당신은 섬세한 사람이에요. 나한테 그런 자선을 베풀지 마요. 부탁이에요."

"당신은 섬세한 분이세요. 저의 우정어린 제안을 면전에서 거절하지 말아주세요. 부탁이에요."

바로 그 순간 그들은 아이들이 계단 위쪽을 향해 다급하게 외치는 소리를 들었다.

"가봐야겠어요." 보니가 일어서며 말했다.

토머스가 손을 뻗어 그녀의 손목을 잡았다. "보니, 내 제안을 받아들이지 않으면 어디에도 못 가요. 제 말 들으셨죠?"

"들었어요, 그럼 그렇게 해요." 그녀가 말했고, 그는 깜짝 놀랐다.

"좋아요, 그럼, 이제 가셔도 좋아요."

"괜찮으면 같이 가요, 좀 도와주면 좋겠는데, 광장에서 택시를 잡아줘요." 보니가 욕실에서 수건을 낚아채듯 챙겨온 뒤 계단을 뛰어내려가면서 두 어린 소년에게 그리스어로 이야기하는 것을 보고 그는 더욱 놀랐다.

"무슨 일인가요?" 그가 그녀를 뒤쫓아 뛰어가면서 물었다.

"무슨 일이냐 하면…… 운이 좋은 건지 피오나가 자신을 때린 그 못된 놈의 아기를 유산하는 중이에요. 하지만 거기 도착하면 정확히 우리가 지금 말한 대로는 말하지 못하겠죠."

토머스는 택시를 잡으러 달려갔고, 보니는 엘레니의 어린 두 아들을 뒷좌석에 밀어넣은 뒤 자신을 찾아낸 것이 대견하다고 아이들을 칭찬해주었다. 택시를 타는 건 드문 선물 같은 일이어서, 아이들은 기뻐서 환하게 웃고 있었다. 토머스는 자신이 정말로 이 특별한 원정길에 필요한지 물어보려다가, 보니가 그렇게 생각하지 않았다면 같이 가달라고 부탁하지 않았을 거라는 걸 깨달았다. 그래서 빙긋 웃고 뒤따라 차에 올라탔다.

"새 룸메이트와 함께라면 인생이 결코 지루할 틈이 없겠어요." 토머스가 말했다.

"당신은 좋은 사람이에요, 토머스." 보니가 크고 환하게 웃으며 말했다.

토머스가 의사를 데리러 가야 할 일이 생길지 몰라, 그들은 택시를 대기시켜놓았다. 토머스는 아래층에 있으면서 어린 남자아이들이 놀다가 이따금 자기들이 타고 왔던 차를 만져보고 오는 것을 지켜보았다.

그가 기억하는 한 그의 아들 빌은 자동차를 타고 다녔다. 이 아이들이 빌보다 많이 어린 건 아니었다. 사람들의 삶은 어쩌면 이렇게나 다른가.

보니가 위층으로 올라갔고, 영어와 그리스어로 말하는 여자들의 목소리가 들려왔다. 그가 알아들은 바로 피오나는 괜찮을 것이었다.

곧 보니가 내려와 그를 안심시켰다.

"피오나는 괜찮을 거예요. 출혈이 좀 있었지만, 어쨌거나 자신이 간호사고 그 멍청한 놈에 대한 것만 빼면 매사에 분별 있는 아가씨예요. 피오나는 그자가 이 소식을 들으면 속상해할 거라고 생각해요. 하느님 우리를 지켜주소서! 어쨌거나 의사 선생님한테 그녀를 봐달라고, 안정시킬 만한 걸 달라고 부탁하려고요."

"피오나가 여기 있는 건 괜찮을까요?"

"그렇지 않을 것 같아요. 이 사람들은 영어를 하나도 못하고……
내 생각엔……" 보니가 말하기 시작했다.

"우리와 함께 지내면 돼요." 토머스가 말을 받았다.

"아니요, 그건 아니고요. 독일에서 온 엘자와 같이 며칠 지내는 건 어떤지 제안해보려고 해요."

토머스가 고개를 저으며 말했다. "지금 당장은 엘자가 자기 연애 문제로 경황이 없을 것 같아요. 우리집에 오는 게 더 나아요."

"지금은 그 문제로 전혀 고민하고 있지 않을지도 모르죠."

"하지만……"

"엘자의 독일인 친구가 오전 여덟시 페리로 떠났다고 들었어요." 보니가 말했다.

"그러면 지금 마음이 매우 힘들겠네요." 토머스가 낙담하여 말했다.

"아니요, 엘자 자신이 그렇게 몰아간 것 같은데, 우리가 다 알고 있다는 걸 굳이 밝힐 필요는 없겠죠?" 보니가 말했다.

"당신은 엘자가 지내는 곳을 알 것 같은데요." 토머스가 미소를 지으며 말했다.

"그 아파트가 어디 있는지 알아요. 바깥에 세워둔 택시를 타고 가서 그녀에게 부탁해줄 수 있겠어요?"

"그 일을 하기에 제가 적당한 사람일까요?" 그가 미심쩍게 말했다.

"더 적당한 사람은 없죠. 당신이 돌아올 때까지 내가 여기서 기다릴게요."

잠시 후 토머스가 뒤를 돌아보았다. 보니가 시트와 수건을 들고 비틀비틀 걸어나가는 모습이 보였다. 지금 거기서 그것을 빨려고 하는 것이다. 얼마나 특별한 여자인가! 그는 보니에 대해 더 많이 알고 싶었지만, 그녀가 자신을 거의 드러내지 않을 것이고, 드러낸다 해도 자신이 원할 때만 그렇게 하리라는 걸 알고 있었다.

"보니?"

"이제 괜찮아요."

피오나가 손을 내밀었다. "이렇게 폐를 끼친 데 대해 죄송하다는 말을 하고 싶어요. 출혈을 하고 이렇게 더럽히고, 그 모든 일에 대해서요."

"그런 건 아무렇지도 않아요. 누가 뭐래도 당신은 간호사이니, 치우는 일에 대해선 잘 알 텐데, 그건 전혀 중요하지 않잖아요. 중요한 건 당신이 괜찮다는 것, 회복해서 다시 건강해지는 거예요."

"저는 이러든 저러든 상관없어요."

"대단하네요." 보니가 말했다.

"네?"

"대단하다고요. 엘레니하고 나하고 당신 걱정을 엄청 했거든요. 엘레니가 아들들을 시켜서 나를 찾아 데려오게 했어요. 토머스가 택시를 잡아서 우리 모두 여기까지 올 수 있었고요. 지금 토머스는 당신이 엘자의 집에서 지내도 되는지 물어보려고 엘자를 찾으러 갔어요. 그리고 레로스 선생님에게도 왕진을 부탁해서, 지금 선생님이 당신을 보려고 이리로 오고 있어요. 당신을 만난 사람들 모두, 심지어 당신을 만난 적 없는 사람들까지도 당신을 걱정하는데, 당신만 자신을 걱정하지 않는군요. 훌륭해요."

"그런 뜻은 아니고, 이제 무슨 일이 일어나든 내게 정말로 중요하지 않다는 뜻이었어요. 모든 게 끝났다고, 나는 모든 걸 잃었다고, 그 말을 하고 싶었던 건데……"

피오나는 무척 안돼 보였다.

보니가 그녀 옆으로 의자를 끌어당겼다.

"곧 레로스 선생님이 올 거예요. 친절한 사람이고, 대대로 의사 집안이에요. 하지만 그 선생님이 최상의 상태일 때 만나지는 못하겠네요. 지금 사고 때문에 마음이 많이 아프시거든요. 자기 손으로 직접 받아 세상을 보게 한 젊은이들의 사망 선고를 해야 했으니까요. 잘 못하는 영어와 독일어로 몇 시간째 최선을 다해서, 여기서 죽은 외국인들의 가족들에게 그들이 사랑하는 사람들이 큰 고통 없이 갔다는 말을 해주고 있어요. 완벽히 건강한 젊은 여자가 아주 초기에 유산을 했다고 살든 죽든 상관하지 않는다고 하는 말을 듣고 싶어하진 않을 거예요. 정말로요, 피오나. 지금은 선생님에게 그런 말을 할 때가 아니에요. 당연히 슬픈 일이고, 당연히 속상할 거예요. 하지만 사랑하는 사람이라고 하는 그 남자에 대해 생각하는 것처럼, 당신이 지금껏 간호사로서 만나 돌봐준 그 모든 사람들을 생각해봐요. 나는 오늘 여기 계속 있어요. 나한텐 죽고 싶다고 말해도 좋지만, 레로스 선생님에게는 하지 마요, 오늘만큼은. 선생님도 당신만큼 힘드니까요."

피오나는 흐느껴 울고 있었다. "죄송해요, 모두 셰인이 나쁜 사람이라고, 이렇게 된 게 최선이라고 말할 거예요. 이건 전혀 최선이 아니에요, 보니, 정말로 아니에요. 이 아이가 태어났다면 나는 정말로 행복했을 거예요, 아들이든 딸이든 그 사람의 아이를 기꺼이 낳았을 거예요. 이제 그 모든 게 사라졌어요."

보니가 피오나의 손을 잡고 쓰다듬었다. "알아요, 알아요." 그녀가 별 뜻 없이 그 말을 되풀이했다.

"당신은 그게 최선이었다고 생각하지 않는군요."

"당연히 그런 생각은 하지 않아요! 사람의 형체를 갖추어가는 중인 아이를 유산하게 되면 몹시 슬플 거예요. 그건 아주 안타깝게 생각해요. 하지만 아이가 살았다고 한다면 당신은 강해졌어야 해요. 내가 하고 싶은 말은, 그럼에도 당신은 강해져야 한다는 거예요. 그리고 이곳에는 친구들이 있어요, 당신은 혼자가 아니에요. 엘자가 곧 여기로 올 거예요."

"오, 안 돼요. 엘자가 왜 나를 받아주겠어요. 엘자에겐 자기 인생이 있고, 자기 남자가 있어요. 어찌됐건 그녀는 내가 나약해서 셰인을 사랑한다고 생각해요. 나하고는 뭐든 같이 하고 싶어하지 않을 거예요."

"내 말 잘 들어요, 엘자는 받아줄 거예요." 보니가 말했다. "그리고 지금 레로스 선생님이 도착한 모양이군요."

"저한테 해주신 말씀 잘 기억할게요." 피오나가 말했다.

"잘 생각했어요." 보니가 고개를 끄덕여주었다.

엘레니의 어린 아들들에게 이런 날은 처음이었다.

택시를 탔고, 사람들이 오갔고, 아주 많은 시트와 수건들이 빨랫줄에 널려 햇볕 속에 너풀거렸다. 웃기는 바지를 입은 키가 큰 미국인은 두번째로 왔을 때 큰 수박을 사와서는 같이 나눠 먹자고 했다.

"카르푸지!" 그는 수박처럼 평범한 것의 이름을 알고 있어서 기쁘다는 듯 자랑스럽게 말했다. 그들은 수박을 다 먹은 뒤 집 뒤로 가서 그 씨앗들을 흙에 심었다.

택시 근처에서 여자들이 내려오기를 기다리고 있던 미국인 남자는 흐뭇한 표정으로 아이들의 모습을 지켜보았다. 곧 아픈 피오나가 보니의 부축을 받으며 내려왔고, 아이들의 어머니와 노란 원피스 차림에 영화배우 같아 보이는 세련된 여자가 그들을 뒤따랐다. 레로스 선생이 그들과 함께였고, 그는 아픈 여자에 대해 상태는 괜찮지만 휴식을 취해야 한다고 거듭 말했다.

아픈 여자의 가방은 이미 꾸려져 있었으니, 이제 이 집을 영원히 떠나는 것이었다.

피오나가 돈을 주겠다고 고집을 부렸지만, 아이들의 어머니는 계속 고개를 저었다. 결국엔 백만장자가 틀림없어 보이는, 종일 택시를 타고 이동하고 웃기는 바지를 입은 남자가 나서서 아이들의 어머니에게 돈을 받으라고 했다. 그리고 모두 떠났다.

보니만 남아서 아이들의 어머니와 같이 앉아 커피를 마셨는데, 그들의 표정에 아이들이 부엌에 같이 있는 게 마뜩잖은 기색이 뚜렷했다.

"몸을 추스를 때까지 여기 며칠만 묵을게요." 피오나는 엘자가 지내는 아름다운 아파트에 도착하자 그렇게 말했다.

"같이 지내게 돼서 좋아요." 엘자가 캔버스 가방 안에서 피오나의 옷을 꺼내 탁탁 털어 걸면서 그녀를 안심시켰다. "여기 다리미가 있어요. 집안일은 나중에 하면 돼요."

피오나는 엘자의 크림색 리넨 원피스와 감청색 재킷이 옷걸이에 걸린 채 발코니에서 말라가고 있는 것을 보았다.

"당신은 자기 관리를 아주 잘하는 사람이로군요, 엘자. 그거 어제 장례식에 입고 왔던 거잖아요. 그런데 벌써 세탁을 했네요."

"두 벌 다 다시 입고 싶지 않아서 다른 사람에게 줘버리려고 일단 빨았어요." 엘자가 조용히 말했다.

"하지만 엘자, 당신 옷 중에서 가장 좋은 거잖아요. 엄청 비싼 옷일 텐데요! 그렇게 그냥 줘버리다니요!" 피오나는 어안이 벙벙했다.

"나중에 입어봐요. 몸에 맞으면, 피오나, 그리고 어울리면, 그 옷을 입어주면 더할 나위 없이 기쁘겠어요. 나는 그 옷을 절대 다시 입지 않을 거라서요."

피오나는 다시 베개에 누워 눈을 감았다. 이 전부가 받아들이기에는 너무 벅찼다.

"나는 여기 앉아 책을 읽을게요. 바깥은 너무 더워요. 이 방에 당신과 같이 있을 거예요. 가능하면 잠을 자려고 해봐요. 하지만 내가 여기 있을 테니, 이야기가 하고 싶으면 해요."

"지금은 이야기할 게 많지 않아요, 솔직히." 피오나가 작은 목소리로 말했다.

"나중에는 말하고 싶어질지 몰라요." 엘자의 미소는 따뜻했다. 그녀는 커튼을 쳐서 방을 어둡게 만들었다.

"어두울 텐데 책 읽을 수 있겠어요?" 피오나가 물었다.

"그럼요. 여기가 햇살이 기분좋게 드는 자리예요."

엘자는 창가 의자에 자리를 잡고 앉았다.

"그 사람을 만났어요, 엘자?" 피오나가 물었다.

"네. 네, 만났어요."

"만나서 기뻤어요?"

"음, 사실은 작별인사를 위한 거였어요. 작별의 말을 하는 게 필요했고, 쉽지는 않았지만, 이제 끝났어요. 이렇게 말하면 되려나요…… 이제 더 나은 삶을 위해 나아갈 일만 남았다고."

"말하긴 아주 쉬워도 실행에 옮기는 건 그렇지 않죠." 피오나의 목소리에서 졸음이 묻어났다. 안정제 효과가 나타나기 시작한 것이다. 그녀는 곧 잠이 들어 규칙적으로 호흡하기 시작했다. 엘자가 잠든 피오나의 모습을 바라보았다. 나이는 스물서넛쯤일 텐데 더 어려 보였다. 이 모든 일이 아주 고맙지 않은가? 하지만 엘자는 보니가 속삭여준 조언에 귀를 기울였다. 무슨 말을 하건 이 모든 일이 최선이라는 이야기는 꺼내지도 말아야 한다고 했었다.

토머스는 아들에게 언제 전화를 하는 게 가장 좋을지 고민했다. 아들이 아침을 먹고 있는 동안에 하는 게 가장 좋을 것이다. 그는 아들과 곧바로 통화할 가능성은 어느 정도일지 생각하면서 전화번호를 눌렀다. 아마 삼 대 일, 아니면 어른 둘이 있는 자리에서 아이가 전화를 받을 거라고 기대할 수 없으니 그 확률은 그에게 더 불리할지도 몰랐다.

아니나 다를까 앤디가 받았다.

"음, 안녕하세요, 토머스. 요전날 밤에 전화해줘서 고마웠어요. 거기선 완전히 지옥 같은 장면이 벌어졌겠지요."

"네, 아주 비극적이었어요." 토머스는 자신의 목소리가 점점 퉁명스럽고 딱딱하게 변해가는 것을 느꼈다. 그들 사이에 침묵이 흘렀다.

"그것 말고 다른 건 다 괜찮아요?" 앤디가 물었다.

토머스는 그를 참을 수가 없었다. 작은 마을의 영혼을 찢어놓은 재앙을 지옥 같은 장면이라고 하다니.

"괜찮고말고요." 토머스가 매몰차게 말했다. "빌은 옆에 있나요?"

"엄마가 설거지하는 걸 돕고 있어요." 앤디가 해야 할 말은 그뿐인 것처럼 말했다.

"그렇군요. 그러면 아이한테 먼저 손을 닦고, 지구 반대편에서 전화한 아버지와 통화를 하러 오라고 전해주겠어요?"

"다 끝났는지 볼게요." 앤디는 시종일관 상냥했다.

"아이가 일을 다 못 끝냈어도 엄마가 보내줄 수 있잖아요." 토머스는 분노가 치밀어오르며 주먹이 불끈 쥐어지는 것을 깨달았다. 그는 보니가 멀리 부엌문에서 그를 지켜보고 있다는 걸 알았다. 그 사실은 그의 기분에 전혀 도움이 되지 않았다.

"안녕, 아빠." 빌은 그의 목소리를 듣는 게 늘 즐거운 것 같았다.

"어떻게 지내니, 아들? 잘 지내?"

"네, 잘 지내요. 아빠가 있는 섬이 도데카네스제도에 속한 거예요?"

"아니, 하지만 큰 지도책이 가까이 있으면 거기가 어딘지 말해줄 수 있는데……"

"아니요, 제 옆에는 없어요, 아빠. 책은 위층 층계참으로 옮겼어요." 빌이 설명했다.

"하지만 지도책은 안 옮겼겠지. 사전도 안 옮겼을 거고? 텔레비전을 볼 때 이런 책들이 필요해, 빌. 로잉머신이나 그런 걸 하나 더

놓을 자리를 만든다고 네 삶에서 문화의 표지를 치우게 해서는 안 되지." 토머스의 목소리에서 정말로 괴로움이 묻어났다.

아이가 뭔가 할말을 생각해내려고 애쓰는 동안 전화선 저쪽에서는 침묵이 흘렀다.

"엄마 바꿔봐, 빌. 엄마한테 전화 좀 받으라고 해."

"아니요, 아빠. 아빠와 엄마는 싸우기만 하잖아요, 맨날. 제발, 아빠. 지도책이 어디 있는지는 중요하지 않아요. 아빠가 전화 끊지 않으면 제가 뛰어가서 가져오면 돼요."

"아니야, 네 말이 맞구나. 지도책이 어디 있는지는 중요하지 않아. 그림을 첨부해서 이메일을 보낼 테니 네가 찾아보면 되겠구나. 아무도 사용하지 못하게 컴퓨터도 치워버린 게 아니라면."

"아니에요, 아빠. 물론 아니죠." 아이는 책망하는 투였다.

"그러면 오늘은 뭘 할 거니? 거긴 아직 아침이지, 안 그래?"

"네, 음, 먼저 쇼핑몰에 갈 거예요. 새 운동화를 살 거고, 그러고 나면 앤디 아저씨가 새 신발을 신고 뛰어볼 수 있게 저를 데리고 달리기를 하러 갈 거예요."

"신나겠는데." 수천 마일을 타고 흐르는 토머스의 목소리는 비장하게 들렸다.

"보고 싶다, 아들." 빌이 더이상 말이 없자 마침내 토머스가 말했다.

"네, 아빠, 저도 보고 싶어요, 많이요. 하지만 떠난 사람은 아빠였어요." 아이가 대답했다.

"누가 그렇게 말했어? 네 엄마가 그랬니? 앤디 아저씨가? 잘 들어, 빌. 우리는 이 문제를 끝도 없이 이야기했고, 내가 떠나는 걸로 새 가족이 함께하는 공간을 만들어주는 게 더 낫다고 결론을……"

"아니요, 아빠. 엄마는 그렇게 말씀하지 않으셨어요." 빌이 말을 막았다. "그리고 앤디 아저씨도요. 저는 그저 아빠가 보고 싶다고, 저는 여기 있고 떠난 사람은 아빠였다고 말한 것뿐이에요."

"미안하다, 빌. 여기선 모두 경황이 없구나. 아주 많은 사람들이 죽었어. 아빠를 용서해주렴. 곧 다시 전화할게." 토머스는 전화를 끊었다. 이렇게 기분이 가라앉은 건 아주 오랜만의 일이었다.

보니가 브랜디를 들고 그에게 다가왔다.

"상황을 엉망진창으로 만들어버렸군요." 그녀가 말했다.

"당신은 아들이 있는 게 어떤 건지 이해하지 못해요." 그가 눈물이 흐르는 걸 억지로 참으며 말했다.

"왜 나한테 아들이 없을 거라고 짐작하는 거죠?" 그녀가 물었다. 그녀의 눈에 물기가 어려 있었다.

"아들이 있어요?" 그는 깜짝 놀랐다.

"네, 그러니 혼자만 부모인 것처럼 굴 것 없어요."

"그러면 그 아이는 어디 있나요? 왜 같이 있지 않죠?"

"왜냐하면 나도 당신처럼 상황을 엉망으로 만들었으니까요."

토머스는 보니가 더이상 말하지 않으리란 걸 알았다. 그에 대해 비판적이긴 했어도, 그녀가 여기 있는 것이 그에게 어느 정도 위로가 되었다. 사면의 벽에 대고 사랑하는 빌에게 지금 어떤 일이 일어나고 있는지 울부짖는 것보다 나았다.

요르기스는 차를 몰고 타베르나까지 올라왔다. 누군가가 그에게 큰 양고기 다리를 주었고, 그는 안드레아스가 그걸 손님들에게 요리해서 내면 될 거라 생각했다. 안드레아스는 데이비드 외에는 오늘 타베르나에 온 사람이 없었고 오늘밤에 더 올 사람도 없을 것 같다고 서글프게 말했다. 하지만 그 순간 안드레아스에게 어떤 생각이 떠올랐다. 경찰서에서 요리를 해서 장례식 때 열심히 도와준 청년들에게 제대로 된 저녁식사를 차려주는 게 어떨까?

데이비드와 그의 친구들, 그리고 보니를 초대할 수 있을 것이다. 안드레아스는 샐러드 전부를 큰 그릇에 긁어 담았다. 아무도 없는 타베르나에 혼자 앉아 있지 않고 사람들에게 요리를 해줄 생각을 하니 기쁘고 흥분되었다.

"경찰서가 그리 편안하진 않을 텐데." 요르기스가 미심쩍게 말했다. "친근한 분위기와는 거리가 멀고."

"긴 빨간 쿠션을 가져가지 뭐. 그걸 벤치에 놓으면 돼." 안드레아스는 그 생각을 그냥 묻어버리고 싶지 않았다. "데이비드, 아도니의 방으로 올라가서 쿠션을 좀 가져와줄래요?"

데이비드가 놀라서 그를 쳐다보았다. 아도니가 시카고로 간 지 꽤 되었지만 집에 여전히 그의 방이 있는 것이다.

"계단을 다 올라가서 왼쪽이에요." 요르기스가 알려주었고, 데이비드는 서둘러 좁은 계단을 올라갔다.

그 방에는 아테네의 축구팀인 파나티나이코스 사진들과 어느 그리스 무용단의 포스터들이 걸려 있었는데, 파나야, 즉 성모마리아의 모습을 표현한 것이었다. 사라진 아도니는 다양한 취향을 지닌 남자였던 것이다.

침대는 아도니가 그날 밤 돌아오기라도 할 것처럼 잘 정돈되어 있었다. 침대 끝에 밝은 빨간색 러그가 개켜져 있었다. 창턱 밑 의자에 길고 좁은 빨간색 쿠션이 깔려 있었다.

데이비드는 창밖을 내다보았다. 오후 햇살이 언덕 아래로 비쳐 올리브 숲을 지나고 아기아안나의 푸른 만까지 이어졌다. 그 청년은 일리노이주 시카고에서 어떤 풍경을 볼까? 이 풍경의 십분의 일만큼이라도 아름다울까? 그는 쿠션들을 가지고 아래층으로 내려갔고, 그들을 도와 요르기스의 밴에 실었다.

"이렇게 하면 우리 모두 기분이 좋아질 거야, 요르기스 형." 안드레아스가 행복한 미소를 지으며 말했다.

데이비드가 갈망의 눈빛으로 그를 쳐다보았다. 단순한 것에도 쉽게 만족할 줄 아는 그런 아버지가 있다면.

그들은 토머스의 집에 먼저 들러 데이비드를 내려주었다. 토머스는 그 특별한 식사에 대한 생각을 듣고 아주 좋아하는 것 같았다. 그가 나가서 와인을 사오겠다고 말했다. 보니는 엘자와 피오나의 상황을 확인해보겠다고 했다. 그녀는 어떤 일이 있었는지, 피오나는 그들과 함께할 기분이 아닐 수도 있다는 점을 감탄할 만큼 간략하게 설명했다.

"정말 안타까운 일이네요." 데이비드가 말했다. "하지만 생각해보면 그건 결국 최선의……"

"민감한 이야기는 건들지 마라는 말 있잖아요. 데이비드, 바로 이런 상황에 쓰라고 만들어진 문구예요. 당신도 그렇게 생각하고 나도 그렇게 생각할 수 있지만, 피오나는 단연코 그렇게 생각하지 않아요. 내가 이미 주의를 준 것 같은데요."

"아주 현명한 조언이에요." 데이비드가 동의했다. "저는 어쨌거나 늘 해서는 안 되는 말을 하는 것 같아요. 하지만 엘자는요? 그 독일인 친구와 함께 떠났다고 생각했는데요."

"내가 스핑크스가 재현한 것처럼 말한다는 거 아는데요." 보니가 말했다. "하지만 정말로 솔직하게 말하면 나라면 가지 않아요!"

젊은 경찰들은 마늘과 오레가노를 얹은 고기가 구워지는 맛좋은 냄새를 맡자 기분이 좋아졌다. 그동안 지치고 힘이 소진되는 시간을 보냈다. 이제는 상사와 그의 동생과 보니와 관광객 네 명과 함께 휴식을 취해도 좋은 시간이었다. 여자들 중 하나는 미의 여왕처럼 예뻤고, 다른 하나는 아팠던 것처럼 안색이 나빴다.

두 남자는 아주 달랐다. 한 명은 키가 크고 호리호리했는데, 주머니가 많이 달린 우스꽝스럽고 헐렁한 버뮤다 반바지를 입고 있었다. 다른 한 명은 자그마한 체구에 표정이 심각하고 안경을 썼다.

관광객 모두 그리스어로 몇 마디를 시도했다. 모두 와인이 크라시인 것은 알고 있어서, 젊은 경찰들이 화이트와 레드에 해당하는 아스프로와 코키노를, 그리고 야수를 정확히 어떻게 발음하는지 가르쳐주었다.

그들은 보답으로 경찰들에게 치어스, 프로지트, 엘하임, 슬레인트*를 알려주었다.

안드레아스는 자랑스럽게 고기를 썰었다. 구름이 하늘을 가로지르며 달려갈 때 달빛이 바다에 무늬를 그렸다.

"우리가 칼라트리아다에 온 뒤로 아주 많은 시간이 지난 것 같아요." 피오나가 말했다.

* 각각 건배사로 쓰이는 영어, 독일어, 유대어, 아일랜드어 표현.

"밤이 지붕과 벽을 두들기는 빗소리로 가득했던 그때가 겨우 두 밤 전이에요." 엘자가 말했다. "그 이후로 아주 많은 일이 일어났어요!" 그녀가 손을 뻗어 연대의 제스처로 피오나의 손을 잡았다.

피오나의 눈에 눈물이 차올랐다. 데이비드가 보니를 흘끗 쳐다보았다. 보니가 그에게 미리 주의를 준 것은 참으로 현명한 일이었던 것이다.

저 아래 항구 근처 마리아와 마노스의 작은 집 앞에 젊은 남자들이 모여 있었다. 그리고 곧 카페와 레스토랑에 있던 다른 사람들이 합류했다.

"무슨 일이에요?" 토머스는 무슨 문제가 생겼는지 걱정이 되어 물었다.

요르기스가 아래를 유심히 내려다보았다. "모르겠는데요. 누가 한 명 내려가서 모든 게 괜찮은지 보고 와." 그러고는 경찰 하나를 가리켰다. 누군가가 그 모든 비극을 마노스의 탓으로 돌리고 싶어 하는 것도 가능한 일이었다. 그럴 것 같지는 않았지만 그래도 가능했다. 준비하고 있는 편이 나았다.

보니가 조용히 말했다. "문제는 없어요. 청년들 몇몇이 오늘밤 마노스와 그의 친구들을 애도하기 위해 마노스의 집 밖에서 춤을 추고 싶다고 했어요. 마노스가 시르타키나 다른 춤을 추곤 했던 것을 기념하는 의미에서요."

"여기선 장례식이 끝나고 춤을 추는 일이 좀처럼 없는데요." 요르기스가 말했다.

"평범한 장례식이 아니니까요." 보니가 조용히 말했다.

그들이 지켜보는 가운데 검은 바지와 흰 셔츠를 입은 열두 명의 남자가 서로 어깨를 겯고 줄을 지어 섰다. 부주키 연주자들이 몇 개의 화음을 연주하자 그들이 춤추기 시작했다. 마노스와 그의 친구들이 불과 며칠 전까지 그랬던 것처럼, 이슥한 밤에 허리를 굽히거나 몸을 휙휙 움직이거나 펄쩍 뛰어오르는 동작을 하면서.

마리아와 아이들은 그들의 작은 집 바깥에 의자를 놓고 앉아 있었다. 이 모든 일이 먼 기억 속 이야기가 되었을 때, 어쩌면 그들은 아버지를 추모하기 위해 아기아안나의 청년들이 모여서 춤을 춘 이 밤을 기억할 것이다. 사람들이 점점 많이 모여들었고, 그들은 멀리서도 사람들이 눈물을 훔치는 모습을 볼 수 있었다.

이어 사람들이 음악과 춤에 맞춰 손뼉을 치기 시작했고, 거기 있는 모두가 합류했다.

경찰서 베란다에서도 한 무리의 사람들이 그 장면을 지켜보았다. 그들 모두 말없이 그 장면을 지켜보았다. 이전에 봤던 어떤 것과도 달랐다.

이윽고 엘자도 음악에 맞춰 손뼉을 치기 시작했고, 토머스가 곧 뒤따라 손뼉을 쳤다. 데이비드와 피오나도 눈길을 주고받은 뒤 함께했고, 보니, 젊은 경찰들, 안드레아스, 요르기스도 합류했다. 그들도 눈물을 주룩주룩 흘리면서 추모의 춤을 추는 청년들에게 마음으로 힘을 실어주었다.

누가 보든 말든 울고 있는 피오나에게 엘자가 종이 냅킨을 건넸다.

"정말 멋져요." 마음이 진정되자 피오나는 마침내 그렇게 말했다. "살아 있는 동안은 이 밤을 결코 잊지 못할 거예요."

"나도 그래요." 토머스도 그렇다고 했다. "우리는 이것을 공유하는 특권을 누린 거예요."

다른 사람들은 벅차서 뭐라 말하지도 못했다.

그 순간 예상 밖의 맑은 목소리로 피오나가 말했다. "저 별들이 아테네에도, 우리의 고향집에도 비치고 있겠죠. 모두 뭘 하고 있는지 궁금해요. 우리가 지금 여기서 뭘 하고 있는지 그들은 짐작이나 할까요."

9

피오나의 집에서는 거의 모든 저녁에 그랬듯이 피오나 이야기를 하고 있었다. 피오나의 어머니는 〈이브닝 헤럴드〉에 실린 아기아 안나의 사진들을 보고 있었다.

"세상에, 피오나가 지금 여기 있다니!" 그녀가 놀라서 말했다.

"맙소사!" 그녀의 남편이 못마땅한 투로 말했다.

"하지만 숀, 우리가 걱정할까봐 그애가 우리한테 전화한 건 잘한 거야. 적어도 우리가 걱정할 거라는 생각은 했으니까."

"우리가 걱정을 왜 해? 우리는 그애가 그 머저리 같은 놈하고 붙어서 어디로 갔는지도 몰랐는데." 피오나의 아버지는 이 상황 전체에서 희망적인 측면을 거의 찾아내지 못했다. 밝은 면을 볼 이유가 거의 없었다. 그는 대화를 끝내기 위해 일부러 리모컨을 들고 텔레비전을 켰다.

그의 아내가 텔레비전으로 가서 전원을 껐다.

"모린! 왜 그래? 그거 보고 싶었던 거란 말야."

"아니, 당신은 뭔가를 보고 싶어하지 않았어. 그저 피오나 이야기를 하고 싶지 않았던 거지."

"피오나 이야기는 아주 신물이 나." 숀이 말했다. "그리고 그애가 우리 은혼식에 맞춰 돌아오건 말건 난 신경 안 써."

"숀! 어떻게 그런 말을 할 수 있어?"

"진심이야. 그 멍청해빠진 놈 팔에 매달려 맥없이 얼쩡거리면서 우리가 그놈을 이해하지 못한다고 말할 거면 여기 와서 축하를 하는 게 무슨 의미가 있어?"

"그애는 내 아이이기도 하지만 당신 아이이기도 해."

"그애는 아이가 아니지, 당신 말에 의하면…… 그애는 스물네 살의 어른이야. 스스로 결정을 내릴 권리가 있다, 그게 당신이 그 애 편을 들면서 한 말이잖아."

"숀, 내가 말하고 싶었던 건, 우리가 셰인을 공격하면 그애가 소외감을 느낄 거라는 것, 그애도 자기가 내린 선택이 어떤 건지 알 만큼은 나이가 들었다는 거였어. 그 선택이 조금이라도 옳다는 말은 아니었다고."

"허." 그가 말했다.

"내 말 좀 들어줘. 오늘밤 바버라에게 우리집에 와달라고 했어. 그 모든 일에 대해 의논하려고. 둘이 같이 첫영성체를 한 뒤로 십오 년 동안 친구로 지냈잖아. 바버라도 우리만큼이나 속상해하고 있어."

"그앤 아니야. 그애도 피오나만큼이나 나빠. 만약 그애 앞에 셰인 같은 약쟁이 술꾼 쪼다가 나타나면 그애도 그렇게 달아나버릴 걸. 요즘 애들은 다 똑같아."

"이런 식으로 대화하면 안 돼. 피오나에게 생명선을 열어놓으려고 노력해야지. 그애가 우릴 원하면 우리가 여기 있다는 걸 알려주려고 노력해야 해."

"그애가 우릴 원한다고 해서 내가 여기 있을지는 잘 모르겠는데. 그애는 나뿐 아니라 당신한테도 가슴 아픈 말을 했어, 그렇잖아."

"우리가 셰인에 대해 상처를 주는 말을 먼저 했으니까 그런 거지." 모린은 공정한 입장을 취하려고 애썼다.

"그애는 가족과 집과 좋은 직장을 포기했어. 무엇 때문에? 그 입이 험한 약쟁이 때문에!"

"누구하고 사랑에 빠지느냐에 대해선 우리가 할 수 있는 게 없어, 숀."

"아니야, 할 수 있는 게 있어. 모든 사람이 피오나처럼 미치광이를 찾아 나서지는 않아." 그는 뜻을 굽히지 않았다.

"그애가 작정하고 미치광이와 사랑에 빠진 건 아니야. 괜찮은 은행가나 의사, 자기 사업을 하는 남자를 찾았다면 훨씬 쉬웠겠지. 하지만 그렇게 안 됐어."

"당신 갑자기 아주 너그러워졌군." 그는 어리둥절했다.

"왜 그런지 말해줄까? 그 끔찍한 사고가 일어났을 때 그애가 우리에게 전화할 생각을 했다는 데 마음이 움직인 거야. 그애가 그곳에 있는지 아닌지를 우리가 알았느냐 아니냐 그건 중요하지 않아."

초인종이 울렸다.

"바버라가 왔네, 친절히 대해줘, 엉뚱한 소리 하지 말고. 부탁이야, 숀. 그애가 우리와 피오나의 유일한 연결고리, 유일한 희망일지 모르니까."

"바버라도 그 건방진 계집애한테 소식을 못 들은 건 마찬가지야." 그가 코웃음을 쳤다.

"숀!"

"알았어." 그가 말했다.

맨체스터의 깔끔한 교외 지역에 있는 데이비드의 집에서는 아기아안나에서 일어난 사건을 다룬 텔레비전 다큐멘터리를 보면서 자신들의 아들에 대한 이야기를 나누고 있었다.

"직접 봤으면 정말 끔찍했을 거야." 데이비드의 어머니가 말했다.

"그애가 우리한테 전화를 할 정도였으니 정말로 끔찍했겠지." 그의 아버지도 같은 생각이었다.

"그애가 떠난 지 육 주가 됐어, 해럴드. 그애가 우리한테 보낸 편지가 열 통이야. 그래도 연락은 계속 하고 있잖아."

"몇 통은 그냥 그림엽서였지." 데이비드의 아버지가 말했다.

"하지만 가서 우표도 사고 우체통도 찾는다는 거잖아." 어머니가 아들을 두둔했다.

"미리엄, 지금은 21세기야. 인터넷 카페를 찾아가서 이메일을 보내고, 보통 사람들처럼 할 수도 있잖아."

"나도 알아, 안다고."

그들은 한동안 침묵을 지키며 앉아 있었다.

"미리엄, 내가 다르게 행동했어야 했나? 말 좀 해줘." 그가 진실을 알려달라는 표정으로 아내를 바라보았다.

그녀가 손을 뻗어 남편의 손을 잡고 어루만졌다. "당신은 멋진 남편, 멋진 아버지였어."

"내가 그렇게 멋진 아버지였다면 왜 우리 아들이 그리스의 그런 변변찮은 마을에 가 있는 거지? 설명 좀 해줘."

"아마 나 때문이었을 거야, 해럴드. 어쩌면 그애를 쫓아보낸 건 나였을지 몰라."

"아니야, 그건 당연히 아니지. 그애는 당신을 아주 사랑해, 그건 우리가 다 아는 사실이야. 그애가 하고 싶어하지 않는 건 사업이야. 내가 화가가 돼라, 시인이 돼라, 네가 하고 싶은 게 있다면 뭐든 돼라, 그렇게 말했어야 했나? 그랬어야 해? 필요한 게 그거였어? 말 좀 해줘!"

"그렇게 생각 안 해. 그애는 당신이 그애한테 회사 경영을 맡기고 싶어한 걸 늘 알고 있었어. 바르미츠바* 이후로 늘 알았어."

"그렇다면 그게 어째서 그렇게 죄가 되지? 나는 우리 아버지를 위해 이 사업을 일으켰어. 아버지는 땡전 한푼 없이 잉글랜드로 오셨어. 나는 아버지가 힘들게 일한 게 결국 가치 있는 일이었다는 걸 보여드리기 위해 밤낮없이 일했어. 어디에 문제가 있었단 거지? 나는 하나뿐인 아들에게 번창하는 우리 사업을 물려주려고 한 거야. 그게 잘못이야?"

"알아, 해럴드. 나는 다 알지." 그녀가 그를 달랬다.

"당신은 이해하는데, 왜 그애는 이해를 못하지?"

"내가 그애한테 말해볼게, 해럴드. 내가 말하게 해줘."

"안 돼, 천 번 물어본대도 안 돼. 그애의 동정은 받지 않아. 그애

---

* 유대교에서 소년이 열세 살이 되었을 때 하는 성인식.

의 사랑과 존경을 받기는커녕 그애를 곁에 두지도 못한다면, 동정을 받는 걸로 만족하고 싶지는 않아."

셜리와 빌은 쇼핑몰에서 돌아왔다. 앤디는 지역사회의 다른 운동선수들과 함께 대학교에 가서 집에 없었다. 마라톤 출전을 위해 훈련중인 학생들을 격려하기 위해 모인 사람들이었다. 삼십대에 접어들었는데도 여전히 달리기를 좋아한다는 사실이 멋지다고 생각하는 사람들이었다.

빌은 어머니가 쇼핑한 물건을 꺼내고 정리하는 것을 도왔다.

"넌 정말 착한 아이야." 셜리가 불쑥 말했다.

"정말로요?"

"그렇고말고. 엄마는 이 세상 어느 누구도 너만큼 사랑해본 적이 없어."

"아이, 엄마도 참……" 아이는 부끄러워했다.

"아니야, 진심이야. 정말로 그래."

"하지만 엄마의 부모님은요? 그분들은요?"

"물론 그분들도 좋지만, 그 사랑은 너한테 느끼는 사랑하고 비교할 수 없어."

"아빠를 사랑했을 때 아빠는요? 그리고 지금 앤디 아저씨는요?"

"그건 달라, 빌. 정말이야. 자식에게 느끼는 사랑에는 땅을 흔들 만큼의 절대적인 뭔가가 있어. 그건 무조건적이야."

"그게 뭔데요?"

"'만약'이라든가 '하지만' 같은 게 없다는 말이야. 너는 그만큼 특별한 사람이고, 그 사실엔 어떤 것도 끼어들 수 없어. 내가 제대로 설명할 수 있으면 좋겠구나. 남자나 여자를 사랑할 땐 사실 그 사람을 사랑하는 걸 멈출 수가 있어. 그럴 의도가 없었다 해도 그런 일이 일어나. 하지만 자신의 아이는 결코……"

"아빠도 저에 대해 엄마와 똑같이 느끼나요?"

"그럼, 똑같이 느끼지, 빌. 엄마와 아빠는 몇 가지 일에서 의견이 달라. 그건 너도 알 테지. 하지만 엄마도 아빠도 우리에게 일어난 가장 좋은 일은 너라고 생각했고, 그건 지금도 마찬가지야. 우리가 너를 놓고 다투는 일은 절대 없어. 절대. 우리는 너에게 가장 좋은 것만 해주고 싶어."

"아빠는 지금도 엄마를 사랑해요?"

"아니, 아가. 아빠가 여전히 나를 존중하고 좋아한다고는 생각하지만, 사랑은 아니야. 하지만 너를 사랑하는 마음은 우리 둘 다 같아." 그녀는 아이가 알아주기를 바라면서 대답을 해달라는 듯 미소를 지어 보였다.

빌은 잠시 생각했다. "그러면 왜 아빠는 그걸 행동으로 보여주지 않죠?" 빌이 물었다.

"보여주는 것 같은데." 셜리가 깜짝 놀라 대답했다.

"제 생각은 달라요." 빌이 말했다. "아빠는 제가 아빠를 보고 싶어하고 아빠가 여기 없는 걸 속상해하길 바라는 것 같은데, 그건 아주 불공평해요. 떠난 사람은 아빠예요. 내가 아니라. 나는 여기 그대로 있었어요."

비르기트는 클라우스가 뉴스실로 들어오는 것을 보았다.

"그리스에서 돌아왔군요!" 그녀가 기뻐하며 말했다.

"안녕하세요, 비르기트." 카메라 감독인 클라우스는 비르기트가 자신을 만나 기뻐하는 거라는 착각은 전혀 하지 않았다. 자신이 돌아왔다는 건 곧 디터도 돌아왔다는 의미였다. 그녀의 관심사는 그것이었다. 그리고 그것은 텔레비전 방송국에서 근무하는 여자들 대부분의 관심사였다.

클라우스는 한숨을 쉬었다.

디터가 시도조차 하지 않아도 여자들이 그에게 달려들었다.

클라우스는 비르기트가 디터에 대해 물어볼 때까지 기다렸다. 삼십 초쯤 걸릴 것이다. 틀렸다. 그보다 더 빨랐다.

비르기트는 서두로 그 모든 일이 얼마나 슬펐겠느냐는 말을 꺼내 시간을 낭비하지도 않았다. "디터도 돌아왔어요?" 그녀가 아무렇지 않게 물었다.

"아니요." 비르기트는 냉정한 여자였다. 그녀에게 그 나쁜 소식을 전하면서 클라우스는 사실 은근한 쾌감마저 느꼈다. "아니요, 거기 조금 더 있겠대요. 거기서 옛친구를 만났거든요. 놀라운 우연이죠, 안 그런가요?"

"옛친구요? 언론인들 중에서 아는 남자요?"

"아니요, 사실은 여기서 일하던 여자였어요. 엘자를 만났어요."

비르기트의 얼굴을 보는 것은 짜릿했다.

"하지만 두 사람 사이는 끝났잖아요." 비르기트가 말했다.

"내가 당신의 기대를 깰 건 없죠, 비르기트." 클라우스가 말하고 그 자리를 떴다.

아도니는 자신이 자란 마을의 사진이 신문에 실린 것을 보았다.

줄곧 알고 지낸 친구 마노스의 얼굴이 보였다. 마리아의 사진도 있었다. 아도니는 그들의 결혼식에서 춤을 췄었다.

미국 전역의 신문에 그의 고향 사진과 소식이 실리는 건 정말로 있을 법하지 않은 일이었다. 하지만 그는 여기 시카고에서는 어느 누구에게도 말하지 않을 생각이었다. 그가 이곳에 온 건 꽤 오래전 일인데, 아기아안나에서 엘레니가 그에게 이곳 어디의 연락처를 주었다. 그녀의 사촌 하나가 여기서 일했고, 그 사촌이 개인적인 추천을 받고 온 청년에게 일자리를 주었던 것이다.

그 사촌은 다른 데로 갔지만, 아도니는 이곳에 머물렀다. 아도니는 이곳 생활이 좋았지만, 이따금 외로움을 느꼈다. 하지만 자신의 고향에서 일어난 그 참사에 대해서는 아무 말도 하지 않을 참이었다. 왜 슬픔을 자초하겠는가?

아도니가 일하는 청과물가게 사람들은 그와 그의 배경에 대해 아는 것이 거의 없었다. 그가 그런 이야기를 하면 그들은 왜 아버지와 연락하지 않는지 알려 할 것이고, 아버지와 다툰 일에 대해, 그 침묵의 세월에 대해 알게 될 것이다. 그들은 결코 이해하지 못할 것이다. 아도니가 같이 일하는 사람들은 가족을 위해 살았고, 그들의 아버지들은 늘 그들의 집을 드나들었다. 구 년 동안 서로 이야기를 하지 않은 아버지와 아들에 대해 그들이 뭐라고 생각하겠는가?

물론 아버지에게 전화를 걸어 아기아안나에서 일어난 일에 대해 마음이 아프다고 말할 수도 있었다. 하지만 그렇게 하면 아버지는 그것을 아들이 약해졌다는 표시, 굴복한다는 표시, 아도니 자신이 틀렸음을 인정한다는 표시로 받아들일 것이다. 아버지는 그가 어디 있는지 알고 있었다. 아버지가 하고 싶은 말이 있다면 아버지가 하게 하자.

셰인은 아테네 지하철을 이용하는 방법을 몰랐다. 전에 이곳에 왔을 때는 피오나가 다 알아서 했었다. 지하철을 일레크트리코스 같은 이름으로 불렀다. 피오나가 키오스크에서 표를 샀던가? 아니면 그건 트롤리버스를 탈 때였나? 기억이 나지 않았다.

셰인은 페리에서 엑사르치아 지역에 우조 가게와 타베르나가 많다는 이야기를 들어서 그곳에 가기로 마음을 정했다. 가방 안에 아직 대마초가 많으니 거기 가서 팔면 된다. 그러고 나면 앉아서 뭘 할지 생각할 것이다. 그는 이제 자유로웠다, 새처럼 자유로웠다. 아무도 그에게 벽지에서 평생 식당 종업원으로 살라는 웃기지도 않는 발상을 들이밀며 뭐라 하지 않을 것이다. 그런 제안을 하는 걸 보면 피오나는 머리가 모자란 것이다.

아니나 다를까, 그녀도 결국 다른 모두처럼 그를 실망시켰다. 하지만 한편으로 사람들은 늘 그랬으니 뻔히 예상하던 일이었다. 게다가 그녀가 정말로 임신한 것도 아니었다. 그건 확실했다. 정말 임신한 거라면, 그가 경찰서에 있는데 그렇게 떠나버리지 않았을 것이다. 피오나는 지금 더블린에 있는 그 끔찍한 가족에게 돌아가려고 집으로 가는 중인지도 몰랐다. 그들은 셰인이 더이상 그녀 곁에 없다는 것을 알면 그녀를 위해 살찐 송아지라도 잡을 것이다.

셰인은 오모니아라는 지하철역에 내려야 한다는 것을 알아냈다. 맙소사, 여기 이름들은 정말로 이상했고, 글자 또한 아무도 제대로 읽지 못할 것 같았다.

"들어오렴, 바버라." 피오나의 어머니가 바버라를 안으로 들어오게 했다.

"저녁 늦게 돌아다니는구나." 피오나의 아버지는 그리 반기는 기색이 아니었다.

"병원이 어떤 곳인지 아시잖아요, 라이언 아저씨. 오전 여덟시부터 저녁 여덟시까지가 근무시간이에요. 여긴 병원에서 한 시간 거리고요." 바버라는 명랑했고, 다른 누구의 엉뚱한 소리도 크게 개의치 않았다. 그녀는 예전부터 이 집에 오면 그래온 것처럼 안락의자에 털썩 앉았다. 빨간 머리는 헝클어져 있었고, 얼굴은 길고 고된 하루를 보낸 뒤라 고단해 보였다.

"차 좀 마실래, 바버라? 아니면 더 강한 걸로 할래?"

"오, 진을 주시면 정말 감사하죠, 라이언 아주머니. 특히 셰인에 대한 이야기를 해야 한다면요." 바버라가 핑계를 대듯 말했다.

"숀, 당신은?"

"음, 그놈 이야기를 해야 하는 거라면 나 역시 마취제가 필요하겠는걸." 그가 말했다.

"피오나에게 편지를 써서 우리가 상황을 좀 오해했었다고 말해주면 어떨까 생각했어." 피오나의 어머니가 진토닉을 내려놓고 앉아 이쪽저쪽을 쳐다보았다.

그녀의 남편이 그녀를 빤히 쳐다보았다. "나는 우리가 상황을 아주 잘 이해하고 있다고 생각하는데. 우리 딸이 일자무식 범죄자한테 넘어갔어. 더 이해할 게 뭐가 있지?"

"하지만 우리가 그렇게 말했는데도 우리 뜻대로 안 됐잖아. 그애는 수백 마일 떨어진 곳에 있어. 그리고 나는 그애가 보고 싶어. 매일 매 순간, 숀. 그애가 방금 바버라가 그런 것처럼 오늘 어떤 하루를 보냈는지 말해주면 좋겠어. 그애한테 보여준 우리의 태도가 오히려 그애를 쫓아낸 셈이 됐어. 너는 그렇게 생각하지 않니, 바버라?"

"사실 저는 라이언 아저씨와 생각이 같아요. 우리가 잘못 이해한 건 아무것도 없어요. 피오나를 조종하고 모든 상황을 자기 잘못이 아니라 그애 잘못으로 만들어버린 걸 보면 셰인은 정말로 악질 불한당이에요. 자기가 희생자인 척, 세상이 다 자기를 적대시하는 척하는데 그게 가장 참기 힘든 부분이에요."

"내가 가장 참기 힘든 건 그애들이 서로 사랑한다고 말하는 거야." 모린 라이언의 얼굴에 고뇌의 표정이 떠올랐다.

"셰인은 자기 말고 누구도 사랑해본 적이 없는 사람이에요. 그는 자기한테 편리할 때까지만 피오나와 같이 있을 거고, 그다음엔 피오나 혼자 남겨질 거예요. 멀고 먼 타지에서 친구도 없이 수치심을 느끼면서요. 피오나는 우리한테 돌아오려고 하지 않을 거예요. 우리가 그 말을 입 밖에 내는 걸 간신히 참는다 해도 마음속으로는 '내가 그렇게 말했잖아' 하고 생각한다는 걸 알 거예요."

"너도 우리만큼 그애가 보고 싶은가보구나." 피오나의 아버지는 놀란 것 같았다.

"그럼요. 직장에서도 매일 그립고, 저녁에 같이 어울리던 시간도 그리워요. 그애한테 말할 게 수십 가지 떠오르다가도 아차, 피오나가 없구나, 하고 깨닫곤 해요…… 저는 지금 우리가 일종의 다리 같은 걸 만들 수 있을지 고민하고 있어요."

"어떤 다리?" 숀 라이언은 크게 희망을 내비치지 않았다.

"음, 우리 모두는 이제 너와 셰인이 결국 함께할 사이라는 걸 안다고 넌지시 말하는 편지를 써 보내실 수 있을까요? 저도 같은 식으로 할 거고요. 그리고 저는 피오나가 셰인하고 두 분 은혼식이나 크리스마스나 뭐 그런 행사에 맞춰 집에 돌아올 수 있는지 그런 걸 물어보고요."

"하지만 피오나가 영원히 그놈하고 함께라는 걸 받아들일 수는 없어, 바버라. 우리가 셰인을 재들 언니의 일부로 받아들인다면 동생들이 어떻게 생각하겠니?"

"제 생각은요, 라이언 아저씨, 셰인이 지금 피오나 인생의 한 부분이고, 둘이 같이 살기 위해 떠난 건 맞지만, 제 마음속 깊은 곳엔 그 관계가 그리 오래가지 않을 거라는 예감이 있어요. 우리가 그걸 평범하게 받아들이는 척하면, '불쌍하고 이해받지 못하는 셰인'을 학대하는 '나쁘고 잔인한 세상'과 한통속이 되는 걸 피할 수 있어요." 바버라가 두 사람을 번갈아 쳐다보았다.

피오나의 아버지가 그것은 자신의 역량 밖이라는 듯 무력하게 어깨를 으쓱했다. 어머니의 얼굴은 눈물을 참으려고 애쓰는 것처럼 씰룩거렸다.

바버라가 한번 더 호소했다. "제 말 믿어보세요, 저도 그러기 싫어요, 여기 앉아 친구 등뒤에서 이러쿵저러쿵 말하고 싶지도 않고요. 하지만 뭐라도 하지 않으면 피오나를 완전히 잃을 수도 있어요."

편지가 문 옆으로 밀어넣어져 바닥에 툭 떨어졌다. 미리엄 파인은 이런 밤시간에 직접 배달된 것이 뭔지 보려고 문 쪽으로 갔다.

두 사람 이름 앞으로 온 크고 두꺼운 봉투였다. 묵직한 카드가 들어 있었다. 그녀가 그것을 남편에게 가져갔고, 두 사람이 함께 펼쳐보았다.

해럴드 파인이 모두가 탐내는 '올해의 사업가 상'을 수상했다는 내용을 확인해주는 내용과 시상식에 대한 세부 내용이었다. 시상식은 11월에 타운홀에서, 초대된 사람들이 보는 데서 열릴 예정이었다. 먼저 시장과 음료를 마신 뒤 식사 자리가 이어질 텐데 가족과 친구들을 데려와 같이하기를 바란다고 되어 있었다.

"오, 해럴드, 이게 활자로 인쇄된 걸 보니 정말 기뻐." 그녀가 눈물이 그렁그렁한 채 말했다.

"굉장해." 그는 그 편지가 사라져버리거나 손안에서 부스러질 것처럼 그것을 쳐다보았다.

"데이비드도 아주 자랑스러워하고 기뻐할 거야. 그애한테 공식 초대장이 도착했다고 말해주자. 그러면 그애도 실감할 거야. 틀림없이 시상식 일정에 맞춰 돌아올 거야." 미리엄이 말했다.

"너무 자신하진 말자, 미리엄. 데이비드의 입장에서 사업가들은 충분히 나쁜 사람들이니까. 올해의 사업가 상은 그애가 맞닥뜨릴 수 있는 가장 나쁜 것일지도 몰라."

"안녕, 빌."

"안녕하세요, 앤디."

앤디가 집 앞 그네 의자의 빌 옆자리에 앉았다.

"무엇 때문인지 몰라도 기분이 별로인가보구나, 꼬맹이? 달리기 할래?"

"아니요, 달린다고 모든 게 해결되진 않아요." 빌은 고개도 들지 않았다.

"맞는 말이야, 꼬맹이. 하지만 잠시 동안은 나쁜 일이 떠오르는 걸 막아주지."

"아저씨는 나쁜 일 없잖아요."

"없다고, 응? 그러면 내가 감추는 걸 아주 잘하는 모양이다." 그가 빌의 팔을 다정하게 툭 쳤지만, 이번에 소년은 움찔하며 몸을 뒤로 뺐다.

"미안, 꼬맹이." 앤디는 당황한 것 같았다.

"괜찮아요, 아저씨 잘못이 아닌걸요."

"그럼 누구 잘못이니?" 앤디가 물었다.

"모르겠어요, 제 잘못 같아요. 저는 엄마 아빠한테 충분하지 않았나봐요. 제가 엄마 아빠를 충분히 행복하게 해드리지 않았나봐요."

"두 분 다 너를 아주 많이 사랑해, 꼬맹아. 두 분이 정말로 생각이 같은 일이 하나 있다면 바로 그 사실이야."

"엄마도 그렇게 말씀하셨어요. 하지만 엄마는 그냥 제가 그렇게 생각해주기를 바라시는 거겠죠."

"네 아빠도 그렇게 말씀하시는걸. 떠나기 전에 내게 그렇게 말씀해주셨어."

"하지만 떠나셨잖아요, 앤디 아저씨."

"너를 위해서 그러신 거였어, 꼬맹이. 네가 나와 지내는 것에 익숙해지길, 네 엄마와 내가 함께하는 삶의 일부라고 느끼길 바라는 마음에서, 네게 그럴 여지를 주려고. 아빠는 배려하는 마음에서 그러신 거야."

"저는 그런 여지 필요 없어요." 빌이 말했다.

"네가 원하는 건 뭐니, 빌?"

"아빠와 엄마가 서로 사랑했으면 좋겠지만 그건 안 될 테니까, 아빠가 근처에 살았으면 좋겠어요. 아저씨와 엄마는 제가 아빠를 자주 만나러 가도 괜찮으시죠? 그렇죠?" 빌이 앤디를 근심스럽게 쳐다보았다.

"그럼, 괜찮고말고. 그렇다는 거 알잖니."

"그러면 아빠도 아실까요? 아빠도 그걸 아실까요?"

"아, 빌, 너도 아빠가 그러신 걸 알잖아."

"그럼, 그걸 알면서 아빠는 왜 그렇게 멀리 떠나신 거예요?" 빌이 간단히 물었다.

텔레비전 방송국 본부에서 일하는 비서 한나는 클라우스와 비르기트가 나누는 대화를 엿들었다. 믿을 수가 없었다. 엘자가 평생의 사랑이었던 그를 떠나려고 그렇게 먼 곳으로 갔는데 이 재앙이 그들을 다시 만나게 한 것이다.

"클라우스, 미안한데요, 잠깐 이야기 좀 할 수 있어요?"

"그럼요!" 모두가 성격 밝고 잘 도와주고 자신감 넘치는 젊은 여성 한나를 좋아했다. 그녀는 엘자의 친구였다.

"엘자가 돌아오는지 그걸 알고 싶어서요." 한나가 물었다. 그녀 역시 빙빙 돌려 말하며 시간을 낭비하는 사람은 아니었다.

"돌아오면 좋겠어요?" 클라우스가 부드럽게 물었다.

"나를 생각하면 그렇죠. 내 친구가 다시 돌아오면 좋겠어요. 하지만 그 친구를 생각하면, 멀리 떨어져 있는 게 더 나을 것 같아요." 한나가 진심으로 말했다.

"어떤 일이 생겼는지 말해줄 수 있으면 좋겠지만, 솔직히 몰라요." 클라우스가 말했다. "디터가 우리보고 먼저 돌아가라고 말했어요. 그래서 당연히 우리는 그렇게 했고요. 하지만 엘자는 예전과 달라 보였어요. 우리가 알던 그 엘자가 아니었어요. 뭔가 결심한 것처럼 좀 변해 있었어요."

"알겠어요." 한나는 잘 믿어지지 않았다.

"아마 남자들이란 그런 눈치를 채는 데는 젬병이라고 생각하겠지만, 내 말이 맞을 거예요. 당신이었다고 해도 어떻게 될지 알기 어려웠을걸요."

"오, 알겠어요, 클라우스, 그건 쉽지 않은 일이죠. 말해줘서 고마워요. 우리는 그저 기다리고 바랄 수 있을 뿐이니까요."

"바란다니, 뭘요, 한나?"

"나는 당신보다 훨씬 더 젬병이에요! 사실 내가 뭘 바라는지 모르겠어요. 아마 모든 일이 최선의 결과가 되는 걸 바라는 거겠죠." 한나가 진심으로 말했다.

아도니는 아버지에게 전화를 해보기로 결심했다. 마음이 바뀌기 전에 얼른 해버릴 것이다. 그리스는 지금 저녁 시간이니 아버지는 타베르나에 있을 것이다. 한창 바쁠 때라 오래 통화하지 못할 테고, 그것도 좋았다. 아도니는 그 참사에 대해 아주 마음이 아프다고, 위로의 말을 전한다고 말할 것이다. 둘 사이의 일에 대한 얘기는 꺼내지 않을 것이다.

신호가 가는 소리가 들렸다.

신호가 가고 또 갔지만 아무도 받지 않았다. 아마 잘못 걸었을 것이다. 다시 전화번호를 눌렀다. 하지만 텅 빈 타베르나에서는 전화벨만 울릴 뿐 받는 사람이 없었다.

아도니는 아기아안나를 떠나기 전에 아버지를 위해 자동응답기를 설치했다. 아버지가 스위치를 켜두는 습관을 들이지 않은 것이 틀림없었다.

아도니는 결국 전화를 끊었다. 여러 면에서 그것이 최선일 거라고 생각하면서.

셰인은 정확히 자신이 찾던 장소를 찾았다. 이곳에 그의 고객들이 있을 것이다. 만약 그가 마약을 구하려고 했다면 이런 곳에 왔을 것이다. 언어를 알고 모르고는 상관없었다. 이런 종류의 일에 통용되는 국제 언어가 있었다. 먼저 좀 멍청해 보이는 남자에게 말을 붙였지만 도통 말이 통하지 않아서 다른 남자에게로 옮겨갔다. 그 남자도 어깨만 으쓱할 뿐이었다.

세번째 남자는 좀더 가능성이 있어 보였다.

"얼마?" 그 남자가 물었다. 키가 작고 동글동글한 체격에 짙은색 눈동자가 휙휙 빠르게 돌아가는 남자였다.

"얼마나 원해?" 셰인이 물었다.

"음, 얼마나 갖고 있어?" 남자가 물었다.

"충분히." 셰인이 말했다.

그 순간 폴라로이드 카메라가 번쩍했고, 또 한번 번쩍했다. 그의 얼굴 바로 앞에서.

"대체 이게 무슨……?" 셰인이 말했다. 이어 그는 자신의 셔츠

칼라를 잡는 손을 느꼈는데, 거의 질식할 것 같았다. 짙은 눈동자가 희번덕이는 남자의 둥근 얼굴이 셰인의 얼굴에 맞닿을 만큼 가까이 다가왔다.

"내 말 잘 들어. 네 사진 두 장이 우리 손에 있어. 한 장은 이 바에 둘 거고, 한 장은 경찰에게 보여줄 거야. 만약 다시 거래를 시도하는 장면을 경찰한테 들키면 네놈한테 아주아주 유감스러운 일이 생길 거야."

"당신이 사고 싶다고 했잖아." 셰인은 멱살을 잡힌 채 간신히 말했다.

"여긴 우리 아버지 술집이고, 우리 가족이 이 술집을 경영해. 나라면 당장 여기서 아주 멀리 떠나버릴 거야. 널 붙잡고 있는 사람은 우리 삼촌인데, 삼촌은 네놈이 사과하고 여길 떠나기를 바라. 지금부터 이십 초 재겠어."

"그리스어로 어떻게 사과하는지 몰라."

"시그노미라고 하면 돼."

"시고미, 맞아?" 셰인이 더듬더듬 말했다.

"시그노미…… 그렇게 말하는 걸 배워, 이 개똥 같은 자식아. 그리고 얼른 꺼져주면 좋겠군."

"또 올지도 몰라." 셰인이 위협하듯 말했다.

남자가 웃었다.

"물론 그럴 수 있겠지. 십 초."

"시그노미!" 셰인이 자신을 붙잡고 있는 그보다 나이 많은 남자의 어깨 너머로 외쳤다. 그러자 잡은 손아귀의 힘이 풀어졌고, 셰인은 비틀비틀 문밖으로 나가 따뜻한 아테네의 밤 속으로 들어갔다.

10

토머스는 두통을 약간 느끼며 잠에서 깼다. 왜 그런지 알아내는 데는 시간이 많이 걸리지 않았다. 지난밤 경찰서에서 마신 레드와인이 충분히 숙성되지 않아서 그런 것이었다. 요르기스는 그게 지난달에 만든 와인이라고 해도 될 것 같다고 말했다.

하지만 맛좋은 커피 몇 잔이면 괜찮아질 것이다. 나가서 아침식사로 신선한 오렌지와 따끈한 크러스티 롤을 먹어도 좋을 것이다. 보니도 숙취에 시달리고 있을 테니 어쩌면 같이 숙취를 해결할 수도 있을 것이다.

하지만 그가 일어났을 때 보니가 쓰기로 한 침실의 문이 열려 있었다. 침대는 깨끗이 정돈되어 있었다. 주변 어디에도 개인 소지품은 보이지 않았다. 그녀는 그날 밤만 그 침대를 쓰려고 했던 모양이었다. 토머스는 지금 보니가 어디 있는지 궁금했다. 계사로 돌아간 걸까? 아니면 피리 부는 남자처럼 항구에서 아이들을 데리고 있을까?

보니는 작은 체구의 자기만족적인 여자였다. 머리를 빙 둘러 머리카락을 땋았고, 햇볕에 그을린 주름진 얼굴은 커다란 미소를 머금고 있었다. 그래서 나이를 짐작하는 게 불가능했다. 마흔? 쉰? 예순? 어느 누구에게 물어도 보니가 아기아안나에 얼마나 오래 살았는지 쉽게 알아낼 수 없었다. 그리고 그녀는 자기 자신에 대해서는 거의 혹은 아무것도 말하지 않아서 시간이 많이 지나야 추측이라도 할 수 있을 것 같았다.

토머스는 하품을 한 뒤 부엌으로 들어갔다. 보니가 먼저 다녀간 모양이었다. 식탁 위에 커다란 오렌지 네 개가 놓여 있었고, 갓 구운 따뜻한 롤빵이 식지 않도록 작은 체크무늬 보로 감싸여 있었다. 토머스는 기쁨의 한숨을 내쉰 뒤 아침을 먹으려고 자리에 앉았다.

피오나는 아직 잠들어 있었다.
엘자가 그녀에게 메모를 남겼다.

나는 항구로 가요. 당신을 깨우고 싶지 않았어요. 정오에 만나는 게 어때요? 수영하고 싶으면 수영복 챙겨와요. 푸른색과 흰색 테이블보가 깔린 그 멋진 곳에서 뭘 좀 먹어도 좋고요. 거기 이름이 생각 안 나네요. 그럴 수 있으면 좋겠어요.

사랑을 담아,
엘자

엘자는 피오나를 바보 같은 여동생을 보듯 쳐다보았다. 생각해보면, 현실에서 이 여자는 유능한 간호사지만, 그럼에도 셰인이 아테네 어딘가에서 자신을 걱정하고 염려하고 있을 거라 믿을 만큼 어리석었다.

엘자는 좁은 거리를 천천히 걸어갔다. 주변을 둘러보며 삶이 흘러가는 방식을 바라보았다. 사람들이 그들의 작은 가게 앞 보도를 치우고 그들이 파는 물건들을 내놓았다. 카페나 레스토랑에서는 큰 칠판에 정성스레 메뉴를 쓰고 있었다.

사고 이전의 근심 없고 명랑한 분위기는 아니었다. 하지만 그들은 적어도 잘 견뎌내고 있었다. 혹은 그런 척하고 있었다. 엘자 자신이 그러는 것처럼.

그녀는 자신의 마음이 멍하고 텅 비어 있다는 사실을 꽤 잘 숨기고 있다고 생각했다. 모든 점을 감안하면 꽤 잘해내고 있는 거라고 생각했다. 지난밤 사람들이 돌아왔을 때 이야기도 잘 나누었고, 자신의 어깨에 기대어 울던 피오나에게는 바위 같은 든든한 힘이 되어주었다.

이제 그녀는 지나가다 여기저기서 마주치는 사람들에게 고개를 끄덕이고 미소를 지으며 "칼리메라"라고 말할 수도 있었다.

하지만 몹시 어지럽고 비현실적인 기분이 들었다.

엘자는 자기도 어딘가 속해 있으면 좋겠다고, 자신을 걱정해주는 사람들이 있으면 좋겠다고 생각했다. 이토록 극심한 소외감을 느껴본 적이 없었다. 가족도 없고, 사랑하는 사람도 없고, 직장도 없고, 독일을 떠난 뒤로는…… 집도 없었다. 그녀를 버린 아버지, 그녀를 사랑하기보다는 딸에 대한 야망을 품었던 어머니, 그녀에게 거짓말을 하고 그 거짓말이 평생 가기를 바랐던 연인.

허름하고 부서진 듯 보이는 밴 안에서 누군가가 그녀에게 경적을 울렸다. 엘자는 손으로 차양을 만들어 햇볕을 가리고는 그 사람이 누군지 보았다.

보니가 차 안 가득 아이들을 데리고 있었다.

"우리 지금 아주 멋진 해변에 수영하러 가는 중인데요. 거길 모르겠지만, 같이 가겠어요?"

"좋아요, 정오에 항구에서 피오나를 만날 건데 그때쯤이면 돌아오겠죠?"

엘자는 바구니 안에 수영복과 밀짚모자를 챙겨와서 다행이라고 생각했다. 어디든 갈 준비가 되어 있었다.

보니는 그렇다는 뜻으로 고개를 끄덕였다. "오, 그럼요. 그때까지는 돌아오죠. 아이들을 땡볕에 놔둘 수는 없지요." 그녀가 밴 뒤쪽에 앉은 대여섯 살 된 아이들에게 그리스어로 뭐라고 말하자 아이들 모두 엘자에게 환한 웃음을 지어 보이며 합창했다. "야수, 엘자!"

엘자는 문득 자신의 소망이 대답을 들은 것 같아 목이 멨다. 별것 아닌 방식이지만 어딘가에 속한 기분이 들었다. 잠시 동안이라 해도.

데이비드는 자전거를 빌렸고, 5킬로미터를 달려가자 그가 지내는 집 가족들이 아름다운 해변이 있다고 알려준 곳이 나왔다. 지난밤에 만났던 사람들을 만나, 그날 저녁과 그 춤과 이곳 사람들이 조의를 표한 방식에 대한 이야기를 나누면 좋을 것 같았다. 하지만 아무도 그런 제안을 하지 않았고, 데이비드는 뭔가 건수를 찾아다니는 사람처럼 보이는 게 싫었다.

그는 숨을 헐떡이며 언덕을 올라가 반대쪽 비탈길로 미끄러지듯 내려왔다. 시골 풍경은 무척 아름다웠다. 왜 사람들은 복잡한 도시에 살려고 하지? 이런 것을 누리며 살 수 있는데, 통근하는 데 몇 시간을 쓰고 디젤 연기를 들이마시면서?

해변이 있다고 한 장소로 왔지만 실망스럽게도 그의 눈에 처음 보인 건 주차된 밴이었다. 그러고 나서 보니 엘자와 좀 묘한 느낌의 나이든 여인인 보니가 여덟아홉 명의 아이들과 함께 이미 모래밭에 내려가 있었다.

그는 보니가 물가에서 아이들을 줄 세우는 것을 지켜보았다. 그녀는 두 팔을 크게 휘두르며 뭔가 알려주는 표시를 하고 있었다. 아이들은 그렇게 하겠다며 고개를 끄덕였다. 먼저 엘자와 함께 들어가겠다는 것과 누구도 어른보다 멀리 가서는 안 된다는 것을 일러주는 중이었을 것이다.

데이비드는 풀이 자란 언덕에 누워 그들 모두를 지켜보았다. 우아한 청록색 수영복을 입은 엘자는 정말로 아름다웠다. 햇볕을 반사하는 짧은 금발과 가무잡잡하게 태운 피부의 그녀는 우아하게 바다를 드나들며 아이들과 놀아주었다.

자그마한 체구에 피부가 검게 타고 머리를 빙 둘러 머리카락을 땋은 보니는 이십 년 전에도 유행하지 않았을 법한 실용적인 검은색 수영복을 입고 있었다. 그녀 역시 찰랑거리는 파도 속을 뛰어 드나들면서 아이들에게 따라오라고 소리를 질렀고, 겁 많은 아이들은 턱 아래에서 손을 잡아주었다.

데이비드는 가서 함께하고 싶었지만, 자기가 가면 방해가 될 것 같았다. 바로 그때 엘자가 그를 보았다.

"엘라*, 엘라, 데이비드. 와서 같이 수영해요. 완전 재미있어요!"

그는 쭈뼛쭈뼛 가서 그들에게 합류했다. 반바지 안에 트렁크 수영복을 입고 있었다. 안경을 벗어 반듯하게 갠 옷 위에 내려놓았다.

그가 아이들에게 인사했다. "야사스, 이메 앙글로스."**

"애들이 당신을 영국인이 아니라고 생각했을까봐요!" 보니가 그를 놀리듯 말했다.

"그런가요." 데이비드가 시무룩하게 말했다.

"뭘 그런 걸 가지고 그래요, 데이비드. 당신은 관광객 90퍼센트보다 더 나아요. 몇 마디라도 그리스어를 배우는 수고를 하잖아요. 믿지 않겠지만, 사람들은 그런 것에 아주 기뻐해요."

"그런가요?" 그는 아이처럼 즐거워했다.

아이들 중 하나가 손바닥 가득 물을 담아올려 그에게 뿌렸다. "아주 잘했어, 폴리 칼라." 그가 말했다.

"당신이 아이 여섯은 낳으면 좋겠네요, 데이비드. 훌륭한 아빠가 될 거예요." 보니가 불쑥 말했다.

토머스는 항구로 걸어갔다. 모든 것이 거의 평상시로 돌아와 있었다. 어부들 다수가 이미 바다로 나갔고, 어떤 사람들은 거기서 어망을 고치고 있었다.

어부들은 토머스를 보고 고개를 끄덕였다. 그가 이곳에 온 지 이

* '와요'라는 뜻.

** '안녕, 애들아, 나는 영국인이야'라는 뜻.

미 꽤 시간이 흘러서, 이제 그는 이방인이 아니라 그냥 지나가는 누군가로 여겨졌다.

남자들 중 하나가 뭐라고 말했지만 토머스는 알아들을 수가 없었다. 그는 데이비드처럼 회화 책으로 공부를 할 걸 그랬다고 생각했다. 그랬다면 그들이 무슨 말을 하는지 감은 잡을 수 있었을 텐데.

"미안해요, 시그노미." 토머스가 사과했다.

문신을 잔뜩 한, 선원처럼 보이는 남자가 말했다. "내 친구가 당신과 당신 친구들이 좋은 사람들이라고 하더군요. 우리와 비극을 함께해주었다고요."

토머스가 얼떨떨한 표정으로 그를 쳐다보았다. "우리 모두 여기서 일어난 일에 대해 매우 슬퍼하고 있어요. 그리고 어젯밤 춤은 아주 감동적이었어요. 절대 잊지 못할 거예요."

"당신들의 나라로 돌아가면 당신들 넷, 그러니까 당신과 당신 친구들이 그 이야기를 하겠죠?" 선원인 그 남자는 그들을 알고 있는 게 분명해 보였고, 나머지 사람들을 위해 통역을 하려고 했다.

토머스가 천천히 말했다. "우리는 각기 다른 네 나라에서 왔어요. 독일, 잉글랜드, 아일랜드, 미국요. 하지만 우리가 이곳을 떠날 때는 모두 그 기억을 가지고 각자의 나라로 돌아갈 거예요." 그가 마침내 말했다.

"우리는 당신들이 옛날부터 친구 사이인 줄 알았어요." 문신한 남자가 말했다.

피오나는 일어나서 쪽지를 읽었다. 이런 친절하고 너그러운 여자를 우연히 만나다니, 인생이란 정말 신기하지 않은가? 엘자는 바버라가 그랬던 것만큼이나 좋은 친구가 되어주었다. 얼마나 굉장한 행운인가! 그 이야기를 해주면 셰인도 기뻐할 것이다.

사람들이 전부 어떻게 생각하든, 그는 곧 연락을 취할 것이다. 피오나는 머리를 감은 뒤 엘자의 드라이기를 사용했다. 자신의 모습이 그렇게 나빠 보이지는 않았다. 창백하고 약간 생기 없어 보이긴 했지만, 그녀의 아버지가 안색이 좋아 보이지 않는 사람들에 대해 늘 말하곤 했던 것처럼, 나무에 앉은 새들을 놀라게 해 쫓아버릴 만한 구석은 전혀 없었다.

피오나는 아버지에 대해 잠시 생각했다. 그녀가 셰인을 집에 데려오기 전까지는 다정하고 멋진 아버지였다. 여러모로 따져봐도 부모님의 은혼식 파티에는 참석하는 게 좋을 것 같았다.

하지만 그건 아버지가 실수한 것이다.

셰인에 대한 아버지의 태도가 너무도 확고했다. 하지만 지금은 그런 생각에 시간을 허비할 수 없었다. 셰인이 그녀를 찾을 때까지 그녀는 어떻게든 견뎌나가야 한다. 피오나는 가능한 한 예쁘게 옷을 입은 뒤 천천히 항구로 걸어갔다. 엘자가 자신을 한심한 패배자로 생각하는 것은 싫었다.

그녀는 최고로 좋은 모습을 보여줄 것이다.

그들은 벤치에 앉아 그날의 표현 열 개를 암기하고 있는 데이비드와는 거기서 헤어졌다. 보니는 아이들을 광장에 내려주었고, 이어 항구로 가서 오전 열한시가 막 지났을 때 엘자를 밴에서 내려주었다.

"같이 가줘서 고마웠어요." 보니가 말했다.

"아기아안나 사람들의 아이들을 어떻게 맡게 되셨어요, 보니?" 엘자가 물었다.

"모르겠어요. 사람들이 오랫동안 나를 지켜보면서 내가 꽤 신뢰할 만한 사람이라고 믿게 된 거 아닐까요." 보니는 전혀 확신이 없는 듯했다.

"여기 온 지 몇 년 되셨어요, 보니?"

"삼십 년도 더 됐죠."

"어머나!" 엘자가 깜짝 놀라며 말했다.

"당신이 물어봐서 말한 거예요." 보니의 얼굴에는 표정 변화가 없었다.

"그렇죠. 죄송해요. 당신은 다른 사람이 참견하는 걸 원치 않는 분이실 것 같아요." 엘자가 사과했다.

"꼭 그렇진 않고, 물어볼 만한 질문이라면 전혀 개의치 않아요. 열일곱 살 때 사랑하는 남자하고 살려고 아기아안나로 왔어요."

"그럼 그 남자하고 같이 사셨어요?" 엘자가 물었다.

"그렇기도 하고 아니기도 했죠. 그 이야긴 다음에 해줄게요." 보니는 밴에 시동을 걸었고, 차를 몰고 떠났다.

"토머스!"

그는 낡은 나무상자 위에 앉아 있다가 고개를 들고 그녀를 쳐다보았다. 거기서는 항구 어귀의 풍경과 바람이 파도를 들어올리는 바다가 바라보였다.

"다시 봐서 반가워요, 엘자. 여기 멋지고 편안한 의자가 있는데, 앉을래요?" 그가 그녀를 위해 또다른 낡은 박스를 끌어당겼다.

엘자가 진짜 거실에 들어온 것처럼 우아하게 앉았다.

문득 토머스는 엘자가 정말로 멋진 텔레비전 진행자일 거라는 사실을 깨달았다. 혹은 과거에 그랬을 거라고. 결코 허둥대거나 불리한 상황에 몰리지 않고 늘 평정을 유지했을 것이다.

"머리카락이 젖었네요. 수영했어요?"

"네, 5킬로미터쯤 떨어진 석호에 아주 아름다운 해변이 있어요. 저 해안을 따라 올라가면 나와요." 엘자가 그쪽을 가리켰다.

"설마 오늘 10킬로미터를 걸었단 말은 아니겠죠!" 그는 어리둥절해했다.

"부끄럽게도 아니에요. 보니가 왕복으로 태워줬어요. 거기서 데이비드를 만났어요. 체력이 좋은 사람은 데이비드예요. 자전거를 빌려서 타고 왔더라고요. 나 혼자만의 생각인지 모르겠는데, 토머스, 여기 바다가 다른 어느 곳의 바다보다 더 매력적인 것 같지 않아요?"

"어쨌거나 내가 사는 캘리포니아의 바다보단 확실히 그래요. 그곳 바다는 아주 밋밋해요. 일몰은 멋지지만 큰 파도가 없고 이런 색깔 변화도 없어요."

"독일 바다는 생각하기도 싫을걸요. 네덜란드랑 덴마크 쪽은 얼어붙을 듯이 추워요. 확실히 이렇지 않죠. 사람들이 이곳에서 영감을 받는 게 신기할 것도 없어요. 정말이지, 여긴 하늘이 그대로 반사되는 것 같으면서도 바다 색이 그야말로 짙푸르잖아요."

"넘실거려라, 너 깊고 짙푸른 대양이여—넘실거려라!" 토머스가 시를 읊었다.

엘자가 이어받자 그는 깜짝 놀랐다.

만 척의 군함이 너를 휩쓸고 지나가나 헛되도다
인간은 이 땅에 파괴의 흔적을 남기나—그 통제는
바닷가에서 멈추는구나……

토머스는 입을 벌리고 엘자를 쳐다보았다. "영국 시를 암송할 수 있군요. 어쩌면 그렇게 교양이 넘치죠!"

칭찬을 듣고 기분이 좋은지 엘자가 웃었다. "학교 다닐 때 바이런을 좋아하는 영어 선생님이 계셨어요. 그 여자 선생님은 정말로 바이런을 사랑하셨던 것 같아요. 당신이 만약 다른 시인을 골랐다면, 내가 그렇게 잘하진 못했을 거예요."

"하지만 진심이에요. 나는 독일 시는 한 연도 읊을 수 없어요, 한 행도요. 내가 무슨 말을 한 거죠? 독일 시라니요? 독일어 단어 하나 말할 줄 모르는데요."

"아니에요, 아는 게 있을 거예요. 어젯밤에 분더바*, 프로지트라고 했잖아요." 그녀가 그를 위로했다.

"그러고 보니 어젯밤에 어쩌다 프로지트를 너무 여러 번 외친 것 같아요…… 오, 독일어 단어 하나가 더 생각나네요. 라이제피버."

엘자가 웃음을 터뜨렸다. "그 단어를 알고 있다니 굉장한데요…… 도대체 그걸 어떻게 알고 있어요?"

"'여행 열병'이라는 뜻이에요, 맞죠? 공항이나 기차역에서 공황 상태가 되는 거요."

---

* '멋지다'라는 뜻의 독일어.

"정확히 그런 뜻이에요, 토머스. 그걸 알다니 놀라워요!" 엘자는 깊은 인상을 받았다.

"같이 일하던 교수 한 사람이 그런 멋진 단어들을 계속 발굴해낸 덕에 우리 모두 그런 단어들을 습득했어요."

그들은 평생 알고 지내온 사이처럼 사이좋게 앉아 있었다.

어부들이 그들이 평생 친구 사이였을 거라고 생각한 것도 놀랄 일이 아니었다.

보니는 밴을 몰고 다시 마리아의 집으로 돌아갔다.

마리아는 빈 커피잔들이 놓인 테이블 앞에 앉아 있었다.

"더 쉬워지는 게 아니라 점점 더 힘들어지네요." 마리아가 말했다. "마노스가 밴을 몰고 돌아오는 줄 알았어요."

"당연히 더 힘들어질 거예요. 가슴 안에 서서히 침잠해갈 텐데 그게 정말 많이 아파요." 보니가 벽에 달린 고리에 열쇠를 걸고, 길 건너 타베르나에서 산 뜨거운 커피 한 주전자와 얇게 겹겹이 벗겨지는 바클라바를 내왔다.

마리아가 고개를 들었다. 눈물로 얼룩져 있었다. "당신은 사람들이 원하는 걸 언제나 알고 있네요." 그녀가 감사의 마음을 표현했다.

"내가요? 그렇지 않아요. 나는 종종 뭔가를 잘못 생각하고, 아기아안나 사람들 전체를 합친 것보다 더 많은 실수를 하는걸요." 보니가 부인했다.

"저는 그 실수라는 게 하나도 기억나지 않는데요." 마리아가 말했다.

"그건 당신이 한참 어려서 그런 거고요. 내가 저지른 더 불만했던 실수들은 당신이 태어나기 전에 이미 저질렀어요."

보니가 티 내지 않고 부엌을 돌아다니면서 여기저기 치우거나 컵을 씻고 질서를 복구했다.

그리고 자리에 앉았다.

"지난밤 춤은 아름다웠어요. 마노스가 정말 좋아했을 거예요." 보니가 말했다.

"그럴 거예요." 마리아는 다시 울고 있었다. "지난밤엔 내가 강해진 것 같고, 마노스의 영혼이 여전히 여기 있는 것 같았어요. 그 기분이 오늘은 사라져버렸어요."

"음, 내가 계획한 걸 말해주면 그 기분이 되살아날 거예요." 보니가 눈물을 닦으라고 키친타월 한 장을 건네며 말했다.

"계획요?"

"네, 내가 당신한테 운전하는 법을 가르쳐줄 생각이에요."

마리아는 눈물을 머금은 채 간신히 희미한 미소를 지었다. "운전요? 저한테 운전을요? 보니, 농담하지 마세요. 마노스는 내가 밴 열쇠를 잡는 것도 못하게 했어요."

"하지만 마노스도 지금은 당신이 운전하기를 바랄 거예요. 그럴 거라는 거, 나는 알아요."

"아니요, 보니, 아닐 거예요. 마노스는 내가 나 자신은 물론이고 아기아안나 사람들 모두를 죽일 거라고 생각할걸요."

"음, 그럼 마노스가 틀렸다는 걸 보여줘야죠." 보니가 말했다. "왜냐하면 당신은 이제 새 직장에서 운전을 해야 할 테니까요."

"직장요?"

“오, 그래요, 내 가게 일을 거들게 될 거예요. 그렇게 해줄 거죠? 칼라트리아다 같은 곳으로 차를 몰고 가서 물건을 가져오는 일을 많이 하게 될 거고요. 그러면 내가 버스를 타고 장거리를 돌아다니는 수고를 덜게 돼요.”

“하지만 직접 밴을 운전해서 가시면 되잖아요, 보니. 저기 세워져 있는 밴을 그냥 쓰시면……”

“아니, 그렇게는 못해요. 마노스가 싫어할 거예요. 그 밴을 사려고 오랫동안 열심히 돈을 모았잖아요. 당신이 그걸 누구에게 그냥 줘버리는 걸 원치 않을 거예요. 아니, 당신이 일을 하면서 그 밴을 사용하면 아주 자랑스러워할 거예요.”

그러자 마법처럼 마리아의 얼굴에 다시 미소가 떠올랐다. 이번에는 진짜 미소였다. 그의 영혼이 다시 집으로 돌아온 것을 보기라도 한 것처럼, 그가 살아 있을 때 그녀가 종종 하던 대로 그의 앞에 정면으로 마주선 것처럼.

“그래, 마노스, 당신 깜짝 놀랄 거야.” 마리아가 말했다.

데이비드가 마을의 가장 높은 곳에 있는 버려진 넓은 공터에서 그 두 사람과 마주쳤다. 그들은 운전 교습을 하는 중이었다.

“시가, 시가.” 밴이 덜덜거리고 덜컹거리며 나아가자 보니가 비명을 질렀다.

“그거 무슨 뜻이에요? 시가? 종종 들리던데요.” 데이비드가 흥미를 보였다.

“음, 이렇게 격앙된 소리로 말하는 건 못 들어봤을걸요.” 보니가 밴에서 내려 이마를 닦고 심호흡을 몇 번 했다. 마리아가 손이 들러붙은 것처럼 운전대를 꼭 잡고 앉아 있었다.

"'천천히'라는 뜻인데, 이 숙녀분이 그 개념을 이해하지 못하네요."

"마노스의 부인 아닌가요, 그렇죠?" 데이비드가 여전히 운전대를 꼭 잡고 있는 여자를 유심히 쳐다보았다.

"어떤 식으로든 내가 운전 감각이 있는 사람이라고는 한 번도 생각해본 적 없지만, 여기 이 숙녀분에 비하면 나는 포뮬러 원* 운전사도 될 수 있겠어요." 보니가 잠시 눈을 감으며 말했다.

"저분이 운전을 배워야 하나요?" 데이비드가 물었다.

"오늘 아침에는 그렇게 생각했는데 지금은 확신이 안 서네요. 하지만 요 가벼운 입이 그렇게 제안해버렸으니 이제 당연히 그 말에 책임을 져야죠." 보니가 한숨을 쉬었다.

"아무도 제 어머니한테 운전을 가르치지 못했을 때 제가 해냈어요. 운전 교습소 세 곳에서 엄마를 포기했었어요." 데이비드가 천천히 말했다. "제가 한번 시도해봐도 될까요?"

"그걸 어떻게 해냈어요?" 보니가 희망의 눈빛을 보이며 말했다.

"저는 인내심이 아주 많아요. 목소리를 한 번도 높이지 않고 클러치를 밟은 채 몇 시간 있었어요." 그가 말했다.

"해볼 수 있겠어요, 데이비드? 오, 친절하고 착한 데이비드, 그래줄 수 있나요?"

"그럼요. 도움이 된다면요. 그런데 브레이크, 액셀러레이터, 기어에 해당하는 단어를 먼저 알려주셔야 할 것 같아요."

---

* 국제자동차연맹이 주관하는 세계 최고의 자동차 경주 대회.

데이비드는 공책에 단어들을 적은 뒤 밴으로 걸어갔다. 마리아는 옆자리에 앉는 그를 미심쩍은 표정으로 쳐다보았다.

"칼리메라." 그가 정중하게 손을 내밀어 악수했다.

"'갑시다'라는 말은 어떻게 하나요?" 그가 보니에게 물었다.

"파메, 하지만 아직 그 말은 하지 마요. 마리아가 당신을 저 벽에 날려버릴 테니까요."

"파메, 마리아." 데이비드가 부드럽게 말하자 차가 한 번 꿀렁하더니 앞으로 나아갔다.

보니가 감탄하며 눈을 떼지 못하고 쳐다보았다. 그가 마리아에게 밴을 세우는 법을 가르치고 있었다. 그는 정말로 재능이 있었다. 마리아의 얼굴에서 공포가 걷혀갔다.

"끝나면 마리아를 집까지 데려다줘요. 그래줄 수 있죠?" 보니가 말했다.

"제 자전거는요?"

"자전거는 내가 타고 내려가서 마리아의 집에 둘게요."

데이비드가 뭐라고 대답하기도 전에 보니가 다리를 들어 자전거에 올라타더니 시내로 내려가기 시작했다.

데이비드는 자신의 학생이 된 마리아를 돌아보았다. "다시 파메, 마리아." 그가 부드럽게 말했고, 이번에 그녀는 시동을 꺼트리지 않고 밴을 출발시켰다.

피오나는 작은 카페의 실외 테이블에 앉아 있다가 보니가 자전거를 타고 지나가는 것을 보고 깜짝 놀랐다. 보니가 피오나를 보더니 자전거 앞바퀴를 들고 빙 돌아 다시 돌아왔다.

"혼자 있어요?" 보니가 물었다.

"여기서 정오에 엘자를 만나기로 했어요."

"오, 맞아요. 엘자가 말해줬어요. 내가 아이들을 데리고 수영하러 가는 걸 그녀가 도와줬거든요."

"엘자가요?" 피오나는 부러운 것 같았다.

"네, 그리고 이건 데이비드가 타고 온 자전거를 내가 빌린 거예요. 마리아의 집에 두려고요. 지금 데이비드가 목숨을 걸고 마리아에게 운전을 가르쳐주고 있어요."

"맙소사, 다들 정말로 안정을 찾아가고 있네요." 피오나는 자기도 그랬으면 좋겠다는 표정이었다.

보니가 빈 테이블 하나에 데이비드의 자전거를 기댔다.

"엘자가 올 때까지 내가 같이 앉아 있을게요." 보니가 말했다.

피오나는 기뻤다. "우조 드실래요?" 그녀가 물었다.

"아니요, 그냥 메트리오 카페타키, 커피 조금이면 돼요." 보니가 말했다.

그들은 거기 평화롭게 앉아 항구의 삶이 흘러가는 것을 바라보았다. 피오나가 보기로는 그것이 보니에 관한 흥미로운 점이었다. 그녀에게는 아주 고요한 분위기가 감돌았다. 우리가 늘 말을 할 필요는 없다는 것을 그녀는 알고 있는 것이다. 그것이 아주 편안한 기분을 자아냈다.

"보니?"

"네, 피오나?"

"궁금한 게 있는데, 제가 여기 아기아안나에서 직장을 구할 수 있을까요? 그리스어를 배울 수 있어요. 레로스 선생님을 도울 수 있고요. 어떻게 생각하세요?"

"왜 여기서 지내고 싶은 거예요?" 보니의 목소리는 다정했다.

"이곳은 아름답고, 또 셰인이 저를 찾아 돌아오면 여기서 정착하고 싶어요."

보니는 아무 말도 하지 않았다.

"그가 돌아오지 않을 거라고 생각하시는 거죠?" 피오나가 눈물을 흘렸다. "다른 사람들처럼 겉만 보고 판단하시네요. 저만큼 그를 알지 못하시잖아요."

"맞는 말이에요."

"정말이에요, 보니. 그 사람은 저를 만날 때까지 평생 자기를 이해해줄 사람을 아무도 만나지 못한 거예요."

보니는 몸을 앞으로 숙이고 피오나의 얼굴에서 머리카락을 살며시 걷어 멍든 곳을 드러냈다. "그래서 당신이 자기를 이해한다는 걸 얼마나 고마워하는지 보여주려고 이런 멋진 방법을 썼군요." 그녀가 말했다.

피오나는 화가 나서 몸을 뺐다. "그런 게 아니에요, 셰인은 마음에 상처를 받아서 내게 손을 댄 거예요, 저는 알아요."

"물론 그렇겠죠."

"그렇게 고상한 척 가르치려 들지 마요. 그런 건 고향 사람들 모두에게서 지겨울 만큼 경험했어요."

"내 생각엔 그 사람들 모두 당신을 사랑하는 것 같은데요."

"그건 진정한 사랑이 아니에요, 목을 죄는 폐소공포증이죠. 모두가 공무원이나 은행원과 결혼하고 모기지 대출을 받고 두 아이를 키우면서 안정된 생활을 하길 바라는 거 말이에요."

"나도 알아요." 보니가 그 마음을 이해한다는 듯 말했다.

"그걸 아는데 왜 셰인이 제게 돌아온다는 걸 믿지 않으세요?"

"그가 돌아올 거라고 정말로 믿는 건가요?"

"당연히 믿죠. 우리는 서로 사랑하고, 우리는 영원히 함께 있으려고 같이 떠난 거니까요. 그가 왜 돌아오지 않겠어요?"

보니는 침을 삼키더니 먼 곳을 보았다.

"아니, 부탁이에요, 말씀해주세요. 소리질러서 죄송해요, 보니. 저는 사람들이 셰인에 대해 안 좋은 이야기를 하면 속이 몹시 상해요. 우리가 나이들어 노부부가 될 때까지 계속 이런 식일 거라는 생각이 들어요. 어쩌면 제가 모르는 걸 당신은 알고 계실 거예요."

피오나는 불안해 보였다. 그녀가 눈을 크게 뜨고 더 알고 싶다는 듯 세월에 마모된 보니의 팔에 손을 올렸다.

보니는 잠시 가만히 있었다.

결국 셰인이 아테네로 가게 된 데는 보니의 책임이 있었다. 그녀가 경찰서장인 요르기스에게 셰인을 배에 태워 아기아안나에서 추방하라고 조언했던 것이다. 그러니 그녀는 피오나에게 얼마간의 설명을 해줄 의무가 있었다. 하지만 나쁜 소식 말고 뭘 더 말해줄 수 있는가?

요르기스는 셰인에게 경찰서 주소와 전화번호가 적힌 명함을 줬다.

엘레니는 셰인이 가방을 쌀 때 편지를 남기라고 연필과 종이를 건넸지만 거부당했다고 말했다. 그중 피오나의 기분을 좋게 해줄 만한 이야기는 하나도 없었다.

"아니, 당신이 모르는 걸 내가 알 것 같진 않아요." 보니가 천천히 말했다. "하지만 셰인은 당신이 여기 계속 있을 거라고 생각하지 않을 것 같아요. 그러니까, 자기 없이는요. 만약 그가 연락을 한다면……"

"할 거예요, 당연히 할 거예요."

"연락을 한다면, 더블린에 돌아가서 할 수도 있겠네요, 그것도 가능하지 않나요?"

"아니요, 셰인은 내가 그곳으로, 그들에게로 돌아가 그들이 옳았다고 인정하는 일은 절대 없으리란 걸 알 거예요. 셰인은 나를 아주 잘 알아요. 나를 찾으려고 그곳으로 전화할 생각은 절대 하지 않을 거예요. 아니요, 그는 언젠가 저 페리 중 하나에서 내릴 거예요. 그때 나는 이곳에서 정착한 모습으로 있고 싶어요."

"그건 현실적이지 않아요, 피오나. 여긴 휴양지예요. 정착할 만한 곳이 아니에요."

"정착하셨잖아요." 피오나가 간단히 말했다.

"그땐 달랐어요."

"그땐 왜 달랐죠?"

"그냥 달랐어요, 그게 다예요. 나는 당신처럼 혼자가 아니라 아기아안나 출신의 남자와 같이 살려고 왔어요."

"정말로요?"

"그래요, 아주아주 오래전에요. 그땐 여기에 관광객이 거의 없었어요. 내 경우는 아주 별난 거였죠, 물론 난잡한 여자라는 의미에서요. 그 당시 여기 사람들은, 물론 고향에서도 그랬지만, 약혼한 뒤에 결혼을 하고 뭐 그런 식이었거든요."

보니는 그 모든 일을, 그 다른 시절을 기억하며 바다를 내다보았다.

"그러면 아일랜드를 떠나 이런 아름다운 곳으로 와서 행복하게 사는 것이 가능하다는 걸 알고 계시는군요?" 피오나는 필사적으로 그들 사이의 비슷한 점을 찾으려 했다.

"어떻게 보면 그렇죠." 보니가 대답했다.

"후회한다는 말은 안 하실 거잖아요." 피오나가 말했다. "당신은 이곳의 한 부분 같아요. 그건 틀림없이 올바른 결정이었을 거예요."

"아니요, 맙소사, 그렇지 않아요. 후회는 시간 낭비예요. 어느 때고 그만큼 쓸모없는 감정이 있겠어요." 그리고 그녀는 다시 침묵에 빠졌다.

"그러면 그…… 음…… 아기아안나 출신의…… 남자는 어떻게 됐어요?" 용감해진 피오나가 단도직입적으로 질문했다.

보니가 피오나를 똑바로 쳐다보았다. "스타브로스요? 정말이지 모르겠어요." 보니는 그렇게 말한 뒤 대화를 끝냈다.

보니는 할일이 백 가지는 된다며, 마리아에게 운전을 가르치는 일이 그것들 중 하나가 아니라 하느님께 감사하고 싶다고 말했다.

"여기 혼자 있어도 괜찮겠어요?" 그녀가 피오나에게 물었다.

"저는 괜찮아요, 그리고 이렇게 다정히 대해주셔서 정말 감사해요." 피오나가 예의를 갖춰 말했다.

피오나는 나이든 그 여자가 떠나는 것이 기뻤다. 보니에게 그 남자가 어떻게 됐는지 묻지 말았어야 했다. 그리고 그녀는 엘자가 다가오는 것을 보고 손을 흔들었다.

"그럼 당신은 엘자에게 맡기고 나는 이만 가볼게요." 보니가 말하고 자리를 떴다.

엘자는 의자에 앉아 피오나에게 해변에서 보낸 아침 시간에 대해 말해주었다. 그들은 샐러드를 주문했고, 이 섬에서 보낸 삶에 대해 편하게 이야기를 나누었다. 이야기를 끝낼 때쯤 낡은 밴이 털털거리며 그들 옆을 지나가는 것이 보였다. 얼마간 불안정하게 운전하는 사람은 마리아였고, 데이비드는 조수석에 앉아 있었다. 그들은 데이비드가 마리아를 위해 밴의 문을 열어주고 그녀의 등을 토닥여 격려하고 마지막으로 허리를 굽혀 그녀의 손에 키스하는 것을 지켜보았다.

"어머나, 데이비드는 정말로 멋진 남편이 되겠어요!" 엘자가 감탄하며 말했다.

"네, 우리가 백만 년이 지나도 저런 사람과 사랑에 빠지지 못하는 게 비극 아니겠어요." 피오나가 무거운 한숨을 쉬며 말했다. 왠지 모르지만 두 사람 다 그 말이 재미있었는지 웃기 시작했고, 데이비드가 자전거를 타고 지나갈 때까지도 계속 웃고 있었다. 그가 안으로 들어와 그들과 합류했다.

"정말 끔찍하게 못하던가요? 보니는 마리아가 악몽 같았다고 말했어요."

"보니가 과장한 거예요. 그럭저럭 괜찮았어요. 불안하니까 당연히 어떤 것에도 몹시 당황했던 거고요. 마리아가 운전할 수 있게 되면 보니가 그녀에게 일을 줄 거예요. 보니는 정말 놀라운 분이에요."

피오나는 오래전 일이라는 그 남자 스타브로스에 대해 그들에게 이야기해줘야겠다고 생각했다. 하지만 곧 그러지 않기로 했다. 보니는 자신을 잘 드러내지 않는 사람이었다.

해질녘이라 항구에는 금색이 도는 붉은빛이 감돌고 있었다. 토머스는 보니가 여전히 공예품가게에서 일하고 있는 것을 보았다. 가게로 들어가 저녁에 집에서 같이 술이나 한잔하자고 말하려다가, 그는 그녀가 혼자 있는 것을 좋아한다는 사실을 기억해냈다.

보니는 서로의 사생활을 침범하지 않는다는 것을 여러 번 확인한 뒤에야 비는 방에서 자겠다고 동의했을 뿐이었다. 하지만 그는 아파트로 올라가 혼자 있고 싶지 않았다.

그는 빌에게 전화를 하고 싶었다. 지난번에 전화했을 때 아주 어색하게, 하고 싶은 말을 다 하지 못한 채 통화가 끝났다. 보니가 그 통화를 듣고 그가 다 엉망으로 만들었다고 말한 것이 아직도 마음 아팠다. 이번에는 제대로 말할 것이다.

토머스는 작은 거리에 있는 카페에 앉아 이야기할 내용의 목록을 만들었다. 경찰서 유치장 옆에서 저녁을 먹었다는 이야기, 장례식이 끝나고 남자들이 밖에서 춤을 췄다는 이야기, 우리는 독일어로 된 시를 하나도 모르는데 독일인들은 영어로 된 시를 배운다는 이야기.

그가 목록을 훑어보았다. 이야깃거리로 삼기에 참 재미없고 이상한 것만 골라져 있었다. 아이는 그런 것에 흥미를 보이지 않을 것이다. 아버지가 유치장 옆에서 저녁을 먹은 것을 이상하게 여길지도 몰랐다. 남자들이 함께, 그것도 장례식에서 춤춘 이야기를 들으면 깜짝 놀랄 것이다. 영어로 된 것이든 독일어로 된 것이든 빌이 시에 무슨 관심이 있겠는가?

토머스는 두 손에 머리를 묻고, 자신이 온 마음으로 사랑하는 그 아이와 이야기할 만한 것을 찾을 수 없다는 사실이 참으로 한심하다고 생각했다.

"보니?"

"들어와요, 요르기스. 앉으세요."

"여기 좋은 물건들이 많네요." 경찰인 그가 주위를 둘러보았다.

"일부는 좋은 거예요, 맞아요. 지난밤 식사 대접 다시 한번 감사해요, 요르기스. 모두 아주 좋아했어요."

"혼자 있을 시기는 아니죠. 마리아에게 운전 가르치는 건 포기했다는 말이 들리던데요."

"그 일을 멋진 영국 청년에게 넘기긴 했지만, 그건 비밀로 하려고 했는데요." 보니가 웃었다.

"이 마을에서요?"

"그러게 말이에요." 보니는 가만히 있었다. 그가 무슨 일로 여기 왔는지 결국 자기 입으로 말할 것이다.

"아테네에서 전화가 왔어요. 우리가 추방한 그 아일랜드 청년 말인데요……"

"아, 그래요?"

그러니까, 그가 결국 연락을 해온 것이다. 피오나가 맞았다. 보니는 기뻐해야 할지 실망해야 할지 갈피를 잡을 수 없었다.

"뭐라고 했대요?"

"그가 뭐라고 한 건 아니고요. 아테네 경찰서에서 전화가 온 거예요. 술집에서 마약을 거래하다가 붙잡혔대요. 그들이 내 명함을 보고 내가 아는 게 있는지 궁금해서 연락한 거였어요."

"알아낸 게 있어요, 요르기스?" 보니가 물었다.

"아직 아무것도요. 내가 자리를 비웠을 때라 전화를 직접 받지는 못했어요. 그 문제를 당신하고 의논하고 싶어요. 그 아가씨 아주 착하던데요."

"그래요, 너무 착해서 다음 페리를 타고 '자기 남자 곁을 지키러'* 갈 수 있을 정도죠."

"나도 같은 생각이에요." 요르기스가 말했다.

"사람들을 가두고 열쇠를 던져버린다는 표현 알죠?" 그녀가 물었다.

"그 표현 알아요. 종종 그러고 싶어지거든요. 그쪽에다 이곳에서 여자친구를 구타하고 술에 취해 난동을 부린 사실을 알려줄까 해요. 피오나에 대한 구체적인 이야기는 하지 않는 게 좋을 것 같고, 어떻게 생각해요?"

"당신 생각이 맞는 것 같아요. 피오나에게도 아무 이야기 하지 않는 게 좋을 것 같아요. 생각이 같나요?"

"그게 신의 권한에 속하는 문제일까요?" 요르기스는 고민이 되었다.

"설사 그런 거라 해도 그렇게 합시다. 그 진드기 같은 놈이 피오나의 피를 빨아먹는다 해도 신이 나타나서 돕지는 않을 테니까요. 어쩌면 전지전능한 존재도 가끔 도움의 손길이 필요할지 모르죠." 보니가 만족스러운 듯 근엄한 미소를 지으며 말했다.

---

* 〈Stand by Your Man〉이라는 노래를 연상시키는 표현.

그날 밤 한참 뒤 보니가 2층으로 올라가보니 토머스가 어둠 속에서 의자에 앉아 있었다.

"깜짝이야, 간 떨어지는 줄 알았어요." 그녀가 말했다.

"안녕하세요, 보니." 그는 완전히 풀이 죽어 있었다.

"아들한테 전화를 했는데 이번에도 아들을 짜증나게 만들었나요?" 그녀가 물었다.

"아니요, 여기 몇 시간 앉아 있으면서 무슨 말을 할지 고민했는데 아무것도 떠오르지 않아서 아예 하지 않았어요." 그가 솔직히 말했다.

"어쩌면 결국에는 그게 더 현명할지도 몰라요." 보니가 잘했다는 듯 말했다.

"아홉 살짜리 아들한테 할말을 찾을 수 없다면 나는 어떤 얼간이가 되는 건가요?" 그가 물었다.

"세상의 모든 아버지와 아들 사이처럼 되는 거라고 말할 수 있겠네요, 소통할 수 없는 사이요." 비정하게 들렸을지 모르지만 그녀가 그런 의도로 말한 건 아니었다.

"그애는 내 아들이 아니에요." 토머스가 힘없이 말했다.

"무슨 뜻인가요?"

"말 그대로예요. 거의 십 년 전 일인데, 셜리와 아기를 가지려고 노력하던 시절에, 검진을 받으러 병원에 갔었어요. 제가 어린 시절 볼거리에 걸렸던 것 때문에 불임이 됐다더군요. 셜리에게 어떻게 말해야 하나 고민하면서 하루종일 걸어다녔어요. 그런데 집에 돌아오니 아내가 나한테 말할 게 있다고 했어요. 참 놀랍지 않나요, 그녀가 임신을 했다고 했어요."

"아내에게 그 이야기를 했어요?"

"아니요. 생각할 시간이 필요했어요. 아내가 다른 남자를 만나는 건 몰랐어요. 전혀 몰랐어요. 그때 말하지 않았기 때문에 나중에도 말할 수 없었어요."

"그러면 아예 말하지 않았군요?"

"그애를 내 자식처럼 아주 많이 사랑해요."

"진정한 의미에서 그애는 당신 자식이로군요." 보니가 말했다.

"네, 맞아요. 제가 아내와 같이 그애를 키웠어요. 밤에는 내가 이유식을 먹였고, 읽기와 수영을 가르쳤어요. 그애는 누군가의 친자식과 마찬가지로 제 자식이에요. 생부는 아마 지구상에서 사라졌을 거예요. 앤디는 아니었어요, 그는 그보다 한참 뒤에 나타났으니까요. 앤디는 그애가 제 아이라고 생각해요."

"이혼한 뒤에 그 이야기를 꺼냈어요?"

"그럴 리가요. 그럼 빌을 만날 기회를 잃을 텐데요?"

"그렇겠네요." 그녀가 고개를 끄덕였다.

"빌은 정말 훌륭한 아이예요, 보니."

"그럴 것 같아요. 틀림없이 그럴 거예요."

긴 침묵이 흘렀다.

"아이한테 돌아가요, 토머스. 이렇게 멀리 떨어져 있으면 마음이 아프잖아요."

"그럴 수 없어요. 이렇게 하는 게 최선이라는 것에 우리 모두 합의했어요."

"합의된 내용은 바뀔 수 있어요, 계획은 다시 세울 수 있고요." 보니가 말했다.

"저한테는 여기보다 거기 돌아가는 게 더 안 좋을 거예요. 그 바보 자식을 매일 봐야 한다고 생각하면요. 자기가 아버지인 척 행세하는 걸 보면 말이죠."

"어느 모로 보나 당신이 아버지예요." 보니가 말하면서 바닥을 내려다보았다.

"그 말을 믿을 수 있다면 좋겠네요." 그가 말했다.

"당연히 믿어야죠, 토머스." 보니는 자기가 무슨 말을 하는지 잘 알고 있다는 듯 조용히 확신을 갖고서 말했다. 그녀와 시선이 마주친 순간, 토머스는 보니가 무슨 말을 하는지 정말로 알고 이야기하고 있다는 사실을 수정처럼 분명하게 느꼈다.

그에게 그가 빌과의 대화를 엉망으로 망쳤다고 말해준 그날 밤, 그녀는 자신에게도 아이가 있다고 말했었다. 잘못된 결정을 내린 바람에 영원히 잃게 된 아들이 있다고.

토머스는 눈을 감았다. 그는 아주 오랫동안 기도를 하지 않았지만, 오늘밤은 온 마음을 다해 기도했다. 제발 자신이 올바른 결정을 내릴 수 있기를. 오, 그 귀여운 아들을 잃지 않기를.

11

보니와 데이비드는 테이블에 체크무늬 테이블보가 깔려 있는 카페에서 커피를 마시고 있었다. 마리아가 운전 교습을 받으러 곧 나올 것이다.

"당신보고 아주 좋은 남자라던데요. 자기한테 소리를 지르지 않는다고요." 보니가 데이비드를 칭찬했다.

"불쌍한 마리아, 사람들이 소리지를 걸 예상하고 있었던 건가요?" 데이비드가 물었다.

"음, 우선은 내가 그랬어요. 마노스도 엄청 소리를 질렀고요. 그러니 그럴 거라고 지레짐작했겠지요, 아무렴요."

"소리를 지르는 것으론 아무것도 할 수 없어요." 데이비드가 말했다.

"마리아에게 말해줬어요. 당신이 당신 어머니에게 운전을 가르쳐드렸다고. 그런 아들을 뒀으니 당신 어머니는 운이 좋으신 거라고 하더군요."

"어머니는 그렇게 생각하지 않으세요."

"왜 그렇게 말해요?" 보니가 물었다.

"그게 사실이니까요. 어머니는 모든 문제에서 아버지 편을 들어요. 늘 아버지 말을 앵무새처럼 따라 해요. 너는 마음만 먹으면 들어갈 수 있는 회사가 있다. 아버지의 오른팔, 아버지의 눈과 귀가 될 수 있다. 아주 운이 좋은 거다. 대부분의 남자들이 그렇게 마음만 먹으면 들어갈 수 있는 회사, 아버지가 열심히 일해서 일으킨 회사가 있다면 좋아할 거다, 이렇게요."

"그러면 어머니에게, 부모님을 사랑하지만 그 일을 사랑하지는 않는다고 말씀드릴 수는 없는 건가요?"

"여러 번 해봤지만 결국엔 번번이 비난과 논쟁으로 끝났어요. 회사 문을 열고 들어가자마자 마음이 불편해서 곧바로 공황 증상 같은 게 생길 것 같다고 말씀드렸어요…… 하지만 저 항구 방파제에 대고 말하는 거나 다름없었어요."

"집으로 돌아가면, 부모님도 좀 누그러지셨을 거예요." 보니가 말했다.

"집으로 돌아가지 않을 건데요." 데이비드가 말했다.

"그렇게 달아날 순 없어요, 영원히 이곳에 머물 순 없어요."

"그렇게 하셨잖아요." 데이비드가 간단히 말했다.

"그때는 시대가 달랐다고 말하기도 이제 지치네요." 보니가 한숨을 쉬었다.

"오늘은 마리아를 산길로 데려가보려고요." 데이비드가 보니에게 알려주었다.

"맙소사, 당신은 사자처럼 용감하군요." 보니가 감탄했다.

"차들이 너무 많이 다니는 곳이 아니면 마리아 혼자 운전을 곧잘 해요, 허둥대지도 않고요."

"하지만 데이비드, 그런 아찔한 급커브길은, 흙이 무너져내리는 그런 길은……"

"알아요, 하지만 마리아가 가게에서 일하게 되면 그 길을 운전해서 언덕 마을로 가야 하는 거 아닌가요?"

"그렇죠, 하지만 몇 달이나 몇 주 뒤지, 며칠 뒤는 아니에요."

"그렇지 않아요, 시내에서 멀어지면 더 잘해요. 시내에선 큰 트럭들이 흉물 같은 큰 주유소를 빠져나오면서 마리아를 향해 후진을 하거든요."

"그 주유소를 무시하는 건 내 꿈을 짓밟는 거니까 좋게 말해줘요." 보니가 주의를 주었다.

"무슨 뜻인가요?"

"거긴 내 주유소였어요. 거기서 밤낮없이 일하면서 여러 해를 보냈어요."

"설마요!"

"오, 정말이에요, 그랬어요."

"거길 팔거나 뭐 그랬나요?"

"아니요, 뺏겼다고 봐야죠. 지금 말하기엔 너무 길고 복잡한 이야기예요. 마리아랑 오늘은 어느 지역으로 운전하러 가나요? 그래야 내가 거길 피하죠."

"안드레아스를 만나러 올라갈까 생각하고 있었어요, 그 길이 구불구불하잖아요."

"안드레아스를 좋아하는군요." 보니가 말했다.

"누가 안 좋아하겠어요? 친절하고 다정한 분이에요. 사람들이 원하지 않는 걸 억지로 시키지 않잖아요."

"자기 방식이 확고한 사람이죠." 보니가 말했다.

"하지만 좋은 쪽으로요." 데이비드가 말했다. "시카고에서 돌아와 아버지를 돕지 않는 걸 보면 아들이라는 그 사람은 정말 바보예요."

"그럴지도요." 보니가 확신 없이 어깨를 으쓱했다.

"왜 모호하게 말씀하세요? 아들은 아주 멀리, 크고 시끄러운 동네 한가운데에 있는 채소 가게에서 일한다고, 안드레아스가 말씀해 주셨어요. 이 멋진 곳에서 아버지를 도우며 살 수 있는데 말이죠."

보니가 고개를 한쪽으로 갸웃한 채 잘 모르겠다는 표정으로 데이비드를 쳐다보았다.

"왜 그러세요?" 그가 마침내 물었다.

"왜 그런지 알잖아요, 데이비드. 누군가는 당신에 대해서도 정확히 똑같은 말을 하지 않을까요? 당신에겐 아버지가 있고, 당신의 경우엔 당신을 보고 싶어하고 이렇게 멀리 떨어진 곳에서 당신이 뭘 하고 있는지 궁금해하는 어머니도 있어요."

"그건 달라요." 데이비드가 대들듯이 말했다.

"아, 그런가요?"

"완전히 다르죠. 제 아버지는 합리적이지 않아요. 본인이 틀린 적이 한 번도 없으시죠. 어느 누구도 제 아버지와는 같이 못 살아요."

"아도니도 자기 아버지에게서 바로 그런 점을 봤던 거예요. 여러 면에서요. 안드레아스는 저녁에 손님들을 언덕 위로 끌어들이겠다고 타베르나 지붕에 전구를 달거나 라이브로 부주키 연주를 하는 걸 원하지 않았어요. 아도니는 어떤 것도 제안할 수 없었고, 어떤 것도 변화시킬 수 없었어요. 안드레아스가 언제나 옳았죠."

"그런 면은 안 보이던데요, 조금도요." 데이비드가 약간 차갑게 말했다.

"그래요? 음, 물론 그가 당신에게는 예의와 존중을 보였겠지만, 사람들은 보통 자기 아들에겐 격식을 차리지 않죠." 보니는 생각에 잠긴 듯 보였다.

"아들이 있으시다면서요, 보니?"

"그래요. 스타브로스, 아이 아빠와 이름이 같아요."

"그러면 당신은 그 아들에게 격식을 차리고 예의를 갖추시나요?" 데이비드가 물었다.

"만나지 못해요, 만나야 예의를 갖추거나 말거나 할 텐데."

"그래도 가끔은 만나겠죠?" 데이비드는 깜짝 놀랐다.

"아니요. 전혀 못 만나요. 하지만 그애를 만날 수 있던 시기에 나는 어느 누구에게도 예의를 갖추지 않는 좀 이상한 시기를 보내고 있었어요. 그애한테 가장 그러지 못했고요. 그래서 그애는 내가 자기를 많이 보고 싶어한다는 걸, 내가 지금은 존중도 하고 따뜻하게 대할 수도 있다는 걸 알 방법이 없어요."

보니가 허리를 쭉 펴서 자세를 바로 했고, 그러자 다시 당당해 보였다. "자, 이제 나는 마리아의 아이들을 보살필 테니, 당신은 애들 엄마를 죽음의 벽이든 어디든 데려가고 싶은 곳으로 데려가요."

보니가 일어서서 아이들에게 그리스어로 뭐라고 소리를 질렀는데, 목소리가 즐겁게 들렸다.

"아이들에게 뭐라고 말씀하셨어요?" 데이비드가 물었다.

"아이스크림 이야기를 꺼냈더니 그게 먹힌 것 같아요." 보니가 말했다.

"당신은 언제나 누구에게나 예의를 지켰을 것 같은데요." 데이비드가 그녀를 보며 미소를 지었다.

"아니요, 데이비드. 그런 생각은 잘못된 거예요. 하지만 나에 대해 묻고 다니지는 마요. 사람들이 아무 얘기도 해주지 않을 거예요. 내 힘든 삶에 대해 말해줄 수 있는 사람은 오로지 나뿐이에요."

그때 마침 운전 교습 시간에 맞춰 마리아가 집에서 나왔다. 그녀는 보니에게 인사를 건넨 뒤 데이비드를 돌아보았다.

"파메, 데이비드." 마리아가 말했다.

"파메, 마리아." 데이비드가 말했다.

보니는 마리아가 운전석에 타고, 백미러를 보고, 밴을 운전해 하버 로드에 무리 없이 진입하는 것을 감탄의 눈으로 지켜보았다.

이 청년이 아기아안나에 계속 머문다면 앞으로 모두에게 운전을 가르치는 것을 업으로 삼아도 될 것 같았다.

안드레아스와 그의 형제 요르기스가 경찰서 근처 카페에서 백개먼 게임을 하고 있었다. 그들은 마노스가 운전대를 잡고 아기아안나를 쌩쌩 돌아다니던 그 익숙한 밴이 지나가는 것을 보았다.

"저기 마리아야! 누가 운전을 가르쳐주고 있는데!" 요르기스가 말했다.

"보니겠지." 안드레아스가 말했다.

"아니야, 남자 같아."

"데이비드 파인이라는 청년이네. 젊은 친구가 착해." 안드레아스가 흐뭇하게 말했다.

"그래, 그런가." 요르기스가 말했다. 그들은 잠시 말없이 앉아 있었다.

"연락 온 건……" 요르기스가 대화를 시작했다.

"아니, 전혀 없어." 안드레아스가 지체 없이 대답했다.

"거기선 소식을 듣지 못했을 수도 있어." 요르기스가 말했다.

"못 들었겠지. 정말로." 안드레아스가 백개먼 보드의 말들을 딸깍딸깍 움직였다.

저멀리 시카고에 사는 아도니에 대한 대화는 더이상 없었다. 그들은 누이 크리스티나에 대한 이야기로 넘어갔다. 그녀는 젊은 시절 한때 힘든 나날을 보냈지만, 지금은 이 섬 반대편에서 다정한 남자와 행복하게 살고 있었다. 요즘 그들은 누이의 과거 이야기를 하지 않았다. 마노스와 그의 친구들의 어린 시절 모습을 알고 있을 요르기스의 전처에 대한 이야기도 하지 않았다. 역시 그녀와도 연락은 하지 않았다.

토머스가 서점을 찾아냈다.

"비블리오폴리오Vivliopolio." 보니가 아까 그에게 말해주었다.

"정말로요?" 토머스가 말했다. "비타민 음료 이름처럼 들리는데요."

"그리스어의 V는 다리 하나를 밖으로 내민 미친 B처럼 보여요. 여기 왔을 때 필요했던 것 중 하나가 서점이었는데, 처음 거길 찾아냈을 때는 비블리온와쿄biblionwakyo나 뭐 그런 건 줄 알았어요. 프랑스어 비블리오테크bibliothèque*처럼요."

"재미있는데요?" 토머스가 다정하게 말했다.

"내가 원래 엄청 재미있는 사람이에요." 보니가 말했다. "서점에서 어떤 책을 찾으려고요?"

"혹시 있다면 독일어 시집요. 그런 게 있을까요?"

"있을지도 모르죠." 보니가 말했다. "누가 알겠어요."

그녀의 말이 맞았다. 서점에는 한 면은 독일어, 다른 한 면은 영어로 된 괴테의 작품이 포함된, 독일어 서적 코너가 조그맣게 있었다. 토머스는 그 책을 사서 밖으로 가지고 나와 서점 근처 벤치에 앉았다.

그는 꼼꼼히 훑으면서 적당한 시를 찾았다. 그리고 공책을 꺼내 시를 옮겨 적었다.

Kennst du das Land, wo die Zitronen blühn,
Im dunkeln Laub die Gold-Orangen glühn.

그 옆에 번역된 것을 썼다.

그대는 레몬나무가 꽃을 피우는 땅을 아는가,
황금색 오렌지가 짙은 녹음 속에서 은은한 빛을 내는 그 땅을.

이 시를 외웠다가 엘자와 이야기할 때 인용할 것이다. 자신이 독일 작가들을 모른다는 사실을 그녀가 알게 하지 않을 것이다.

---

* '도서관'이라는 뜻.

토머스가 부드러운 바람과 도금양과 높이 자란 월계수에 관한 다음 부분을 베끼기 시작하는데 책장 위로 그림자 같은 것이 덮치는 게 느껴졌다. 엘자가 그의 어깨 너머로 그가 무엇을 읽고 있는지 보고 있었다. 그러더니 뒤로 물러나서 그에게 시의 일부를 읽어 주었다.

Kennst du es wohl? Dahin! Dahin
Möcht ich mit dir, o mein Geliebter, ziehn.

"그래요, 항복할게요." 토머스가 말했다. "그 부분은 아직 번역된 걸 읽지 않았어요. 무슨 뜻인가요?"

"이건…… 음…… 무슨 뜻이냐 하면, 당신은 혹시 아는가? 거기가 그곳, 내가 당신과 같이 가고 싶은 그곳이라는 것을, 내 사랑, 그런 뜻이에요."

그리고 엘자가 그 말을 할 때 그들은 약간 부끄럽다는 듯 서로를 바라보았다. 어쩌다 너무 친밀한 뭔가를 드러내버렸다는 듯이.

"그가 그리스에 왔었나요? 괴테가요? 레몬나무가 꽃을 피우는 땅이 여기인가요?" 토머스가 대화를 더 안전한 쪽으로 옮기며 물었다.

"지중해인 건 분명하지만, 거긴 주로 그가 여행한 이탈리아였을 거예요. 이탈리아를 광적으로 좋아했거든요. 하지만 물론 그리스에도 왔을 가능성이 있죠. 이 부분에서 내 무지가 드러나네요." 엘자는 미안한 표정이었다.

"내 무지는 어떻고요? 지금까지 나는 괴테가 쓴 걸 어느 언어로도 읽어본 적이 없어요." 토머스가 고백했다.

"그런데 왜 지금 읽고 있어요?"

"당신에게 잘 보이려고요." 그가 간단히 말했다.

"그럴 필요 없어요, 이미 감동받은걸요." 엘자가 말했다.

안드레아스는 아일랜드에서 걸려온 전화를 받았다.

"거기가 아기아안나에 있는 타베르나인가요?" 목소리가 물었다.

"네, 그런데요. 무슨 일이시죠?"

"그 끔찍한 참사가 일어난 날 피오나 라이언이 거기 타베르나에서 가족에게 전화를 한 걸로 알고 있어요."

"네, 네, 기억나요."

"저는 피오나의 가장 친한 고향 친구 바버라라고 하는데요. 피오나가 자기와 연락이 안 될 경우를 대비해서 거기 전화번호를 알려줘서 지금 전화드리는 건데…… 음, 피오나가 아직 아기아안나에 있는지 궁금해서요."

"네, 무슨 문제라도 있나요?"

"아니요, 딱히 문제가 있는 건 아니고요…… 죄송하지만, 혹시 전화 받으신 분은 누구세요?"

"나는 안드레아스라고 하고, 여긴 내가 운영하는 타베르나예요."

"오, 잘됐어요. 그뒤로 그애를 만나신 적 있나요?"

"여긴 아주 작은 지역이라, 매일 거의 모든 사람을 만난답니다."

"피오나는 잘 지내나요?"

안드레아스는 잠시 말을 멈추었다. 잘 지내냐고?

피오나는 참 안쓰러워 보였다. 남자친구에게 얻어맞았고, 그는 그녀를 버리고 아테네로 갔다. 지금은 마약 거래 시도를 한 것 때문에 그곳 구치소에서 재판을 기다리고 있었다. 피오나는 유산을 했다. 그리고 셰인이 자신을 찾으러 돌아올 거라고 여전히 믿고 있었다.

잘 지내냐고? 그렇다고 보긴 힘들지.

본능적으로 그는 이 사근사근한 여자 바버라에게 그사이 일어난 일을 전부 아는 대로 말해줘야 한다고 느꼈지만, 그럼에도 그것은 그가 할 이야기가 아니었다.

"모두 여기를 좋아하는 것 같더군요." 그가 모호하게 말했다.

"모두요? 그애가 이제 셰인과 같이 다니면서 친구를 만들 수도 있다는 뜻인가요? 대체로 사람들은 그들을 흑사병처럼 피하는데요."

"아주 멋진 친구들이에요. 독일인, 미국인, 영국인." 그가 그녀를 안심시켰다.

"음, 그거 놀라운 일이네요. 저기요, 안드레아스, 제가 피오나에게 이메일이나 팩스를 보낼 곳이 있을까요?"

"그럼요." 그가 경찰서 번호를 알려주었다.

"그리고 여기서도 모두 그곳에서 일어난 일을 몹시 안타까워하고 있어요. 정말로 악몽 같았을 거예요."

"고맙습니다. 정말로 친절하고 마음이 따뜻하시군요." 안드레아스가 말했다. 그녀는 정말 친절하고 마음이 따뜻했다. 시카고에 있는 그의 매정한 아들 같지 않게.

안드레아스는 아도니에게 편지를 보내지 말 걸 그랬다는 후회가 자꾸 들었다.

하지만 엘자에게 약속했으니까. 그리고 지금은 너무 늦었다, 편지는 거의 도착했을 것이다.

피오나는 약속한 대로 진찰과 검진을 받기 위해 의사 레로스를 찾아갔다.

"다 괜찮습니다." 의사가 말했다. "당신은 아주 건강하고 젊은 여성이에요. 앞으로도 아기는 충분히 가질 수 있어요."

"오, 언젠가 그렇게 되면 좋겠어요." 피오나가 말했다.

"고국으로 돌아갈 건가요?"

"아니요. 셰인이 이곳에 돌아와 나를 찾을 때까지 기다려야 해요. 여기서 직장을 구하고 싶어요. 저는 정식 간호사예요. 제가 여기서 선생님을 위해 할 수 있는 일이 있을까요? 예를 들어 여기 선생님의 병원에서 일하거나요?"

"음, 그건 어려울 것 같아요, 아가씨. 무엇보다 우리 환자들은 그리스어만 할 줄 알거든요."

"오, 그리스어를 배울 거예요." 피오나가 약속했다. "셰인이 돌아와서 제가 여기 정착한 걸 알면, 그렇게 된다면 정말 굉장할 거예요."

"그가 당신이 유산한 것에 대해 속상해할까요?" 레로스는 셰인이 아기아안나를 떠나기 전에 어떤 행동을 했는지 이미 들었다. 다들 셰인이 돌아오지 않을 거라고 생각한다는 것을 그는 알았다.

가엾고 여리고 착각에 빠진 여자.

하지만 그가 그녀에게 일자리를 줄 방법은 정말로 없었다.

"셰인이 좀 속상해하더라도, 계획을 하고 아이를 가지면 더 낫겠죠. 제가 건강하다고 말씀해주신 걸 알게 되면 그도 아주 기뻐할 거예요."

"그렇군요. 착한 아가씨네요."
"그러면 직장은요?"
"그건 불가능해요, 정말로요. 호텔에 가서 한번 물어보겠어요? 안나비치호텔요."
"네, 하지만 겨울에는 문을 닫잖아요." 피오나가 말했다.
"여기서 일 년 내내 지내려고요?" 의사의 눈이 커졌다.
"보니는 그랬잖아요." 피오나가 방어적으로 말했다.
"아, 그건 경우가 달랐어요."
"왜 다른 거죠?" 피오나가 울먹이며 말했다.
"당신은 스타브로스를 모르잖아요." 레로스가 말했다.
"선생님은 그 사람을 아셨어요?"
"네, 가장 친한 친구였어요."
"그러면 지금 그는 어디 있나요?"
"몰라요, 이 섬을 떠났으니까." 그의 얼굴이 진지해졌다.
피오나는 정말로 몹시 알고 싶었다. "그러면 언젠가 돌아올 거라고 생각하세요?"
"지금은 아니에요, 너무 많은 일이 있었어요."
"하지만 아무도 그 이야기를 하지 않던데요?" 그녀가 물었다.
"아주 오래전 일이었어요. 그뒤로 너무 많은 일이 있었고요." 그리고 그는 일어섰고, 악수를 하는 것으로 이제 진료가 끝났음을 알렸다.

요르기스는 차로 아기아안나를 순찰하면서 그 길 어딘가에서 피오나나 그녀의 친구들 중 하나를 만날 것 같다고 생각했다. 밀짚

바구니를 들고 채소를 사고 있는 피오나가 보였다.

"오, 잘됐어요, 요르기스. 마침 꼭 필요한 분을 만났네요. 그리스어로 수박이 뭔가요?"

"카르푸지예요." 그가 말했다.

"그거군요! 카르푸지, 카르푸지." 그녀가 행복하게 말했다.

"당신한테 전해줄 편지가 있어요." 요르기스가 말했다.

"셰인이로군요! 연락할 줄 알았어요." 그녀의 얼굴이 환하게 빛났다.

"아니요, 아일랜드에 사는 당신 친구 바버라가 보낸 거예요." 그가 출력한 이메일을 건넸다.

피오나는 편지를 거의 쳐다보지도 않았다. 몹시 실망한 것 같았다. 그녀가 편지를 바구니에 그냥 넣었다.

"언제든 경찰서로 와서 이메일로 답장을 보낼 수 있어요." 그가 제안했다.

"아니요, 괜찮아요, 요르기스. 하지만 아테네로 간 셰인이 어떻게 지내는지 알 방법이 있을까요?"

요르기스는 피오나를 쳐다보며 입술을 깨물었다.

셰인이 갇혀 있고 그녀에게 돌아오지 않는다는 사실을 감추는 것은 분명 옳지 않은 일이었다. 하지만 아테네에도 펜과 종이와 전화가 있으니 마음만 있으면 연락할 수 있을 텐데, 셰인은 그러고 싶지 않은 것이다.

그냥 그대로 두자.

"카르푸지." 요르기스가 떠나면서 말했다.

"그건 그리스어로 잘 가라는 뜻인가요?" 피오나가 시무룩한 표정으로 물었다.

"아니요, 수박이요." 그가 웃었다. "더 열심히 노력해야겠는데요."

피오나는 카페에 앉아 편지를 꺼냈다.

셜록 홈스 바버라가 너를 어떻게 추적했는지 궁금하겠지만, 쉬웠어. 네 어머니가 네가 전화한 곳의 전화번호를 갖고 계셨어. 안드레아스가 형이 경찰서에서 일한다고 알려주셨고. 너하고 셰인이 세계 각지의 좋은 친구들을 사귀었다는 말씀도 해주셨어. 정말 멋진 소식이야.

오, 너하고 병원에서 일하던 때가 그리워. 피오나, 정말이야. 수간호사가 된 카멀을 도저히 참을 수가 없어. 환자들에게 겁을 주고, 간호사들에게 공포심을 일으키고, 병문안 온 사람들을 화나게 만들고, 암페타민을 복용한 미친 여자처럼 쿵쿵거리면서 돌아다녀. 그리고 필리핀계 간호사 두 명이 새로 왔는데, 상냥하고 귀여운 사람들이야. 우리도 마찬가지로 카멀이 무섭다고 말해주기 전까진 거의 마닐라로 달아날 뻔했대.

정형외과에서 정식 간호사를 더 뽑는다고 해. 지원할까 생각중이야. 새 무릎과 새 골반에 관련된 일을 한다면 정말 멋질 거야. 너와 셰인이 언제 돌아올지 알려줄 수 있어? 늦여름에 정말로 괜찮은 아파트가 매물로 나올 거래. 너하고 셰인이 그중 하나를 얻는다면 병원까지는 걸어서 십 분밖에 안 걸려. 나는 원룸이면 되지만 너희는 투룸 비용을 감당해야겠구나.

사실 네 부모님께 그 아파트 이야기를 했어. 너희가 돌아오면 아마 거기가 두 사람이 살고 싶어할 만한 그런 곳이라고 말야. 두 분이 눈도 깜짝 안 하셨어. 셰인 이름이 나오는 것도 듣기 싫어하셨던 거 기억나? 일단 기본적으로는 받아들이기로 하신 게 틀림없어.

그 끔찍한 참사가 일어났을 때 네가 전화를 해서 아주 기뻐하셨어. 그 사고 몹시 끔찍했을 거야.

아무튼 이제 내 이메일 주소가 있으니, 네가 어떻게 지내는지, 너희 두 사람이 그리스를 얼마나 좋아하는지 얘기해줘. 내가 늘 가보고 싶었던 곳인데, 나는 스페인보다 더 멀리는 못 갔어. 우리가 마벨라에 놀러갔을 때 영국 남자 두 명 만났던 거 기억나? 걔들 햇볕에 바짝 타서는 우리한테 자기들 차 열쇠를 줬잖아. 그때 우리 참 무모했었지? 너는 물론 여전히 그렇지만!

두 사람 모두에게 사랑을 전하며,

바버라

피오나는 어리둥절한 채 앉아 있었다.

바버라가 셰인에게 사랑을 전한다고? 어머니와 아버지가 그녀와 셰인이 앞으로 평생 함께한다는 사실을 받아들인다고? 세상이 약간 기우뚱하는 것 같았다.

편지를 한번 더 읽은 뒤 피오나는 엘자의 아파트로 돌아가 수프와 과일 샐러드를 만들었다.

엘자는 보니의 공예품가게에 들러 같이 저녁식사를 하자고 초대했다.

"피오나가 우리를 위해 요리를 하고 있어요. 우리 여자들끼리 식사해요." 엘자가 제안했다.

"고맙지만 못 가요, 엘자. 두 사람 모두 아주 고마운데, 나는 할 일이 있어요."

"일요? 도대체 어떤 일을 하세요?"

"일주일에 한 번씩, 러그를 만드는 시각장애인 단체를 찾아가요. 그들을 위해 양모 색깔 골라주는 일을 하거든요. 그리고 그 러그를 내가 팔죠." 보니는 그것이 누구든 할 수 있는 평범한 일이라는 듯 어깨를 으쓱했다.

"러그 만드는 일에는 원래 관심이 있으셨어요?" 엘자가 물었다.

"그럴 리가요."

"그런데 왜 그 일을 하게 되셨어요? 그것도 시각장애인들하고요?"

"오, 나도 뭔가 은혜를 갚아야 했고, 시각장애인들이 누구 못지 않게 러그를 잘 짤 수 있다는 걸 깨달았어요. 그들에게 필요한 건 누군가가 어느 것이 분홍색이고 어느 것이 오렌지색인지 짚어주는 것뿐이에요."

"은혜를 갚아야 했다니, 무슨 뜻이에요?" 엘자가 물었다.

"이곳이 나한테 잘해줬어요. 나는 오랫동안 이곳의 골칫거리였어요. 사람들을 화나게 만들고 아이들에게 소리를 질러 겁을 줬죠. 사람들은 내가 회복될 때까지 나를 참아줬어요."

"믿기지 않네요…… 당신이 소리를 지르고 사람들에게 겁을 줬다고요?" 엘자는 그게 농담이라는 듯 웃었다.

보니는 아주 진지했다. "오, 그랬어요, 정말로요. 하지만 그럴 만한 사정이 있었어요. 알겠지만, 남편에게 배신을 당했거든요. 그는 레스토랑과 타베르나에서 타블리*를 했어요. 그건 신경 안 썼어요. 다들 그러니까요. 하지만 그가 그만 아름다운 마그다를 봤고, 그러고는 우리가 함께해온 모든 걸 잊었어요. 마그다에게 푹 빠졌거든요. 그는 집으로, 내게로 돌아오지 않으려 했죠. 내겐 어린 아들이 있었고, 내가 주유소에서 일하는 동안 이곳 사람들이 아이를 돌봐줬어요. 그 도움은 결코 잊을 수 없지만…… 그들이 내 편을 들어줄 수는 없었어요. 나는 외국인이고, 나보다는 그 사람 편을 들어야 한다고 느꼈던 거죠."

"그래서 어떻게 됐어요?"

"많은 일이 일어났죠." 보니가 말했다. "음, 한 가지 큰일은, 스타브로스가 우리집을 나가 마그다의 집으로 들어간 거였어요."

"설마! 이 좁은 곳에서!" 엘자는 깜짝 놀랐다.

"땅의 크기는 중요하지 않아요, 정말로 중요하지 않아요. 익명으로 지낼 수 있는 큰 도시에서 그런 일이 있었어도 그만큼 안 좋았을 거예요. 그는 그냥 돌아오지 않았어요. 나는 어리석은 일을 많이 저질렀어요. 사람들이 너그럽게 봐주고 잘해준 게 그때였고요."

"어떤 어리석은 일요?" 엘자는 알고 싶었다.

"기회가 되면 다음에 이야기해줄게요." 보니의 얼굴에서 셔터가 내려졌다.

"제가 최근에 아주 어리석은 일을 좀 저질렀거든요. 다른 사람들이 그렇게 하고도 살아남은 걸 아는 게 위로가 될 거 같아요." 엘자가 말했다.

---

* 백개먼 게임.

"안나비치호텔에 묵으면서 별을 향해 당신을 사랑한다고 외친 그 사람 말인가요?"

"모르는 게 없으시네요!" 엘자가 감탄하며 말했다. "네, 그래요, 맞아요. 그리고 전 여전히 그를 아주 많이 사랑해요, 그게 문제예요."

"그게 왜 문제죠?"

"음, 복잡해요."

"늘 복잡하죠." 보니가 공감하며 말했다.

"그런 것 같아요. 하지만 우린 그 사실을 잊어버리고요. 그 사람 이름은 디터예요. 제가 일하는…… 일했던 텔레비전 방송국을 경영하는 사람이에요. 그가 저에게 모든 걸 가르쳤고, 저는 거기서 음, 스타 같은 존재가 됐어요. 저녁 시간에 큰 뉴스 프로그램을 맡게 됐죠. 아무튼 우리는 사랑에 빠졌고, 그걸 뭐라고 부르건 우리는 함께하게 됐고, 그렇게 지낸 지 이 년이 넘었어요."

"같이 사나요?" 보니가 물었다.

"아니요, 그렇게 간단하지 않아요."

"유부남인가요?"

"아니요, 그건 아니에요. 그저 방송국 사람들이 알면 좀 곤란해서요."

보니가 눈을 들어 엘자를 똑바로 쳐다보았다. 엘자는 약간 당황했고 좀 방어적이 되었다.

"거기가 어떤 곳인지 잘 모르세요, 보니. 엄청 치열한 곳이에요. 사람들은 내가 좋은 자리를 차지한 게 디터와 같이 살기 때문이라고 생각할 거예요. 그는 그의 자리를, 나는 나의 자리를 지키는 편이 더 쉬웠어요."

"그랬군요." 보니가 짤막하게 대꾸했다. "그럼 여기는 무슨 일로 온 건가요?"

"그가 아주 차갑고 매정한 사람이란 걸 알게 됐어요."

"그가 당신의 존재를 공개적으로 인정하지 않는다는 사실 이상으로요?" 보니가 물었다.

이제 엘자는 화가 났다. "당신은 정말로 이해하지 못하는군요, 그건 상호 합의한 결정이었어요."

"네, 물론 그랬겠죠." 보니가 말했다. "그럼 그 차갑고 매정하다는 건 뭘 말하는 건가요?"

"그가 오래전에 사귄 여자와의 사이에 태어난 아이가 있다는 걸 알게 됐어요."

"그래서요?"

"무슨 뜻이에요, 그래서라니요? 그에게 아이가 있는데, 그는 그 사실을 인정한 적이 한 번도 없었어요. 그 아이의 인생에서 그는 아무것도 아니에요. 그게 나쁘다고 생각하지 않으세요?"

"그런 일은 전 세계에서 날마다 일어나는 것 같은데요. 사람들은 살아남아요."

"그런 일이 제게도 일어났어요." 엘자가 말했다. "아버지가 집을 나가셨거든요. 아무것도 남기지 않고요."

"그럼 당신 자신을 봐요! 당신도 살아남았잖아요, 엘자. 그리고 아주 아름답고 자신감 있고 모든 것에서 성공한 사람이 됐어요. 그 사실이 내가 하고 싶은 말을 증명해주네요."

"그건 아무것도 증명해주지 않아요. 당신은 내가 어떻게 느끼는지, 줄곧 어떻게 느껴왔는지 모르잖아요. 나는 나 자신이 아버지도 내 옆에 있으려고 하지 않았을 만큼 전적으로 가치 없는 사람이라고 느껴요."

"어린애 같은 소리 그만해요, 엘자. 결국 우리가 의지할 곳은 우리 자신이에요. 우리 자신과, 친구를 만들 만큼 운이 좋다면 친구들요. 우리가 아이들에게 묶여 있는 것도, 아이들이 우리에게 묶여 있는 것도 아니에요. 당신의 아이를 사랑하라, 그러면 아이도 당신을 사랑할 것이다, 그런 거대한 법칙 같은 건 없어요. 행복한 가족은 사람들이 하는 카드 게임 같은 거예요. 현실은 전혀 그렇지 않아요."

"당신이 무엇 때문에 그렇게 비딱하고 냉소적이 됐는지 모르겠지만, 내가 그렇게 느끼지 않아서 다행이네요." 엘자가 말했다.

"당신은 그가 이 세상에 태어나기를 전혀 바라지 않았던 어떤 아이에게 토요일의 아버지가 되어주기를 바라는군요."

"하지만 그 아이는 존재하고, 바로 그게 그가 해야 하는 일이에요."

"당신이 그를 떠나고 싶어하는 이유가 그건 아닐 텐데요." 보니가 말했다.

"무슨 말씀이시죠?"

"당신이 그를 떠나려는 건 그를 믿지 않아서예요. 당신은 결국엔 그가 당신을 그의 인생에 필요한 존재로 인정할 줄 알았던 거예요. 당신은 젊고 아름다운 여성이고, 자기 뜻대로 하는 것에 익숙하죠. 당신이 정말로 그를 사랑한다면 그 아이를 당신 마음에서 지울 수 있어요. 하지만 아니, 당신은 그가 당신을 사랑하긴 하는지 확신이 없어요. 그가 당신을 만나기 한참 전에 일어난 그 일을 놓지 못하는 이유는 그거예요. 그 일을 핑계로 삼은 거예요, 안 그런가요?"

엘자는 이 부당한 공격에 눈이 따끔거렸다. "틀렸어요, 그는 나를 사랑해요. 그가 그렇게 외치는 걸 당신도 들었잖아요. 다음날 아침 페리에 타면서도 그 말을 다시 외쳤고요. 그리고 그가 없는 내 가슴엔 크고 외로운 구멍이 있어요. 가능한 한 빨리 독일에 돌아가서 나도 그를 사랑한다고 말하기로 결심했어요."

보니가 몸을 앞으로 숙였다. "당신은 인생 전체를 통틀어 이만큼 좋은 충고를 결코 듣지 못할 거예요. 돌아가지 말고, 새로운 걸음을 디뎌요. 그를 그대로 둬요. 그에게 아름답고 황금 같은 기억이 되는 것으로 끝내요. 그는 결코 당신이 원하는 방식대로 당신을 사랑하지 않을 거예요."

엘자는 자신의 입에서 무슨 말이 나올지 모르겠다고 생각하며 일어섰다. 그 순간 토머스가 그 바보 같은 헐렁한 바지를 입고 옆 계단을 올라가는 것을 본 것 같았다. 그녀는 그와 이야기하고 싶지 않았다. 누구하고도. 자신의 아파트로 돌아가고 싶었다. 빨리.

"말이 없네요, 엘자." 피오나가 말했다. "내가 만든 몸에 좋고 맛좋은 수프가 별로예요?"

"정말 맛있어요. 미안해요, 그냥 오늘밤은 기분이 좀 별로여서요. 걱정하지 마요, 괜찮아질 거예요. 나는 쉽게 감정적이 되는 사람들을 싫어해요." 엘자가 아주 환한 미소를 지었다.

"무슨 일이 있었어요?" 피오나가 물었다.

"음, 네, 어쩌다가 정말 어처구니없게도 보니와 말다툼을 하게 됐어요." 엘자가 말했다.

"보니와 말다툼을 해요?"

"전혀 있을 법하지 않은 일 같지만, 그렇게 됐어요."

"무슨 일로요?" 피오나는 깜짝 놀랐다.

"보니가 나하고 디터 얘기를 아는데, 나보고 그를 혼자 두라고, 그에게서 떨어져 있으라고 하네요."

엘자는 피오나에게는 여태 자신의 상황에 대한 이야기를 전혀 하지 않았었다. 피오나는 말이 없어졌다.

"그러니까 상황을 보는 관점이 서로 좀 달랐어요, 내 말이 무슨 뜻인지 안다면요?"

"하지만 여전히 그를 사랑하잖아요, 안 그런가요?"

"오, 그래요, 그건 무엇보다 확실하죠, 그 사람도 똑같이 느끼고요." 엘자가 말했다.

"음, 그럼 그 문제는 의심의 여지가 없네요." 피오나가 딱 잘라 사무적으로 말했다. "그에게 돌아가야 해요, 보니가 뭐라 하건 누가 뭐라 하건요."

그들 모두 저녁식사 후 항구 카페에서 만나기로 했었다. 네 사람은 각자 그날 하루를 어떻게 보냈는지 이야기했다.

"혹시 우리가 여기서 시간만 보내고 있다고 느끼는 사람 있나요? 우리가 뭔가 다른 걸 해야 한다고 느끼는 사람 있어요?" 토머스가 물었다.

"나는 여기서 행복해요. 이곳이 좋아요." 데이비드가 말했다.

"나도 그래요." 피오나도 그렇다고 했다. "어쨌든 나는 셰인이 돌아올 때까지 여기 있어야 해요."

"나는 아마 다음주에 독일로 돌아갈 것 같아요." 엘자가 말했다.

"지금 열심히 고민하고 있어요. 당신은요, 토머스?"

"음, 보니는 내가 캘리포니아로 돌아가 아들을 만나야 한다고 생각해요. 내 생각도 아직 정리되진 않았고요." 그가 말했다.

"보니는 우리 모두를 집으로 돌려보내려고 열심이로군요! 마리아가 밴을 운전할 수 있게 되면, 보니는 나도 돌려보내려고 할 거예요. 부모님과 화해하고 아버지와 잘 이야기해보라고요." 데이비드가 침울하게 말했다.

"보니는 셰인이 돌아올 거라고 생각하지 않아요. 그리고 여긴 일자리가 없대요. 나보고 더블린으로 돌아가는 게 좋겠다고 했어요."

"보니는 사실 요르기스보다 더 경찰 같아요. 나보고는 나를 정말로 사랑하지 않는 남자와의 관계를 끝내야 한다고 말했어요." 엘자가 피식 웃으며 말했다.

"표현을 그렇게 하진 않았죠?" 데이비드가 말했다.

"거의 정확히 그런 식으로 말했어요. 아무튼 내 경우는 여러분과 다르네요. 나에게는 새로운 걸음을 디디고, 돌아가지 말라고 했으니까."

그들은 보니에 대해 알고 있는 이야기들을 꺼내기 시작했다. 그녀가 스타브로스라는 이름의 남자를 사랑해서 삼십 년도 더 전에 아일랜드 서부에서 이곳으로 왔다는 것. 보니가 어찌어찌 그에게 주유소를 사주었고, 거기서 밤낮없이 일했다는 것. 그녀에게 스타브로스라는 이름의 아들이 하나 있지만 지금은 만나지 않는다는 것. 아버지 스타브로스가 이 섬을 떠나면서 아마 보니의 어린 아들을 데리고 갔을 거라는 것. 보니는 힘든 시간을 겪었지만 아기아안나의 사람들이 그녀를 잘 돌봐줘서, 그녀는 그들에게 갚을 빚이 있다고 느낀다는 것.

"어떤 힘든 시간이었을까요?" 피오나는 궁금했다. "스타브로스가 떠났을 때 정신적으로 무너졌던 걸까요?"

"알코올중독이었던 것 같아요." 데이비드가 조용히 말했다.

사람들이 깜짝 놀랐다. 조용하고 유능하고 확신에 찬 그 여인이 술의 노예였다고? 그럴 리 없었다.

"왜 그런 말을 하는 거죠?" 엘자가 물었다.

"음, 보니가 와인이나 우조나 그런 걸 전혀 마시지 않는다는 걸 눈치챘어요?" 데이비드가 말했다.

그들이 존경의 눈빛으로 그를 쳐다보았다. 그들 모두 보니와 여러 번 같은 테이블에 앉았다. 오직 다정하고 섬세한 데이비드만 이제 모두에게 분명해진 그 사실을 알아차렸던 것이다.

12

보니가 아기아안나 사람들은 똘똘 뭉친 듯 그녀에 대해 입을 다물 거라고 말했는데, 그 말이 맞았다. 네 사람 모두 어떤 정보도 얻지 못했다.

"보니가 거기 주유소를 경영했다죠." 토머스가 지나가는 말처럼 요르기스에게 말했다.

요르기스는 맞다고도 아니라고도 하지 않고 애매한 대답을 했다.

"보니가 그곳을 포기하기 싫어했나요?" 토머스가 물었다.

"잘 모르겠군요." 요르기스가 대답했다.

"안 그랬다면 살기가 더 수월했을 텐데요."

"당신이 지금 보니의 집에서 지내니, 직접 다 물어볼 수 있겠네요." 요르기스가 정중하게 말했다.

데이비드는 안드레아스에게서도 전혀 정보를 얻어내지 못했다.

"보니의 남편 스타브로스와 아는 사이셨죠?"

"이곳에선 서로 다 알고 지내죠."
"마그다와도 아는 사이셨을 거고요?"
"말한 그대로 여긴 아주 좁은 곳이니까요."
"보니와 스타브로스의 아들이 아드님이나 마노스와도 친한 사이였나요?"
"마을에 살면 아이들은 서로 다 알지요."
"제가 지금 질문을 너무 많이 한다고 생각하시나요, 안드레아스?"
"이곳과 여기 사람들에게 관심이 있군요, 그건 좋은 거죠." 안드레아스는 그렇게만 말하고 더는 말이 없었다.
엘자는 올리브와 치즈를 사려고 델리카트슨에 들어갔다가 얀니를 보고 말을 걸었다. 그는 예순 살 정도였다. 이곳에 살면서 그 모든 극적인 일들을 다 지켜보았을 것이다.
"보니가 이 마을에서 아주 큰 부분을 차지하고 있다는 게 놀라워요, 안 그런가요?" 엘자가 말을 붙였다.
"보니는 아주 좋은 사람이에요, 정말로 그렇죠." 얀니가 말했다.
"스타브로스와 결혼했을 당시에도 보니와 알고 지내셨겠죠?" 엘자가 물었다.
"보니가 스타브로스에 대해 말하던가요?" 얀니가 물었다.
"조금요, 네."
"그럼 당신이 그에 대해 알고 싶어하는 것 전부를 보니가 말해줄 것 같은데요." 얀니는 금니가 여러 개 보이는 큼직한 미소를 지으며 그렇게만 말할 뿐, 아무것도 알려주지 않았다.
독일에서 정치가, 거물 사업가, 작가, 배우 들의 텔레비전 인터뷰를 진행하면서 이야기를 끌어냈던 엘자지만, 자신의 패배를 인정해야 했다.

피오나는 아이들에게 줄 사탕을 사 들고 엘레니의 집으로 걸어갔다. "제가 아팠을 때 너무 잘해주셔서 감사를 표하고 싶어요." 그녀가 엘레니에게 말했다.

"이제 괜찮아요?" 엘레니가 염려하는 목소리로 말했다.

"네, 괜찮아요. 하지만 여기서 셰인을 기다리고 있으려니 좀 슬프네요." 피오나가 말했다. "그가 돌아와 저를 찾으면, 제가 어디서 지내는지 꼭 말해주세요."

"셰인 말이로군요, 알겠어요. 말해줄게요, 네. 그가 돌아오면."

"오, 돌아올 거예요, 엘레니. 그는 나를 사랑해요."

"네." 그들 사이에 어색한 침묵이 흘렀다.

피오나는 더이상 항변하고 싶지 않았다. 그래서 주제를 바꾸었다. "스타브로스 아세요? 오래전에 보니의 남편이었다는 분요?"

"나는 영어를 잘 못해요. 셰인이 돌아오면 당신이 어디서 지내는지 말해줄게요. 아이들에게 카라멜스* 준 것 고마워요. 당신은 친절하고 착한 사람이에요."

"보니, 일 끝나면 포르토칼라다** 마시러 2층에 올라오세요. 그러실 거죠?"

"마침내 내가 주스만 마신다는 걸 눈치챘군요." 보니가 토머스를 보며 웃었다.

---

* '사탕'이라는 뜻.

** '오렌지주스'라는 뜻.

“제가 눈치챈 게 아니고요, 데이비드가요. 그가 이런 걸 잘 알아차리더라고요. 아무튼, 당신이 뭘 마시는지가 중요한 게 아니에요. 당신 조언이 필요해요.”

“아니, 그렇지 않아요. 당신은 손가락 하나 까딱하지 않아도 다 잘될 거라는 말을 내게서 듣고 싶은 거예요. 그렇지 않아요?”

“설득시켜주시면 기꺼이 받아들일게요.” 그가 말했다.

“십 분 안에 올라갈게요.” 그녀가 말했다. 토머스는 보니가 작은 장미들이 수놓인 깨끗하고 상큼한 노란색 블라우스를 입고 있는 것을 알아차렸다. 그렇다면 옷을 공예품가게에 보관하는 것이다.

“예쁘네요.” 그가 자수 부분을 가리켰다. “직접 하신 거예요?”

“아니요, 다른 사람이 한 거예요. 삼십 년 된 옷이에요.”

“정말로요? 누가 했어요?”

“이제 와서 그게 뭐가 중요해요, 토머스. 그녀는 천사 같은 바느질 솜씨를 갖고 있었어요.”

토머스가 침을 꿀깍 삼켰다. 자신이 너무 캐묻는 것 같았다. “제가 질문을 너무 많이 하죠, 보니. 죄송해요. 그 이야기 꼭 해주실 필요 없어요.”

“음, 해야겠어요, 정말로요. 네 사람 모두 나에 대해 몹시 알고 싶어하는군요…… 아기아안나에 사는 모두에게 나에 대해 묻고 다니는 걸 보면요.” 보니가 그를 보며 해맑게 웃었다.

토머스는 바닥을 내려다보았다. “사람들이 말하던가요?” 그가 미안하다는 듯 말했다.

“당연히 말해줬죠.” 그녀에게 그건 너무 당연한 일이었다.

“죄송해요, 너무 캐고 다녔나봐요. 하지만 그건, 보니, 당신이 특별하기 때문이에요. 우리 모두 당신에게 좀 반해 있어요."

"우쭐해지네요, 그리고 놀랍고요. 어쨌거나 알고 싶은 건 뭐든 말해줄게요." 보니가 그에게 물어보라는 표정으로 미소를 지었다.

"모르겠어요. 지금 질문할 수 있는 입장이 되니 솔직히 뭘 물어야 할지 모르겠네요. 저는 지금 행복하신지 알고 싶은 것 같은데요?"

"네, 지금은 꽤 행복한 것 같아요. 당신은 행복한가요, 토머스?"

"아니요, 저는 아니에요. 아시다시피, 빌 문제를 엉망으로 만들어버렸잖아요. 당신이 저한테 그렇게 말씀하셨죠. 하지만 지금 우리는 당신 이야기를 하기로 한 거니까요."

"그러면 어떤 이야기를 할까요?" 보니가 물었다.

"남편이 어떤 분이었는지, 그에게 어떤 일이 일어났는지 알고 싶어요." 토머스가 조심스럽게 말을 꺼냈다.

그는 캐묻는 질문을 하는 것이 어색하게 느껴졌지만, 보니는 그 모든 게 전적으로 편안한 것 같았다.

"두 질문 다 대답하기 아주 어려운 질문이네요. 이름은 스타브로스였어요. 눈이 크고 아주 짙은 갈색, 거의 검은색이었어요. 머리 모양은 세련됐는지 아닌지 몰라도, 검고 늘 길었어요. 그의 아버지가 이곳에서 이발소를 했는데, 아들 머리카락이 제멋대로 뻗치는데다 양털 같다며 창피하다고 늘 말하곤 했어요. 스타브로스가 아버지의 이발 기술을 전혀 광고해주지 못한 셈이었으니까요. 딱히 키가 크지는 않았고…… 체격이 다부지다고 말하면 되겠네요. 그를 처음 본 순간 그가 아닌 다른 남자는 절대 안 된다는 걸 알았어요."

"어디서 만나셨어요? 여기 아기아안나에서요?" 토머스가 물었다.

"아니요, 아주 다른 어딘가에서 만났어요. 가장 만날 것 같지 않은 장소에서요." 보니가 거의 꿈을 꾸듯 말했다.

"제가 사정해야 얘기해주실 거예요? 아니면 그냥 얘기해주실 건가요?" 그가 물었다.

"1966년 봄에, 아데이빈이라고, 아일랜드 서부에 있는 작은 마을에서 스타브로스를 만났어요. 당신이 태어나기 전이네요, 토머스."

"그러네요, 하지만 제가 그로부터 사 년 뒤에 태어났으니까 아슬아슬하다고 봐야죠." 그가 말했다.

"그는 중심가에 있는 주유소에 일을 하러 왔어요. 우리는 그렇게 이국적인 사람을 본 적이 없었죠. 우리 지역 중심가에, 음, 유일한 도로에 진짜 살아 있는 그리스 남자가 나타난 거예요. 아데이빈은 도로를 하나 이상 만들 만큼은 돈이 없었어요. 그는 자기는 영어를 배우고 자동차 거래를 배우는 중이고 세상 구경을 한다고……" 보니는 그 기억을 떠올리며 한숨을 쉬었다. "우린 아데이빈이 세상 구경을 시작하는 곳으로 적당하지 않다고 생각했어요. 파리? 런던? 심지어 더블린도 있잖아요? 하지만 그는 여기가 좋다고, 여기가 자기 고향 아기아안나를 떠올리게 한다고 말했어요. 익숙하고 편안하게 느껴진다고요." 보니는 잠시 말을 멈추고 생각에 잠겼다.

토머스는 그녀에게 더 말해보라고 하지 않았다. 부추긴다고 그녀가 말을 더 할 것 같지도, 하지 않을 것 같지도 않았다.

"나는 아직 학생이었는데, 그때가 졸업반이었어요. 우리 가족은 내가 사범교육 입학 통지를 받길 바랐어요. 초등학교 교사가 되는 대학에 들어간다는 말이에요. 그 교육은 아일랜드 복권에 당첨되는 것과 같아서, 무상교육을 받고 당당한 직업과 영원한 직장이 생기고 연금을 받는 걸 의미해요."

"그런데 그 기회가 오지 않았군요?" 그가 부드럽게 말했다.
"왔는지 안 왔는지 몰라요. 스타브로스에게 너무 깊이 빠져서 그런 이야긴 아예 안 들렸어요. 다른 건 전혀 중요하지 않았어요. 시험이 의미가 없으니 학교도 안 가고 공부도 포기했어요. 날마다 내 유일한 목적은 여동생에게 들키지 않고 아데이빈 모터스 뒤쪽으로 몰래 들어가는 거였어요. 그와 함께 있는 것 말고 다른 것엔 전혀 신경쓰지 않았죠."
토머스는 첫사랑 이야기를 들려주는 보니의 조용한 방식에 매료되어 이야기를 들었다.
"그래서 거기 주유소를 운영하던 지미 킨이 스타브로스가 일에 전적으로 집중하지 않는다고 생각하기 시작했고, 스타브로스를 해고할 거라고 말하고 다녔어요. 나는 너무 걱정이 돼서 먹을 수도, 잠을 잘 수도 없었어요. 스타브로스가 다른 데로 옮겨야 하면 나는 어떻게 하지? 나는 다시 학교로 돌아가 시험을 봤어요. 답을 쓰는 건 물론이고 질문조차 잘 이해할 수 없었죠."
"그래서 시험 결과는 어떻게 됐어요?" 가르치는 일이 직업인 토머스는 그것이 알고 싶었다.
"모르겠어요. 음, 그해 여름 아일랜드에서 아주 엄청난 사건이 일어났어요. 은행이 파업을 했거든요!" 보니가 그 기억을 떠올리며 눈을 반짝거렸다.
"은행이 파업을 했다고요? 설마요!"
"오, 그런 일이 있었어요." 그녀가 행복하게 말했다.
"사람들은 그 시기를 어떻게 넘겼나요?"
"주로 신용에 기반해 일련의 차용증서를 발행했어요. 일반적인 것과 같아 보이게 칸이 비워진 수표 양식을 따라 만든 증서였어요."

"그래서요?"

"그때 일어난 일은 기적이나 다름없었죠." 보니가 말했다. "슈퍼마켓은 현금이 많았지만 그걸 맡아줄 은행이 없었고, 그래서 아는 사람들의 '수표'를 현금으로 바꿔줬어요. 10마일 떨어진 큰 타운에 아는 슈퍼마켓이 있었어요. 거기 매니저가 어머니의 사촌이었거든요. 그래서 나는 이천오백 파운드짜리 수표를 현금으로 바꿨어요. 그런데 그날 지미 킨이 스타브로스를 내보내겠다고 한 거예요." 보니는 그 이야기까지 하고 방안을 걸어다니기 시작했지만, 이야기는 계속되었다.

"그는 내가 보고 싶을 거라고, 내가 자신의 진정한 사랑이고 우리는 언젠가 다시 만날 거라고, 아기아안나로 돌아가 주유소를 시작한 뒤 나를 부르겠다고 말했죠. 나는 지금 당장 같이 간다고 문제 될 것 있겠느냐고, 그의 사업을 일으킬 자금이 내게 있다고 말했어요. 내가 저축한 돈이라고요."

"부디 그가 기뻐했다고 말해주세요."

"오, 기뻐했어요. 하지만 우리 부모님은 그렇지 않았죠. 나는 그날 부모님께, 내 나이가 열일곱 살하고 반이 됐으니 여섯 달 뒤면 부모님 허락 없이 결혼할 수 있다고 말했어요. 부모님이 뭘 어쩔 수 있었겠어요? 나를 가둘까요? 부모님은 울고불고 소리를 지르면서 여태 키운 게 다 소용없다고, 여동생에게 나쁜 본보기가 될 거라고, 자신들은 아데이빈에서 고개를 들고 다닐 수 없을 거라고 말했어요. 아버지는 교사셨고, 지역사회에서 상당히 중요한 인물이었어요. 어머니는 지역 곳곳의 크고 중요한 가게 주인들과 잘 알고 지냈고요. 아, 그 모든 일이 창피하네요."

"그분들의 고집을 꺾으셨군요."

"부모님께 바로 그날 밤 떠나겠다고 말씀드렸고, 정말로 그렇게 했어요. 우리는 일곱시 삼십분 버스를 탔어요."

"그러면 돈은요?"

"아, 그렇죠, 돈. 은행 파업이 끝났을 때쯤 우리는 아기아안나에 이미 도착한 뒤였어요. 기차와 배를 타고 멋진 여행을 했고, 수중에는 큰돈이 있었어요. 여기 도착할 때까지 그 돈엔 손도 안 댔어요. 스위스와 이탈리아를 여행하고, 빵과 치즈를 먹었어요. 내 인생에서 그렇게 행복한 순간은 없었죠. 어느 누구도 그때의 나만큼 행복하지 않았을 거예요."

"그래서 이곳에 도착하니 어떻던가요?"

"그렇게 좋지는 않았어요. 스타브로스의 아이를 가져서 배가 아주 많이 나온 여자가 있었거든요. 그녀는 그가 돌아와 자신과 결혼할 거라고 생각하고 있었어요. 그 여자가 크리스티나, 안드레아스와 요르기스의 누이였어요. 그가 자기 때문에 돌아온 게 아니라는 걸 알게 되자 그녀는 자살을 시도했어요. 결국 죽은 건 그녀가 아니라 뱃속의 아기였지만요. 모두에게 힘든 시간이었어요."

"크리스티나는 어떻게 됐어요?"

"언덕에 있는 병원으로 보내졌어요. 칼라트리아다 로드에 있는 그 병원요."

"네, 거기 알아요. 그래서, 그러고 나서 어떻게 됐어요, 보니?"

"나 말인가요? 그리스어를 배웠고, 주유소를 샀어요. 바퀴를 교체하고 타이어에 공기 넣는 법을 배웠고요. 매주 크리스티나를 보러 갔어요. 사십오 주 동안 나한테 한마디도 하지 않다가 어느 날 입을 열더군요. 그러고는 곧 회복해서 좋은 남자를 만나 결혼했어요. 지금은 자식들도, 손주들도 있죠. 이 섬 반대편에 살아요. 그녀를 자주 만나요."

"그래서 스타브로스와는 결혼하셨어요?"

"아테네 시청에서 결혼식을 했어요. 그걸 진짜 결혼식으로 여기는 사람은 없었어요. 아데이빈에 사는 내 가족도 그랬고, 여기 아기아안나에 사는 그의 가족도 마찬가지였어요."

보니의 목소리에서 고단하고 지친 기색이 느껴지기 시작했다. 토머스는 그녀를 재촉하면 안 된다는 것을 알았다.

"그리고 1970년, 당신이 캘리포니아에서 태어난 바로 그해에 우리 아들 스타브로스가 태어났어요. 그때쯤 사람들은 내 존재에 익숙해져 있었어요. 교회에서 아이에게 세례식을 해주었고, 스타브로스의 아버지조차 마음을 풀고 노래를 불렀죠. 그리고 크리스티나가 와서, 자기가 스타브로스의 아기를 낳을 줄 알았을 때 만들어 둔 아기 옷들을 모두 내게 줬어요."

"정말 멋지네요." 토머스가 말했다.

"그렇죠. 물론 아일랜드에서는 아무 소식이 없었어요. 나는 부모님께 편지를 써서 손주를 보게 됐다고 말씀드렸어요. 답장은 없었고요."

"부모님이 속이 아주 많이 상하셨나봐요."

"음, 그 돈이 낙타의 등을 부러뜨리는 마지막 지푸라기*가 되었

* 얼핏 일상적이고 작은 것이라도 그런 것들이 누적되어 예측할 수 없는 큰일이 일

던 거죠."

"아, 그 돈." 토머스가 미소를 지었다.

"음, 나는 그 돈을 갚으려고 했어요."

"그러셨겠죠." 그가 말했지만, 확신은 없었다.

"그리고 갚았고요." 그녀가 그것이 세상에서 가장 분명한 일이라는 듯 말했다.

데이비드는 편지를 펴보았다. 부모님이 그에게 편지를 써 보낸 것은 이번이 처음이었다. 그는 앉아서, 가족들이 아버지가 받은 상의 시상식에 초대된 것을 자랑스러워하고 기뻐한다는 내용을 믿을 수 없는 심정으로 읽었다. 그들은 그에게 초대장의 복사본을 보내면서, 그 내용이 두꺼운 카드에 양각으로 처리되어 있었다고 설명했다.

데이비드는 그런 상들에 대해 알고 있었다. 사업가들이 매년 서로의 등을 두들겨주는 의미의 상이었다. 돈을 벌었다는 사실이 아닌 다른 어떤 것에 대한 보상도 아니었다. 업적, 인류애, 연구, 자선단체에 기부한 내역에 대해서는 어떤 칭찬도 주어지지 않았다. 아니, 이곳에서 떠받드는 건 거대한 신 같은 이윤뿐이었다.

어머니는 타운홀에 가는 것에 대해, 모두 어떤 옷을 입을 것이고 테이블 자리 배치는 어떨지 주절주절 늘어놓고 있었다. 아들이 거기 참석하려고 얼마나 빨리 집에 돌아올 건지 알고 싶어했다.

데이비드는 마음을 가라앉히고 왜 참석할 수 없는지 밝히는 정

어날 수 있음을 뜻하는 속담.

중한 편지를 썼다. 편지가 전화보다 더 현명한 방법이었다. 누구도 분노를 터뜨릴 위험이 없었다.

피오나는 안나비치호텔로 가서 더블린에 있는 친구 바버라에게 이메일을 보냈다.

소식 들어서 기뻤어. 정말로 기뻤어. 오, 여긴 아름다워, 바브. 우리가 이곳을 고른 게 나는 정말 기뻐. 그 사고는 참혹했지만, 사람들이 보여준 용기는 대단했어. 기운을 북돋아주려고 했고. 셰인은 일 때문에 며칠 아테네에 갔어. 조만간 돌아올 거야. 페리를 계속 지켜보고 있어. 병원 이야기 해줘서 고마워. 암소 같은 카멀이 수간호사라니.

우리 계획이 정해지면 다시 편지 쓸게.

사랑을 담아,

피오나

"당신 친구인 그 독일 여자분께 온 팩스가 있어요." 피오나가 안나비치호텔을 떠나려는데 안내 데스크의 남자가 말했다.

피오나는 이곳 사람들 모두가 그들이 누군지 어떻게 다 알아보는지 신기했다.

"제가 갖다줄게요." 그녀가 말했다.

이제 피오나는 아기아안나에 아주 많이 익숙해져서, 여기저기로 통하는 지름길도 알고 있었다. 그녀는 엘자 앞 테이블에 그 팩스를 내려놓았다.

"읽어보려고 했지만 독일어라서요." 피오나가 말했다.

"네."

"안 읽을 거예요? 번역해달라는 건 아니고요." 피오나가 말했다.

"뭐라고 써 있는지 알아요." 엘자가 말했다.

"초능력 같은 게 있나봐요." 피오나가 놀라서 말했다.

"마음을 가다듬고 내가 있어야 할 곳으로 돌아오라고, 일주일에 이틀은 같은 침대에서 자고 독립의 몸짓은 더이상 하지 말라고 하는 내용이에요."

"그게 아닐지도 모르잖아요." 피오나가 읽어보라고 부추겼다.

"좋아요. 영어로 통역해줄게요……" 엘자가 팩스 종이를 집어들었다. "어쨌거나 아주 짧네요."

사랑하는 엘자,

결정은 당신에게 달렸어. 당신이 돌아오면, 모두가 알 수 있게 공개적으로 같은 아파트로 이사하자. 결혼도 하자. 그게 당신이 원하는 거라면. 내가 그 아이에게 편지를 쓰고 선물을 보내야 당신 기분이 좋아진다면, 그렇게 할게. 우리는 서로 함께할 운명이야, 그건 당신도 알고 나도 알아. 이런 게임이 다 무슨 소용이야? 그러겠다고, 시간 끌지 말고 빨리 팩스 보내줘.

세상이 끝나는 날까지 사랑해.

디터

시카고에 사는 아도니는 그리스 소인이 찍힌 편지를 받았다. 그를 고용한 친절한 이탈리아인 가족이 그에게 그리스에서 오는 연락이 전혀 없는 것을 이상하게 생각했었는지 모르지만, 그들은 아무 말도 하지 않았다. 그는 남자 화장실로 그 편지를 가져가, 앉아서 아버지의 거미 같은 글씨체를 읽었다.

"아도니 무," 그렇게 시작된 편지는 그 배가 손쓸 겨를도 없이, 마을 전체가 지켜보는 가운데 불타버린 이야기를 간단히 전하고 있었다.

"지금까지 일어난 모든 일이 거기에 비하면 아무것도 아닌 게 돼버렸어." 아버지는 그렇게 적었다.

타베르나를 놓고 다퉜던 건 생사의 문제에 비하면 너무 보잘것없구나. 아들아, 내가 죽기 전에 네가 아기아안나로 돌아온다면, 그래서 우리가 만난다면 난 정말로 기쁠 거야. 네가 여기 있었을 때처럼 언성을 높이는 일은 없을 거라고 약속하마. 잠시 왔다 간다 해도 네 방은 늘 그대로일 거야. 물론 누구를 데려오고 싶으면 그래도 괜찮아. 누군가 데려오고 싶은 사람이 있으면 좋겠구나.

아도니는 크고 파란 손수건을 꺼내 눈물을 닦았다. 그리고 데려갈 사람이 아무도 없어서 또 한번 울었다.

아테네에 셰인의 보석 보증인이 되어줄 사람이 없어서, 그는 첫 심리 이후 다시 구치소로 보내졌다.

"나는 전화할 권리가 있어요!" 그가 외쳤다. "당신네 나라도 유럽연합에 속해 있고, 우리가 당신들을 유럽연합에 끼워준 이유 중 하나도 이런 거잖아요. 그러니 인권에 주의를 좀 기울여야 할걸요."

그들은 그에게 말없이 전화기를 건넸다.

셰인은 아기아안나의 경찰서로 전화를 걸었다. 그 영감탱이 이름이 기억나면 좋을 텐데. 젠장.

"피오나 라이언에게 연락을 하고 싶은데요." 셰인이 말했다.

"무슨 말씀이시죠?" 요르기스가 말했다.

"지금 여기 경찰서, 감옥인가, 아무튼 아테네의 지옥 구멍 같은 곳에서 전화를 걸고 있는데 말이죠." 셰인이 말했다.

"전에도 말했지만 피오나는 여기 없어요." 요르기스가 천연덕스럽게 거짓말을 했다.

"틀림없이 거기 있을 거예요. 내 아이를 낳을 예정이니까, 보석금을 가져와야 할 거예요……" 그의 목소리는 겁먹은 듯 들렸다.

"다시 말하는데, 도움을 줄 수 없어 유감입니다." 요르기스가 말하고 전화를 끊었다.

셰인이 한 통 더 하게 해달라고 부탁했다. 그가 하도 안절부절못하니 경찰들은 어쩔 수 없다는 듯 어깨를 으쓱했다.

"아일랜드로 하는 전화라면 너무 길게는 안 돼요." 그들이 주의를 주었다.

"바바라! 당신을 찾는 데 시간이 빌어먹게 오래 걸리네요, 셰인이에요."

"병동에 있었어요, 셰인. 그런 걸 일이라고 부르죠." 바바라가 말했다.

"아주 웃긴데요. 그건 그렇고 피오나가 더블린으로 돌아갔나요?"

"뭐예요? 둘이 헤어졌어요?" 바바라는 목소리에서 기쁨이 묻어나오는 걸 감출 수가 없었다.

"아니에요, 그런 어처구니없는 말은 하지 마요. 내가 아테네에 갈 일이 좀 있었어요……"

"일하러요?" 바버라가 감정을 싣지 않은 목소리로 떠보았다.

"그렇다고 볼 수 있죠. 아기아안나의 덜떨어진 인간들은 피오나가 거길 떠났다고 하는군요. 그래서 연락이 좀 끊겼어요."

"어떡해요, 셰인, 어쩌죠."

"그런 마음이 아닌 것 같은데요, 오히려 기분이 째지게 좋은 것 같은데."

"어떻게 도와주면 돼요, 셰인? 정확히 어떻게요?" 바버라가 물었다.

"피오나보고 나한테 연락 좀 하라고 전해줘요. 여기…… 아니, 그럴 거 없어요, 내가 찾을 테니까."

"정말로요, 셰인? 도움이 되고 싶은데." 바버라는 날아갈 것 같은 기분이었다. 친구 피오나가 그 끔찍이 싫은 셰인과 사귀기 시작한 뒤로 이보다 더 좋은 소식은 듣지 못했다.

토머스는 보니를 쳐다보았다. 그녀가 조용히 자신의 이야기를 들려주고 있었다. 이제 그녀는 그 어마어마한 빚을 갚았다고 말했다. 그녀에게 얼마나 더 많은 비밀이 있는 걸까?

"슈퍼마켓에 빚을 갚았다고요?" 토머스가 물었다.

"시간은 좀 걸렸지만요. 거의 삼십 년 걸렸어요." 그녀가 그렇다고 했다. "한푼도 빼지 않고 다 줬어요. 해마다 백 파운드를 갚는 걸로 시작했고요."

"고맙다는 말은 하던가요? 용서해주던가요?"

"아니요, 그런 말은 내비치지도 않았어요."

"하지만 어머니의 사촌이었다는 그 사람이 돈을 다 돌려받았다고 말해주지 않았나요?"

"그렇다고 해도 그걸로 뭐가 달라지진 않아요. 아무렴요."

"그러면 가족과는 연락하고 지내나요?"

"크리스마스마다 차갑게 몇 마디 써서 보내세요. 크리스천의 자비심으로 그러는 거죠. 자신들이 너그럽고 용서할 줄 아는 사람이라는 걸 스스로에게 증명해 보이려고요. 한동안 그렇게 계속됐어요. 나는 길게 편지를 쓰고 어린 스타브로스의 사진들을 보냈어요. 하지만 좀 일방적이었죠. 그러다 상황이 달라졌던 거고요."

"달라졌어요? 부모님이 마음을 돌렸나요?"

"아니요, 내가 달라졌어요. 내가 미쳤었어요."

"설마요, 보니, 당신이 미쳐요? 그런 모습은 상상할 수 없어요."

그녀는 고단해 보였다. "참 오랜만에 내 이야기를 하네요, 좀 피곤해요."

"그러면 거기 당신 방에 가서 좀 누우세요." 그가 다정하게 말했다.

"아니요, 토머스. 닭들에게 먹이를 줘야 해요."

"제가 대신할게요."

"고마워요, 하지만 괜찮아요. 그리고 토머스, 다른 사람들에게 내가 한 이야기를 해도 돼요. 내 이야기를 해달라고 이곳 사람들을 성가시게 하는 건 원치 않으니까요."

토머스는 당황한 것 같았다. "그들이 알 것까진 없어요. 우리 중 누구도 당신과 관련된 사실을 뭐든 알아야 할 필요가 있는 건 아니니까요."

"나머지는 또 언제 이야기해줄게요…… 뭐, 새로운 독자라면 여기서 시작하라……" 그녀는 멋지고 전염성 강한 미소를 지닌 사람이었다.

어느 순간 그도 그녀에게 미소를 지어 보이고 있었다.

그녀는 그날 밤 아파트에 돌아오지 않았다.

토머스가 나중에 창밖을 내다보니 그녀의 손에 들린 횃불이 계사 안을 돌아다니고 있었다.

토머스는 다음날 항구에서 그들에게 그 이야기를 해주었다. 그들은 정오쯤에 푸른색 체크무늬 테이블보가 깔려 있는 카페에 가는 것이 습관이 되었다.

데이비드는 가장 최근에 운전 교습을 한 이야기를 들려주었다. 그들이 차를 세우고 마리아의 이웃 몇 명을 태워주었다. 그들이 하는 말을 잘 알아들을 수 없었지만, 잘한다고 외치는 소리 같았다고 했다.

엘자와 피오나는 고국에서 받은 소식에 대해서는 아예 이야기를 꺼내지 않았고, 아침에 한 노인이 나무의자에 페인트칠하는 것을 도운 이야기를 들려주었다. 노인은 전부 하얗게 칠하려고 했지만, 엘자가 하나는 파란색 하나는 노란색으로 칠하자고 제안했다. 그는 마음에 들어했다. 적어도 그들은 그가 마음에 들어했다고 생각했다.

그리고 토머스가 보니의 이야기를 해주었다.

"여러분에게 말해주라고 하더군요, 여러분 세 사람 중 누구 하나에게 그 이야기를 이어서 할 것처럼요."

그들은 은행이 파업한 나라를 어떤 의미로 받아들여야 하는지 잘 알 수가 없었다.

"아버지가 그 이야기를 하셨던 게 기억나요. 은행 없이도 나라가 완벽히 잘 굴러갔다고 말씀하셨어요. 보니처럼 돈을 가지고 도망쳐 문제를 일으킨 사람도 몇 있었지만 많진 않았어요." 피오나가 말했다.

"보니가 다음 이야기를 누구한테 해줄지 궁금하네요." 엘자가 말했다.

그 누구는 데이비드가 되었다. 그날 오후였다.

토머스와 엘자는 해변으로 산책하러 갔고, 피오나는 요르기스에게 아테네에서 온 소식이 있는지 물어보러 갔다. 데이비드가 그리스어 회화 책을 들고 항구 방파제에 앉아 있는데, 보니가 옆에 와서 앉았다. 그녀가 정확한 발음을 알려주었다.

"곧 여기 토박이처럼 말할 것 같은데요." 보니가 그를 북돋아주었다.

"그럴 리가요. 하지만 저는 이곳이 좋아요. 이곳 사람들은 올바른 가치관을 가졌고, 돈을 버는 데 혈안이 되어 있지 않아요."

"캐보면 꽤 많은 사람들이 그렇다는 걸 알게 될 거예요." 보니가 말했다.

그는 보니에게, 고향에서 있을 아버지의 시상식에 오라는 초청장에 대해, 그것이 다 얼마나 웃기는 일인지에 대해 설명했다. 그러고는 늘 가지고 다니는 작은 악보 가방에서 초청장을 꺼냈다. 보니가 그것을 유심히 읽었다. 그는 어머니의 편지도 읽어보라고 건넸다. 놀랍게도 보니의 눈에 눈물이 그렁그렁 차올랐다.

"돌아갈 거죠? 당연히 그렇겠죠?" 보니가 말했다.

"아니요, 안 가요. 가서 여섯 달이 지나면 다른 문제가 되어 있을 걸요. 결코 달아날 수 없을 테고, 발목을 붙잡힐 거예요. 보니, 다른 사람은 몰라도 당신은 달아나는 게 얼마나 중요한지 아시겠지요. 한 번도 아일랜드로 돌아가지 않으셨잖아요, 안 그런가요?"

"안 갔죠, 하지만 가고 싶었어요. 돌아가서 가족을 만나고 싶었던 게 천 번은 됐을 거예요. 여동생 결혼식, 아버지 퇴임식, 어머니가 병원에 입원하셨을 때, 그 모든 순간에 가고 싶었고, 그보다 더 많이 가고 싶었어요. 하지만 나는 결코 환영받는 존재가 아니었고, 그래서 돌아갈 수 없었어요."

"환영받지 못할 거라는 걸 어떻게 아셨어요?" 데이비드가 물었다. "계속 연락하고 지내는 친구가 있었나요?"

"아니요, 내 친구들 모두 내게 화가 많이 났었어요. 친구들이 하고 싶어한 모든 걸 내가 했으니까요. 성인 남자와 섹스를 했고, 학교를 포기했고. 은행 파업 때 문제가 많은 수표를 현금으로 바꾼 뒤 그리스의 섬으로 도망을 갔죠. 아니요, 친구들은 내게 연락하지 않았어요. 하지만 이상하게도 지미 킨만은 계속 연락을 해왔어요. 죄의식을 느껴서 그랬던 거라고 생각해요. 그가 스타브로스를 해고하지 않았다면 아마 이런 일은 하나도 일어나지 않았을 테니까요. 그래서 그 사람이 유일하게 내 편지에 답장을 보내왔어요. 그에게 스타브로스를 해고해줘서 기뻤다고 말했는데 아마도 그 말에 기분이 좀 나아졌을 거예요. 어쨌거나 그가 거기서 일어나는 일을 모두 알려줘서, 나는 아데이빈의 중요한 소식을 들을 수 있었어요. 많이는 아니고 일부만요."

"그럼 그가 계속 편지를 보내왔어요?"

"네, 하지만 뭐, 나는 그때 미쳐 있어서 그 때문에 모든 게 달라져 있었어요." 보니는 정신이 나갔었다고 말하는 게 아니라 버스를 타고 어디론가 갔었다고 말하는 것처럼 아무렇지 않게 말했다.

"정말로 미쳐 있었던 건 아니죠?" 데이비드가 물었다.

"아니, 그랬을 거예요. 마그다 때문이었어요. 그녀의 남편이 아주 몹쓸 사람이었는데, 아무것도 아닌 일로 폭력을 일삼고, 늘 마그다가 바람을 피운다고 상상했죠. 하지만 진실은 그녀가 집을 단정하게 가꾸고, 남편이 먹을 걸 요리하고, 머리를 숙인 채 열심히 자수를 놓았다는 거였어요. 어쨌거나 우리는 그것이 진실이었다고 생각했어요. 그리고 아마 그랬을 거예요. 스타브로스가 잘해주기 전까지는 자수를 놓다가 고개를 드는 일도 없었을 거예요. 지금은 누가 뭘 알까 싶지만요."

"그럼 당신은 처음에는 마그다를 좋아했어요?"

"오, 네, 정말 좋아했죠. 마그다는 사랑스럽고 다정하고 미소가 아름다운 여자였어요. 그녀는 힘든 삶을 살았어요. 자식은 없고 남편은 믿을 만하지 않았으니까요. 가끔 몸에 멍이 들어 있거나 베인 상처가 있었는데 그녀는 동작이 어설펐다거나 피곤해서 넘어진 거라고 말했어요. 스타브로스는 다른 남자들처럼 카페에서 그녀의 남편과 타블리 게임을 했어요. 그는 정말로 그 집에서 일어나는 일에 대해 듣고 싶어하지 않았어요. '그건 그들의 삶이야, 보니. 그들의 결혼생활이고. 우리가 개입해서는 안 돼……' 내가 일을 많이 하고 어린 스타브로스를 돌보느라 너무 바쁘게 지내다보니 그랬던 것 같은데…… 음, 나는 그 말을 믿었어요. 내가 테이블보를 가지러 갔던 그날까지는요. 거기 마그다가 앉아 있었는데 하얀 천에 핏방울이 뚝뚝 떨어지고 있더라고요. 나는 지금 여기 의사인 레로스의 부친 레로스 선생님을 데리러 급하게 달려갔어요. 선생님이 마그다의 상처를 꿰매더니 계속 이런 식이어서는 안 된다고 말하더군요. 뭔가 조치를 취하려면 힘센 남자, 스타브로스 같은 남자가 필요하다고요. 그래서 스타브로스에게 그 말을 전했어요. 이번에는 그도 내 말을 귀기울여 듣고는 친구 둘을 데리고 갔어요. 무슨 일이 있었는지 잘은 모르지만, 아마 마그다의 남편을 바닥에 때려눕히고 한동안 그렇게 붙잡고서 또 한번 이런 일이 일어나면 어떻게 되는지 보여주겠다고 으름장을 놓았겠죠."

"그 남자가 그 말을 심각하게 받아들였나요?"

"아주 심각하게요, 그렇게 보였어요. 그리고 마그다는 본인 표현을 빌리면 어설픈 동작을 더는 하지 않게 됐고 처음으로 고개를 똑바로 들고 사람들의 눈을 쳐다봤어요. 사람들이 그녀가 아주 아름답다는 걸 깨달은 게 그때였어요. 그때까지 우리는 그저 머릿결이 아름답다고만 생각했거든요." 보니가 작고 슬픈 목소리로 말했다.

"스타브로스가…… 음…… 마그다를 마음에 두고 있다는 걸 눈치채셨어요?" 데이비드가 다정하게 물었다.

"아니, 전혀요. 내가 가장 늦게 알았어요. 아기아안나에서 가장 늦게 알았죠. 일이 종종 그런 식으로 흘러간다는 말을 들었지만, 나는 믿지 않았어요. 그런 일이 생긴다면 아내가 지독히 둔한 사람일 거라고 생각했죠. 어쨌거나 마침내 그 일이 일어났어요."

"어떻게요?"

"음, 좋은 방법으로는 아니었어요. 어린 스타브로스가 주유소에 있었어요. 그때 나이가 네 살이었고, 곧 다섯 살이 되려고 할 때였어요. 아이가 마그다는 왜 늘 피곤해하는지 묻더군요. 내가 그렇지 않을 거라고 대답하니, 어린 스타브로스가 피곤한 게 분명하다고, 우리집에 오면 늘 침대로 간다고, 아빠도 가서 같이 앉아 있어야 한다고 말했어요. 그때 일이 오늘 아침 일처럼 떠오르네요. 나는 머리가 어질어질하고 기절할 것 같았어요. 마그다와 스타브로스가? 우리집에서? 내 침대에서? 뭔가 오해가 있겠지. 잘못 본 게 틀림없어."

"그래서 어떻게 하셨어요?"

"다음날 주유기를 잠그고 일찍 집으로 갔어요. 어린 스타브로스가 정원에서 놀고 있었어요. 우리집은 마리아의 집 뒤였어요. 나는 아이 손을 잡고 이웃집으로 가서, 아이를 맡기고 다시 돌아왔어요. 문을 아주 조용히 열고 안으로 들어갔어요. 아주 조용한 가운데 그들의 웃음소리가 들려왔어요. 그가 그녀를 작고 복슬복슬한 토끼라고 부르고 있었는데, 우리가 사랑을 나눌 때 나를 부르던 말이었어요. 나는 문을 열고 서서 그들을 쳐다보았어요. 길고 곱슬곱슬한 머리카락에 올리브색 피부, 마그다는 아름다웠어요. 거울 속에 내 모습이 비쳐 보였죠. 이러는 건 좋지 않아, 이렇게 해서는 안 돼, 그런 생각이 들었어요."

그들 사이에 침묵이 흘렀다. 이윽고 보니가 다시 말했다.

"그리고 생각했어요. 내가 왜 집으로 와서 그들을 방해했을까? 이제 모든 게 다 밝혀졌어. 내가 오지 않았다면 우리는 영원히 이렇게 지냈겠지. 모든 게 괜찮은 척하면서. 우리 모두 그런 척하면서. 하지만 마그다를 보면서, 그녀가 얼마나 아름다운지 보면서 나는 내가 졌다는 사실을 깨달았어요. 당연히 그는 내가 아니라 그녀를 원할 거고요. 그래서 나는 아무 말 하지 않고, 아주 길게 느껴졌던 그 시간 동안 이쪽저쪽을 번갈아 쳐다봤어요. 이윽고 스타브로스가 말했어요. '제발 소란은 피우지 마, 보니. 아이가 당황해.' 그가 가장 먼저 생각한 게 그거였어요. 어린 스타브로스를 놀라게 하지 않는 것! 나를 당황하게 만든 건 어쩌고! 나는 그와 같이 살려고 내 가족과 내 고국을 떠났는데. 그에게 주유소를 사주려고 돈을 훔치고, 그걸 성공시키겠다고 매일 새벽부터 황혼까지 일하는 이 보니를 당황하게 만든 것에 대한 걱정은 하나도 없었어요…… 갑자기 세상이 기우뚱하는 것 같았어요. 벽에 걸린 그림이 비뚤어진 것처럼요. 이제 제대로인 건 아무것도 없었어요……"

데이비드는 전율에 휩싸여 그녀의 강렬한 이야기를 들었다.

"나는 그 자리를 떠났어요. 우리 침실 밖으로, 우리집 밖으로 나왔죠. 어린 스타브로스가 다른 아이들과 놀고 있는 곳을 지나갔어요. 그리고 마을 꼭대기로 걸어올라가 작은 술집에 들어갔어요. 대개 노인들만 앉아서 술을 마시는 곳이었죠. 라키를 주문했어요. 알다시피 아주 독한 증류주예요. 내 고향에서 마시는 파틴 같은 술요. 마그다의 둥글고 아름다운 어깨가 스타브로스의 가슴에 포근히 안겨 있던 모습을 잊을 수 있을 때까지 술을 마셨어요. 바닥에 쓰러질 때까지 마셨어요.

사람들이 나를 집에 데려다줬다는데, 하나도 기억나지 않아요. 다음날 일어나보니 우리 침대였어요. 스타브로스의 흔적은 어디에도 없었어요. 침대에 누워 있던 그 여자가 떠올랐고, 일어나니 속이 메슥거렸어요. 어린 스타브로스도 온데간데없었어요. 일을 하러 갔지만, 휘발유와 자동차 배기가스 때문에 속이 또 몹시 메슥거렸어요. 나는 전날 갔던 술집에 가서 내 행동을 사과하고 얼마를 내야 하는지 물었어요. 그들 모두 고개를 가로저으며, 아마 집에서 만들었을 그 지독한 술을 마시고 정신을 가누지 못한 것에 대해 돈을 받지 않겠다고 하더군요. 나는 불안한 마음으로 그들이 나를 집에 데려다줬을 때 집안 꼴이 어땠는지 물어봤어요.

마그다가 내 아이, 내 아이를 이발사인 그애 할아버지에게 이미 데려간 뒤였대요. 스타브로스는 그들에게 침실을 가리키고 떠났고요. 그들은 더이상 나를 도와줄 수 없었죠. 충격을 극복하기 위해 이번에는 브랜디를 마셨어요. 좋은 메탁사 브랜디를 마신 뒤, 기다시피 해서 주유소로 돌아갔지만 누구와도 이야기를 할 수가 없어서 집으로 갔어요. 집으로요! 하! 집에는 아무도 없었어요. 나흘 밤낮 술을 마신 뒤 그들이 내게서 아이를 뺏어간 것을 깨달았어요. 나는 꿈결에서인 듯 마그다의 남편이 어선을 타고 다른 섬으로 갔다는 이야기를 들었어요. 그다음에 기억나는 건 칼라트리아다 로드에 있는 병원에서 눈을 뜬 거예요. 스타브로스의 첫사랑이었던 크리스티나가 나를 찾아왔어요. '마음이 평온한 척하고 상태가 더 좋아진 것처럼 행동하면 당신을 내보내줄 거예요.' 그녀가 말했어요. 그래서 그렇게 했어요. 그런 척한 거죠."

"그러니까 되던가요?" 데이비드가 말했다.

"얼마간은요. 스타브로스는 나와 이야기를 하려 하지 않았어요. 내 아들을 어떻게 했는지도 말하지 않았어요. 그리고 난 내가 또 목소리를 높이면 다시 병원에 보내질 거라는 걸, 그들이 나를 가두고 철통같이 문을 잠가버릴 거라는 걸 알고 있었고요."

"그러면 스타브로스는요?"

"길 건너로 옮겨가서 마그다와 같이 살고 있었어요. 모두 나를 지켜보고 있다는 걸 아니까 마을 꼭대기 술집에서 술을 마실 수 없었어요. 여기서 한 병, 저기서 한 병 사 모아서 정신을 놓을 때까지 마셨어요. 사람들이 나를 집에 데려다놓은 그날을 제외하면 두 번 다시 침대에서 자지 않고 늘 소파에서 잤어요. 그 생활을 얼마나 오래했는지는 모르겠네요.

그러던 어느 날 크리스티나가 와서 내가 정신을 차릴 수 있도록 도와줬어요. 그래서 훨씬 깨끗하고 단정하고 비교적 술에 취하지 않은 상태로 스타브로스를 만나러 갔어요. 그는 나에게 가달라고, 자신을 떠나달라고 정중하게 부탁하더군요. 나는 그 집에서 계속 지낼 수 있었어요. 그는 주유기는 물론이고 주유소의 자물쇠를 모조리 바꿔버렸고, 은행계좌와 수표책에서 내 이름을 빼버렸어요. 우리 아들에 대해선 아테네에서 고모와 함께 살고 있다고, 내가 다시는 아이를 보지 못할 거라고 했어요. 그는 정신적으로 문제가 있는 사람에게 이야기하고 있다는 듯이, 곧 주유소, 그의 주유소를 팔 예정이라고 했어요. 그러고 나면 마그다와 같이 어린 스타브로스를 찾아와서, 새로운 어딘가에 정착해 다시 새로운 삶을 꾸릴 거라고 하더군요.

그 순간 나는 내가 정확히 앞으로 어떻게 될지 불현듯 깨달았어요. 내가 이곳에 아들도, 사랑하는 사람도, 내 주유소도 없이 홀로 남겨지게 된다는 걸요. 이천 파운드 빚이 남은 채로, 집으로 돌아갈 수도 없이…… 일 년에 백 파운드씩 다섯 번을 갚은 상태였어요. 하루에 아홉 시간씩 일해도 빚을 갚는 건 아주 힘들었는데, 이제 와서 그 돈을 어디서 구하겠어요?"

"하지만 스타브로스가 그 빚에 대해 당연히 알고 있었겠죠? 그가 틀림없이 당신을 돕겠다고 말했겠죠?" 데이비드는 충격을 받았다.

"아니요, 그는 그 사실을 전혀 몰랐어요. 내가 말한 적이 없었으니까요. 그는 그게 내 돈이라고, 내가 상속받은 돈이나 저축한 돈이라고 생각했어요." 보니가 말했다.

그 말을 끝으로 그녀는 떠났고, 데이비드는 항구 벽에 앉은 채 그리스어 회화 책은 펴보지도 않고서 방금 들은 이야기에 대해 생각했다.

"내가 이해되지 않는 부분이 뭔지 알아요?" 바로 그날 그들이 보니의 이야기를 직소퍼즐처럼 맞춰나갈 때 피오나가 말했다.

"보니가 변호사를 쓰지 않은 이유요?" 토머스가 자신의 생각을 말했다.

"그렇게 할 만한 입장이 아니었던 거죠. 알고 보면 그 돈은 훔친 거였고, 스타브로스가 보니에게 집을 줬고, 그녀는 외국인 이 나라 지역사회의 관습과 방식을 잘 몰랐어요." 엘자가 말했다.

"아니, 잠깐요. 나는 안드레아스가 말해준 부분이 이해되지 않아요. 어린 스타브로스가 언덕 위 타베르나로 올라와 자신의 아들과 함께 나무를 타고 놀았다고 했어요. 네 살 때 그랬을 리 없어요."

"스타브로스와 마그다가 더 오래, 어쩌면 상당히 오래 이곳에서 살았을 수도 있겠네요." 데이비드가 자기 생각을 말했다. "자기 아이가 바로 길 건너에 산다는 게 보니에게는 더욱 견디기 힘들었을 거고요."

"음, 그녀가 우리 중 하나에게 말해줄 거예요, 그렇게 하겠다고 약속했으니까요." 토머스가 말했다.

"더 말해달라고 조르고 싶지 않았어요." 데이비드가 사과했다.

"당신은 좋은 대화 상대예요, 데이비드. 보니가 다시 당신을 고른다 해도 나는 전혀 놀라지 않을 거예요." 엘자가 그 특유의 멋진 미소를 지으며 말했다.

보니는 데이비드가 예상했던 것보다 더 빨리, 데이비드에게 다시 이야기를 꺼냈다.

"부탁 하나 들어줄 수 있어요?"

"그럼요." 데이비드가 말했다.

"재활치료 시간에 쓸 도자기 점토와 주형틀을 병원에 배달해야 하는데, 같이 갈래요? 알다시피 거기 혼자 가기는 좀 그래서. 이전에 그랬던 것처럼 그들이 나를 방에 넣고 가둬버릴 거라는 생각이 떠나지 않아요."

"하지만 거기 그렇게 오래 있지는 않으셨잖아요?" 데이비드가 말했다. "크리스티나가 괜찮은 척하라고 했고, 그 말대로 해서 나오지 않으셨어요?"

"오, 그랬죠. 맨 처음에는 그랬어요. 하지만 다시 돌아갔고, 거기 몇 년 더 있었어요." 보니가 아무렇지 않은 듯 말했다. "이제 같이 가서 마리아의 밴을 타고 출발할까요?"

"그래요, 그렇게 해요." 데이비드가 미소를 지었다.
"내 억양을 흉내내는 건가요? 젊은 양반?"
"당신을 흉내낸다고요, 보니? 어떻게 제가요!" 그가 말했다.
"정원에 멋진 곳이 있는데, 보여줄게요." 물건을 넘겨준 뒤 보니가 말했다. 그리고 그들은 아기아안나를 에워싼 많은 언덕들 중 한 곳에 앉아 아래를 내려다보았다. 보니는 중단한 적 없었던 것처럼 이야기를 다시 시작했다.
이번에는 그 이야기에 가슴 아픈 부분들이 채워넣어졌다.
"모든 것을 잃었다는 사실을 알고 나자, 괜찮은 척하는 게 아무 소용 없다는 것을 깨달았어요. 나는 집에 있는 물건들을 내다팔았어요. 내가 늘 그의 집이라고 생각한 그 집에서요. 그리고 술을 샀어요. 그래서 요요가 움직이는 것처럼 이곳을 들락거리게 된 거예요. 스타브로스가 모두에게 내가 엄마로서 부적격이라고 말하고 다녔어요. 당시에는 법원도, 법도, 사회복지사도 없었어요…… 있었다 해도 내가 그런 걸 알 만큼 술에 취하지 않거나 정신이 건강한 상태가 아니었고요. 나는 일주일에 한 번, 토요일에 세 시간씩 어린 스타브로스를 만났어요. 늘 누군가와 함께 만났는데, 남편이나 마그다는 아니었어요. 가끔은 스타브로스의 아버지가, 아니면 그의 누이나 안드레아스가 있었어요. 그들이 그는 믿었으니까요."
"모두가 안드레아스는 믿을 거예요. 당신도 그랬나요?"
"물론이죠. 하지만 그렇게 아이를 만나러 간 게 성공적이진 않았어요. 내가 울었으니까요, 잃어버린 모든 것에 대해 울었어요. 결코 잃어서는 안 되는 그 모든 것에 대해. 그리고 어린 스타브로스를 붙들고 내가 그애를 얼마나 사랑하고 얼마나 필요로 하는지 말했어요. 아이가 나를 무서워했죠."

"설마, 설마요." 데이비드가 중얼거렸다.

"정말로 그랬어요, 만나는 걸 싫어했어요. 아이가 나하고 힘든 시간을 보내고 나면, 안드레아스가 그애를 차에 태우고 언덕 위 자기 집으로 데려갔어요. 그리고 아이의 기분을 풀어주려고 나무에 매단 그네에 태워줬죠. 그러면 나는 그 사실을 이겨내기 위해 오줌보가 터지도록 술을 마셨고요. 그렇게 한 해가 가고 또 갔어요. 정말로 오랜 시간이 지났다는 뜻이에요. 그들이 그애를 데리고 멀리 떠났을 때 그애가 열두 살이었으니까요."

"그들이라니요?"

"스타브로스와 마그다요. 내가 여기 병원에서 지낼 때였는데, 신기하게도 그들이 떠나고 나니 내게도 아직 살아갈 인생이 있다는 생각이 들었어요. 그해에 이곳에서 한 남자가 자살을 했고, 그 일로 우리 모두 충격에 빠졌어요. 특히 술꾼들요. 그 남자의 문제가 그것이기도 했거든요.

그래서 술을 끊었어요. 간단한 이야기 같죠. 전혀 간단하지 않았지만, 끊었어요. 하지만 너무 늦은 시점이었죠.

십대가 된 아들은 이미 떠난 뒤였고요. 아이가 어디 있는지 알아내려고 했지만 헛수고였어요. 아이의 할아버지인 이발사도 결국엔 내게 잘해줬어요. 하지만 아이에 대해선 말해주지 않았죠. 나는 청소년이 되었을 스타브로스에게 편지를 썼어요. 매년 생일마다 할아버지를 통해 보냈어요. 나중에는 고모들을 통해 전달했고요. 그애가 서른네 살이 된 올해도요."

"답장은 계속 없었어요?" 데이비드가 물었다.

"없었어요, 단 한 번도."

"안드레아스는 모르나요? 그는 아주 다정한 분이니 당신에게 직접 말해주거나 아들에게 지금 당신이 어떤지 알려줄 수 있을 텐데요."

"아니요, 안드레아스는 몰라요."

"그분 역시 이해하실 거예요. 자신의 이기적인 아들이 시카고에서 돌아오지 않고 있으니까요. 안드레아스는 그 기분이 어떤 건지 알 거예요."

"데이비드, 잘 들어요."

"네?"

"모든 일에는 두 가지 측면이 있어요. 스타브로스가 한창 자랄 때 나는 문제 많은 엄마였어요. 그런데 이제 내가 부드러워지고 편안해진 걸 그애가 어떻게 알겠어요? 혹시라도 그애가 연락해오면 그건 그저 나를 불쌍하게 생각해서일 거예요."

"누가 아들에게 말해줄지도 모르죠." 데이비드가 말했다.

보니는 그 가능성을 지웠다. "저기, 데이비드. 아도니가 어릴 때 안드레아스는 타베르나를 경영하는 것에 대해선 모르는 게 없었어요. 지금 아버지가 외로워하고 슬퍼하고 있다는 걸, 아들이 집으로 돌아오길 바란다는 걸 아도니가 어떻게 알겠어요?"

"내가 말한 대로, 보니, 누가 말해줄 수 있잖아요. 예컨대 당신 같은 사람이라면요?"

"그런 말도 안 되는 소리는 하지도 마요, 데이비드. 아도니가 왜 자기 아버지만큼이나 나이 많은 미친 할망구 말을 듣겠어요? 그럴 만한 가치가 있다는 걸 스스로 알아내야 해요."

"음, 아주 바보 같군요. 그 청년들 말이에요. 시카고에 사는 아도니나, 어디 사는지 모르는 스타브로스나. 그들이 이런 상황을 알아채지 못하고 두 분에게 돌아오지 않는 이유는 제가 이해할 수 있는 범위 밖이에요." 데이비드가 말했다.

"아마 잉글랜드에는 당신에 대해 같은 생각을 하는 사람들이 많을 거예요." 보니가 말했다.

"그건 완전히 다른 문제예요."

"그 편지 지금도 가지고 있나요?"

"네, 하지만 그건 아무 의미가 없어요." 그가 말했다.

"데이비드, 어리석군요. 당신을 아주 많이 좋아하지만, 당신도 그런 바보예요. 어머니가 보낸 편지에서 어머니는 당신에게 돌아오라고 애원하고 있어요."

"어디 그런 말이 적혀 있어요?"

"모든 문장에요. 아버지가 아프신 것 같아요. 살날이 얼마 남지 않았을지도 모르고요."

"보니!"

"진심으로 하는 말이에요, 데이비드." 보니는 그렇게 말한 뒤 제정신이 아니었을 때 이곳에서 숱하게 그랬던 것처럼 바다를 바라보았다.

13

엘자는 디터에게 답장을 하지 않았다. 여전히 더 생각할 시간이 필요했다.

디터가 진심이었다는 데는 의심의 여지가 없었다. 그가 그녀와 결혼하겠다고 말했다면 그럴 준비가 되어 있다는 뜻일 것이다. 혼자 지낸 시간이 그토록 길었으니 그에게 쉽지 않은 결정이었을 것이다. 그는 친구들로부터 많은 질책을 받을 것이다. 자신의 아이를 버렸다는 것을 인정하는 데서 오는 죄의식이 싫을 것이다. 하지만 그가 어린 게르다의 생명을 만들었다면, 그는 그 사실을 인정해야 했다. 엘자를 위해서라도 그렇게 할 준비가 되어 있다, 그가 이야기한 것은 그만큼이었다.

지금까지 그는 그들의 삶이 함께 순조롭게 흘러갈 수 있다고, 그 상황에서 달라져야 하는 부분은 전혀 없다고 진심으로 믿고 있었다. 하지만 선택의 기로에서 그는 결정을 내렸다. 언제 돌아갈지 말하는 것은 엘자의 마음에 달린 문제였고, 그는 그곳에서 그녀를 기다리고 있을 것이다.

그러면 그녀를 가지 못하게 붙잡는 것은 무엇일까?

엘자는 시내에서 나와 구불구불한 길을 혼자 걸어올라갔다. 전에는 가본 적 없던 길인데, 곧 떠난다고 생각하니 마음속에 모든 장소를 새겨놓고 싶었다.

이 길에는 세련된 레스토랑도 없고 전통적인 타베르나나 공예품 가게도 없었다. 동네는 작고 가난했는데, 이따금 바깥에 나와 있는 염소 한두 마리가 보이고, 아이들이 닭과 병아리들 사이에서 놀고 있었다.

엘자는 멈춰 서서 아이들을 바라보았다.

그녀와 디터는 아이를 낳을까? 웃음을 제외하면, 짙은 색 눈동자의 이 그리스 아이들과 모든 면에서 다른 귀여운 금발의 아들과 딸을 낳을 것이다.

그렇게 되면 이 고통이 좀 줄어들까? 아이들에게, 그들과 같이 살지는 않지만 엄마가 다른 누이 게르다가 있다는 사실을 알리면서 키우게 될까?

그런 공상에 빠져 혼자 빙그레 웃고 있는데 뜻밖에도 보니가 어느 집에서 나왔다.

"맙소사, 보니, 어디에 가건 뵙네요!" 엘자가 소리쳤다.

"나도 여러분 모두에 대해 똑같은 말을 해야겠는데요! 내가 어디에 가든 누구 하나는 나타나니 말이에요." 보니가 생기 있게 말했다.

"이 길은 어디로 이어지나요? 여기저기 다녀보려고 이쪽 길로 들어왔어요."

"어디로도 이어지지 않아요. 똑같은 길이 더 있을 뿐이죠. 조금 더 가서 뭔가를 전달해야 하는데, 같이 걸어가요. 동행이 있어도 좋아요."

보니는 평소답지 않게 풀이 좀 죽어 보였다.

"무슨 일 있으세요?" 엘자가 물었다.

"내가 방금 들어갔다 나온 그 집요, 그 집 여자가 임신을 했어요. 아이 아버지는 마노스의 배를 탔다가 죽은 사람 중 하나고요. 그녀는 그 아이를 원치 않아요. 복잡한 상황이에요. 레로스 선생님은 낙태에 대한 말은 아예 듣지도 않으려고 할 거예요. 그래서 여기서 50킬로미터쯤 떨어진 마을에 산다는, 본인 표현을 빌리면 '그걸 해준다'는 여자를 찾아가겠대요. 하지만 그러다 죽을 수도 있어요. 틀림없이 패혈증에 걸릴 거예요. 딸일지 아들일지 모르지만, 그 아이를 낳아 사랑할 수 없는 이유를 난 잘 모르겠어요. 한 시간 동안 그 집에 있으면서 이야기를 해봤어요. 아기 돌보는 걸 우리가 도울 수 있다고 말해줬어요. 하지만 내 말을 들으려고 했을까요? 아니요."

"당신이 그런 입장에 처하는 건 흔치 않은 일일 것 같아요, 보니. 사람들이 당신 말을 듣지 않으려고 하는 거요." 엘자가 장난스럽게 말했다.

"왜 그런 말을 하죠?"

"음, 우리 모두 당신 말에 귀기울이고, 당신이 말하는 모든 것에 큰 주의를 기울여요. 정말로요. 데이비드의 아버지가 아플지도 모른다고 말씀해주신 것에 대해 우리는 그와 몇 시간 동안 이야기를 나눴어요."

"아플지 모르는 게 아니라, 정말로 아파요." 보니가 말했다. "그래서 데이비드가 어떤 결정을 내렸어요? 내 말이 탐탁지 않은 눈치던데, 그건 확실히 알겠더군요."

"음, 데이비드는 모든 게 덫이라고 생각해요. 그를 집에 돌아오게 만드는 방법이라고요. 돌아가면 다시 달아나는 게 더 어려워질 거라고요. 하지만 말씀하신 것 때문에 불안해하네요."

"그럴 의도는 없었어요." 보니가 말했다.

"아니요, 어느 면에서는 그러셨어요. 그의 마음을 흔들고, 그가 생각하게 만들고 싶으셨던 거예요. 그리고 성공하셨고요. 오늘 집에 전화를 하겠다고 하더군요."

"잘됐네요." 보니가 잘 생각했다는 뜻으로 고개를 끄덕였다. 그녀는 관리가 되지 않은 작은 건물 앞에 멈춰 섰다. "지금 이 집에 들어갈 거예요. 같이 가요. 니콜라스에게 마법의 약을 줄 거예요." 그녀가 양모로 만든 숄더백에서 점토로 된 작은 단지를 꺼냈다.

"마법의 약도 만드세요?" 엘자는 어안이 벙벙했다.

"아니요, 사실은 항생제 연고예요. 하지만 니콜라스는 의사들이나 현대의학은 믿지 않아서 레로스 선생님과 내가 잔꾀를 낸 거예요."

엘자는 보니가 노인의 소박한 집안을 돌아다니면서 이것저것 치우고 정돈하고 편안하게 그리스어로 말하는 것을 지켜보았다. 보니는 마법의 연고를 꺼내 진지하고 엄숙하게 노인의 다리 상처에 발라주었다.

그들이 떠날 때 노인이 두 사람에게 미소를 지어 보였다.

엘자와 보니는 동행이 되어 구불구불한 길을 계속 걸어갔다. 보니가 중요한 지형물을 가리켰고, 엘자에게 그들이 지나간 장소의 이름들과 각각 영어로 무슨 뜻인지를 알려주었다.

"이곳을 좋아하는군요, 그렇죠?" 엘자가 말했다.

"이곳에 오게 된 건 행운이었어요. 어쩌면 다른 곳에 가게 됐을 수도 있지만, 아기아안나는 내게 잘해줬어요. 여기 아닌 다른 곳에서는 살 수 없을 거예요."

"떠나면 아쉬울 것 같아요, 정말로 그럴 거예요." 엘자가 말했다.

"떠나는군요? 독일로 돌아가나요?" 보니의 목소리가 그리 즐겁게 들리지는 않았다.

"네, 그럼요, 이제 새로운 걸음을 디뎌야죠." 엘자가 말했다.

"되돌아간다, 자신이 달아난 곳으로 돌아간다는 말이 좀더 맞겠군요."

"그건 잘 모르고 하시는……" 엘자가 말하기 시작했다.

"당신이 해준 말 기억하고 있어요. 나쁜 상황에서 달아나기 위해 어떤 결심을 했는지, 그가 이곳에 와서 당신을 찾아내고 당신의 마음을 바꾸었다는 것도요."

"아니요, 그가 내 마음을 바꾼 게 아니에요. 내가 내 마음을 바꾼 거죠." 엘자는 기분이 상했다.

"오, 그런가요?"

"그럼요, 보니. 다른 사람은 몰라도 당신은 누군가를 사랑해서 그 사람과 함께 있기 위해 대륙을 가로지르는 게 어떤 건지 아실 텐데요. 누구보다 당신이 그랬잖아요. 그러니 분명 이해하시겠죠."

"내가 그렇게 했을 때 난 어렸어요, 학생이었다고요. 당신은 성숙하고 똑똑한 여인이고, 직장도 있고, 인생도 있고, 자신만만한 미래도 있어요. 그것과 이걸 비교할 수는 없어요."

"아니요, 정확히 같은 거예요. 당신은 스타브로스를 사랑해서 그와 함께 있기 위해 모든 것을 버렸어요. 저는 디터를 위해 똑같이 하는 거고요."

보니가 걸음을 멈추고 놀라서 엘자를 쳐다보았다.

"전혀 똑같지 않은데 당신은 그걸 생각하지 못하는군요. 당신이 뭘 포기하게 되나요? 아무것도. 당신은 모든 걸 되찾을 거예요. 직장도, 여전히 신뢰할 수 없는 남자도. 달아났던 그 모든 것으로 되돌아가면서 당신은 그게 승리라고……"

엘자는 화가 났다. "그건 사실이 아니에요. 디터는 나하고 결혼하고 싶어해요. 이제 우리 사이가 만천하에 공개될 거예요. 우리는 남편과 아내로서 같이 살게 될 거고, 더이상 숨기는 일도 없을 거예요. 조만간 우리는 부부가 될 거예요." 그녀가 눈빛을 번득였다.

"그러면 당신이 달아나려고 했던 이유는 무엇보다…… 그에게 프러포즈를 받아내려는 거였나요, 그래요? 그가 딸을 버리고 그걸 별것 아닌 걸로 여긴 것 때문에 당신이 죄의식을 느꼈다고 말했던 것 같은데요. 그에게 염증을 느낀 그 모든 이유가 이제는 사라졌나요?"

"우리에게 주어진 인생은 단 한 번이에요, 보니. 손을 내밀어서 우리가 원하는 걸 가져야 해요."

"누구의 것을 가지는지는 중요하지 않고요?"

"당신은 원하는 걸 가졌어요, 안 그래요?"

"스타브로스는 누구하고도 결혼을 약속한 사이가 아니었어요. 그는 자유의 몸이었어요."

"크리스티나는 어쩌고요?"

"나는 이곳에 도착할 때까지 크리스티나의 존재를 몰랐어요. 그는 이미 그녀와 헤어진 뒤였고, 아기는 죽었어요. 그러니 그건 다르죠."

"돈은 어쩌고요? 당신이 가져온 그 돈요. 숯이 검정 나무랄 수는 없죠!" 엘자의 눈빛이 이글거렸다.

"그건 그저 돈이었고, 다 갚았어요. 한푼도 빼놓지 않고!"

"그랬을 리 없어요, 보니. 혼자 상상한 거라고요. 당신은 한푼도 못 벌었어요. 그 병원을 들락거리기만 했어요. 어떻게 그 돈을 마련할 수 있었겠어요?"

"음, 어떻게 갚았는지 말해주죠. 경찰서 바닥을 청소했고, 안드레아스의 타베르나에서 채소를 썰었고, 델리카트슨에서 주방 청소를 했고, 학교에서 영어를 가르쳤어요. 내가 술을 끊자 사람들이 내게 자신들의 아이를 믿고 맡길 수 있다고 생각했던 거예요."

"그 모든 일을 했다고요? 바닥을 닦았어요?"

"내겐 당신이 가진 자격 같은 거 없어요, 엘자…… 당신이 가진 자신감이나 외모도 없고요. 그런 게 아니면 어떤 방법으로 돈을 모으겠어요?"

"결국 스타브로스를 극복하신 거로군요? 그런 거죠?"

"왜 묻는 건가요?"

"글쎄요. 혹시 제가 다른 결정을 내릴지도 모르니 그때를 대비해서 알고 싶어요."

"오, 아니에요, 엘자. 당신은 이미 결정을 내렸어요. 돌아가서 손을 내밀어 당신이 원하는 걸 가져요."

"왜 그렇게 모질고 파괴적이에요?" 엘자가 외쳤다.

"내가 모질고 파괴적이라고요? 내가? 오, 진정해요, 엘자, 맙소사. 자기 목소리에 귀를 기울여요. 내가 전에 당신이 자기 뜻대로 하는 데 익숙하다고 말했었죠. 그건 진심이에요. 예쁜 사람은 배려가 없고 이기적이에요. 마그다가 그랬고, 당신이 그래요. 아름다우면 한동안 너무 많은 힘을 갖게 돼서 치명적이에요. 한동안은 말이죠."

"마그다가 이제는 예쁘지 않아요? 말하고 싶은 게 그건가요?"

"내가 어떻게 알겠어요?"

"알 수도 있죠, 누가 말해줬을 수도 있고." 엘자가 어두운 얼굴로 말했다.

"음, 재미있게도, 누가 내게 말해줬어요. 사실 몇 명이 말해줬어요. 마그다가 더이상 예쁘지 않고, 스타브로스도 그녀에게서 아주 많이 멀어졌다고요. 그들의 사업장에서 일하는 젊은 여자가 있는데, 스타브로스가 그 여자를 자주 만난다고 하더군요." 그 생각을 하는 보니의 얼굴에 미소가 그려졌다.

"어떤 사람들이 그런 이야기를 해주나요? 원한이 있는 사람들이 그런 이야기를 옮기는 거겠죠?"

"어떤 사람들일까…… 아마 내가 모든 것을 잃고 나서 다시 존경받는 위치에 오르려고 아등바등 애쓴 것에 대해 조금이나마 보상받을 자격이 있다고 생각한 사람들이겠죠."

"존경 같은 거 신경 안 쓰시잖아요." 엘자가 비꼬듯 말했다.

"오, 신경써요. 우리 자신으로 살아가려면, 모든 것에서 의미를 찾아내려면 우리 모두 존경받을 필요가 있어요."

"당신은 자유로운 영혼이에요, 다른 사람들이 어떻게 생각하는지 신경쓰지 않아요." 엘자가 고집스럽게 말했다.

"나는 내가 나 자신을 어떻게 생각하는지에 신경을 써요. 그건 그렇고, 나는 스타브로스를 극복했어요. 이따금 그가 생각나긴 하지만요. 지금은 그 사람도 머리카락이 하얗게 셌겠지만, 우리가 보통 사람들처럼 대화를 나눌 수 있다면, 그가 트웬티피프스마치 스트리트를 걸어오는 모습을 보고 싶어요. 하지만 그런 일은 일어나지 않겠죠."

"알겠어요, 다시 제 상황으로 돌아가서요." 엘자는 사무적이었다. "내가 왜 디터에게 돌아가면 안 되죠? 우리가 논쟁하는 일이 없도록 차근차근 말씀해주세요. 부탁이에요."

"말해봤자예요, 엘자." 보니가 한숨을 지었다. "당신은 내 말에 아무런 주의도 기울이지 않을 거예요. 당신이 원하는 대로 할 거예요. 내가 한 말은 잊어요."

그리고 그들은 어색한 침묵 속에 걸음을 옮겼고, 마침내 시내에 도착했다.

"셜리?"

"응, 토머스?"

"앤디 있어?"

"정말로 앤디와 통화하고 싶은 건 아니지?"

"그래, 공을 던져주거나 아이를 데리고 나가서 훈련이나 연습을 또 시키는, 운동만 아는 앤디가 없는 자리에서 내 아들과 이야기를 나눌 수 있을지 알고 싶은 거지."

"싸우자는 거야, 토머스?"

"물론 아니지, 단도직입적으로 말할게. 내 아들과 통화하고 싶어. 됐어?"

"그래, 기다려, 바꿔줄게."

"그리고 근육맨 앤디가 내 아들 목 위에서 숨을 내뿜는 일은 없도록 해줘, 부탁이야."

"지독히 공정하지 않은 건 여전하네. 당신이 전화를 걸면 앤디는 늘 자리를 비켜주고 나중에 빌한테 아빠하고 대화를 잘 나눴는지 물어봐. 문제를 일으키는 건 당신뿐이야."

"그애 좀 바꿔줘, 셜리. 이거 장거리전화야." 토머스가 말했다.

"그게 누구 잘못인데?"

그는 그녀가 어깨를 으쓱하는 소리까지 들은 것 같았다.

"안녕하세요, 아빠."

"빌, 오늘 어떻게 보냈는지 이야기해줄래?" 토머스가 말했고, 그의 아들은 대학 운동장에서 가족들과 함께하는 육상경기에 참여한 이야기를 늘어놓았다. 하지만 그는 이야기를 들으면서도 집중이 잘되지 않았다. 빌과 앤디가 이인삼각 달리기에서 우승을 했다고 했다.

"아빠와 아들이 함께하는 달리기, 그걸 그렇게 부르지?" 토머스가 씁쓸하게 물었다.

"아니요, 아빠. 요즘은 그렇게 부르지 않아요. 재구성된 가족들이 아주 많아서요."

"재구성된 가족?" 토머스는 숨이 턱 막혔다.

"음, 우리 선생님은 그렇게 불러요. 많은 사람들이 이혼을 하고 그러니까 그런 걸 반영해야 한대요."

아주 잘못된 표현은 아니지만 전체 상황을 함축적으로 담아내기에는 한참 모자랐다.

"그렇구나, 그럼 어떻게 부르니?"

"시니어-주니어 달리기요."

"좋은데."

"언짢으신 일이 있어요, 아빠?"

"지금 너 혼자 있니? 너하고 나뿐이야?"

"네, 앤디 아저씨는 아빠가 전화하면 늘 마당으로 나가시고, 엄마는 부엌에 계세요. 왜 궁금하신 건데요?"

"너를 사랑한다는 말을 하고 싶어서."

"아빠!"

"됐어, 이제 말했어. 이번 통화에서는 그 말을 다시 하지 않을 거야. 오늘 네게 줄 아주 좋은 책을 샀어. 여긴 작은 곳이지만, 그래도 서점이 있단다. 그리스신화에 나오는 이야기들인데 현대를 배경으로 해서 쓰였어. 오후 내내 그걸 읽었단다. 그리스신화 아는 거 있니?"

"황금색 양털을 찾으려고 떠난 아이들 이야기가 그리스 거예요?"

"응, 맞아. 그 이야기 좀 해줄래?" 토머스가 기뻐하며 말했다.

"오누이가 있었는데요, 그애들이 양의 등을 타고……"

"학교에서 읽었니?"

"네, 아빠. 학교에 역사 선생님이 새로 오셨는데, 저희한테 그런 이야기들을 읽게 하세요."

"그거 잘됐구나, 빌."

"내년에 동생이 생길 텐데, 정말 좋을 거 같아요."

토머스의 가슴이 납덩이처럼 느껴졌다. 셜리가 다시 임신한 것이다. 물론 그녀는 예의를 차린다고, 혹은 용기가 없어서 그 사실을 알리지 않았을 것이다. 지금 그녀는 앤디와 새 가정을 시작하려 한다. 그리고 그녀는 아무 말도 해주지 않았다. 토머스는 살면서 이렇게 외로웠던 적이 없었다. 하지만 그는 빌을 향한 문과 채널을 모두 열어두고 있어야 했다.

"그거 아주 좋은 소식인데, 정말로." 토머스는 이를 악물고 그렇게 말했다.

"그래서 앤디 아저씨가 아기방에 페인트칠을 하고 있어요. 제가 아저씨에게, 아빠가 제 아기방을 어떻게 꾸며주셨는지 말씀드렸어요. 제가 태어나기도 전에 책장을 넣어주셨다고요."

그러자 토머스의 눈에 눈물이 차올랐고, 그는 그 분위기를 자기 발로 쿵쿵 다 짓밟아버렸다.

"음, 앤디가 그 가엾은 아기를 위해 운동화와 트로피와 스포츠 장비를 보관하는 선반을 마련해주느라 바쁘겠구나. 이번엔 책 같은 게 무슨 상관이겠어."

빌이 헉하고 숨을 내뱉는 소리가 들렸다.

"그건 공정하지 않아요, 아빠."

"인생은 공정하지 않은 거야, 빌." 토머스는 그렇게 말하고 전화를 끊었다.

"어떻게 됐는지 말해봐요." 보니가 두어 시간 뒤 토머스의 얼굴을 보더니 말했다.

토머스는 의자에 꼼짝하지 않고 앉아 일어나지도 않았다. 하루 종일.

"자, 토머스, 말해봐요. 그 꼬마하고 이번에도 잘 안 됐군요, 그렇죠?"

"나는 아이를 방해하지 않았고, 아이에게 공간을 줬고, 필요한 모든 것을 했어요. 또 뭘 더 할 수 있었을까요?"

"그곳으로 돌아가 자신의 영역을 주장하고 아이에게 당신이 존재한다는 걸 느끼게 해줄 수 있었겠죠."

"셜리가 임신했대요." 토머스가 우울하게 말했다.

"엄마가 임신했다면 아이에겐 당신이 더 많이 필요할 거예요. 하지만 당신은 혼자 고상한 척 거리를 두고 아이가 원하지도 않는 공간을 만들어주면서 아이 마음을 아프게 해야 하는 거겠죠."

"보니, 다른 사람은 몰라도 당신은 아이한테 필요한 걸 해주는 게 얼마나 어려운지 아시잖아요. 평생 그걸 후회하면서 살고 계시잖아요. 당신은 이해해야죠."

"내가 '다른 사람은 몰라도 당신은' 이런 걸 혹은 저런 걸 알아야 한다는 표현을 얼마나 싫어하는지 알아요? 왜 다른 사람은 몰라도 나는 알아야 하죠?"

"당신은 아이를 뺏겨봤으니까 그 고통을 알겠지만, 다른 사람들은 짐작만 할 테니까요."

"나는 당신 같은 사람들을 참을 수가 없어요, 토머스. 정말로요. 나는 다른 세대 사람이고 내 아들은 당신 또래지만, 내가 당신처럼 자기 연민에 빠진 적은 결코 없었어요. 특히 해결책이 자기 손에 달려 있는 문제에서는요. 당신은 이 아이를 사랑하지만, 당신과 아이 사이에 거리를 만드는 건 어느 누구도 아니고 바로 당신이에요."

"이해하지 못하시네요, 지금 저는 안식년 휴가중이에요."

“자기 아들을 보려고 고향으로 돌아간다고 해서 FBI가 출동하지는 않겠죠.”

“그렇게 간단한 문제라면 좋겠네요.” 그가 한숨을 쉬었다.

보니는 떠나려는 것처럼 문 쪽으로 걸어갔다.

“당신 침실은 저쪽이에요, 보니.” 토머스가 비어 있는 방을 향해 고개를 까딱했다.

“오늘밤엔 닭들과 자겠어요.” 보니가 말했다. “묘하게도, 닭들이 꼬꼬댁거리고 꾸륵꾸륵거리는 소리만 들어도 마음이 얼마간 편안해지거든요. 닭들은 불필요하게 저들의 삶을 복잡하게 만들지도 않고요.”

그리고 그녀는 가버렸다.

피오나는 안나비치호텔의 매니저인 레프티데스 씨에게 일자리 이야기를 하고 있었다.

“손님들의 아이들을 돌봐줄 수 있어요. 부모들은 아이들 돌보는 일에서 손을 놓고 쉴 수 있고요. 보시다시피 저는 정식 간호사고, 아이들은 저와 함께 있으면 안전할 거예요.”

“그리스어를 전혀 할 줄 모르잖아요.” 매니저가 안 된다고 했다.

“못해요, 하지만 이곳을 찾는 사람들은 대부분 영어를 하고, 심지어 스웨덴이나 독일 사람들도 영어를 해요.”

피오나는 로비 저만치에서 보니가 호텔의 작은 공예품가게 선반에 상품을 진열하고 있는 것을 보았다.

“보니가 저를 보증해줄 거예요.” 피오나가 말했다. “제가 믿을 만한 사람이라고 말해줄 거예요. 보니!” 그녀가 외쳐 불렀다. “레프티데스 씨에게 제가 여기서 일하기에 적당한 사람이라고 말해줄 수 있으세요?"

"무슨 일이죠?" 보니의 말이 퉁명스럽게 들렸다.

"엘자가 돌아가면 저도 살 곳이 필요해서, 레프티데스 씨에게 숙식과 아주 적은 보수를 제공받는 대가로 여기서 일할 수 있는지 물어보는 중이었어요." 피오나가 보니를 간절한 눈빛으로 쳐다보았다.

"일자리가 왜 필요해요? 집으로 돌아가지 않을 건가요?" 보니가 간결하게 말했다.

"안 가요, 아시겠지만 저는 셰인이 돌아올 때까지 여기를 떠날 수 없어요."

"셰인은 돌아오지 않아요."

"그렇지 않아요. 당연히 돌아올 거예요. 레프티데스 씨에게 제가 믿을 만한 사람이라고 꼭 좀 말씀해주세요."

"당신은 믿을 만하지 않아요, 피오나. 당신은 그 남자가 당신에게 돌아올 거라고 생각하면서 자신을 기만하고 있어요."

레프티데스 씨는 테니스 경기를 보는 것처럼 이쪽저쪽을 쳐다보더니 그 정도면 충분하다고 결론을 내렸다. 그러고는 어깨를 으쓱한 뒤 그 자리를 떠났다.

"왜 그러셨어요, 보니?" 피오나의 눈에 원망의 눈물이 그렁그렁 차올랐다.

"당신 지금 아주 바보같이 행동하고 있어요, 피오나. 당신이 유산을 하고 몹시 속상해할 때 우리 모두 그 일을 안타까워하고 당신에게 친절히 대했어요. 그러니 이제 분별을 되찾을 때가 됐죠? 이곳에 당신을 위한 미래는 없다는 걸 알아야 해요. 결코 돌아오지 않을 남자를 여기서 바보같이 기다리는 걸로는요. 더블린으로 돌아가 당신의 인생을 찾아요."

"너무 잔인하고 매정하세요. 나는 당신이 친구라고 생각했어요." 피오나가 떨리는 목소리로 말했다.

"당신이 제대로 사리분별을 할 만큼 똑똑하다면 내가 당신 인생에서 최고의 친구라는 걸 알 텐데요. 친구라면 왜 당신이 이 호텔에서 의미 없는 일자리를 구해 스스로 고통을 연장하도록 도와주겠어요? 혼자 뭘 할 거죠?"

"혼자가 아닐 거예요. 친구들이 있어요. 엘자, 토머스, 데이비드."

"그들 모두 집으로 돌아갈 거예요. 당신 혼자 남게 될 거라는 내 말을 잘 기억해요."

"혼자라 해도 어때요? 당신이 어떻게 생각하건 셰인은 돌아올 건데요. 이제 일할 만한 다른 곳, 지낼 수 있을 만한 다른 곳을 찾으러 가야겠네요." 피오나는 자신이 울고 있다는 사실을 감추려고 돌아섰다.

"보니, 모닝글로리 먹을래요?" 안드레아스는 종종 공예품가게를 기웃거리면서 길 건너 얀니의 델리카트슨에서 파는 삼색 아이스크림이 담긴 작은 금속 접시를 그녀에게 내밀곤 했다.

"아니요, 얼음을 많이 넣은 보드카가 더 좋겠는데요."

안드레아스는 깜짝 놀랐다. 보니는 술을 마시는 것에 대해 결코 농담을 한 적이 없었고, 알코올중독자로 지낸 과거 이야기를 꺼낸 적도 없었다.

"무슨 일 있어요?" 안드레아스가 물었다.

"네, 있어요. 외국에서 온 젊은 친구들 모두와 싸웠어요. 한 명도 빼놓지 않고."

"나는 당신이 그 친구들을 좋아하는 줄 알았는데요. 그들 모두 당신에게 애착을 아주 많이 느끼고 있고요." 안드레아스는 정말 깜짝 놀랐다.

"나도 왜 그런지 모르겠어요, 안드레아스. 내가 꼭 족제비 같아요. 요즘은 어떤 것도 기쁘지 않아요. 그들이 하는 말이 다 거슬려요."

"당신답지 않은데요. 당신은 늘 평화를 유지하고 상황을 다독여 왔는데……"

"요즘은 안 그래요. 난 아니에요, 안드레아스. 모든 걸 흔들어놓고 싶은 기분이에요. 배 사고와 인생에서 헛되이 낭비한 그 모든 시간 때문인 것 같아요. 모든 게 의미 없게 느껴져요. 어떤 것에서도 의미를 못 찾겠어요." 보니가 작은 가게 안을 서성였다.

"당신 인생에는 많은 의미가 있어요." 그가 말했다.

"있다고요? 정말로요? 오늘은 아무것도 안 보이는데요. 나는 이 머나먼 곳에 자리를 잡고 죽을 때까지 아슬아슬하게 버티는 바보 같은 여자예요."

"보니, 우리 모두 이곳에서 죽을 때까지 아슬아슬하게 버텨요." 안드레아스는 어리둥절했다.

"아니요, 당신은 이해하지 못해요. 모든 일이 다 얼마간 부질없다고 느껴져요. 예전에 그렇게 느꼈을 때는 마을 꼭대기로 올라가 정신을 놓을 때까지 라키를 마셨어요. 나를 다시 그 길로 들어서게 두지 말아요, 안드레아스, 내 좋은 친구."

안드레아스가 보니의 손에 자신의 손을 올렸다.

"그렇게 놔둘 리가요. 당신이 그 구덩이에서 빠져나오느라 얼마나 힘들게 싸웠는데요. 어느 누구도 당신이 다시 거기로 빠져들게 두지 않을 거예요."

"내가 참 어리석게 살았었지요. 사람들이 나를 염려하고 돌보고 구해내야 했어요. 지난 며칠에 걸쳐 그 젊은이들한테 그 이야기를 다 하면서 내가 참 어리석고 이기적으로 살았다는 걸 깨닫게 된 거 같아요. 그래서 갑자기 술을 마시고 모든 걸 잊고 싶어졌나봐요."

"당신은 다른 사람들을 도우면서 그 일들을 잊어왔잖아요. 그게 당신이 살아가는 이유고, 이곳 사람들 모두가 당신을 아주 많이 사랑하는 이유예요."

"그 말이 사실이라 해도, 이제는 소용없어졌어요. 솔직히, 이젠 어느 누구도 돕고 싶지 않고 모든 걸 지워버리고 싶어요. 그리고 분명 사람들도 더이상 나를 사랑하지 않을 거예요. 지금은 모두 내게서 100킬로미터는 떨어져서 달리고 있는 것 같아요."

안드레아스가 갑작스러운 결정을 내렸다. "당신 도움이 필요해요, 보니. 손이 뻣뻣해져서 그러는데, 돌마데스 만드는 걸 도와줄래요? 포도잎에 속을 넣어야 하는데 이 늙은 손가락이 잘 구부려지지 않아요. 가게문을 닫고 나하고 타베르나로 올라가요. 부탁하는 거예요, 그래줄 수 있죠?"

"거기엔 악마의 음료에 눈을 돌리지 못하게 할 커피와 아이스크림이 물론 많겠죠." 그녀가 그에게 희미한 미소를 지어 보였다.

"그럼요. 그게 바로 내 계획이죠." 그가 말했고, 그들은 함께 밖으로 나갔다.

토머스가 백색 도료를 바른 야외 계단을 뛰어내려가고 있었다. 하지만 인사도 없이 달려가는 걸 보니 그들을 보지는 못한 것 같았다.

그들은 한낮에 항구에 앉아서 보니의 문제에 대해 이야기했다.

"보니가 나를 공격한 건 이해할 수 있어요. 아주 솔직히 말해서, 셰인하고 문제가 생기는 사람은 많아요." 피오나가 말했다. "하지만 여러분의 경우에는요? 이해가 안 돼요."

그들은 잠시 생각해보았다.

"내게 왜 그러는지는 쉽게 알 것 같아요." 엘자가 말했다. "내가 불쌍하고 순진한 남자에게 일종의 협박을 해서 프러포즈를 받아낸 못된 여자란 거죠."

"그 남자가 프러포즈를 했어요?" 토머스가 물었다.

"네, 하지만 그보다 훨씬 더 복잡한 문제예요. 보니가 당신은 어떤 걸로 공격했나요?" 엘자가 주제를 바꾸었다.

토머스는 턱을 문지르며 생각에 잠겼다. "보니가 내 상황의 어떤 점이 그렇게 못마땅한지 정말로 모르겠는데, 내게는 아들 문제에 대한 선택권이 있었지만 자기는 그렇지 않았다는 말을 계속 해요. 적어도 나는 당신처럼 술독에 빠져 분별을 잃지는 않았다고 말하고 싶은 마음이 굴뚝같았어요. 하지만 보니를 공격하고 싶지는 않았어요. 나는 그저 내가 책임을 지려고 노력하고 있다는 것과 내가 옳은 일을 하고 있다는 데 그녀가 동의해주기를 바랐어요."

데이비드가 보니 편을 들어주려고 애썼다. "하지만 당신도 보니가 당신을 부러워하는 건 알겠죠. 아들 가까이 갈 수 있었다면 보니는 그렇게 했을 테니까요. 그녀는 그게 자기 잘못인 것을 알아요. 그래서 그렇게 화가 났나봐요."

"정말로 이해심이 많군요, 데이비드. 결국 보니는 당신에게도 무자비한 공격을 퍼부었잖아요." 피오나가 말했다.

"네, 하지만 다 잘못 알고 한 말이니까요. 보니는 우리 부모님이 어떤 분들인지 모르고, 이해할 마음도 없고요. 집에서 온 편지를 읽고 또 읽었는데, 거기 아버지 건강이 좋지 않다는 암시 같은 건 전혀 없었어요……"

"하지만 데이비드, 보니가 당신에게 화난 이유는 정확히 뭘까요?" 엘자가 물었다.

"내가 안드레아스는 참 좋은 분인데 그분 아들이 돌아와서 도와주지 않다니 참 이기적이라고 말했어요. 보니는 내가 안드레아스를 너무 높이 떠받드는 것 같다고, 많은 사람들이 내가 아도니와 완전히 똑같다고 할 거랬어요. 멀리 떨어져 지내면서 아버지를 돕지 않는다고요. 하지만 그건 물론 전적으로 다른 문제예요." 데이비드는 테이블을 둘러보았고, 그들의 얼굴에서 결국 그렇게 다르진 않은 것 같은데, 하는 마음을 읽었다.

"이제 마리아를 가르치러 가봐야겠어요." 그가 약간 딱딱하게 말했다. 그리고 검은 옷을 입은 젊은 여자가 문 앞에서 그를 향해 손짓하고 있는 집으로 걸어갔다.

데이비드는 이제 부족하지만 마리아와 그리스어로 대화를 나눌 수 있었다. 시간이 걸리고 절룩거리는 대화였지만, 마리아가 곧 그가 이 섬을 떠날 거라고 생각한다는 것은 알아들을 수 있었다. 보니가 잉글랜드에 사는 그의 아버지 건강이 좋지 않다고 마리아에게 말한 것이다.

"아니에요!" 데이비드가 소리쳤다. "건강하세요! 아주 건강하신 걸요!"

"보니는 당신이 집으로 전화할 거라던데요." 마리아가 말했다.

영어를 쓰는 사람들에게도 그 상황을 설명하기는 어려웠다. 하물며 마리아에게라면 불가능했다.

"집에 전화는 하지 않아요." 데이비드가 그리스어로 더듬더듬 말했다.

"야티?" 마리아가 물었다. '왜'에 해당하는 그리스어였다. 데이비드는 대답할 말이 없었다.

보니는 쌀과 잣을 버무려 작게 뭉친 것을 포도잎으로 잘 말았다. 그녀는 아주 조용했다.

크고 짙은 눈썹 아래로 안드레아스의 시선이 그녀를 향했다. 그녀 자신이 염려했던 대로였다. 오래전 그녀를 무서운 폭음의 시기로 몰아넣었던 불안함과 초조함이 그녀에게서 감돌고 있었다.

그는 누이 크리스티나에게 연락을 해야 하는 건 아닌지 고민했다. 크리스티나와 보니는 좋은 친구 사이였고, 서로 든든한 의지가 되었다. 하지만 그 순간 그는 보니에게 물어보지 않고는 아무것도 하지 않기로 했다.

보니의 얼굴은 언제나처럼 주름이 많았지만, 오늘은 걱정이 아주 많은 얼굴이었다. 그녀가 얼굴을 찡그리고 입술을 잘근잘근 씹었다.

그들은 마을이 내려다보이는 탁 트인 테라스에서 일했다. 보니는 이유 없이 두 번 일어서서 주방에 갔다. 그는 그녀가 눈치채지 못하게 그녀를 지켜보았다. 그녀가 한 번은 브랜디와 올리브오일 병들이 한 줄로 놓여 있는 선반을 향해 손을 뻗었다.

하지만 다시 손을 내렸다.

두번째로 주방에 들어갔을 때는 쳐다보기만 했다. 아무것도 건드리지 않았다. 그녀는 한바탕 달리기를 하고 난 것처럼 숨을 몰아쉬고 있었다.

"내가 어떻게 해주면 좋겠어요, 보니? 말해봐요." 그가 간곡하게 말했다.

"나는 살면서 쓸모 있는 일을 하나도 하지 않았어요, 안드레아스. 누가 나한테 뭘 해줄 수 있겠어요? 어느 때고 말예요?"

"당신은 내 누이에게, 내게, 그리고 아기아안나 사람들 모두에게 좋은 친구였어요. 그건 가치 있는 일이에요, 안 그런가요?"

"딱히 그런 것 같지 않아요. 연민을 바라는 게 아니에요, 나는 누가 연민을 보이는 게 싫어요. 그저 과거, 현재, 미래에서 아무 의미도 찾을 수가 없어요." 보니의 목소리는 단조로웠다.

"음, 그렇다면 브랜디를 따는 게 좋겠네요." 안드레아스가 말했다.

"브랜디요?"

"메탁사 브랜디요. 거기 선반에 있어요, 오전 내내 그걸 보고 있었잖아요. 그걸 내려서 마셔요, 그러면 우리 중 누구도 당신이 언제 술을 또 마실지 걱정하고 있을 필요가 없어요, 그걸로 끝인 거죠."

"왜 그런 말을 해요?"

"그게 한 가지 방법이니까요. 지금까지 원칙을 지키고 술을 끊고 노력하며 지낸 시간들을 한두 시간 안에 날려버릴 수 있어요. 그렇게 하면 당신이 원하는 망각이 가능해질 거예요. 한동안 술을 마시지 않았으니 금방 그렇게 될 거예요."

"그러면 당신은 내 친구니까, 내가 술을 마시는 동안 옆에 있어줄래요?"

"그러려면 여기 언덕 위가 더 낫겠네요. 아기아안나의 모든 눈이 보지 않는 곳에서요." 그가 달관한 사람처럼 말했다.

"그러고 싶지 않아요." 그녀가 애처롭게 말했다.

"그렇겠죠, 나도 알아요. 하지만 과거와 현재와 미래에서 아무 의미도 찾을 수 없다면, 내 생각엔 그렇게 해야 할 것 같네요." 그가 말했다.

"그럼 당신은 무엇에서라도 의미를 찾을 수 있나요?" 그녀가 물었다.

"어떤 날은 다른 날보다 더 힘들어요." 안드레아스가 말했다. "당신은 어디에나 좋은 친구가 있어요, 보니."

"아니요, 결국 그들을 쫓아버리고 말 거예요."

"누구를 생각하는 거예요?"

"어리석은 피오나, 남자친구가 돌아오지 않을 거라고 말해줬어요. 눈물을 흘리더군요. 하지만 나는 그가 어디 있는지 알잖아요. 피오나는 모르고요."

"자자, 진정해요, 너무 흥분하지 말아요."

"나는 그럴 권리가 없었어요, 안드레아스. 나는 신이 아니에요."

"다 잘되라고 그렇게 한 거였잖아요." 그가 그녀를 위로했다.

"피오나에게 그가 어디 있는지 알려줘야겠어요." 보니가 불쑥 말했다.

"그게 현명한 일인지는 모르겠는데요?"

"전화 써도 돼요, 안드레아스?"

"얼마든지요……"

그는 보니가 전화번호를 누르고 피오나와 통화하는 것을 들었다. "오늘 이 전화는, 내가 당신에게 소리칠 자격이 없었다는 말을 하기 위해 건 거예요. 그리고 미안하다는 말을 하려고요. 정말로 미안해요."

안드레아스는 그녀의 프라이버시를 지켜주기 위해 자리를 피했다. 그는 알고 있었다. 자신이 틀렸음을 인정하는 것이 보니에게는 아주 어려운 일이라는 것을.

엘자의 아파트에서 피오나는 어리둥절한 심정으로 손에 들린 전화기를 쳐다보았다. 자신이 뭘 기대했었는지 모르지만 이건 아니었다. 피오나는 무슨 말을 해야 할지 갈피를 잡을 수 없었다.

"괜찮아요, 보니." 피오나가 어색하게 말했다.

"아니요, 실은 그게 괜찮은 게 아니에요. 그가 연락하지 않는 이유는, 지금 아테네 구치소에 있기 때문이에요."

"셰인이 구치소에 있다고요! 오, 맙소사, 왜요?"

"마약과 관련된 문제로요."

"소식이 오지 않은 게 이상한 일이 아니네요. 불쌍한 셰인. 거기서 저한테 연락해서 대화하는 걸 못하게 하나요?"

"그가 결국엔 연락을 하려고 했지만, 당신에게 보석금을 내고 빼달라는 게 이유라서, 우리는……"

"하지만 당연히 보석금을 내고 그를 빼줄 거예요. 왜 아무도 이야기해주지 않은 거죠?"

"우리는 그 사람이 없는 편이 당신에게 더 좋다고 생각했으니까요." 보니가 어설프게 말했다.

피오나는 격분했다. "우리가 그렇게 생각했다니, 그 우리가 누군가요?"

"요르기스와 나요. 하지만 주로 나였어요." 보니가 솔직히 인정했다.

"어떻게 그런 일을, 보니! 당신이 어떻게 내 인생에 끼어들 수 있어요? 셰인은 지금 내가 연락하지 않으려고 한 걸로 생각하고 있을 거예요. 당신 때문에요."

"지금 내가 전화를 건 이유가 그거예요." 보니가 말했다. "내가 셰인에게 데려다줄게요."

"뭐라고요?"

"내가 빚을 졌으니까요. 내일 아침에 당신과 페리를 타고 아테네로 가서, 거기 구치소를 찾아가 일이 어떻게 되고 있는지 알아볼 거예요."

"왜 그렇게 하려는 거죠?" 피오나가 의심스럽게 말했다.

"그게 당신 인생이라는 것을 깨달았기 때문이겠죠." 보니가 말했다. "내일 아침에 항구에서 만나 같이 여덟시 페리를 타요." 그리고 보니는 다시 안드레아스가 있는 곳으로 돌아와 앉았다.

"잘 해결됐어요?" 안드레아스가 물었다.

"모르겠어요, 내일이 되면 알겠죠. 하지만 내가 좀더 강해진 느낌이에요. 아까 어떤 날은 다른 날보다 더 낫다고 그랬잖아요. 오늘은 어때요?"

"썩 좋진 않아요. 시카고로 아도니에게 편지를 보냈는데 지금쯤 틀림없이 편지를 받았을 거예요. 하지만 아직 아무 소식이 없어요. 편지를 쓰는 것도 어려웠지만 답이 없는 걸 견디는 건 더 힘드네요. 하지만 우리는 계속 노력해나가야 한다고 생각해요, 보니. 마노스와 그 배에 탔던 청년들에게는 그럴 기회조차 주어지지 않았지만, 나라도 끝까지 해보려고요."

"아도니에게 편지를 썼어요?" 보니가 눈빛을 반짝이며 흥미를 보였다.

"네, 당신과 요르기스 말고는 아무도 몰라요."

"정말 기쁘네요. 당신이 정말로 그랬다니 대단해요. 아들이 곧 연락을 할 거예요. 내 말 믿어요."

"내가 왜 믿어야 하죠? 진지하게 하는 말인데, 당신 스스로가 아무것도 믿지 못하잖아요. 왜 누구든 당신이 하는 말에 귀를 기울여야 하죠?"

"그애가 전화를 할 거예요. 자동응답기는 켜뒀어요? 당신은 걸핏하면 잊어버리잖아요. 아도니는 돌아올 거예요, 내가 알아요. 그럴 거예요. 곧 돌아온다고 하면, 방은 준비되어 있나요?"

"떠났을 때 그대로예요." 안드레아스가 어깨를 으쓱했다.

"하지만 그애를 위해 페인트칠도 하고 말끔하게 꾸며야죠."

"영원히 돌아오지 않을지도 몰라요, 그저 가슴 아픈 일만 더 만드는 것뿐이에요."

"패배주의자가 돼서는 안 돼요, 그게 가장 나쁜 죄예요, 오늘 합시다. 빌어먹을 돌마데스는 내가 다 끝냈어요. 그걸 냉장고에 넣어두고, 페인트를 꺼내요. 붓 있어요?"

"네, 뒤쪽 헛간에요. 좀 굳고 딱딱해졌을 거예요. 페인트 제거제가 있는지 확인할게요."

"좋아요, 두 눈 크게 뜨고 나를 지켜봐요. 까딱하면 내가 어떻게 될지 몰라요."

그는 놀라서 보니를 쳐다보았다. 그녀는 정말로 고비를 넘긴 것이다. 얼굴에서 생기와 열정이 엿보였다. 그것이 지속되게 하기 위해서라도 그녀와 함께 침실에 페인트칠을 하는 것은 가치 있는 일이었다.

아들이 영원히 돌아오지 않더라도, 그것은 가치 있는 일이 될 것이었다.

14

"어머니?"

"데이비드!" 어머니의 목소리에서 기쁨이 느껴지자 그는 마음이 불편했다.

"어머니, 편지 받았어요. 시상식에 관한 거요."

"오, 데이비드, 네가 전화할 줄 알았어. 그럴 줄 알았다. 이렇게 빨리 전화를 하다니 착한 아들이야."

"음, 저기, 지금 뭐가 어떻게 돌아가고 있는지 잘 모르지만……" 그는 돌아가는 날짜, 비행기 시간, 좌석 배치, 그 행사에 어떤 옷을 입고 갈지에 대해 몰아세워지고 싶지 않았다.

"네가 전화했다는 말을 들으면 아버지가 정말로 기뻐하실 거야. 엄청 좋아하실걸."

벌써부터 부모님의 압박이 만들어내는 그 익숙한 무게가 그의 가슴속과 어깨 주변에서 느껴졌다.

어머니는 여전히 흥분해서 말하고 있었다. "아버지는 한 시간쯤 뒤에 돌아오실 거야. 이 이야길 들으면 정말로 좋아하시겠다."

"토요일인데 출근하신 건 아니죠?"

"아니, 아니, 저기…… 그냥…… 나가셨어."

데이비드는 놀랐다.

그의 아버지는 유대교 신자지만 매주 회당에 가지는 않고 대제일*에만 갔다. 토요일은 늘 집에서 보냈다.

"무슨 일로요?" 데이비드가 물었다.

"음, 저기…… 이런저런 일로……" 어머니가 얼버무렸다.

데이비드는 갑자기 오싹한 한기를 느꼈다. "아버지가 어디 아프세요?" 그가 불쑥 물었다.

"왜 그런 생각을 하게 됐니?" 어머니의 목소리에서 두려움이 느껴졌다.

"모르겠어요, 어머니. 아버지가 아프신데, 아버지도 어머니도 저한테 말씀을 안 해주시는 것 같다는 생각이 들어서요."

"갑자기 그런 생각이 들었다고? 그 먼 그리스에서?" 그녀가 놀라서 말했다.

"그냥요." 그가 얼버무렸다. "그런데 정말이에요, 어머니?"

어머니의 대답을 기다리는 동안 시간이 정지된 듯한 기분이 들었다. 길어야 몇 초였을 텐데 한 시대가 지난 것 같았다. 기다리면서 그는 항구의 전화부스에서 인부들이 궤짝을 배에 싣거나 내리고 사람들이 평소대로 자신들의 볼일을 보는 등 그날 하루의 일과

* 유대교에서 신년과 속죄일을 일컫는 말.

가 흘러가는 것을 지켜보았다.

"아버지가 결장암이야, 데이비드. 수술이 불가능하대. 육 개월 남았다고 했어."

데이비드가 숨을 가다듬는 동안 전화선에 침묵이 흘렀다.

"아버지도 알고 계세요, 어머니? 아버지도 들으셨어요?"

"응, 요즘은 다 그렇게 해, 다 이야기해줘. 아버지는 아주 침착하셔."

"통증을 느끼세요?"

"놀랍게도, 그렇지는 않아, 약을 많이 드시거든."

데이비드가 울음을 참으려는 듯 침을 삼켰다.

"아, 데이비드, 속상해하지 마. 아주 잘 받아들이고 계셔. 두려워하지 않으시고."

"왜 제게 말씀 안 하셨어요?"

"너도 알겠지만, 아버지는 자부심이 아주 강한 사람이잖니. 네가 그저 연민 때문에 돌아오는 건 원치 않으셨어. 그래서 나한테도 말하지 못하게 했고."

"알겠어요." 데이비드가 비참한 심정으로 말했다.

"하지만 텔레파시로 알아내는 걸 막지는 못했네, 데이비드. 그 먼 곳에서 그걸 느낌으로 알아차리다니. 신기하구나, 하지만 넌 언제나 감수성이 발달한 아이였으니까."

데이비드는 살면서 그렇게 부끄러웠던 적이 거의 없었다.

"월요일에 다시 전화드릴게요." 그가 말했다.

"네 계획을 알려줄 거니?" 어머니가 진지하게 물었다.

"네, 알려드릴게요." 그가 슬픈 심정으로 말했다.

토머스가 그의 어머니에게 전화를 걸었다.

"그 먼 데서 나한테 전화할 것 없어, 나 때문에 그 돈을 낭비하면서 말이다."

"괜찮아요, 엄마. 월급을 다 받아요, 말씀드렸잖아요. 여기서 백만장자처럼 살고 빌의 양육비를 댈 만큼 충분해요."

"그리고 내게 선물도 보내고. 넌 착한 아들이야, 네가 매달 보내주는 잡지들도 좋아. 나라면 나가서 그걸 사오는 일은 절대 없겠지."

"알아요, 엄마. 전부 우리한테 쓰고 엄마한테는 하나도 안 쓰셨죠. 그게 언제나 엄마의 철칙이었어요."

"자식이 있는 사람들은 대부분 그래, 그렇게 한다고 다 잘되는 건 아니지만. 너와 네 형을 보면 나는 축복받은 사람이지만, 다 그렇게 되는 건 아니니까."

"부모가 된다는 건 쉬운 일이 아니에요. 안 그래요, 엄마?"

"나는 그렇게 나쁘진 않았어. 생각해보면 내 배우자는 네 경우처럼 다른 사람하고 눈이 맞은 게 아니라 나를 두고 먼저 죽은 거니까."

"결혼을 깨는 데는 두 사람이 필요해요, 엄마. 모든 게 셜리 잘못은 아니었어요."

"아니지, 그건 그렇고 너는 언제 짝을 찾을 생각이니?"

"언젠가는요. 약속할게요. 그런 일이 생기면 가장 먼저 알려드릴게요. 엄마, 제가 전화를 드린 건 빌 때문이에요. 혹시 빌하고 통화하세요?"

"그런다는 거 너도 알잖니, 아들아. 일요일마다 전화해. 학교생

활도 잘하고, 게임도 엄청 많이 하는 것 같더구나. 지금은 스포츠를 좋아하고."

"당연히 그렇겠죠. 이제 책이나 시 같은 걸로 괴롭히는 재미없고 고리타분한 아버지는 거기 없으니까요."

"너를 아주 많이 보고 싶어해, 토머스. 너도 그건 알지."

"그애한테는 골든보이 앤디가 있고, 곧 태어날 동생도 있지 않나요? 왜 제가 필요하겠어요?"

"빌이 나한테 그러더구나, 네가 새 아기 때문에 기분이 별로 좋지 않은 것 같다고." 그의 어머니가 말했다.

"제가 기뻐서 춤이라도 췄어야 했나보군요." 토머스가 씁쓸하게 말했다.

"빌은 네가 새로 태어날 아기를 사랑할 줄 알았나봐. 자기는 앤디에게 아무것도 아닌데도 앤디가 자기를 사랑하니까."

"빌이 정말로, 제가 그 아기를 사랑할 줄 알았다고요?" 토머스는 어안이 벙벙했다.

"빌은 어린애야, 토머스. 아직 아홉 살밖에 안 됐는데, 아버지가 자기를 떠나고 미국을 떠났어. 그앤 지푸라기를 붙잡고 있어. 새 아기가 태어나면 너도 돌아와서 그애한테 새 아버지가 될 수 있을 거라고 생각하는 거야. 앤디가 빌한테 그러는 것처럼."

"앤디는 말 궁둥이 같은 놈이에요, 엄마."

"그럴지도 모르지, 아들. 하지만 친절한 말 궁둥이 같더구나, 토머스." 그의 어머니가 말했다.

"저도 친절해요, 엄마."

"물론 그렇지. 솔직히 나는 네가 그렇다는 걸 알지만, 빌이 그 사실을 아는지는 잘 모르겠구나."

"왜 그러세요, 엄마. 저는 올바르게 행동했어요. 빌이 있을 자리를 없앤 게 아니라, 자유를 줬어요. 빌이 자신의 새 생활에 적응할 수 있게 해준 거예요."

"그래, 하지만 아홉 살짜리가 그걸 다 이해할까?"

"제가 어떻게 해야 할까요?"

"잘 모르겠지만, 그렇게 멀리 떨어진 곳이 아니라, 그애 가까이 있는 게 어떨까 싶은데."

"그렇게 하면 문제가 해결될까요?"

"모르지, 하지만 적어도 빌은 피붙이인 네가 자기를 버린 건 아니라고 생각할 거야."

"잘 알겠어요, 엄마. 무슨 말씀이신지 알아들었어요."

엘자는 디터가 두번째로 보낸 팩스를 읽었다.

지난주에 내가 보낸 편지, 당신이 읽은 거 알아. 호텔 직원이 당신에게 전해줬다고 했어. 제발 게임은 그만하자, 엘자. 언제 돌아올지 알려줘. 무대에 오른 배우가 당신만은 아니야, 나도 내 삶이 있어. 내가 왜 당신이 돌아온다는 것, 언제 돌아온다는 것을 알기도 전에 다른 사람들에게 우리 이야기를 해야 하지?

제발 오늘 대답해줘.

영원히 사랑해,

디터

그녀는 편지를 읽고 또 읽으면서, 디터가 직접 읽어주는 것처럼 그의 목소리를 들으려고 해보았다. 뚜렷이 들렸다. 디터는 빠르고 단호하고 다급하게 말하고 있었다. 제발 오늘 대답해줘.

무대 위의 주인공은 늘 그였다. 이게 다 그녀의 삶, 그녀의 미래에 관한 문제인데, 그는 그것을 잊었는가? 어떻게 그렇게 빠른 답을 요구할 수 있지? 그녀는 안나비치호텔로 갔다. 거기 이메일을 보낼 수 있는 작은 비즈니스센터가 있었다.

> 이건 큰 결정이야. 생각할 시간이 필요해.
>
> 재촉하지 마. 며칠 뒤에 편지 보낼게.
>
> 나도 당신을 영원히 사랑하지만, 고려할 게 그것만은 아니야.
>
> 엘자

피오나는 아주 일찍 일어나, 아기아안나에 새벽이 오는 것을 지켜보았다. 지난밤 보니와 나눈 대화를 믿을 수가 없었다.

피오나는 그렇게 거짓말을 한 보니와 요르기스에게 여전히 몹시 화가 나 있었다. 도대체 어떻게 셰인이 연락을 하지 않았다고 말할 수 있지? 도대체 어떻게 그녀를 그 아픈 감정 속에 던져놓고 모른 척할 수 있지? 셰인이 그녀를 버렸을지도 모른다는, 그녀가 너무 어리석고 미련해서 그녀를 떠났을지도 모른다는 생각에 빠뜨려놓고서? 하지만 그는 그녀에게 연락하려고 노력했고, 참견하기 좋아하는 노친네들이 중간에 끼어든 것이었다.

그들은 셰인이 오로지 피오나에게 보석금을 내게 하려고 연락을 한 것이었다고 말했다. 음, 당연히 그는 먼저 보석금을 내고 풀려나야 자신의 인생을 살아갈 수 있다. 그들은 뭘 기대했던 걸까?

피오나는 오늘 셰인을 만난다는 사실이 무척 기뻤다.

페리를 탈 때 보니가 동행한다는 사실은 내키지 않았다. 지난밤에 엘자에게 모든 이야기를 털어놓았는데, 그러지 말 걸 그랬다는 후회가 밀려왔다. 엘자도 피오나의 편이 되어주지는 않았다.

피오나는 시간을 되돌릴 수 있으면 정말 좋겠다고 생각했다. 왜 엘자에게 보석금을 낼 수 있도록 자신을 도와달라고 부탁했을까? 바버라가 더블린에서 돈을 보내줄 때까지 며칠 동안만 천 유로를 빌려달라는 말을 왜 했을까?

"그 사람이 나와서 당신 얼굴을 끝장내는 걸 보려고 보석금을 빌려줘요?" 엘자가 조롱하듯 말했다.

"그건 다른 이야기예요." 피오나가 말했다. "셰인은 충격을 받은 상태였어요. 알다시피 내가 그 소식을 완전히 잘못된 방식으로 전달했어요."

엘자가 피오나의 머리카락을 걷어올렸다. "여기 불그죽죽 멍든 자국이 아직 남아 있어요." 엘자가 부드럽게 말했다. "이 세상 누구도, 피오나, 그를 그곳에서 빼낼 돈을 빌려주지 않을 거예요. 그는 영원히 그곳에 갇혀 있어야 마땅해요."

피오나의 표정이 너무 비참해 보였는지, 엘자는 그 말을 하고 대번에 뉘우쳤다.

"저기, 보니가 당신에게 설교했던 것만큼이나 내가 잘못했군요. 힘들다는 거 알아요, 나도 알아요. 하지만 내가 지금 어떤 노력을 하고 있느냐 하면, 나도 나 자신에게서 빠져나와 밖에서 이 문제를, 내가 처한 상황을 보려고 노력하고 있어요, 객관적으로요. 그 문제의 일부가 되지 않고 밖에서 그 문제를 들여다보는 거죠. 어쩌면 당신에게도 그게 도움이 될 거예요."

피오나가 고개를 저었다. "그렇게 해봤자 밖에서 불쌍한 셰인을 보게 될 뿐 달라질 건 없어요. 그리스 감옥에서 시들어가는 셰인, 나를 사랑하고 내게 연락을 취하려고 했던 셰인을요. 그게 내가 볼 수 있는 전부예요, 엘자. 내가 자기를 버렸다고 생각할 셰인이요. 그렇게 하는 건 내겐 아무런 도움이 되지 않아요."

엘자는 기아 구호를 위한 광고에 나오는 굶주린 고아의 사진을 쳐다볼 때 지을 법한 표정으로 피오나를 쳐다보았다. 연민과 염려의 표정, 그리고 그런 일이 세상에서 일어날 수 있다는 사실에 어리둥절해하는 표정으로.

보니와 피오나가 항구에서 만났을 때 보니는 이미 표를 사놓고 있었다. 당일 왕복표 두 장. 피오나는 자신은 오늘 돌아오지 않을 거라는 말을 하려고 입을 열었다가, 다시 다물었다.

"큰 가방을 가져왔군요?" 보니가 놀라서 말했다.

"음, 어떻게 될지 모르니까요." 피오나는 모호하게 말했다.

페리가 항구를 빠져나오자, 피오나는 아기아안나를 뒤돌아보았다. 이곳에 온 지 얼마 되지 않았지만 그뒤로 아주 많은 일이 일어났다.

보니는 커피와 음료를 파는 아래층으로 내려간 뒤였다. 보니가 다시 술에 입을 대는 일이 일어난다면. 여기 이 배에서. 그런 일이 일어날 수도 있었다. 안드레아스가 데이비드에게 보니의 상태가 아주 좋지 않고 그 시절 이후 처음으로 실제로 술을 마실 가능성을 언급했다고 이야기했었다. 제발 하느님, 높은 파도가 출렁거리는 이 바다에서 그런 일이 일어나지 않게 해주소서.

피오나는 보니가 커피와 차져 보이는 케이크 두 조각을 들고 돌아오는 것을 보고 안심했다.

"루쿠마데스." 보니가 설명했다. "시나몬을 넣은 허니 프리터예요. 하루를 버틸 활력을 줄 거예요."

피오나가 고마워하는 눈빛으로 보니를 쳐다보았다. 이 여인은 사과를 하기 위해 모든 노력을 하고 있었다. 피오나는 보니가 자애로운 사람인 것을 알 수 있었다.

"정말 친절하세요." 피오나가 보니의 손을 가볍게 톡톡 두드리며 말했다.

보니의 눈에 눈물이 고인 것을 보고 피오나는 깜짝 놀랐다. 그리고 그들은 사이좋게 앉아 허니 케이크를 나누어 먹었다.

"요르기스?"

"안드레아스! 방금 네 생각을 하고 있었는데, 들어와, 들어와!" 경찰서장이 의자를 당겨 동생이 앉을 수 있게 해주었다.

"요르기스! 문제가 생겼어……"

"좋은 일이야 나쁜 일이야?" 요르기스가 물었다.

"모르겠어."

"말해봐, 모를 리가 있나."

"아니, 정말로 모르겠어. 자동응답기에 영어로 된 메시지가 있었어. 아도니가 일하는 가게에서 남긴 거야. 가게 창고 열쇠 때문에 그러는데, 아도니를 보는 대로 전화 부탁한다고 말해달라는 내용이었어. 아무도 그 열쇠를 못 찾고 있다고. 메시지 내용이 뭐가 뭔지 모르겠지만, 그 사람들 생각은…… 그애가 어쩌면……"

요르기스가 동생의 손을 꽉 잡았다. "그애가 집으로 돌아올지 모른다고 생각하는 거지?" 그 말을 꺼내기가 좀 망설여졌지만, 그가 그렇게 물었다.

"그런 말일 수도 있을 것 같아, 요르기스, 어쩌면." 안드레아스가 말했고, 그 희망에 얼굴에는 생기가 돌았다.

뉴스실에서 엘자의 친구 한나는 디터가 혼자 앉아 있는 것을 보고 그에게 다가갔다. 보통 사람들은 정말로 중요한 일이 아니면 그 대단한 디터에게 다가가지 않았다. 하지만 그녀는 이것이 상당히 긴급한 상황이라고 판단했다. 한나는 방금 이메일 한 통을 받았다. 아주 짧고 간결했다.

이 작은 마을에서 나는 아주 안전하고 평화롭게 지내고 있어. 결정을 내리기에 좋은 곳이야. 하지만 여기서는 내 머릿속은 물론이고 모든 게 천천히 움직여. 디터가 나에 대해 물어보면 내가 지금 게임을 하고 있는 게 아니라고 전해주면 고맙겠어. 깊이 생각하고 연락하겠다고. 물어보지 않을 것 같지만, 혹시 물어보면 그렇게 대답하면 돼.

사랑을 담아, 엘자

한나는 디터의 책상에 그 편지를 내려놓았다.

"물어보신 건 아니지만……" 한나가 주저하며 말했다.

"이걸 읽게 해줘서 아주 기뻐요. 고마워요, 한나." 디터가 그녀의 이름을 기억하고 있었는데, 그건 그에게 드문 일이었다.

보니는 페리가 지나가는 장소들을 가리켰다. 여긴 한때 한센병 환자 마을이 있던 섬이고, 저긴 지진으로 큰 곤란을 겪었던 곳, 여긴 봄에 축제가 열리는 곳. 하룻밤 사이 마을 전체가 캐나다로 떠났는데, 아무도 무슨 일 때문에 떠난 건지 모르는 곳도 있었다.

"이 섬에 오게 된 건 행운 아니었나요, 보니? 여길 아주 많이 좋아하시잖아요."

"행운이었냐고요?" 보니가 말했다. "이따금 행운에 대해 생각해요."

"행운에 대해 어떤 걸요?"

"그런 게 정말로 있다고 생각하지 않아요. 행운을 바라는 그 모든 사람들을 봐요. 복권을 사는 사람들, 라스베이거스로 가는 그 많은 사람들, 별자리점을 보는 숱한 사람들, 네잎클로버를 찾으려고 하거나 사다리 밑으로 지나가지 않는 사람들 말이에요. 다 소용없는 거예요, 안 그런가요?"

"하지만 사람들에겐 희망이 필요해요." 피오나가 말했다.

"물론 필요하죠. 하지만 우리의 행운은 우리 스스로가 만드는 거예요. 결과적으로 일이 잘될 수도 있고 잘 안 될 수도 있지만, 결정은 우리가 내리는 거죠. 앞에 검은 고양이가 지나간다거나 전갈자리로 태어나는 것처럼 우리 바깥에서 작용하는 건 아무것도 없어요."

"그리고 성 유다에게 바치는 기도 같은 거요?" 피오나가 미소를 지으며 말했다.

"성 유다에 대해 들어봤다고 하기엔 아직 많이 어릴 텐데요!" 보니가 말했다.

"저희 할머니는 안경을 찾을 때 전적으로 성 유다를 찾으셨어요. 빙고 게임에서 원하는 숫자가 나오기를 바랄 때도, 캉캉 지독하게 짖어대는 잭 러셀 테리어가 발작을 극복하길 바랄 때도요. 어떤 일에서든 성 유다를 찾았죠. 그리고 성 유다는 언제나 도움이 되었어요."

"언제나요?" 보니가 미심쩍게 말했다.

"음, 아마 맏손녀의 경우엔 아니겠죠! 할머니는 제 짝으로 멋지고 부유한 의사를 찾아주려고 성 유다를 대기시켜놓았거든요. 그건 빼야겠네요."

피오나는 가망 없는 경우들의 수호성인으로 유명한 성 유다를 혼자 힘으로 물리치고 셰인의 옆에 굳건히 붙어 있음으로써 성 유다의 계획을 좌절시킨 것처럼 뿌듯한 미소를 지었다.

"셰인을 만나는 순간이 기다려지나요?" 보니가 물었다.

"어서 만나고 싶어요, 너무 오래 걸렸다고 그가 화를 내지 않으면 좋겠어요." 피오나에겐 비난과 분노의 기색이 여전히 남아 있었다.

"말했잖아요, 내가 다 설명한다고. 당신 잘못이 아니었다고 말할게요."

"그러실 거라는 거 알아요, 보니. 고마워요…… 그저…… 뭐랄까……" 피오나는 어색하게 손을 비비며 뭔가를 설명하려고 했다.

"말해봐요." 보니가 말했다.

"음, 셰인을 만나셨잖아요. 아시다시피 그는 좀 힘든 사람일 수 있어요. 실제보다 훨씬 더 공격적으로 말을 할 수도 있고요. 그건 그저 그가 반응하는 방식이에요. 그 사람에 대해……"

"걱정하지 마요, 피오나. 그 사람에 대해 어떤 생각도 하지 않을 게요." 보니가 이를 악물며 말했다.

"엘자! 다시 만나서 반가워요." 토머스가 소리쳤다.

"음, 이 섬에서 나를 만나서 반가워할 사람은 당신뿐이에요." 엘자가 말했다.

"진심으로 하는 말은 아니겠죠. 노 젓는 배를 빌려서 몇 시간 나갈 건데, 나를 믿고 같이 갈래요?"

"가고 싶어요. 지금 갈까요?"

"좋죠. 데이비드는 카페로 오지 않을 거예요, 아버지가 아프시대요, 어쨌거나 보니가 맞았어요. 그는 집으로 돌아가는 표를 마련할 거예요."

"데이비드 참 안됐네요." 엘자가 연민을 보였다. "피오나는 보니와 함께 아테네로 갔어요. 오늘 아침에 떠났는데, 셰인을 감옥에서 빼낼 보석금을 빌려주지 않는다고 나한테 무척 화가 나 있어요."

"그러니 이곳엔 우리뿐이로군요." 토머스가 말했다.

"작별 기념으로 배 타고 나가는 거 좋아요. 괜찮으면 나도 노 젓는 거 도울게요."

"아니에요, 그냥 기대 누워 즐기세요. 작별 기념요? 독일로 돌아가기로 한 건가요?"

"아, 네. 날짜는 아직 안 정했지만, 가려고요."

"디터가 아주 기뻐하나요?"

"그는 아직 몰라요." 그녀가 간단하게 말했다.
토머스는 놀랐다. "왜 이야기하지 않았어요?" 그가 물었다.
"나도 모르겠어요. 아직 마음에서 정리되지 않은 부분이 좀 있어요." 엘자가 말했다.
"알겠어요." 토머스는 이렇게 말했지만, 알지 못하는 것 같았다.
"그러면 당신은요, 토머스? 당신은 언제 돌아가나요?"
"상황에 따라 달라져요." 그가 말했다.
"어떤 상황요?"
"빌이 나를 원한다고 내가 정말로 믿을 수 있을지." 그가 솔직하게 말했다.
"당연히 원하죠, 뻔하잖아요." 엘자가 말했다.
"그게 당신에겐 어떻게 그렇게 뻔한 거죠?" 그가 물었다.
"내가 어렸을 때 내 아버지가 우리를 떠났어요. 그때 아버지에게서 전화만 받을 수 있었다면 난 뭐라도 했을 거예요. 지금 우리 길 근처에서 살려고 돌아오는 중이라고, 매일 만날 수 있을 거라고 그렇게 말해주는 전화요. 하지만 그런 일은 결코 일어나지 않았어요."
토머스가 놀라서 엘자를 쳐다보았다. 그녀가 그 문제를 너무나 쉽고 간단한 것으로 만들어버린 것이다. 그는 그녀의 어깨에 팔을 두르고, 밝은 색깔로 칠해진 배들을 빌려 탈 수 있는 곳으로 내려갔다.

복작거리는 피레에프스항에 내려, 피오나는 무거운 가방을 들고 보니를 따라갔고, 보니는 일레크트리코스로 가서 표를 샀다.
"아테네와 붙어 있다는 사실과는 별개로 그 자체로 멋진 곳이에요.” 보니가 설명했다. “맛있는 생선 요리를 먹을 수 있는 훌륭한 레스토랑이 수두룩하고, 크고 멋진 아폴론 신의 황동상도 있지만, 지금 그걸 보러 갈 시간은 없겠군요.”

“저기, 다시 셰인을 만나는 게 조금 두려워요.” 피오나가 아테네로 가는 메트로에 타며 말했다.

“하지만 그는 당신을 사랑하잖아요. 당신을 만나면 기뻐하지 않겠어요?” 보니가 미심쩍게 물었다.

“네, 물론 그렇죠. 보석금이 얼마인지 모른다는 것과, 액수를 알게 돼도 그 돈을 어떻게 마련할지 모른다는 게 마음에 걸려요. 더블린에서는 이런 일로 저를 도와주지 않을 거예요. 집에는 뭔가 다른 데 쓸 거라고 말해야 할지도 몰라요.”

보니는 아무 말 하지 않았다.

“하지만 친근한 얼굴을 보는 거니까 그는 분명 아주 기뻐할 거예요.”

“그를 만나는 게 정말로 두려운 건 아닌가봐요?” 보니가 물었다.

“음, 사랑하는 사람에 대해서는 누구나 약간의 불안감을 느끼는 것 같아요.” 피오나가 말했다. “보통 다 그렇지 않나요?”

요르기스는 보니와 피오나가 가고 있다고 아테네 경찰서에 미리 전화를 해두었다. 그리고 그들이 어떤 사람들인지에 대해 간단한 정보를 주었다. 아테네 경찰들은 그가 말을 끝낼 때까지 귀를 기울였다.

“음, 그 어리석은 여자가 어떻게든 보석금을 마련해서 그놈을 우리 시야에서 사라지게 해준다면 우리보다 더 기뻐할 사람은 없을 거예요." 경찰이 싫은 내색을 하며 말했다. "그놈을 치워달라고 그녀에게 돈이라도 주고 싶은 심정이에요."

경찰서에 들어가기 전 피오나는 잠시 걸음을 멈추고 파우더와 빗을 꺼냈다. 보니는 피오나가 이마의 노랗게 멍든 부분에 화장품을 바르고 멍이 더 잘 가려질 수 있게 머리 모양을 매만지는 것을 얼떨떨하게 바라보았다. 피오나는 립스틱을 바르고 손목과 귀 뒤에 향수를 뿌렸다.

피오나는 자신감을 가지려고 거울에 비친 모습을 보며 미소를 지었다.

"이제 됐어요." 그녀가 떨리는 목소리로 보니에게 말했다.

그들은 피오나가 오고 있다는 사실을 도착 십 분 전에야 셰인에게 알려주었다.

"돈은 가져왔대요?" 셰인이 물었다.

"무슨 돈?" 젊은 경찰 디미트리가 물었다.

"흡혈귀 같은 당신들이 원하는 그 돈, 내게 인간의 자유를 돌려줄 그 돈!" 셰인이 수감실 벽을 발로 차며 소리를 질렀다.

"그녀가 오기 전에 깨끗한 셔츠로 갈아입고 싶어요?" 디미트리가 무미건조하게 말했다.

"당신들은 여기 모든 게 티끌 하나 없이 좋고 깨끗해 보이기를 바라나본데요, 싫어요. 깨끗한 셔츠 따윈 필요 없어요. 그녀가 이 현실을 있는 그대로 보면 좋겠군요."

"그들은 여기 잠깐만 있을 거예요." 경찰이 퉁명스럽게 대답했다.

"그들이라고요?"

"아기아안나에서 여자분이 한 명 더 와요."

"찌질한 인간이 하나 더 온다고요? 참 피오나답군요. 여기까지 오는 데 그렇게 시간을 끌더니 또 누굴 하나 달고 온다고요."

디미트리는 문을 닫아걸면서 사랑의 본질에 대해 곰곰이 생각했다. 그에게는 약혼자가 있었다. 그는 속이 깊고 신뢰할 수 있는 사람이었지만, 가끔 자신이 매력적인 외모의 자기 약혼녀에게 너무 따분한 상대가 아닐지 걱정했다. 사람들은 종종 여자들이 약간 위험한 분위기를 좋아한다고 말했다. 아기아안나의 나이 많은 경찰은 셰인을 만나러 오는 젊은 여자는 간호사이고 상냥하고 매력적인 여자라고 했다…… 사람들이 이를 어쩌나, 하고 말하는 상황. 일반화는 하지 말아야 한다.

"연세가 어떻게 되세요, 안드레아스?"

"예순여덟이요." 안드레아스가 말했다.

"제 아버지는 예순여섯이세요. 죽음을 앞두고 계세요." 데이비드가 말했다.

"저런, 데이비드. 그것 참 안타깝군요. 정말로 몹시 안타까워요."

"고마워요, 안드레아스, 제게 친구 같은 분. 하지만 그게 사실이에요."

"집으로 돌아가 부친 곁을 지킬 건가요?"

"네, 가야죠, 당연히 가야죠."

"돌아가서 곁에 있어드리면 부친이 아주 기뻐하실 거예요. 내 말 믿어요. 충고 하나 해도 될까요? 정말로 잘해드리세요. 보니가 당신에게 충고하려고 했을 때 당신이 화가 많이 났던 거 알고 있어요……" 안드레아스의 목소리에서 망설임이 느껴졌다.

"네, 그땐 언짢았지만 결국 보니가 옳았어요. 찾아가서 그렇게 말하려고 했는데 지금은 여기 안 계시네요……"

"네, 오늘 아테네에 갔어요. 하지만 오늘밤에 돌아올 거예요."

"혹 만약 아프시게 되면요, 안드레아스, 아드님이 어떤 말을 해주면 좋을 것 같으세요?"

"내가 아들에게 꽤 괜찮은 아버지였다는 말을 해주면 좋을 것 같네요." 안드레아스가 말했다.

"집에 돌아가면 그 말을 해드려야겠어요." 데이비드가 말했다.

"부친이 그 말을 들으면 기뻐할 거예요, 데이비드."

그들은 보니와 피오나가 셰인을 만나도록 수감실로 데려갔다.

디미트리가 문을 열어주었다. "친구들이 왔네요." 그가 간결하게 말했다.

"셰인!" 피오나가 외쳤다.

"시간을 많이 끌었군."

"자기가 어디 있는지 어제 알았어." 피오나가 그에게 다가가며 말했다.

"쳇." 셰인이 말했고, 그를 향해 내민 그녀의 팔에는 전혀 반응하지 않았다.

"모든 일에 대한 책임은 내게 있어요. 당신이 연락했다는 사실을 내가 피오나에게 알려주지 않았어요." 보니가 말했다.

"당신은 대체 누구요?" 셰인이 물었다.

"보니라고 해요. 고향은 아일랜드이지만 아기아안나에서 산 지 삼십 년이 넘었어요. 지금은 아기아안나 사람이라고 해도 될 정도죠."
"여긴 뭐하러 왔어요?" 셰인이 물었다.
"피오나가 이곳에서 당신을 만날 수 있게 도와주려고요."
"알았어요, 고맙군요. 이제 저리 꺼지시고, 내 여자친구와 단둘이 있게 해줄래요?" 그가 눈썹에 힘을 주며 말했다.
"당신이 결정해요, 피오나." 보니가 유쾌하게 말했다.
"솔직히 재가 결정할 문제는 아니죠. 내가 결정할 문제지." 셰인이 말했다.
"밖에서…… 잠시…… 기다려주실래요, 보니?" 피오나가 부탁했다.
"내가 필요해지면 바로 들어올게요, 피오나." 보니가 그렇게 말하고 나갔다.
디미트리가 문밖에서 기다리고 있었다.
"덴 피라지." 보니가 그에게 말했다.
"네?" 그가 깜짝 놀라며 말했다.
"내가 여기서 꽤 오래 살았어요." 그녀는 이제 그의 언어로 말했다. "나는 그리스 사람하고 결혼했고, 당신보다 나이 많은 그리스인 아들이 있어요. 덴 피라지, 라고 했어요. 상관없다, 뭐가 대수냐. 저 어리석은 여자는 저 망나니 같은 놈이 무슨 짓을 해도 용서할 텐데 말이죠."
"어쩌면 여자들은 저런 남자들을 좋아하나봐요." 디미트리의 얼굴 가득 비참한 표정이 떠올랐다.
"그런 생각 하지 마요. 사람들은 그런 사람들을 사랑하지 않고 심지어 좋아하지도 않아요. 한동안은 그게 사랑이라고 생각하겠죠. 하지만 그 시기는 지나가요. 여자들이 어느 순간 어리석을 수는 있어도, 바보 멍청이는 아니에요. 피오나는 여기 수감실에 갇힌 저 청년이 얼마나 못됐고 끔찍한 존재인지 곧 깨달을 거예요. 언제인가의 문제죠."

디미트리는 이 문제에 대해 보니가 자신 있게 말하는 것에 기분이 좋아졌다.

"같이 온 그 할망구는 누구야?" 셰인이 물었다.

"아주 친절한 분이셔."

"아무렴 그렇겠지." 그가 코웃음을 쳤다.

피오나는 그에게 키스하고 그를 끌어안으려고 다가갔지만, 그는 그럴 마음이 없는 것 같았다.

"셰인, 이렇게 봐서 정말 좋아." 그녀가 말했다.

"돈은 가져왔어?" 그가 물었다.

"뭐라고?"

"돈 말이야, 나를 빼낼 돈!" 그가 말했다.

"하지만 셰인, 나는 돈이 없어. 그건 자기도 알잖아." 피오나의 눈이 어마어마하게 커졌다. 왜 그는 두 팔을 뻗어 그녀를 끌어안지 않는 거지?

"결국 할말도 없으면서 여기 나타났다고 말하려는 건 아니지?" 그가 물었다.

"나는 할말이 아주 많아, 셰인……"

"그럼 해."

피오나는 그들이 왜 아직 끌어안고 있지 않는지 궁금했지만, 자신이 계속 이야기를 해야 할 것 같았다. 좋은 소식을 먼저 말할지 나쁜 소식을 먼저 말할지 망설여졌다.

"있잖아, 좋은 소식이 있는데, 바버라에게서 연락이 왔어. 병원 근처에 아주 예쁜 아파트가 있는데, 우리가 쉽게 한 채를 구해서 돌아갈 수 있을 거래."

그는 이해할 수 없다는 표정으로 그녀를 쳐다보았다.

피오나가 얼른 말을 이었다. "슬픈 소식도 있는데, 우리 아기가 유산됐어. 끔찍하지만 그렇게 되고 말았어. 레로스 선생님이 다른 문제는 없다고 말씀하셨어. 우리가 다시 노력하기로 하면 바로……"

"뭐라고?"

"놀란 거 알아, 셰인, 나도 그랬어, 몹시. 하지만 레로스 선생님이 그러시는데……"

"피오나, 그 의사란 작자가 이러더라 저러더라 그런 쓸데없는 말 좀 그만 지껄여. 돈이 있어, 없어?"

"미안해, 셰인, 지금 무슨 말을 하고 있는 거야?"

"나를 빼낼 돈이 있냐고?"

"물론 그 돈은 없어, 셰인. 말했잖아, 자길 보러 왔다고. 그리고 그 이야기를 하려고, 내가 자기를 사랑하고 다 괜찮을 거라고 말하려고 왔다고……"

"어떻게 다 괜찮아진다는 거지?"

"셰인, 내가 돈을 빌릴 거야. 그리고 우리는 더블린의 그 아파트를 구할 거고, 그 돈을 갚을 거야……"

"오, 피오나, 그런 말 좀 그만 지껄여, 맙소사. 우리가 어디서 그

보석금을 구하지?"

셰인은 아직도 피오나를 만지거나 끌어안지 않았고, 심지어 죽은 아기에 대한 이야기도 하지 않았다.

"셰인, 아기가 그렇게 된 게 슬프지 않아?"

"입 좀 닥쳐. 도대체 우리가 그 돈을 어디서 구할지 그것만 말해!" 그가 말했다.

"침대에 누워 있었는데 우리 아기가 그냥 물처럼 빠져나갔어." 피오나가 말했다.

"그건 아기가 아니었어, 생리를 한 거야. 그건 너도 알겠지, 피오나, 그러니 우리가 그 돈을 어디서 구할지 그것만 말해."

"우리가, 보니와 내가 물어볼 거야, 액수가 얼마나 되는지. 그리고 내가 그 돈을 구해봐야지. 하지만 가장 중요한 문제는 그게 아니야, 셰인……"

"그럼 뭐가 가장 중요하지?" 그가 물었다.

"음, 내가 자길 찾아냈고, 영원히 자길 사랑한다는 것." 그녀가 그를 쳐다보면서 대답을 기다렸다.

아무 대답이 없었다.

"자길 정말 좋아해, 셰인……" 그녀가 말했다.

"그렇겠지." 그가 말했다.

"그런데 왜 나한테 키스하지 않아?" 그녀가 물었다.

"오, 맙소사, 피오나. 사랑 같은 이야기 작작하고 누가 우리한테 돈을 줄 수 있을지 그것만 생각해." 그가 말했다.

"우리가 돈을 빌리려면 그걸 갚을 수 있게 직장을 구해야 해." 그녀가 걱정스럽게 말했다.

"넌 원하면 직장을 가져. 나는 여기서 나가는 대로 사람들을 좀 만나야 하고 여기저기 연락도 해야 해. 그러면 돈이 충분히 생길 거야."

"아기아안나로 돌아가지 않을 거야?"

"그런 촌구석에? 절대."

"그러면 어디로 갈 건데, 셰인?"

"아테네를 좀 돌아다니다가 이스탄불로 갈까 해. 상황에 따라 달라지겠지만."

"어떤 상황에 따라?"

"내가 누구를 만나고 그들이 무슨 말을 하는지에 따라."

피오나가 침착한 눈빛으로 그를 바라보았다. "그러면 나도 당신과 같이 사람들을 만나고 이스탄불이든 어디든 같이 가는 거야?"

그가 어깨를 으쓱했다. "네가 원하면. 하지만 나보고 정착하자든가 직장을 구하라든가 하는 잔소리는 하지 말아야 하고, 나를 다시 그런 촌구석 마을로 끌고 가려는 생각도 그만둬야 해. 우리는 그런 엿같은 상황에서 벗어나려고 아일랜드를 떠났어."

"아니야, 우리가 아일랜드를 떠난 건 우리가 서로 사랑해서, 그리고 어느 누구도 그걸 이해해주지 않고 우리가 사귀는 걸 자꾸 힘들게 만들어서였어."

"이유야 어찌됐건." 셰인이 말했다.

피오나는 그 어조를 알았다. 셰인이 신경을 끌 때의 어조였다. 그는 자신을 정말로 따분하게 만드는 사람들에게 그런 어조로 말했다. 그런 사람들에게서 벗어났을 때 셰인은 안도의 한숨을 쉬며 이 세상에 법과 규정이 그렇게 많은데 그런 따분한 놈들에 대한 법은 왜 없는지 모르겠다고 말했었다.

피오나는 자신이 이제 셰인을 따분하게 만든다는 것을 깨달았다. 그리고 그가 그녀를 결코 사랑한 적이 없었다는 사실을 이해하기 시작했다.

결코 한 번도.

그 사실은 휘청거릴 만큼 충격적이고 받아들이기가 거의 불가능했지만, 그녀는 지금 자신의 생각이 옳다는 것을 알았다. 그것은 지금까지의 모든 것, 모든 희망, 모든 꿈이 헛된 것이었음을 의미했다. 그가 연락하지 않을까봐 혼자 잠을 설쳤던 지난 며칠 동안의 모든 두려움과 근심이 헛된 것이었다. 보석금이 아니었다면 셰인은 결코 그녀에게 연락을 하지 않았을 것이다.

피오나는 자신의 입이 벌어지고 눈이 커진 것을 알았다. 그가 그녀를 쳐다보는 방식을 보면 알 수 있었다.

"뭘 그렇게 얼빠져서 보고 있어?" 셰인이 그녀에게 말했다.

"당신은 나를 사랑하지 않아." 그녀가 흔들리는 목소리로 말했다.

"오, 하느님 맙소사, 내가 몇 번이나 반복해서 말해야 해? 원하면 같이 가도 좋다고 말했잖아. 그저 나한테 잔소리는 하지 말라고 부탁하는 거야. 그게 죄라도 돼? 말해봐."

구석에 나무로 된 의자가 있었다. 피오나는 거기 앉아 두 손에 자신의 머리를 묻었다.

"아니, 피오나, 지금은 아니야. 우리가 뭘 어떻게 할지 생각해야 하는 지금은 아니야. 나 때문에 질질 짜고 감정적이 될 때가 아니라고. 그딴 거 집어치우고 제발……?"

피오나가 고개를 들어 그를 쳐다보았다. 머리카락이 얼굴 뒤로 넘겨져 있었다. 화장으로 가렸어도 멍자국은 여전히 아주 선명했다.

그가 그녀를 빤히 쳐다보았다.

"얼굴은 어쩌다 그렇게 된 거야?" 그가 역겹다는 듯 물었다.

"당신이 이렇게 만들었어, 셰인. 곶에 있는 레스토랑에서." 피오나는 그전에는 그가 그녀를 때린 사실을 한 번도 언급하지 않았었다. 이번이 처음이었다.

그가 발끈 화를 냈다. "내가 그런 거 아니야."

피오나는 침착했다. "아마 잊었겠지. 그건 더이상 중요하지 않아."

그녀가 떠나려는 것처럼 일어섰다.

"어디 가려고? 방금 왔잖아. 이 문제를 해결해야지."

"아니, 셰인. 당신 혼자 해결해."

"협박하는 건 집어치워."

"협박하는 거 아니고, 잔소리를 하는 것도 아니야. 당신을 봤으니 이제 떠나는 거야."

"하지만 돈은? 보석금은?" 그의 얼굴이 일그러졌다. "이봐, 원하는 게 사랑에 관한 그런 온갖 말이면, 할게, 한다고…… 피오나, 가지 마!"

피오나가 문을 두드렸고, 디미트리가 열어주었다. 디미트리는 상황을 파악한 것 같았다. 그의 얼굴에 미소가 떠올라 있었다.

그것을 본 셰인이 미친 것처럼 변했다. 셰인이 순식간에 피오나에게 다가갔고, 그녀의 머리채를 낚아챘다.

"나하고 이런 게임이나 하자고 여기 온 거면 곤란하지!" 그가 으르렁거리며 말했다.

하지만 디미트리가 어느새 잽싸게 다가와 있었다. 그가 팔로 셰인의 목을 가로막고 그의 턱을 위로 들어올렸다. 셰인은 경찰을 떼어내려면 피오나를 놓아야 했다.

싸움이 되지도 않았다.

디미트리는 덩치가 크고 건장했다. 셰인은 그의 적수가 아니었다.

피오나는 잠시 문 앞에 서서 지켜보다가, 복도로 나가 앞쪽 사무실로 걸어갔다.

보니가 경장과 함께 그곳에 앉아 있었다.

"이천 유로쯤 될 거라고 하네요." 보니가 말을 꺼냈다.

"그렇게 하라지요, 셰인은 내게서 그 돈을 받아내지 못할 거예요." 피오나가 말했다. 머리를 꼿꼿이 들고 있었고, 눈빛은 빛났다.

보니가 설마 그런 일을 기대해도 괜찮을까 하는 심정으로 피오나를 쳐다보았다. 정말로 이게 끝일까? 피오나는 자유로워진 걸까? 그렇게 보이기는 하는데……

15

토머스는 작은 배의 노를 저어 다시 항구로 향했다. 집으로 돌아가는 것처럼 느껴졌다.

그들은 언덕을 올려다보며 그들이 아는 장소들을 가리켰다. 저긴 칼라트리아다 로드에 있는 병원. 저긴 안드레아스의 타베르나로 올라가는 길.

그리고 저기, 마침내 항구와 체크무늬 테이블보가 깔려 있는 카페가 나타났다. 캘리포니아나 독일과는 아주 달랐다. 항구의 품으로 들어오면서 그들은 한숨을 내쉬었다.

현실 도피의 시간이 끝난 것만 같았다.

토머스와 엘자는 작은 배를 돌려주었다.

"배를 타고 나갔던 건 즐거웠나요?" 노인이 물었다.

"아주 좋았어요." 엘자가 미소를 지으며 말했다.

"아브리오*? 내일도 다시 배를 타러 올 건가요?" 경기가 좋지 않아서 노인은 가능한 한 예약을 많이 확보해두고 싶었다.

"아마도요, 확실하진 않고요." 토머스가 말했다. 지키지 못할 약속은 하고 싶지 않았다. 그는 내일 엘자가 집으로 돌아갈 준비를 하면서 시간을 보낼 거라는 걸 알았다. 그 이야기를 하지는 않았지만, 두 사람 다 해안을 따라 한가로이 노를 저으면서 그것이 일종의 작별인사라는 것을 알고 있었다.

그들은 시내로 가는 항구 도로를 걸었다.

"결국 우리는 이곳을 잊어버리게 될까요?" 토머스가 말했다.

정확히 동시에 엘자는 "우리 없이 바쁘게 돌아가는 이 세상을 상상해봐요!" 하고 말했다.

그들은 거의 같은 생각을 한 것에 웃었다. 카페를 지나갈 때 토머스가 그곳을 가리키며 가서 앉자고 제안했다.

"그럴까요?" 엘자가 흔쾌히 그러자고 했다. "다음주 이날쯤엔 카페에 갈 기회가 거의 없을 테니 이 순간을 한껏 즐기기로 해요."

"아, 그건 당신 이야기고요." 토머스가 말했다. "나는 여전히 이 카페를 들락거리고, 노를 젓고, 햇볕을 즐기며 책을 읽고 있을 거예요."

"아니요, 당신은 캘리포니아로 돌아가는 길일걸요." 엘자는 자신의 말이 맞는다고 확신하는 것 같았다.

"엘자! 당신은 보니만큼 나빠요. 안식년이 시작된 지 석 달밖에 되지 않았다고 말했잖아요. 올해가 끝나기 전엔 돌아가지 않아요. 그리고 돌아간다 해도 상황을 더 나쁘게 만들 뿐이에요." 토머스는

---

* '내일'이라는 뜻.

엘자의 확신이 어리둥절했다.

"엽서 보낼게요, 거기서 받게 될 거예요." 그녀가 웃었다.

"그건 정말 잘못된 생각이에요. 내가 왜 가야 하죠?"

"이 섬의 위대한 여신인 보니가 당신이 갈 거라고 말했고, 그녀가 뭔가 말하면 그 일이 이루어지니까요. 봐요, 데이비드는 내일 떠나고……"

"하지만 데이비드만 그런 거죠. 아버지가 죽음을 앞두고 계시니까요. 그러니까 가야 하는 거고, 데이비드에 대해선 보니의 말이 맞았어요. 나머지 사람들은 그녀의 말에 전혀 주의를 기울이지 않잖아요. 피오나는 그 미친놈을 찾아 아테네로 갔고, 당신은 떠날 거고, 나는 계속 여기 있을 거예요. 넷 중 하나니까, 승률이 높은 건 아니죠."

"게임은 끝나지 않았어요, 결국엔 훨씬 높은 승률을 기록하게 될 거예요."

안드레아스가 그들의 테이블로 왔다.

"합석해도 되나요? 좋은 소식을 같이 나누고 싶어요."

"아도니 소식인가요?" 엘자가 흥분을 드러내며 헉 소리를 냈다.

안드레아스는 고개를 저었다. "아니요, 아쉽게도 그만큼 좋은 소식은 아니지만, 그래도 좋은 소식이에요. 피오나가 셰인에게서 돌아섰대요. 그를 두고 경찰서에서 곧장 나왔대요. 보니하고 마지막 페리를 탔다고 하니, 해질녘엔 돌아올 거예요."

"어떻게 알아요?" 토머스가 물었다.

"거기 경찰 중 하나가 요르기스에게 전화해서 그 소식을 전했대요. 피오나가 보석금을 내려고도 하지 않았다네요. 그냥 떠났대요." 안드레아스가 그 모든 이야기가 수수께끼라는 듯 양손을 벌렸다.

"하지만 왜요? 온갖 힘든 일을 다 겪고 그를 떠나는 이유가 도대체 뭘까요?" 엘자는 잘 알 수가 없었다.

"일단 셰인이 피오나를 때리고 다치게 한 건 사실이니까요." 안드레아스가 주저하며 말했다.

"음, 그자가 틀림없이 전에도 그랬을 텐데, 그전에는 피오나가 그 문제를 걱정하지 않았어요." 토머스가 진지하게 말했다.

"이번은 달랐을 거예요. 거기서 있었던 어떤 일 때문에 피오나가 그의 참모습을 보게 된 거겠죠." 엘자가 사려 깊게 이야기했다.

"음, 정말로 이게 최선의 결과죠." 안드레아스가 말했다. "그리고 데이비드가 내일 오후에 아기아안나를 떠난다고, 오늘밤 작별인사를 하러 우리 타베르나로 저녁을 먹으러 올 거예요. 두 분도 같이 와서 함께했으면 해요. 요르기스가 페리에서 내리는 피오나를 태우고 그리로 올 거예요. 올 거죠?"

토머스가 물었다. "보니도 같이 저녁식사를 하나요?"

"그러기를 바라요, 정말로 그러기를요." 안드레아스는 그렇게 많은 친구들을 위해 요리를 한다는 생각에 따스한 미소를 지었다.

토머스가 재빨리 말했다. "정말로 친절하세요, 안드레아스. 하지만 안타깝게도 엘자와 저는 오늘밤 누굴 좀 만나서 같이 저녁식사를 하기로 해서요. 아쉬워요, 거기 가서 같이 저녁을 먹는 게 훨씬 좋았을 텐데."

엘자가 재빨리 말을 이어받았다. "네, 타이밍이 안 좋았네요." 그녀가 말했다. "데이비드에게 내일 정오에 항구에서 만나자고 전해주시겠어요?"

안드레아스는 그 말의 뜻을 이해했다.

안드레아스는 그들이 깨닫고 있는 것보다 더 많은 것을 이해했다. 그 시간이 되기 전에 마지막으로 한번 물어본 것뿐이라고, 그가 그들을 안심시켰다. 하지만 그도 여느 사람만큼 눈치가 있었다. 두 사람은 자기들끼리만 시간을 보내고 싶은 것이다.

하지만 그 말을 하지는 않았다. 안드레아스는 그들을 두고 정중하게 그 자리를 떠났다.

그들은 안드레아스가 종업원들과 많은 손님들에게 경례를 붙이는 것을 지켜보았다.

"저분처럼 어떤 장소에 뿌리를 내리고 그곳의 중심이 된다는 건 참 놀라운 일이에요" 안드레아스가 떠나는 것을 지켜보면서 토머스가 감탄하며 말했다.

"왜 그렇게 말했어요? 우리가 저녁식사를 하기로 했다는 것 말이에요?" 엘자가 물었다.

토머스는 잠시 침묵했다. "정말로 잘 모르겠어요, 엘자. 하지만 당신이 보니와 또 마주치는 것을 원치 않을 것 같다고 느꼈어요. 그리고 마침맞게 나도 같은 마음이고요. 나도 그래요. 오늘밤 셰인에 대한 말은 한마디도 듣고 싶지 않아요. 그리고…… 그리고……"

"그리고 뭐요?"

"그리고 당신이 가고 나면 보고 싶을 것 같아요. 당신이 떠나기 전에 같이 시간을 더 보내고 싶었어요, 우리 둘만요."

엘자가 그에게 그 특유의 미소를 지어 보였다.

"그거 전부 아주 좋은 이유네요, 토머스. 그리고 마침맞게—당신

표현을 쓰자면요—나도 그 전부에 대해 같은 마음이에요!"

피오나와 보니는 걸어서 피레에프스를 통과했다. 아주 복작거리는 곳, 그 자체로 하나의 도시였다. 그들은 함께 걸어가면서 사람들에게 이리저리 떠밀렸다. 피오나는 큰 가방을 끌고 있었다.

하지만 그녀는 아주 밝아 보였다.

"말씀하신 게 맞네요, 보니. 생선 요리를 파는 레스토랑에 관한 그 모든 이야기요. 제가 식사 대접을 해도 될까요? 뭐라고 불러야 할지 모르겠네요, 늦은 점심, 아니면 오후의 차 시간?"

"오, 그럼 나는 바르부니를 좀 먹겠어요." 보니가 아이스크림을 받는 아이처럼 손뼉을 치며 말했다.

"그거 숭어죠, 그 정도는 알아요. 여기, 이곳 괜찮아 보여요?"

"괜찮아 보이는데요. 둘이 먹을 걸로 바르부니와 감자튀김을 주문하면 될까요?" 보니가 물었다.

"아주 좋아요, 그리고 저는 레치나 한 병을 해치울 수 있을 것 같아요."

"그렇게 해요." 보니의 목소리가 딱딱해졌다.

피오나는 입술을 깨물었다. 술에는 손도 대지 않을 여자에게 얼마나 배려 없는 말을 한 것인가.

"아니면 탄산수요." 피오나가 어설프게 말했다.

"오, 맙소사, 피오나. 레치나를 마셔요. 그걸 마실 자격이 충분해요. 내가 만약 금주를 깬다면 그 이유가 나와 저녁을 같이 먹는 사람이 그 페인트 제거제 같은 색깔의 와인에 코를 박아서는 아닐 거예요. 가장 좋지 않았던 시기에도 그건 마시지 않았어요. 당신이 나를 유혹에 빠뜨리는 게 아니라고요"

그들은 선원들이 오가고 어부들이 잡은 물고기들을 옮겨 담는, 이렇게 큰 항구도시의 삶에 대해 친구처럼 대화를 나누었다. 그리고 백팩을 메고 배에서 내리는 학생들과 저만치 정박지로 들어오는 화려한 요트에 대해.

활기찬 풍경이었다.

보니는 어떤 순간에도 경찰서에서 있었던 일에 대해 언급하지 않았다. 셰인이 없는 피오나의 미래에 대해서도 언급하지 않았다. 피오나가 원한다면 그러고 싶을 때 그 이야기를 하면 될 것이고, 두 사람 다 그것에 대해 편안하게 느꼈다.

그들을 다시 아기아안나로 데려다줄 페리를 타러 일어날 시간이 되자 피오나가 계산서를 달라고 했다.

"오 로가리아스모스!" 종업원이 계산서를 내밀며 말했다.

"학교에서 배운 로가리듬*하고 비슷하네요……"

"아직도 그런 걸 가르치나요? 여기, 내가 반을 낼게요." 보니가 말했다.

"제가 졸업한 뒤로 없어졌는지도 몰라요." 피오나가 맞장구를 쳤다. "아니요, 돈은 됐어요. 제 페리 탑승권을 사주셨잖아요."

"나는 일을 하잖아요, 내 형편이 더 나아요." 보니는 반대했다.

"이런 식으로 생각해주세요. 저는 오늘 있었던 일로 사실상 이천 유로를 득 봤어요. 복권에 당첨된 것과 같은 거예요." 두 여자는 서로를 바라보며 미소 지었다. 여러모로 복권에 당첨되는 것보다 더

---

* 로그, 대수라는 뜻의 영어.

나왔다.

아기아안나로 돌아가는 배에서 보니는 피오나가 배의 난간을 잡고 바다를 바라보는 것을 지켜보았다.

피오나의 입술이 움직이고 있었다. 아마 기도를 하고 있을 것이다. 아니면 울고 있거나. 아니면 그저 뭔가를 고민하고 있을 것이다. 그게 뭔지는 몰라도 보니가 보기에 피오나에게 도움이 필요한 것 같지는 않았고, 대화는 더더욱 아니었다.

데이비드는 주방에서 안드레아스의 일을 거들고 있었다.

"이 모든 순간이 아주 많이 그리울 거예요." 데이비드가 말했다.

"어쩌면 얼마 동안은 부친을 위해 요리를 해줄 수 있겠군요."

"지금과는 다르겠죠."

"다를 거예요, 하지만 얼마 안 가 부친도 좋아하실걸요. 공책 꺼내서 받아 적어요. 맛좋은 무사카를 만드는 방법을 알려줄게요. 영국에도 멜리잔네스 있죠?"

"가지요? 네, 있어요."

"어떻게 만드는지 알려줄게요. 아들이 아버지를 위해 요리하는 모습을 보면 부친이 기뻐하실 거예요."

"그럴 거라고 생각하세요?" 데이비드는 확신이 서지 않았다.

"그럴 거라고 생각하는 게 아니라, 물으나 마나예요." 안드레아스가 말했다.

요르기스가 항구에서 전화를 걸어왔다. 그가 기다리고 있다가 피오나와 보니를 불러 세웠고, 십오 분 뒤면 타베르나에 도착한다고 했다.

"요르기스가 그러는데, 피오나의 기분이 아주 좋다는군요." 안드레아스가 말했다.

"그 멍청이 놈을 구치소에서 빼낸 모양이네요." 데이비드가 침울하게 말했다.

"아니요, 그 반대예요. 방금 그걸 말하려던 참이었어요. 피오나가 그에게서 돌아섰다네요. 그를 거기 두고 왔대요."

"잠시겠죠. 곧 되돌아갈 거예요."

"그럴 것 같지 않아요. 그녀가 직접 말하게 하는 게 어떨까요. 같은 생각인가요?"

"오 그럼요. 나도 늘 그런 방식으로 해왔어요." 데이비드가 말했다. "그러면 피오나가 보니하고도 여전히 이야기를 하는 건가요?"

"요르기스 말로는 가장 좋은 친구 사이로 보인다는데요."

데이비드가 웃었다. "두 분은 그런 얘깃거리를 나눌 수 있는 최고의 한 쌍이시네요!"

"자기 형제와 그런 얘기를 나누지 못한다면, 물어봅시다, 그럼 도대체 누구하고 나누겠어요? 공책 준비됐어요? 자 그럼, 질이 아주 좋은 저민 양고기 1킬로그램, 다음으로는……"

"안나비치에 갈래요?" 토머스가 엘자에게 제안했다.

"아니요, 거긴 너무…… 모르겠어요. 너무 복작거리고 너무 휘황찬란해요. 게다가 내게 좋은 기억이 남은 곳도 아니고요. 파도가 부서지는 곳에 있는 그 작은 레스토랑 어때요?"

토머스는 거기 가고 싶지 않았다. "거기 가면 그 악랄한 놈이 피오나를 때린 그날의 기억이 너무 많이 떠오를 것 같네요. 그놈이 피오나에게 주먹을 휘둘렀어요. 그대로 뒀으면 피오나 얼굴 뼈가 모조리 부러졌을 거예요."

"하지만 그런 일은 일어나지 않았고, 지금은 피오나가 그를 떠났잖아요." 엘자가 위로했다. "그러면 어디로 갈까요? 사람들이 너무 많은 곳은 말고, 우리는 누구를 만나기로 되어 있는 거잖아요……"

"케밥과 와인을 사서 내가 지내는 곳에 가는 건 어때요?" 토머스가 제안했다.

"그래요, 아주 좋아요. 만약 보니에게 들키면 뭐라고……"

"보니는 지금 계사에서 닭들을 돌보고 있어요, 집안으로 들어오지 않을 거예요. 하지만 혹시 들어오면 우리의 친구가, 어느 믿을 수 없는 독일인이 나타나지 않았다고 둘러대죠 뭐."

"안 돼요! 절대 안 믿을걸요. 믿을 수 없는 독일인이요? 그건 백만 년이 지나도 어림없는 소리죠." 엘자가 웃었다. "믿을 수 없는 미국인이라고 하죠……"

"당신 참 터무니없이 부당하고 인종주의적인데요. 안 돼요, 그렇게 덜떨어진 사람을 우리 국적에 포함시킬 순 없어요. 신뢰할 수 없는 아일랜드인이라면 모를까?"

"아니요, 보니가 아일랜드인이에요. 믿을 수 있는지 아닌지 그녀가 알 거예요. 다른 어디가 좋겠는데. 잉글랜드인 어때요."

"불쌍한 데이비드에게 너무 불공정한데요. 지금까지 우리 넷 중에서 가장 신뢰할 만한 사람이니까요. 하지만 지금은 특단의 조치가 절박하게 필요한 시간이니. 그러면 그 남자가 잉글랜드인인 걸로 하고, 그 나쁜 남자가 우리를 바람맞힌 걸로요."

"피오나에게 나중에 돌아온다고 쪽지를 남길게요. 그런 다음 같이 저녁을 사러 가요."

피오나는 확실히 달라졌고, 모두 그것을 느낄 수 있었다. 그녀는 당당하게 어깨를 폈고, 더 자연스럽게 미소를 지었다. 풀죽고 약간 방어적인 어조는 사라졌다. 그녀가 전에는 어떤 사람이었는지가 갑자기 드러나 보였다.

피오나는 방방 뛰어다니면서 저녁식사 주문 받는 것을 도왔다.

테이블 세 곳에 손님들이 앉아 있었는데, 모두 영어를 하는 사람들이었다. 피오나가 메뉴를 통역하고, 돌마데스부터 시작하라고 조언하면서 그것은 포도잎에 속을 채우고 조그맣게 말아 싼 것이라고 설명을 해주었다. 이 가게에서 만드는 것이고 맛이 아주 좋다고 자신 있게 추천했다. 하우스와인도 비싸지 않고 맛이 좋다고 제안했다. 곧 그녀는 체계적으로 주문을 잘 받아냈고 주방 보조로 일하는 아가씨 리나는 음식을 수월하게 내갈 수 있었다.

그 덕에 안드레아스는 친구들과 함께 앉아 아기아안나의 중심부에서 아래로 펼쳐지는 불빛들을 바라볼 수 있었다.

"토머스와 엘자가 같이하지 못하는 게 아쉽네요." 데이비드가 말했다.

"아, 음, 그러게요." 안드레아스가 어깨를 으쓱했다.

나머지 사람들은 몰랐지만, 그건 이렇다저렇다 의견을 나눌 문제가 아니었다.

"이곳을 결코, 결코 잊지 못할 거예요." 데이비드가 감상에 젖어드는 목소리로 말했다.

"우리를 보러 종종 다시 와요." 데이비드가 감정이 북받치기 전에 안드레아스가 재빨리 말했다.

"오, 그럴게요. 지금과 같지는 않겠지만, 그렇게 할게요." 데이비드가 약속했다.

"그리고 피오나, 사람들을 아주 잘 다루네요. 아주 잘 보살피고요, 여기서 일할 생각 없어요?" 안드레아스가 느닷없이 말했다.

"일요? 여기서요?" 피오나는 믿기지가 않았다.

"손님들에게 어떻게 하나 지켜봤는데, 내가 필요로 하는 바로 그 모습이에요. 여기 아도니의 방에서 지내도 돼요. 엘자가 떠나면 지낼 곳이 필요할 테니까요."

피오나는 안드레아스의 손에 자신의 손을 올렸다. "지난밤이나 오늘 아침 일찍 물어보셨다면 너무 고마워서 눈물을 흘렸을 거예요. 하지만 지금은, 지금 진심으로 감사하지만 여기 와서 일할 수는 없을 것 같아요."

"시내에서 너무 올라온 곳이라서요?" 안드레아스가 물었다.

"아니요, 안드레아스, 너무 멀어서가 아니에요. 집으로 가려고 해요. 더블린으로 돌아가려고요."

그녀는 테이블에 앉은 사람들을 둘러보았는데, 모두 놀란 표정이었다.

"네, 아테네에서 페리를 타고 돌아오는 길에 생각했어요. 이곳엔 작별인사를 하러 온 거예요."

한나가 이메일을 썼다.

엘자에게

네가 어떤 소식을 듣고 싶은지 잘 모르겠어. 어쨌거나 네가 지난번에 보낸 이메일을 디터에게 보여줬어. 신중하게 읽더니 고맙다고 하더라. 아주 공손하게. 그의 평소 모습답지 않게 말야. 너한테 알려줘야 한다고 생각했어. 그리고 비르기트가 그의 관심을 끌려고 책상 앞에서 옷 벗는 것만 빼고 모든 걸 했는데, 그는 그녀를 아주 많이 성가셔할 뿐이야.

이런 이야기를 해주는 건, 엘자, 네가 어떤 결정을 내릴지 모르지만, 그전에 모든 사실을 다 알고 있어야 한다고 생각했어.

당연한 말이지만 난 네가 집으로 돌아오면 좋겠어. 하지만 네가 어디 있건 우리는 변함없는 친구야.

사랑을 담아,

한나

토머스와 엘자는 식사를 끝내고 지붕이 내려다보이는 발코니에 앉았다.

"당신이 지내는 곳에서 보는 풍경이 더 멋지죠." 토머스가 말했다.

"여기서도 별은 보여요, 중요한 건 그거예요." 엘자가 말했다.

"별은 무엇인가요, 족서?"* 토머스가 묵직한 아일랜드 억양으로 한 구절을 인용했다.

"그게 어디서 나온 구절인지 안다고 말하면, 내가 잘난 체한다고

---

* 족서는 1924년에 발표된 숀 오케이시의 희곡 『주노와 공작』의 등장인물이며, 첫 장면에서 그 질문이 제기된다.

말하겠죠?"

"어서 말해봐요, 내게 망신을 줘봐요, 내 기를 죽여봐요!" 그가 웃었다.

"숀 오케이시." 그녀가 말했다.

"최곤데요, 엘자. 헌신적인 교사가 또 있었던 건가요?"

"그건 아니고요, 디터하고 런던에 갔었어요, 비밀 여행으로요, 거기서 연극을 봤어요. 정말 좋았어요."

"돌아가 다시 그와 함께하는 시간을 고대하고 있나요?" 토머스가 물었다.

"문제가 있어요." 그녀가 말했다.

"문제는 늘 있지 않아요?" 그가 공감했다.

"그렇겠죠. 하지만 이 문제는 흔치 않은 거예요. 디터는 우리 관계를 속이고 감추거나 다른 사람 모르게 만나는 일은 더이상 없을 거라고 약속했어요. 모든 게 공개될 거라고요." 엘자는 그렇게 말하면서도 꺼림칙한 것 같았다.

"그게 더 낫겠네요, 안 그런가요? 공개되는 게요." 토머스가 놀라서 물었다.

"음, 내 생각엔 그래요. 하지만 어떤 면에서는 그렇지 않을지도 모르죠." 그녀가 입술을 잘근잘근 씹었다.

"그것이 비밀이라는 것, 은밀하다는 것에서 쾌감을 느낀다는 뜻인가요?" 그가 물었다.

"아니요, 전혀 그런 뜻은 아니에요. 그는 다른 뭔가를 자백할 사람이 결코 아니에요. 그와 다른 여자 사이에 아이가 있었던 사실 같은 거요."

"당신하고 사귈 때 일어난 일인가요?" 토머스가 물었다.

"아니요, 오래전에요. 하지만 문제는 그가 그 어린 딸의 존재를 절대 인정하지 않는다는 거예요."

"그게 당신이 달아난 이유였나요?"

"달아나지 않았어요, 일을 그만두고 나와서 세상을 구경하는 거예요. 하지만 그에게 좀 실망했어요. 계획한 일이었건 어쩌다 그렇게 된 일이었건 아이가 태어났으면 책임을 져야죠."

"그는 동의하지 않았고요?"

"동의하지 않았어요. 아무튼 나는 그걸 받아들이기가 힘들어요. 그를 다시는 믿을 수 없을 것 같거든요. 그를 사랑한다는 게 부끄러워요. 그에게 이 전부를 털어놓았어요."

"그러면 마음이 바뀐 이유는요? 지금 그에게 돌아가는 게 옳다고 느끼는 이유는 뭐죠?"

"여기서 그 사람을 만나고 그가 나를 사랑하고 나를 위해 뭐든 할 거라는 사실을 안 거요." 엘자는 토머스가 이해해주기를 바라면서 그를 쳐다보았다.

토머스가 고개를 끄덕였다. "네, 나라도 그를 믿었을 것 같네요. 누군가를 사랑한다면 그 사람을 붙잡아두려고 뭐든 그런 척할 수 있으니까요. 나도 그랬어요, 나도 알아요."

"당신은 어떤 척을 했어요?" 그녀가 부드럽게 물었다.

"빌이 내 아들이라고 믿는 척했죠. 그때는 셜리를 너무 많이 사랑해서 빌이 내 아이일 리 없다는 결정적인 증거를 내밀지 못했어요."

"당신 아이가 아니에요?" 엘자는 깜짝 놀랐다.

토머스는 감정을 섞지 않고 간단하게 그 이야기를 해주었다. 검사 결과 자신은 아이를 만들 수 없었다는 것, 셜리가 임신 소식을 즐겁게 알린 것, 빌이 태어났을 때 예상치 못한 보너스로 느껴졌고 아이를 아주 많이 사랑하게 됐으며 생물학적인 아버지는 더이상 중요하지 않게 생각됐던 것까지.

그는 진짜 아버지가 누구인지 굳이 알아내려 하지 않았고, 그건 아무래도 괜찮았다.

돌이켜보건대 그가 그 일로 떠들썩한 장면을 연출하지 않은 건 잘한 일이었다. 토머스가 빌의 친부가 누구인지 이의를 제기했다면 이혼 후 아이에게 접근하는 것을 거부당했을 테니까.

"여전히 사랑해요, 셜리를?"

"아니요, 그 마음은 인플루엔자나 여름 폭풍처럼 지나갔어요. 그녀를 미워하지도 않아요. 다만 신경은 쓰이고, 이제 그녀와 앤디의 아이가 태어날 거라 그것도 신경쓰여요. 아주 많이. 한 가지 이유는 그들은 그게 가능하단 거고, 또 한 가지는 빌이 아주 신나한다는 거예요…… 새로 동생이 생긴다고."

"셜리가 바람을 피우고 있다고 생각한 적 있었어요?"

"아니요, 전혀 없었죠. 하지만 이런 식으로 말해볼 수 있겠네요. 빌이 존재한다는 사실 자체가 셜리가 꼭 믿을 만한 사람은 아니라는 걸 의미한다고요. 한 번 즐긴 거라고 생각해버린 것 같아요."

"아마 그랬을 거예요." 엘자가 말했다.

"네, 나도 그렇게 생각해요. 하지만 이유야 어쨌건 우린 서로 이야기할 게 점점 없어졌어요. 그러다 이혼까지 하게 됐고요." 그는 우울해 보였다.

"그러면 당신은 다른 사람을 찾았나요?"

"아니요, 정말로 찾아볼 생각을 하지 않았던 것 같아요. 빌을 생각하는 마음이 아주 컸거든요. 셜리가 앤디를 데려와 내게 인사시키면서 두 사람의 계획을 말했을 때 나는 정말로 깜짝 놀랐어요. 셜리는 이걸 '세련되게' 해나가고 싶다고 했어요. 자기는 비밀이나 가식이 싫다면서요. 장담하는데, 그녀는 자기는 모든 일에 양심적이라는 투로 말했어요. 우리가 모든 것에 솔직하면 좋겠다면서요." 그가 빈정거리듯 말했다.

"음, 그게 뭐가 잘못이죠?" 엘자가 물었다.

"아, 셜리 자신이 몇 개월 동안 비밀을 감추고 가식을 떨면서 지냈어요! 사랑에 빠진 사람들은 아주 당당해져서 다른 사람들이 다 자기들 계획에 맞춰야 한다고 생각하죠."

엘자는 말이 없었다. 뭔가 열심히 생각하면서 답을 찾아내려는 것 같았다.

"재미없는 이야기만 계속해서 미안해요." 토머스가 말했다.

"아니요, 전혀요. 덕분에 어떤 사실이 분명해졌어요."

"내 덕분에요?"

"네, 디터가 괜찮은 인간이려면 자신에게 딸이 있다는 사실을 받아들이고 그 아이를 인정해야 해요."

"그것 때문에 당신을 잃게 된다 하더라도요?" 토머스가 물었다.

"그 아이가 아버지를 필요로 한다는 사실을 그가 정말로 믿는다면, 그것 때문에 나를 잃지 않아요. 문제는 그가 연기를 하고 있는 것 같다는 거예요. 그는 내가 원하는 게 다이아몬드 반지와 존중과 헌신이라고 생각해요. 그런 거 있잖아요."

"그렇다면 그는 당신을 정말로 잘 모르고 있네요, 안 그런가요?" 토머스가 말했다.

"어떤 뜻이죠?"

"내 말은, 이 년 넘게 사귀었는데도 그는 당신이 중요하게 여기는 가치를 모르고 있다는 거예요."

"전적으로 옳아요. 디터는 나를 전혀 이해하지 못해요. 하지만 그게 중요했던 적은 없어요. 사랑이라는 게 그 모든 걸 카펫 아래 숨겨버렸어요. 그리고 방금 사랑에 빠진 사람들이 당당하고 다른 사람들에 대해선 신경쓰지 않는다고 그랬잖아요. 그건 정말로 사실이에요. 이전에는 그 생각을 못했었어요."

"음, 이따금 뭔가를 말해주지 않는다면 친구가 무슨 소용이겠어요?" 토머스가 웃었다.

"하지만 당신은 내가 그를 포기해야 한다고 생각하는군요, 안 그래요?"

"내가 어떻게 생각하는지는 중요하지 않아요."

"나한텐 중요해요."

"그럼 좋아요, 다른 것도 중요하겠지만…… 나는 당신이 당신을 이해해주는 사람과 함께해야 한다고 생각해요."

"다른 것이라니요?" 그녀가 웃었다.

"내가 말하는 게 섹스, 사랑, 매력이라는 걸 당신도 잘 알겠죠. 그런 것들 모두 아주 좋지만, 이해도 받을 수 있다면 당신은 아주 행복할 거예요."

"그러면 그 모든 걸 한몸에 다 가진 사람을 어디 가서 찾을 수 있나요, 토머스?" 엘자가 물었다.

"아, 내가 그 답을 안다면 세상을 움직일 수 있겠죠." 그가 그녀를 향해 와인잔을 들며 말했다.

안드레아스의 타베르나에서, 테이블에 둘러앉은 그들은 피오나가 한 말에 여전히 놀란 상태였다. 리나가 접시를 치웠고, 그들 앞에는 작은 커피잔이 놓여 있었다.

"부모님은 알고 계세요?" 데이비드가 물었다.

"아니요, 아직은 혼자만 생각하고 있어요. 여기 있는 내 친구들인 여러분 말고는 아무도 몰라요." 피오나가 말했다.

그들은 잘 생각했다고 말한 뒤, 현실로 되돌아가는 것과 다시 간호사로 일하는 것이 필요하다는 데 동의했다. 어느 누구도 셰인에 대한 말은 꺼내지 않았다. 안드레아스는 그녀의 어머니와 아버지가 틀림없이 아주 기뻐할 거라고 말했다. 요르기스는 다시 병원으로 돌아가서 일할 생각이냐고 물었다. 데이비드는 그녀에게 계속 집에서 살 생각이냐고 물었다.

이번에도 셰인에 대한 이야기는 아무도 꺼내지 않았다.

대화에 참여하지 않은 사람은 보니뿐이었다. 그녀는 앉아서 앞만 쳐다보고 있었는데, 그녀로서는 이례적인 일이었다.

결국 피오나가 보니에게 말했다.

"지금까지 다 당신이 옳았어요, 보니. 제가 그 사실을 처음 인정하는 사람이 됐네요. 당신이 옳았다는 사실이 기쁘지 않으세요?"

"그건 득점이나 실점을 하는 게임이 아니라, 당신의 인생 전체, 당신의 미래예요."

"그럼 기뻐할 이유가 더 있죠." 피오나가 말했다. "'내가 그렇게 말했잖아'라고 할 수 있으니까요. 그런 말을 할 자격이 있으세요."

"나는 그 말을 하고 싶지 않아요. 말은 여러분 모두에게 할 만큼 했어요. 그리고 여러분 모두를 화나게 만들었고요. 그게 늘 내 문제였어요. 나 자신만 빼고 모두에게 뭐가 맞는지를 아는 거요. 여기 있는 안드레아스와 요르기스가 그 사실을 확인해줄 거예요. 어리석은데 가르치려 드는 사람, 세상 사람들한테는 이래라저래라 할 수 있어도 자기 인생은 어떻게 할 줄 모르는 보니."

침묵이 흘렀다. 이윽고 요르기스가 말했다.

"당신은 우리 누이 크리스티나의 인생을 어떻게 해야 하는지 확실히 알고 있었어요. 당신이 없었다면 크리스티나는 결코 회복하지 못했을 거예요." 그가 말했다.

"그리고 당신은 연중 하루도 빼놓지 않고 여기서 다른 사람들의 삶을 더 좋게 만들어주기 위해 애쓰지요. 마리아가 운전을 배울 수 있게 해주고, 아이들을 돌보고, 병자들을 찾아가고. 그게 어리석거나 누굴 가르치려 드는 걸로 보이지는 않는데요." 안드레아스가 말했다.

"당신이 아니었다면 저는 아버지가 죽음을 앞둔 걸 절대 몰랐을 거예요, 보니." 데이비드가 말했다. "그 사실을 알아내지 못했을 때 제가 평생 느꼈을 죄의식을 생각해보세요."

"그리고 오늘 저하고 같이 가실 때도 저보고 한 번도 이래라저래라 하지 않으셨어요. 참견하는 건 전혀 없으셨던 것 같아요. 그냥 말씀하신 게 맞았던 거예요." 피오나가 말했다. "그리고 제가 제 생각에 따르도록 해주셨고요. 결코 잊지 못할 거예요."

보니가 이쪽저쪽을 쳐다보았다. 가슴이 벅차올라 뭐라고 말을 할 수조차 없었다. 마침내 그녀가 아일랜드어로 간신히 두 단어를 말했다.

"슬론 아왈라,* 피오나." 보니가 흔들리는 목소리로 말했다.

"그게 무슨 뜻인가요?" 데이비드가 물었다.

"'안전한 집'이라는 뜻이에요." 피오나가 말했다.

토머스와 엘자는 오래된 친구 사이처럼 발코니에서 이야기를 나누었다. 서로 오래 알고 지낸 게 아니라 만난 지 십이 일 정도밖에 안 되었다는 사실이 믿기 어려웠다. 그들은 서로의 가슴속 비밀을 알고 있었다.

"당신은 올해가 끝나기 한참 전에, 셜리의 아기가 태어나기 전에 돌아갈 건가요?" 엘자가 물었다.

"그래야 한다고 생각해요?" 토머스가 그녀를 쳐다보았다.

"음, 난 누군가에게 뭘 어떻게 하라고 말하지 않아요. 보니가 우리 모두한테 이렇게 해야 한다, 저렇게 하면 안 된다, 그런 말을 했을 때 우리가 얼마나 화가 났었는지 기억해봐요. 당신도 내게 어떻게 하라고 말하지 않았고요."

"그건 달라요." 토머스가 말했다. "나는 지금 당신에게 물어보는 거고, 정말로 당신이 어떻게 생각하는지 알고 싶어요."

"알겠어요…… 나는 당신이 빌을 사랑하고 빌도 당신을 사랑한다고 생각해요. 그리고 살면서 그렇게 아름답고 너그러운 사랑은 찾기 힘들다고 생각하고요. 그래서 당신이 그애 가까이 있지 않는 건 엄청난 낭비라고 생각해요. 그애를 마음에서 지워내고 자기 인

* 아일랜드에서 집으로 돌아가는 이에게 작별인사로 하는 말.

생을 살려고 하는 게 아니라면요. 당신은 늘 아이 걱정을 해요. 그런데 왜 가까이 살면서 그애가 언제든 찾아가도 괜찮다고 느낄 집을 구하지 않는 건가요. 아기가 새로 태어나면 빌은 아기에게 질투를 느낄 테고, 자신이 왕이 되는 장소가 필요할 거예요."

토머스는 그녀의 말을 귀기울여 들었다.

"한때는 아름답고 너그러운 사랑이었지만, 난 앤디에 대해 속 좁은 사람이 됐어요. 내가 그 사랑을 작은 것으로 만들었어요." 그는 아주 슬퍼 보였다.

"그렇다면 조금씩 새어나가 다 없어지기 전에 다시 붙여 단단하게 만드는 게 어떨까요." 엘자가 제안했다.

"머리로는 동의가 되는데 가슴은 내가 다 망쳐놓을까봐 두렵고, 내가 아이의 삶에서 떨어져 있는 게 정말로 더 나을 거라고 느껴요…… 나를 위해서도, 그애를 위해서도."

"음, 토머스, 당신은 올바른 결정을 내리게 될 거예요. 난 당신을 충분히 알아요. 자 그럼, 당신이 떠나기 전에, 당신은 떠날 테니까, 엉망이 된 내 삶에 대해 당신은 어떻게 하라고 말해줄 건가요?"

"당신에게 난 우리가 사랑하는 사람을 극복할 수 있다고, 극복한다고 말해줄 수 있을 것 같네요. 그리고 당신이 그를 극복하는 문제를 깊이 생각해보면 좋겠어요."

"하지만 어째서, 어째서 그 관계가 끝나기를 바라는 거죠? 당신은 내 친구고, 내가 당신에게 좋은 일을 바라는 것처럼 당신도 내게 좋은 일을 바라잖아요. 아주 간단히, 디터가 내 인생의 사랑인 거 당신도 알잖아요." 엘자는 혼란스러웠다.

"당신이 내게 어떻게 생각하는지 물었고, 그래서 이야기한 거예요." 토머스가 간단히 말했다.

"하지만 나는 당신이 왜 나보고 그를 포기하라는 건지, 극복하라는 건지 그 이유를 모르겠어요."

"내가 당신을 위로해줄 수 있으니까요."

엘자가 입을 벌리고 그를 쳐다보았다. "토머스, 이건 아니에요!" 그녀는 숨이 제대로 쉬어지지 않았다. "당신과 나는 친구, 그냥 친구예요. 당신은 나를 좋아하는 게 아니에요, 당신이 말한 것처럼, 그저 와인과 별 때문이에요."

"당신은 나를 그런 식으로 생각한 적이 한 번도 없었나요?" 토머스가 머리를 한쪽으로 기울이며 물었다.

"경솔하고 다급한 디터 같은 남자보다 당신처럼 다정하고 사려 깊은 사람을 사랑하는 게 더 쉽겠다는 생각은 했어요. 하지만 나는 종종 일어나지 않은 일들을 막연히 바라곤 했었죠. 일어날 수 없는 일들을."

"알겠어요, 그러면 나는 당신이 내일 그에게 돌아가야 한다고 생각해요. 왜 머뭇거리죠?" 그가 말했다.

"아주 쉽게 포기하는데요." 그녀가 유혹하듯 말했다.

"저기, 엘자, 내가 무슨 말을 하든 다 이상해져요. 나는 예의를 지켜 당신이 말한 것을 진지하게 생각했어요. 당신은 그렇게 하고 있지 않네요."

"그냥 장난친 거예요." 그녀가 말했다.

"그러지 마요." 토머스가 말했다.

엘자가 뉘우쳤다. "내가 남자가 자리를 양보하려고 일어서면 화를 내고 그러지 않으면 언짢아하는 그런 드센 여자처럼 구는 거 알아요. 달리 어떻게 할지 몰라서 이런 게임 같은 걸 하는 거예요. 나는 당신이 어떻게 해야 하는지 알아요. 그건 너무 분명하고 쉬워요. 그리고 다른 모두가—디터가, 데이비드가, 피오나가, 안드레아스가, 보니가—어떻게 해야 하는지도 알아요. 내가 어떤 결정을 내려야 하는지 그것만 분명하지 않을 뿐이죠."

"보니는 어떻게 해야 하는데요?" 토머스가 흥미를 보이며 물었다.

"보니는 안드레아스와 요르기스에게 자기 아들을 찾아달라고, 자기가 지금 어떤 사람이 되었는지 아들에게 말해달라고 해야 해요. 그러면 청년이 된 스타브로스는 집으로 돌아올 거예요."

토머스는 그녀를 보며 미소를 지었다. "사회운동가 같은데요, 엘자." 그가 다정하게 말하고는 그녀의 손을 톡톡 쳐주었다.

타베르나에서는 사람들이 피오나가 집으로 어떻게 돌아가고 언제 떠날지에 대해 이야기하고 있었다.

"나하고 내일 마지막 페리를 타는 건 어때요?" 데이비드가 말했다. "서로 동행이 되면 좋으니까. 비행기를 타고 같이 런던까지 가도 좋고요."

"그거 괜찮은 생각인데요. 그러면 작별인사하기가 훨씬 덜 힘들 것 같아요."

"잠시 동안만 작별하는 거죠." 보니가 말했다. "여기 다시 와요. 두 사람 다 여기 친구들이 많잖아요."

"내일 엘레니를 찾아가 작별인사를 하고 모든 것에 감사한다고 말할 거예요. 레로스 선생님도 찾아뵙고요."

"그러면 나는 마리아에게 마지막으로 운전을 가르치면서 이제 보니가 이어받을 거라고 말해줄게요. 그렇죠, 보니?"
"이제 마리아에게 운전 감각이 좀 생겼나요?" 보니가 물었다.
"얼마나 많이 발전했는데요." 데이비드가 달래듯 말했다. "소리지르고 싶은 걸 참으면서 자신감을 북돋아주면 아주 잘해요."
"소리를 지르지 않고 자신감을 북돋아주면 누구나 잘하지 않나요?" 보니가 불만스럽게 말했다.
"아일랜드에 있는 사람들에게 아직 돌아간다는 말은 안 했죠?" 안드레아스가 피오나에게 물었다.
"아직 안 했어요, 내일 안나비치호텔로 가서 전화하려고요."
"들어가서 내 전화를 써요." 예전 그날, 마노스가 자신의 배와 함께 사라져버린 날 그랬던 것처럼 안드레아스가 말했다.
"그럼 친구 바버라하고만 잠깐 통화할게요. 정말 감사해요, 안드레아스." 그렇게 말하고 피오나는 주방으로 뛰어들어갔다.
"젊은 사람들이 휴대전화를 갖고 다니지 않다니 좀 특이하지 않나요?" 요르기스가 궁금해했다.
"네, 이상하네요. 우리 넷 중 이곳에서도 사용할 수 있는 휴대전화를 가진 사람이 아무도 없어요." 데이비드가 말했다.
"전혀 이상하지 않아요." 보니가 말했다. "여러분 모두 뭔가로부터 달아나고 있으니까. 휴대전화를 쓰면 계속 추적당할 텐데 그걸 왜 쓰겠어요?"

"바버라?"
"세상에 맙소사, 피오나!"
"바버라, 나 집으로 돌아갈 거야!"

"음, 정말 좋은 소식이네. 너희 언제 돌아오기로 했어?"
"둘은 아니고. 나만."
전화선 반대쪽에서 침묵이 흘렀다.
"셰인은 거기 있겠대?" 바버라가 마침내 말했다.
"어떤 의미에서는, 그래."
"음, 그거 안됐다." 바버라가 감정을 섞지 않은 목소리로 말했다.
"그렇게 위선 떨지 마, 바버라. 너 지금 좋아하고 있잖아."
"그건 공정하지 않아. 내 친구가 속상한데 내가 왜 기뻐해야 해?"
"난 속상하지 않아, 바버라. 나하고 같이 아파트를 빌려서 사는 거 어때?
"물론 가능하지, 당장 찾아볼게."
"잘됐다, 바버라. 우리 엄마 아빠한테도 말씀드려줄 수 있겠니?"
"물론이지, 정확히 어떻게 말씀드리면 돼?"
"내가 집으로 돌아간다고." 그것에 대해 물을 말이 있다는 게 놀랍다는 듯 피오나가 말했다.
"알았어, 하지만 그 세대 어르신들은 늘 더 물어보고 싶어한다는 거 알잖아……" 바버라가 말했다.
"오, 물어보시기 전에 미리 막아줘." 피오나가 아무렇지 않게 말했다.

토머스는 엘자를 아파트로 데려다준 뒤 그녀의 뺨에 키스했다.
"슐라프 구트."* 그가 말했다.

* 독일어로 '잘 자'라는 인사.

"나한테 잘 보이려고 독일어 공부를 하고 있군요?" 그녀가 웃으며 말했다.

"아니요, 당신에게 잘 보이려면 '잘 자요' 하고 인사하는 것 이상을 해야 할 것 같은데요, 엘자." 그가 아쉬운 듯 말했다.

"이를테면요?" 그녀가 물었다.

"조바심을 내고 다급해해야 할 것 같아요. 노력은 할 수 있겠지만 시간이 많이 걸리겠죠."

"지금 그대로가 더 좋은데요. 진심이에요, 토머스. 내일 정오에 항구에서 봐요."

"그때쯤이면 독일로 돌아가 있지 않아요?"

"당신은 캘리포니아에 가 있지 않고요?"

"잘 자요, 아름다운 엘자." 그가 말하고 떠났다.

피오나는 엘자의 아파트에서 이미 가방을 꾸리고 있었다.

"당신이 뭐라고 말하기 전에 내가 먼저 사과하고 싶어요. 당신에게 완전히 도리에 어긋난 행동을 했어요. 돈을 빌리려고 한 거랑 전부 다요." 피오나가 말했다.

"괜찮아요, 오히려 내가 너무 퉁명스럽고 야박했던 것 같아요, 미안해해야 할 사람은 나예요."

"지금은 괜찮아요. 셰인은 극복했어요. 더블린으로 돌아가려고요. 문득 그를 쳐다보면서 그와 함께하는 미래가 어떤 것인지 깨달았어요. 그럴 만한 가치가 있는 일이 아니라는 걸요. 감정이 그렇게 빨리 사라졌다면 그건 진짜 사랑이 아니었을 거라고, 당신은 그렇게 말하거나 생각하겠죠."

"아니요, 그건 정말로 진짜 사랑이었을 거예요." 엘자가 피오나를 위로했다. "하지만 끝났다고 하니, 이제 사는 게 더 편해질 거예요."

"편하게 살려고 그를 떠난 건 아니에요." 피오나가 설명했다. "갑자기 그를 다른 관점에서 보게 됐어요. 다른 사람들 모두가 그를 보던 그런 관점에서요. 그랬더니 떠나기가 아주 쉬웠어요. 물론 그가 내가 생각했던 그런 사람이 아니라는 사실은 안타깝지만요. 당신 상황과는 같지 않아요."

"왜 그런 말을 해요?"

"음, 셰인은 내가 자기 옆에 붙어 있는 걸 그냥 견딘 거였어요. 당신의 경우에는 디터가 돌아와달라고 애원도 하고 당신을 위해 달라지겠다고 약속도 하잖아요. 그게 진짜 사랑이죠."

엘자는 대꾸하지 않았다. "셰인을 떠나겠다고 결심하게 된 결정적인 이유가 뭐였어요?" 그녀가 물었다.

"말하는 어조에서 무심함이 느껴졌어요. 이러든 저러든 상관하지 않겠다는 거요."

"무슨 뜻인지 알겠어요." 엘자가 천천히 고개를 끄덕였다.

"모를걸요! 당신의 남자는 돌아와달라고 무릎을 꿇고 애원하잖아요. 그건 완전히 다른 거죠!"

"말하는 어조에 관해서 말해준 거 말이에요. 그게 내 경우와도 상당히 맞는 것 같아요. 발코니로 나가서 바다 볼 건데 같이 나갈래요?"

"아니요, 엘자, 몹시 피곤해서요. 당일치기로 아테네에 갔다 오고 삶의 방향을 완전히 바꾸었더니요. 가서 자야겠어요."

엘자는 앉아서 바다에 어린 달빛을 한참 바라본 뒤 거실로 돌아왔다. 그리고 종이를 꺼내 편지를 쓰기 시작했다. 내일 팩스로 보낼 것이다.

소중한 친구 한나에게

너는 정말로 이기심 없는 친구야. 아무것도 묻지 않으면서 늘 들어주고. 여기로 오겠다고 결정한 건 결국 아주 잘한 일이었어. 그리고 여기서 디터를 만난 건 더욱 잘된 일이었고. 지금 나는 꾸며낸 세계가 아니라 사실 그대로에 근거해 결정을 내릴 수 있으니까. 나는 여전히 어떻게 할지 확신이 서지 않아. 하지만 이 평화로운 섬에서 며칠 더 보내면 모든 게 분명해질 것 같아. 오늘밤 두 가지 이야기를 들었어. 하나는 미국인 남자가 해준 말인데, 우리는 누군가를 극복할 수 있다는 거야. 그는 그게 백일해를 이겨내는 것과 같다는 듯 아무렇지 않게 말했어. 그의 말이 맞는지 틀리는지는 모르겠어.

아일랜드에서 온 여자는 디터가 나를 위해 자신을 바꾸겠다고 약속했으니 내가 운이 좋다고 했어. 그리고 나는 우리가 왜 사람들을 바꾸고 싶어하는지에 대해 생각하는 중이야. 그 사람을 있는 그대로 사랑하거나, 아니면 새로운 걸음을 디뎌야겠지.

늦은 밤 달빛을 받으며 이 글을 쓰고 있어. 디터와 함께하는 내 삶에 대해 전에는 한 번도 해보지 않은 방식으로 생각하는 중이야. 내가 그 삶으로 들어간 건 탈출구를 찾아서였어. 내겐 달아나야 할 충분한 이유가 있었지. 아버지는 내가 어렸을 때 집을 나갔고, 난 아버지가 텔레비전에서 나를 보고 연락해오기를 늘 바랐어. 하지만 아버지는 그러지 않았어. 어머니와 나는 사이가 좋았던 적이 없었는데, 어쩌면 우리가 너무 똑같았기 때문일 거야. 둘 다 늘 완벽하게 살아내려고 애썼으니까.

하지만 몇 주 동안 이렇게 여행하면서 나는 정말로 완벽한 삶이라는 건 없다는 것, 그러니 그걸 추구하는 건 그만둬야 한다는 것을 깨달았어. 이번 여행에서 많은 사람들을 만났고, 그들의 문제는 내 문제보다 훨씬 더 컸어. 신기하게도 그걸 보니 내 마음이 진정되더라.

그리고 너를 생각했어, 한나. 네가 요한과 행복한 결혼생활을 하고 있다는 걸 생각했어. 오 년 전 네가 결혼식을 올린 그날, 너는 그에 대해 하나도 바꿀 게 없다고 했었지.

그게 부러워, 내 친구, 내 소중한 친구.

엘자로부터, 사랑을 담아

16

미리엄 파인은 데이비드의 방을 준비하면서, 라일락 색깔의 이불 커버와 짝이 맞는 커튼을 새로 구입했고, 짙은 자주색 수건을 펴놓았다.

"이렇게 해놓으니 멋지고 남자다워 보여. 우리 애가 좋아하면 좋겠어." 그녀가 말했다.

"그애 때문에 공연한 소란 피우지 마, 미리엄. 그애는 소란 피우는 걸 싫어해." 데이비드의 아버지가 말했다.

"나보고 소란을 피우지 말라고? 당신은 어떻게 할 건데? 좋아, 그렇다면 그애가 문을 열고 들어오는 바로 그 순간에 당신은 어떻게 할 건지 말해봐."

"데이비드를 당혹스럽게 만들 만한 일은 아무것도 안 할 거야."

"책임과 관련된 이야기를 꺼내기만 해봐. 장담하는데, 그애가 소란을 일으킬 만한 불씨가 있다면 바로 그거야!"

"아니, 책임과 관련된 이야기는 안 할 거야. 적어도 녀석이 분별이 생겨서 그런 미친 생각을 포기하겠다고 결심하기만 한다면 말이지."

"그애가 돌아오는 건 당신이 아프기 때문이야, 해럴드. 스스로 알아냈어. 내가 보낸 편지 봤잖아. 나는 그런 말은 꺼내지도 않았어. 한 번도."

"난 그애의 동정은 필요하지 않아. 그애의 동정은 받지 않을 거야." 남편의 눈에 눈물이 그렁그렁 고였다.

"하지만 당신은 그애의 사랑을 원하는 건지도 몰라, 해럴드. 결국 그애가 집으로 돌아오는 이유도 당신을 사랑하기 때문이니까."

피오나의 아버지는 자물쇠에 열쇠를 넣고 돌렸다. 회사에서 길고 고단한 하루를 보냈다. 쉰번째 생일을 일주일 앞두고 있었지만 여든다섯 살처럼 느껴졌다. 어깨가 뻣뻣하고 경련이 일어났다. 회사에는 그의 발꿈치를 물려고 덤비는 젊은 녀석들이 있었다. 그는 다음 승진에서 누락될 수도 있었다.

그는 동네 펍에 가서 생맥주 세 잔을 마시고 싶었지만, 모린이 이미 저녁을 준비해놓았을 거라는 생각이 들었다. 그걸로 문제를 일으킬 필요는 없었다.

그가 문을 열자마자 모린이 달려나와 그를 맞았다.

"숀, 내 말 못 믿을걸! 피오나가 집으로 돌아온대. 이번주에!" 모린 라이언은 기뻐서 어쩔 줄 몰라했다.

"어떻게 알아?"

"당신이 나가 있을 때 바바라가 전화해줬어."

"그 벼룩 같은 자식이 거기서는 실업수당을 받아낼 수 없었나? 그렇게 된 거야?" 숀이 못마땅한 듯 말했다.

"아니, 먼저 좀 들어봐. 우리 애가 그놈을 찼대. 혼자 돌아온대!"

숀은 서류가방과 석간신문을 내려놓고 앉았다. 그러고는 자신의 머리를 두 손으로 잡았다. "오늘 점심을 먹는데 누가 나한테 신이 있다고 생각하느냐고 물었어." 그가 말했다. "그 청년한테 철 좀 들라고, 당연히 없다고 했지. 이런 혼란스럽고 어지러운 세상을 신이 왜 계속 굴러가게 하겠느냐고? 하지만 이제 내 대답을 다시 생각해봐야겠어. 저 우주에 뭔가가 있을지도 몰라. 그애가 정말로 돌아온대?"

"내일이나 모레. 우리한테 알려주라고 바버라에게 부탁했대. 예전 직장으로 돌아가고 싶어한대."

"음, 정말 잘됐어. 다른 애들은 아직 모르나?"

"아직. 당신한테 먼저 말하려고 기다렸지." 모린 라이언이 말했다.

"그러면 그애 방을 준비하고 있었어?" 그가 고단한 미소를 지었다.

"아니, 그게 왜 그러냐 하면, 바버라하고 같이 아파트를 빌려 살고 싶어한대."

"음, 그럼 됐어, 그렇지?"

"그게 최선인 것 같아, 숀." 피오나의 어머니가 눈물을 글썽이며 말했다.

"빅 서프라이즈, 빌. 너하고 네 엄마하고 같이 여행을 떠날 거야!" 앤디가 말했다.

"우와, 좋아요. 어디로 가요?"

"할머니가 단체 여행으로 그랜드캐니언에 가시잖아. 그 이야기 하신 거 기억나니?"

"기억나는데요?" 빌은 아주 신이 난 것 같았다. 아버지가 종종 그랜드캐니언에 대해 말했고, 사진도 보여줬었다. 언젠가 같이 가자는 말도 했었다. "우리도 거기 같이 간다는 뜻이에요?" 아이의 얼굴이 진지해지고 표정이 환해졌다.

"음, 네 엄마한테, 우리가 늘 그곳에 가고 싶어했으니까 거기서 할머니를 만날 수 있을 때 가는 게 좋지 않겠느냐고 말했어."

"엄마는 뭐라고 하셨어요?"

"음, 나보고 좋은 남자라던데. 그 말을 들으니 기분이 좋았어. 하지만 좋은 남자가 되려고 그런 건 아니었어. 그러는 게 우리 모두를 위해 좋은 것 같아서 그런 제안을 한 거지."

"아저씨는 좋은 사람이에요, 앤디." 빌이 말했다.

"나는 네가 아주 좋아, 빌. 너도 그건 알지. 그리고 아기가 태어나면 나도 너만큼 운이 좋은 거야. 사랑하는 아이가 둘 있는 거니까."

"어떻게 그게 저만큼 운이 좋은 거예요?"

"너는 아빠가 둘이잖아, 안 그러니? 그래서 말인데, 그리스에 계신 아빠한테 전화를 걸어서 이번 여행에 대해 말씀드리는 게 어때?"

빌이 그리스로 전화를 걸었지만 자동응답기가 받을 뿐이었다.

빌이 메시지를 남겼다.

"아빠, 앤디 아저씨가 우리하고 애리조나로 운전해 가서 그랜드캐니언을 구경할 거래요. 시에라네바다산맥을 가로질러 갈 거고 거기서 할머니를 만날 거예요. 할머니는 독서모임 사람들하고 같이 가신대요. 앤디 아저씨가 그러는데 우리가 거기 도착하면 아빠한테 전화할 건데, 그때 할머니하고 저하고 아빠한테 같이 인사할 수 있대요."

그리고 앤디가 전화를 넘겨받았다.

"토머스, 우리가 떠나기 전에 이 메시지를 확인하지 못할지도 모르니, 빌에게 전화를 하고 싶다면 이게 내 휴대전화 번호예요. 당신 아들에게 제대로 구경시켜주려고 노력할게요. 우리는 지금 지도책을 펴놓고 여행할 곳을 살펴보고 있어요. 이번에 못 가는 곳도 많을 거예요. 당신이 돌아오면 언젠가 아이가 당신과 다시 가도 좋을 것 같아요."

"아빠가 돌아오기나 한다면 말이죠." 앤디가 전화를 끊기 전에 빌이 말했다.

빌이 그 말을 한 시점이 앤디가 전화를 끊기 전이었기 때문에, 토머스가 엘자를 집에 데려다주고 자동응답기를 켰을 때 그 메시지 역시 거기 남겨져 있었다.

그는 앉아서 세상사에 대해 한참 생각했다. 계사 안에서는 횃불이 이리저리 돌아다니고 있었다. 오늘밤 보니가 게스트룸에 자러 오지 않을 거라고 생각했는데 그 짐작이 맞았다. 그는 그녀가 아기 아안나에서 이 사람들 속에 섞여 살았던 기이하고 힘들었을 삶을 생각했다.

그는 아름답고 밝은 엘자가 그녀를 트로피로만 여기는 이기적인 남자에게 돌아가려는 것에 대해 생각했다. 그는 단순하고 점잖은 앤디, 자신이 늘 악마처럼 여겼던 남자에 대해 생각했다.

그 남자는 자신의 최선을 다할 뿐이었는데.

토머스는 자신이 결코 집으로 돌아오지 않을 거라고 믿는 아들 빌을 생각했다. 그렇게 생각에 잠긴 채, 하늘에서 반짝거리던 별빛이 희미해지고 이른 햇살이 언덕 위로 올라올 때까지 앉아 있었다.

그들은 푸른색 체크무늬 테이블보가 깔린 카페에서 만나 마지막 점심식사를 했다.

"그러고 보니 우리가 이곳에 그렇게 자주 왔는데 아직 여기 이름도 모르네요." 피오나가 골똘한 표정으로 말했다.

"미드나이트예요." 데이비드가 말했다. "글자를 봐요." 그가 천천히 철자를 읽어주었다. 메사니타Mesanihta.

"도대체 그걸 어떻게 읽었어요?" 엘자가 물었다.

그는 그리스어 글자들을 다시 공들여 읽어나갔다. V처럼 생긴 게 사실은 N이라고.

"당신은 정말 좋은 선생님이 될 것 같아요, 데이비드." 엘자가 매우 진지하게 말했다.

"모르겠어요, 내겐 그렇게 확신을 가질 일이 많지 않아요." 그가 말했다.

"교사의 자질로는 그게 더 좋죠." 토머스가 말했다.

"여러분 모두가 그리울 거예요. 고향엔 친구가 많지 않아요." 데이비드가 말했다.

"나도 그래요. 하지만 당신에게 오랫동안 친구가 없었다는 건 아주 놀라운 일인데요." 토머스가 말했다. "그리고 잊지 마요. 당신은 운전 교습으로 완전히 새로운 일을 할 수 있을 거예요!"

"이곳에선 쉬웠죠. 잉글랜드의 고속도로는 좀 달라요." 데이비드가 말했다. "학원을 열 수 있을 것 같지는 않네요."

"독일에 친구가 많아요, 엘자?" 피오나가 물었다.

"아니요, 거의 없어요. 아는 사람들은 많은데 좋은 친구는 한 명뿐이에요. 한나라는 친구요. 출세 가도로 들어서게 되면, 혹은 들어섰다고 생각되면, 그리고 언제든 그에 응할 준비가 되어 있으려면 친구를 만들 시간 같은 건 없어요." 엘자가 후회스럽다는 듯 말했다.

그들 모두 고개를 끄덕였다. 쉽게 이해할 수 있었다.

피오나는 자신도 기차를 타고 데이비드의 부모님을 뵈러 갈 것이고, 그의 귀가가 좀더 매끄러워질 수 있게 도울 것이며, 이 마법 같은 섬에서의 삶이 어땠고 그것이 그들의 마음을 어떻게 매혹했는지 설명하겠다고 선언했다.

"연蓮 먹는 사람들*처럼." 엘자가 말했다.

"엘자는 자기가 영국문학을 얼마나 많이 아는지 자랑하는 거예요." 토머스가 그녀를 애정어린 눈빛으로 쳐다보았다.

"테니슨이 썼어요." 엘자가 그의 말을 못 들은 척하며 미소를 지었다. "그들이 연 먹는 사람들이 넥타를 먹으며 사는 곳, 늘 오후만 있는 것 같은 그 땅에 다다랐을 때, 한 사람이 말했어요. '오, 이곳에 머물지요, 형제 선원들이여, 우리 더이상 떠돌아다니지 마요.' 이곳이 우리 모두에게 그런 힘을 미치는 것 같아요."

---

* 로토파고스족. 그리스신화의 영웅 오디세우스가 트로이전쟁이 끝나고 고향으로 돌아가던 중 만난 부족의 이름. 19세기 영국 시인 앨프리드 테니슨이 '연 먹는 사람들'이라는 제목의 시를 썼다.

"하지만 피오나와 나는 이제 떠나는군요." 데이비드가 슬프게 말했다.

"언젠가 다시 돌아올 거잖아요. 지금은 테니슨의 시대와 다르죠. 테니슨은 저가 비행기표가 없는 19세기에 살았어요. 그땐 비행기표 자체가 아예 없었죠." 토머스가 그들의 기분을 좋게 만들어주려 애쓰고 있었다.

"언젠가 친구 바버라하고 이곳에 다시 오고 싶어요. 하지만 여러분이 없으면 똑같지 않겠죠." 피오나가 말했다.

"보니는 늘 여기 있을 거예요. 안드레아스도, 요르기스도, 엘레니도, 그리고 아주 많은 사람들이." 토머스는 여전히 밝은 쪽으로 생각했다.

"아주 오래 더 여기 머물 예정인가요, 토머스?" 피오나가 물었다.

"아니요, 그렇진 않을 것 같아요. 조만간 캘리포니아로 돌아갈 것 같아요." 토머스가 말했다. 그의 시선이 먼 곳을 향하고 있었다. 그들도 더이상 그에게 묻고 싶지 않았다. 완전히 결정을 내리지 못한 게 분명했다.

"언제 독일로 돌아갈 건가요, 엘자?" 데이비드가 주제를 바꾸며 부드럽게 물었다.

"돌아가지 않을 생각이에요." 엘자가 간단히 대답했다.

"여기 있으려고요?" 피오나는 숨이 쉬어지지 않을 만큼 놀랐다.

"잘 모르겠어요, 하지만 디터에게는 돌아가지 않아요."

"언제 그렇게 결정했어요?" 토머스가 몸을 앞으로 숙이며 엘자를 아주 강렬하게 쳐다보았다.

"지난밤에 발코니에서, 바다를 바라보면서요."

"다른 사람에게 얘기했어요? 이를테면 디터에게?"

"그 사람한테는 편지를 썼어요. 오늘 아침 여러분 모두를 만나러 오는 길에 그 편지를 보냈고요. 나흘이나 닷새쯤 뒤면 받을 거예요. 그러니 이제 생각할 시간을 가지면서 어디로 갈지 마음을 정하려고요." 그녀가 토머스를 보며 미소를 지었다. 그녀를 독일 전역에서 텔레비전의 연인으로 만들어준 그 느리고 따뜻한 미소를.

"메사니타에 가서 같이 작별인사하지 않을래요, 보니?" 안드레아스가 공예품가게로 들어가면서 물었다.

"안 갈래요, 그들이 이곳에 있는 동안 나 때문에 모두 충분히 화가 났어요. 떠날 때는 평화롭게 가게 해주고 싶어요." 보니가 고개를 들지 않고 말했다.

"당신은 어려운 여자예요, 보니, 가시덤불처럼 콕콕 찔러요. 지난밤에 데이비드와 피오나 모두 당신에게 정말 고맙다고 말했어요." 안드레아스가 어리둥절한 표정으로 고개를 저었다.

"네, 그랬죠. 아주 예의바른 사람들이에요. 당신과 요르기스처럼요. 고마워요. 그건 그렇고, 술을 마시고 싶은 충동은 여름 구름처럼 지나간 것 같아요. 하지만 내가 정말 화나게 만든 사람은 나머지 두 사람, 토머스와 엘자예요. 거기 앉아 늙은 박쥐처럼 잘난 체하면서 훈계하고 싶진 않아요. 당신과 나도 예전에 충고를 들을 만큼 들었잖아요, 안드레아스. 하지만 우리가 받아들였나요? 대답은 '아니다'죠."

"그렇다면, 인생을 다시 살 수 있다면, 당신은 어떤 걸 바꿀 것 같나요?" 그가 물었다.

안드레아스에게 이런 질문은 익숙하지 않은 것이었다. 대체로 그는 상황을 있는 그대로 둘 뿐 질문이나 분석은 하지 않았다.

"스타브로스를 놓고 마그다와 싸웠겠죠. 그때는 이기지 못했겠지만, 나중엔 이겼을지 몰라요. 마그다가 지겨워졌을 때 그가 돌아왔을지도 모르니까요. 그리고 난 물론 주유소를 놓고 스타브로스와 싸웠어야 했어요. 여기 사람들은 공정하고, 내가 그에게 주유소를 사준 걸 알고 있었을 테니까요. 내가 아들을 키울 수도 있었어요. 하지만 나는 그러지 않았죠, 해결책이 라키 병 밑바닥에 있다고 생각했으니까. 그래서 그런 일은 일어나지 않았어요." 보니는 체념한 표정으로 주변을 둘러보았다.

"그때 당신에게 그런 충고를 해준 사람이 있었나요?" 안드레아스가 부드럽게 물었다.

"네, 레로스 선생님의 부친이 해주셨죠. 그리고 당신 누이 크리스티나도요. 하지만 그때 나는 술병에 고개를 깊이 처박고 있어서 그들의 말이 들리지 않았어요."

"기회가 주어진다면 무엇을 바꾸고 싶은지 나한텐 아직 안 물어봤어요." 그가 말했다.

"어떻게든 아도니가 계속 여기 있게 했을 거라는 대답일 것 같은데요. 맞지요?"

"네, 당연히 그렇게 했어야 해요. 하지만 내게 그 말을 해준 사람들의 말을 내가 들었을까요? 아니요, 그러지 않았어요." 그의 눈빛이 슬펐다. "그리고 또 있는데, 당신에게 이십오 년 전에 청혼했어야 해요."

보니가 놀라서 그를 쳐다보았다. "안드레아스! 설마요. 우리는 서로 사랑하는 것과는 거리가 멀었잖아요."

"나는 아내도 사랑하지 않았어요, 진정한 의미에서는, 말하자면요. 사람들이 책에서 읽고 노래로 부르는 그런 사랑은 아니었지만, 우리 사이는 괜찮았고 친구처럼 잘 지냈어요. 당신과 나는 좋은 동반자로 지낼 수 있었을 거예요."

"우리는 좋은 동반자예요, 안드레아스." 보니가 작은 목소리로 말했다.

"그래요, 하지만 알다시피……" 그가 중얼거렸다.

"아니에요, 하지만 결코 잘되지 않았을 거예요, 오 분도 못 갔을걸요. 정말이에요. 그때 당신이 했던 게 맞아요. 알겠지만, 나는 스타브로스를 정확히 책에서 읽고 노래로 부르고 꿈에서 그리는 그대로 사랑했어요. 다른 어떤 사랑의 형태에도 정착할 수 없었을 거예요."

보니는 당연하다는 듯 그렇게 말했고, 그것이 그들의 대화를 다시 평소로 돌려놓았다.

"그렇다면 그게 최선이었군요." 안드레아스가 말했다.

"그럼요. 들어봐요, 안드레아스, 아도니가 당신을 보러 돌아올 거라고 내가 말했을 때 그건 진심이었어요. 그런 확신이 들어요."

그가 큰 머리를 가로저었다. "아니, 그건 소망일 뿐이에요, 동화 같은 이야기죠."

"그 아이는 서른넷 어른이고, 당신이 편지를 보냈으니 당연히 돌아올 거예요."

"그런데 왜 전화도 하지 않고 편지도 보내지 않죠?"

그는 아도니가 이미 이곳에 와 있을지 모른다고 짐작하게 만드는 그 알 수 없는 전화에 대해서는 이야기하고 싶지 않았다. 다 착각이나 오해일 수 있었다. 그는 자신의 기대, 형의 기대는 높여놓았지만, 그녀의 기대를 높이고 싶지는 않았다. 그 전화에 대해 전혀 모르고 있는데도, 보니의 믿음은 흔들리지 않았다.

"시간이 좀 필요할 거예요, 안드레아스. 시카고는 멀어요. 고민할 시간이 필요할 거예요. 하지만 돌아와요."

"고마워요, 보니. 당신은 정말로 좋은 동반자예요." 안드레아스가 말하고, 요란하게 코를 풀었다.

"이봐요, 디미트리?"

"네?" 디미트리의 목소리는 차가웠다. 그는 그런 다정한 여자에게 그런 무자비한 공격이 가해지는 것을 본 적이 없었다. 그 여자는 이런 셰인을 사랑과 선의에서 찾아왔던 것이다.

"편지를 써도 될까요?"

"종이 갖다줄게요."

디미트리가 이따금 들여다보니 셰인은 편지를 쓰다가 생각을 하고, 다시 편지 쓰기를 반복하고 있었다. 마침내 다 썼는지 봉투를 달라고 했다.

"우리가 봉투에 넣어줄게요. 어디로 보낼 건지만 말해요." 디미트리는 그에게 조금도 시간을 허비하지 않았다.

"어련하시겠어, 당신네들이 내 편지를 읽게 하진 않아." 셰인이 말했다.

디미트리는 어깨를 으쓱했다. "그러시든가." 그가 말하고 그 자리를 떠났다.

몇 시간 뒤 셰인이 그를 다시 불렀다.

디미트리가 주소를 받아 적었다…… 아기아안나에 있는 안드레아스의 타베르나였다.

"참 이상한 일이네!" 디미트리가 말했다.

"젠장, 당신이 주소를 말하라고 했잖아요. 비난 같은 건 하지 마요." 셰인이 말했다.

"아니, 내가 그분 아들 아도니를 알아서 하는 말이에요. 내 친구거든요."

"그래요, 허? 음, 아버지는 아들을 그리 좋게 생각하지 않던데." 셰인이 말했다.

"의견이 달랐던 거예요, 많은 아버지와 아들 사이에 있는 일이죠." 디미트리가 근엄한 목소리로 말했다.

그들은 떠나기 반시간 전에 페리에서 만나기로 했다. 그리고 그들 모두 이제는 미드나이트라고 알고 있는 카페에서 밖으로 나와 각자의 방향으로 걸어갔다.

피오나와 데이비드는 작별인사를 하고 다니면서 사람들이 건네는 선물을 받았다.

마리아는 데이비드에게 줄 선물로 부모님에게 가져갈 케이크를 만들어놓았다. 엘레니는 피오나에게 줄 레이스 칼라를 만들어놓았다.

요르기스는 그들에게 호박색 유리로 만든 워리비즈를 주었다.

안드레아스는 자신과 데이비드가 같이 찍은 사진을 작은 목각 액자에 넣어 선물했다.

레로스 선생은 피오나에게 그리스를 추억할 수 있도록 벽에 거는 색색의 타일 장식을 주었다.

보니는 보이지 않았다. 그녀는 집에 없었다.

"손을 흔들어주러 오시겠죠." 데이비드가 말했다.

"요즘 많이 슬퍼하세요, 활력을 좀 잃은 것 같아요." 피오나가 말했다.

"아마 당신이 아일랜드로 돌아가는 게 부러운가봐요…… 그분은 할 수 없었던 일이니까." 데이비드가 잠시 생각해본 뒤 말했다.

"네, 하지만 그분 스스로는 결과적으로 다 괜찮았다고 말씀하세요. 한동안은 사랑이 그랬고, 그 결과를 보여줄 아들도 낳았고요. 그건 많은 사람들이 하는 것 이상이에요."

"그런데 그 아들은 지금 어디 있어요?" 데이비드가 물었다.

"보니는 모른다고 하지만 틀림없이 알 거예요." 피오나가 말했다.

"아들이 돌아온다면 정말 좋지 않을까요? 그가 시카고 어딘가에서 아도니를 만나서, 둘이 함께 돌아와 타베르나의 고목에 달린 그네를 다시 타기로 결심한다면 말이죠." 데이비드가 말했다.

"아, 데이비드, 이런데도 사람들은 아일랜드인이 동화를 믿는 감상적인 사람들이라고 하죠."

피오나가 폭소를 터뜨리며 데이비드의 팔을 가볍게 톡톡 쳤는데, 그것은 그녀가 그를 비웃는 게 아니라 그와 함께 웃는다는 것을 보여주기 위해서였다.

"당신은 다크호스로군요, 엘자. 그 모든 계획을 세워놓고 나한테 한마디도 하지 않다니." 토머스가 엘자와 함께 작은 마을을 걸어가며 불만스럽게 툴툴거렸다.

"말했잖아요."

"하지만 모두 같이 있을 때였잖아요?"

"음, 그 주제가 나왔을 때 마침 우리가 다른 모두와 같이 있었던 거죠." 엘자는 전혀 미안한 기색이 없었다.

"하지만 나는 당신과 내가 꽤 친밀하게 의견을 나누었다고 생각했는데……" 토머스가 망설이며 말했다.

"그랬죠, 그리고 정말 좋았어요." 엘자가 말했다.

"이제 어디로 가려고요? 나는 혼자 낮잠을 즐길까 생각하고 있어요."

엘자가 웃었다. "어디로 가느냐고요? 보니를 찾으러 가요."

보니는 계사에 없었다. 공예품가게에도, 경찰서에도 없었다.

엘자는 현대 의학을 믿지 않는 노인이 사는 동네로 가보기로 했다. 거기 가면 보니를 찾을 수 있을 것 같았다.

해가 하늘 높이 떠 있었고 그 열기를 막느라 엘자는 하얀 면으로 된 햇볕 가리는 모자를 썼다. 길에 먼지가 날렸다. 무너질 것 같은 건물에서 아이들이 나와 앙증맞은 손가락을 폈다 오므리며 그녀에게 경례를 붙였다.

"야사스!" 그녀가 지나갈 때 아이들이 외쳤다.

엘자는 사탕을, 그들이 쓰는 말로 카라멜스를 좀 가져왔으면 좋았을 거라고 생각했다. 하지만 이런 환영 위원회가 존재하리라고는 예상하지 못했다.

그녀는 노인의 집을 기억해내고, 더듬거리는 그리스어로 그의 친구 보니를 찾고 있다는 의미의 문장을 조합해냈다. 하지만 그 말을 할 필요가 없었다. 보니가 거기 노인의 손을 잡고 침대 옆에 앉아 있었던 것이다.

보니는 엘자를 보고도 전혀 놀라지 않는 것 같았다.

"죽음을 앞두고 있어요." 보니가 사실을 전달하듯 말했다.

"제가 가서 의사 선생님을 모셔올까요?" 엘자는 현실적이었다.

"아니요, 니콜라스는 의사가 자기 집 문을 넘지 못하게 할 거예요. 하지만 내가 당신을 약초 재배자로 소개하면 당신이 주는 건 먹을 거예요."

"그러면 안 돼요, 보니." 엘자는 깜짝 놀랐다.

"그가 고통 속에 죽는 게 더 나은가요?"

"아니요, 하지만 우리가 다른 사람의 삶을 놓고 게임을 할 수는 없잖아요……"

"많아야 여섯, 일곱 시간 남았어요. 도움이 되고 싶으면 레로스 선생님한테 다녀와요. 저번에 피오나 일이 있었으니, 선생님이 어디 사는지 기억하죠? 선생님에게 여기 상황을 설명하고 모르핀을 좀 달라고 해요."

"하지만 뭔가 필요하지 않을……"

"아니요, 아무것도 필요하지 않을 거예요. 내 가게에 들러서 자기 그릇도 좀 갖다줘요."

먼지 날리는 길로 되돌아가는데 낡은 밴 한 대가 지나갔다. 엘자가 차를 세우고 약을 구하러 의사에게 가야 한다고 말했다. 두 남자가 찬탄하는 눈빛으로 그녀를 쳐다보더니 기꺼이 의사에게 데려다주었다. 보니가 약을 구해오는 데 아무 문제가 없을 거라고 예측한 대로, 밴에 탄 남자들은 엘자가 그릇을 챙길 때까지 기다렸다가 그녀를 다시 데려다주었다.

"아주 빨리 갔다 왔네요." 보니가 칭찬했다. 엘자는 노인의 가냘픈 손을 잡고 반복해서 "덴 인 소바로, 덴 인 소바로. 별거 아니에요, 별거 아니에요" 하고 말해주었다.

보니는 모르핀 알약을 갈아 자기 그릇에 넣어 벌꿀과 섞고, 그것을 노인에게 숟가락으로 떠먹였다.

"주사를 놓을 수 있으면 더 좋을 텐데, 그러면 더 즉각적인 진통 효과가 있을 텐데, 그는 그런 말은 들으려고 하지 않아요." 보니는 엄숙하게 움직였다.

"진통 효과가 느껴지려면 얼마나 걸릴까요?"

"몇 분이면 돼요. 이건 정말로 마법 같거든요." 보니가 말했다.

노인이 뭔가를 중얼거렸다.

"뭐라고 한 거예요?"

"약초 재배자가 정말로 아름답다고 하는데요." 보니가 씁쓸하게 말했다.

"그 말씀을 안 하셨으면 좋았을 텐데." 엘자의 목소리가 슬프게 들렸다.

"뭐 어때요, 어르신이 마지막으로 보게 되는 게 당신과 내 얼굴이에요. 당신 얼굴에 집중할 수 있다는 게 다행이지 않아요?"

"보니, 그러지 마세요." 그녀의 눈에 눈물이 그렁그렁했다.

"도움이 되고 싶다면 어르신을 향해 계속 웃어줘요, 엘자. 곧 고통을 덜 느끼게 될 거예요."

그리고 정말로, 그의 얼굴이 약간 편안해지기 시작했고, 미친 사람처럼 그녀의 손을 잡았던 힘이 약간 풀렸다.

"그를 당신 아버지라고 생각하고 눈빛에 사랑과 따뜻함을 담아 봐요." 보니가 엘자에게 일러주었다.

엘자는 아버지가 자신을 버렸기 때문에 아버지를 제대로 떠올릴 수 없다는 사실을 보니에게 일깨워줄 수도 있었지만, 지금은 그럴 때가 아니라고 느꼈다. 오히려 이 가여운 그리스 노인을 지켜보면서, 그를, 그리고 아일랜드 여자와 독일 여자가 임종을 지키며 다량의 모르핀을 투여해주는 그의 기묘한 삶을 생각했다……

"요르기스, 아테네 경찰서의 디미트리인데요, 기억하세요? 몇 차례 통화했는데……"

"당연히 기억하죠! 어떻게 지내나요, 이렇게 소식을 들으니 반갑군요! 결혼식 준비는 잘돼가요?"

"네, 여자들이 그날 하루에 대해 왜 그렇게 유난을 떠는지 모르겠어요. 중요한 건 그 이후의 삶인데요, 안 그래요?"

"우리에겐, 그렇죠. 하지만 여자들에겐 그날 하루가 아주 중요하니까요."

"그 아일랜드 마약 밀매자 아시죠?"

"셰인 말인가요? 당연히 알죠. 하지만 가장 중요한 건 그 여자가 그를 떠났다는 거예요. 당신이 보는 데서 그놈에게 등을 돌리고 걸어나갔다죠?"

"맞아요, 어떻게 아셨어요?"

"보니가 말해줬어요, 동행한 여자분요. 보니가 당신이 아주 영웅 같았다고 하던데요."

"오, 그 나이드신 여자분을 아시는군요? 그렇지 않아요. 유감스럽게도, 전혀 영웅 같지 않았어요. 셰인이 동생분에게 편지를 써서 타베르나로 보냈다는 걸 말씀드리려고요. 영어로 썼는데, 저는 영어는 잘 못해서요. 하지만 내용이 궁금해요."

"그는 아마 안드레아스를 설득하기 쉬운 상대로 생각했겠지만, 그렇게는 안 될 거요. 피오나는 아일랜드로 돌아가요, 안드레아스하고 나하고 오늘 저녁에 그녀가 페리를 타는 데 나가서 작별인사를 할 거예요. 그러니 셰인이 안드레아스에게 무슨 말을 써 보냈는지 몰라도 이미 늦은 거죠."

"다행이에요." 디미트리가 말했다. "그리고 우리가 연락을 주고받는 동안 혹시 아도니가 아기아안나로 돌아가지 않았나요? 기억하시겠지만 제가 이곳 아테네에서 아도니를 알게 됐는데, 오늘 아도니 생각이 자꾸 나서요."

"아니요, 그런 일 없었어요."

"거기서 돈을 아주 많이 버나보네요?"

"내가 알기론 아닌데, 여기 사람 누가 미국에서 성공한다면 그 소식이 들리지 않겠어요? 그런데 이런 일이 있긴 했어요! 신기하게 나도 하루쯤 전에 아도니가 돌아올지 모른다고 생각했어요, 오경 보였지만요."

"어떤 뜻인가요?"

"오, 시카고에서 종잡을 수 없는 메시지가 왔어요, 아도니가 어떤 열쇠를 어디 뒀는지 알고 싶다면서요. 나는 아도니가 여기로 오는 중일지도 모른다고 생각했고…… 그러길 바랐지만, 안타깝게도 아니었어요."

"제 생각엔 우리 모두 결국은 자기가 하고 싶은 대로 하는 것 같아요." 디미트리가 한숨을 쉬었다.

"당신은 철학자로군요, 디미트리. 나이든 사람들은 세상이 편해지길, 사람들이 인생이 짧다는 걸 기억해주길 계속 바라니, 언쟁 따위는 이어갈 가치가 없는 거겠죠."

아기아안나에서 출발하는 마지막 페리를 타려는 사람들이 줄을 서고 있었다.

피오나와 데이비드는 행복을 빌어주는 사람들 속에 서 있었다. 마리아와 아이들이 나왔고, 피오나와 셰인이 머물렀던 집에서는 엘레니가 아이들을 데리고 나왔다. 보니와 엘자는 피곤하고 불안해 보였지만 다시 친구가 된 것이 분명해 보였다. 토머스는 우스꽝스러운 바지를 입고 나타났다. 그는 두 사람에게 주려고 이 섬에 관한 작은 책을 샀고, 네 사람이 그 카페에서 찍은 사진을 찾아 가져왔다.

그는 사진에 '미드나이트에서 정오를'이라고 써놓았다. 안드레아스와 요르기스는 그들에게 다시 이곳에 오면 구운 양고기 요리를 더 많이 대접하겠다고 약속했다.

보니는 곧 떠나려는 두 사람의 감정이 북받쳐오르는 것을 알아차렸다.

그녀가 위엄을 갖춰 말했다. "우리는 다 여기 지중해에 있는 이 바위섬을 떠나지 못하는데, 두 사람은 떠나네요. 돌아가서 어떻게 됐는지 꼭 말해준다고 약속하지 않으면 못 떠나요." 그녀가 근엄하게 말했다. "나한테 편지를 보내면 내가 메사니타로 가서 다른 사람들에게 읽어줄게요."

그들은 편지를 보내겠다고 진심으로 약속했다.

"도착하고 스물네 시간 안에, 꼭 기억해요." 보니가 강하게 말했다. "어떤 일이 일어났는지 알고 싶으니까요."

"당신에게라면 쉽게 많은 이야기를 쓸 수 있을 거예요, 거짓말을 할 필요도 없고요." 데이비드가 말했다.

"어떤 척을 할 필요도 없고요." 피오나도 동의했다.

그 순간 때마침 페리가 공격적으로 뿡 소리를 냈고, 그들은 바구니를 들고 가는 사람들 속에 섞여 트랩을 건너갔다. 어떤 바구니는 빨랫감을 담은 것처럼 보였다. 몇몇 사람들은 공기가 통하라고 구멍을 뻥뻥 뚫은 박스 안에 암탉과 거위를 실어가는 게 분명했다.

피오나와 데이비드는 배가 항구를 떠나 해안을 따라서 방향을 돌리는 것을 바라보며 자신들이 친구들의 시야에서 벗어날 때까지 손을 흔들었다.

"사무치게 외로운 기분이에요." 피오나가 말했다.

"나도 그래요. 저기서 영원히 행복하게 살 수 있을 것 같았는데." 데이비드가 말했다.

"그럴 수 있을까요? 아니면 우리가 우리 자신을 기만하는 거라고 생각해요?" 피오나가 질문했다.

"당신의 경우는 다르죠, 피오나. 정말로요. 당신은 당신의 일을 좋아하고, 친구들이 있고, 가족들은 당신을 지배하려고 하거나 숨막히게 하지 않잖아요."

"나도 식구들이 어떤 반응을 보일지 잘 모르겠어요. 나는 맏이예요, 누가 봐도 미치광이 같은 남자와 달아나는 바람에 여동생들에게 좋은 본보기가 되지 못했어요."

"하지만 적어도 당신에게는 동생들이 있잖아요. 나는 외동이에요. 그 모든 공세를 혼자 견뎌야 해요. 아버지는 곧 돌아가실 거고요. 나는 매일 아버지를 보면서 아버지 회사에서 일하게 돼서 자랑스럽다고 말해야겠죠."

"어쩌면 당신이 생각하는 것만큼 나쁘지 않을지도 몰라요." 피오나가 희망적으로 말했다.

"나쁠 거예요. 아버지의 표현으로 내가 고삐를 놓아버린 이후로는 더욱 나빠요. 같이 가서 그 얼음장 같은 분위기를 깨는 걸 도와주겠다니 당신은 정말 좋은 사람이에요."

"부모님이 내가 당신 여자친구라고 생각하실까요? 집안의 전통을 파괴하려고 나타난 무시무시한 가톨릭교도라고?"

"이미 그렇게 생각하고 계세요." 그가 우울하게 말했다.

"음, 내가 다음날 서둘러 아일랜드로 돌아가면 부모님이 엄청 좋아하실 거예요." 피오나가 유쾌하게 말했다. "아주 마음이 편해지셔서 당신을 품에 안아주실 거예요."

"우린 와락 끌어안지 않았던 적이 한 번도 없었어요. 그게 문제의 일부죠." 데이비드가 말했다.

그리고 왠지 몰라도 두 사람 다 그것이 굉장히 재미있다고 생각했다.

엘자와 토머스는 페리가 시야에서 사라질 때까지 지켜보았다. 그리고 천천히 마을로 다시 걸어갔다.

"오늘 오후엔 어디 갔었어요?" 그가 물었다. "당신을 찾았어요.

다시 보트를 타면 어떨까 했거든요."

"내일 좋아요." 그녀가 말했다. "당신이 내일 한가하다면요."

"한가해요."

"나는 당신이 정말 캘리포니아로 돌아갈 건지에 관심이 있어요." 엘자가 말했다.

"나는 당신이 정말 독일로 돌아가지 않을 건지에 관심이 아주 많아요." 토머스가 말했다.

"그러니 우리가 여기서 보내는 시간을 최대한 즐기기로 해요." 엘자가 말했다.

"정확히 무슨 뜻인가요?" 토머스가 물었다.

"내일은 배를 빌려 소풍을 가고, 다른 날에는 버스를 타고 칼라트리아다에 가고 싶다는 뜻이었어요. 심리적 압박이 없는 상황에서 다시 그곳에 가보고 싶어요. 그게 내가 하고 싶었던 말이에요."

"좋아요, 그러기로 한 거예요." 그가 말했다. 그리고 둘 다 공모를 꾸미는 것처럼 웃었다.

화제를 바꾸기 위해 토머스가 말했다. "오후 내내 뭘 했는지 아직 얘기 안 해줬어요."

"작고 어수선한 집에서 보니와 같이 죽어가는 노인을 지켜봤어요. 가족도 없고 친척도 없는 분이었고, 보니와 나뿐이었어요. 사람이 죽어가는 걸 지켜본 건 처음이에요."

"오, 가여운 엘자." 그가 그녀에게로 몸을 숙이고 그녀의 머리를 쓰다듬었다. "가여운 엘자."

"가여운 엘자가 아니에요. 나는 젊고, 내 앞에는 삶이 놓여 있어요. 그는 늙고 외롭고 무서워했어요. 가여운 니콜라스 노인. 가여운 노인이에요."

"당신은 그에게 잘해줬어요. 당신이 할 수 있는 것을 했어요."

엘자가 그에게서 몸을 뺐다. "오, 토머스, 당신이 그때 보니를 보았더라면. 굉장했어요. 내가 그녀에 대해 말한 건 전부 취소할게요. 보니가 스푼으로 꿀을 떠서 노인에게 먹이고, 내게는 그의 손을 잡아주라고 했어요. 그녀는 천사 같았어요."

그들은 함께 보니가 지내는 집으로 걸어갔다.

"내일 작은 파란색 배를 빌려 바다로 나가요." 토머스가 말했고, 엘자는 헤어지기 전에 그를 꼭 안아주었다.

"앤디, 지금 통화 가능한가요?"

"그럼요, 토머스, 나는 괜찮아요. 그런데 유감스럽게도 빌이랑 아이 엄마는 지금 차 안에 없고, 탐험을 나갔어요."

"탐험이라니요?"

"실제로는 쇼핑인데요. 그걸 탐험이라고 불러요. 삼십 분이나 사십오 분 뒤에 전화해주겠어요? 쇼핑을 하다보면 어떻게 되는지 알잖아요. 나하고 통화하는 데 당신 돈을 조금이라도 낭비하게 하고 싶지 않아요."

"당신하고 이야기하는 것도 좋아요, 앤디. 물어보고 싶은 게 있어서요."

"얼마든지요, 토머스. 뭐든 물어보세요." 앤디의 목소리에서 약간의 경계심이 느껴졌다.

"내가 돌아가면, 사람들이 생각하는 것보다 좀더 일찍 돌아간다면, 그래도 괜찮을 것 같나요?"

"돌아오다니요? 미안하지만, 토머스, 완전히 이해를 못해서요. 여기 타운으로 돌아온다는 말인가요?"

"네, 그런 뜻이에요." 토머스는 서늘한 기운을 느꼈다. 이 남자는 그게 좋은 생각이 아니라고 말할 것이다. 그럴 게 확실했다.

"하지만 아파트를 일 년 동안 세준 거 아니었나요?"

"네, 하지만 빌이 뛰어놀 수 있는 마당이 있는 더 큰 집을 구할까 생각하고 있어요."

"빌을 데려갈 생각인가요?" 앤디가 목멘 소리로 말했다.

"데려가서 사는 게 아니고, 당연히, 빌이 놀러올 수 있는 집요." 토머스는 조바심난 목소리를 들키지 않으려고 애썼다.

"오, 알겠어요."

맙소사, 앤디는 느렸다. 어떤 생각이 흡수되는 데 영원의 시간이 걸리고 답을 하는 데 또 그만큼의 시간이 걸리는 것 같았다.

"그래서 어떻게 생각해요? 앤디, 그렇게 하면 빌이 좋아할 것 같나요…… 내가 빌이 사는 길 가까이 살면요? 아니면 아이가 혼란스러워할까요? 당신이 옆에서 지켜보는 사람이니까, 말해줘요. 나는 그냥 최선의 선택을 하고 싶어요."

수천 마일을 가로질러, 잘생기고 맹한 앤디의 얼굴에 느리게 미소가 떠오르는 소리가 거의 들리는 듯했다.

"토머스, 빌이 아주 좋아할 거예요. 산타클로스와 모든 생일이 한꺼번에 오는 것 같을걸요!"

앤디는 전적으로 진심이었고, 그것에는 의심의 여지가 없었다. 토머스는 말도 잘 나오지 않았다. "당신이 괜찮다면, 아직 빌에게는 말하지 않으려고 해요. 다 정해놓고 확정된 날짜를 알려주고 싶어요. 그래도 괜찮을 것 같나요, 앤디?"

"물론이죠, 당신이 알려줄 때까지 아무 말 하지 않을게요."

"이해해줘서 고마워요." 토머스가 중얼거렸다.

"이해라니요? 남자라면 피붙이 옆에 살고 싶은 게 당연한 거 아닌가요? 이해할 게 뭐가 있어요?"

토머스는 전화를 끊고 어둠 속에 한동안 앉아 있었다. 모두가 빌이 그의 피붙이라고 믿었다. 셜리만 빼고 모두가. 그리고 그가 아는 한은 그녀도 그렇게 믿고 있을지 몰랐다. 어쨌거나 의사가 해준 말을 그녀에게 하지는 않았다. 지금 말하기엔 너무 늦었다.

그녀가 모른다고 해도 이상할 게 없었다.

보니는 토머스가 계사라고 부르는 별채를 그냥 쓰기로 했다. 그녀는 그가 전화로 이야기하는 것을 들었다. 그리고 그보다 더 전에 그가 엘자의 손을 잡는 것을 보았다. 그들 앞에 아주 많은 일이 놓여 있었다. 그 두 사람 앞에.

보니가 부러움의 한숨을 쉬었다.

앞으로 남은 시간이 수십 년이라면 아주 좋을 것이다. 그 시간 동안 이런저런 결정을 내리고, 여러 곳에 가보고, 새로운 것을 배울 수 있을 것이다. 다시 누군가를 사랑할 수 있을 것이다. 그녀는 그들이 뭘 할지 궁금했다. 오늘밤 늦게 비행기를 타고 아테네에서 런던으로 가는 피오나와 데이비드에게 어떤 일이 일어날지 궁금했다.

그들이 집으로 돌아가면 폭풍 같고 어색하고 감정에 북받치는 시간이 기다리고 있을까? 보니는 그들이 소식을 알려주길 바랐다. 돌아가면 편지를 쓰라고 협박하다시피 했다!

보니는 길고 무더웠던 그날 하루를, 니콜라스의 눈을 감겨주고 그의 턱에 묻은 꿀을 닦아주었던 순간을 돌아보았다. 그리고 그녀가 이미 알고 있는 사실을 공식적인 것으로 만들기 위해 레로스 선생을 데려왔다. 그녀는 경찰서에 있는 요르기스에 대해서도 생각했다. 요르기스의 아내에 대해서는 어느 누구도 언급하지 않았다.

보니는 지금 마그다가 어떤 모습일지 그려보았다. 다른 여자에게 눈길을 돌리는 스타브로스 때문에 그 짙고 커다란 눈에서 눈물을 뚝뚝 흘리며 울고 있을까. 그들이 오래전에 결혼했어야 한다고 말한 안드레아스에 대해서도 생각했다. 그의 생각은 물론 아주 잘못된 것이었다. 하지만 그들이 결혼했다면 아도니를 다시 데려올 수 있었을 것이다. 그러기가 아주 쉬웠을 것이다. 아도니는 돌아오라는 말을 애타게 기다리고 있을 것이다. 결코 돌아오지 않을 그녀의 아들과는 다르게.

보니의 아들이 그녀에게 메시지를 보낸 적이 한 번 있었다. 그는 그녀가 자신의 어린 시절을 훔쳐갔다며 다시는 그녀를 보고 싶지 않다고 말했었다. 그녀는 자신의 모든 것을 털어놓고 장황한 이야기를 늘어놓으면서도 그들 중 누구에게도 그 이야기를 하지 않았다. 삼십 년 넘게 매일 밤 그런 것처럼 그녀는 자신의 아들 스타브로스를 위해 기도했다. 저 바깥 어딘가에 혹시 신이 있다면 기도가 효력이 있을 것이다.

17

다음날 아침 토머스가 엘자를 데리러 왔을 때 그녀는 소풍 준비를 마친 상태였다. 음식이 담긴 바구니를 천으로 덮어놓았다.

"궁금한 게 있는데……" 토머스가 말을 꺼냈다.

"어떤 게 궁금해요, 친애하는 토머스?"

"놀리지 마요, 나는 나약하고 불쌍한 인간이랍니다!" 그가 간청했다.

"놀리는 게 아니에요, 맹세코."

"우리가 해안을 따라 칼라트리아다까지 노를 저어 가서 거기서 머물러도 괜찮은가 해서요. 하룻밤만요. 그게 궁금해요."

"더이상 궁금해하지 않아도 될 것 같아요, 멋진 생각이에요." 그러더니 엘자가 다시 아파트 안으로 들어갔다.

"어디 가려고요?" 토머스가 걱정스럽게 물었다.

"칫솔이랑 팬티 여벌이랑 깨끗한 블라우스 가지러요. 됐어요?"

"되다마다요." 그는 얼마간 그녀의 저항이 있을 거라고 예상했었다. 그녀는 삼십 초 만에 밖으로 나왔다.

"작은 배들의 주인이 우리가 그렇게 오래 나가 있도록 허락해줄까요?" 엘자가 물었다.

"내가 가서 미리 확인했어요, 그러니까, 당신이 좋다고 할 경우를 대비해서요. 괜찮대요." 토머스의 얼굴에 약간 당황한 기색이 떠올랐다.

"말해봐요, 토머스, 배 주인이 정말로 뭐라고 했죠?" 그녀가 웃으며 그를 다정하게 쳐다보았다.

"그가 자꾸 당신이…… 내 시지고스나 뭐 그런 거냐고 물어봐서……"

"그게 도대체 뭐예요?"

"찾아봤는데, 파트너나 배우자 뭐 그런 거예요, 유감스럽게도."

"음, 좋아요, 시지고스, 파도를 헤치고 나아가봐요!" 엘자가 유쾌하게 말했다.

그들은 작은 배를 빌려 노를 저어 항구를 빠져나갔다. 노인이 밧줄을 풀어주면서 어디로 가건 날씨가 좋지 않으면 배를 해안에 대고 묶어야 한다고 여러 번 일렀다. 너무 많은 사람들이 불행을 겪었다고.

항구의 품을 벗어나니 바다는 잔잔했고, 그들은 지나치는 장소들을 짚어가며 해안을 따라 나아갔다. 저기는 보니가 오랫동안 입원해 있었다는 병원이고, 저기는 엘자가 아이들과 함께 시간을 보낸 해수욕장이었다. 또 저기는 장례식에 참석하려고 모두 돌아오던 날 아침에 버스가 정차한 길가 신전이 틀림없었다. 지금은 오래전 일 같았다, 아주 오래전 일.

중간쯤 가서, 그들은 해안에서 100야드쯤 떨어진 지점에서 목재로 만든 큰 플랫폼을 발견했다. 사람들이 수영을 해서 나가는 곳 같았다. 토머스가 작은 배를 말뚝에 묶었다. 피크닉을 즐기기에 이상적인 장소였다. 엘자는 배에서 내려 그들 사이에 천을 깔았다.

그녀가 피타빵에 타라마살라타와 후무스를 펴 바르고 접시에 무화과와 수박을 예쁘게 놓았다. 그리고 와인 한 잔을 따라 그에게 건넸다.

"당신이 정말로 아주 눈부시게 아름답다는 건 알고 있겠죠." 토머스가 말했다.

"고마워요. 아주 친절한 말이지만, 그건 중요하지 않아요." 엘자가 솔직하게 말했다. 그를 거절하는 것이 아니었다. 그저 사실을 말하는 것이었다.

"그렇군요, 그게 그렇게 중요하진 않겠죠, 하지만 사실이에요." 토머스는 그렇게 말한 뒤 더는 그 말을 하지 않았다.

칼라트리아다에는 제대로 된 항구가 없어서, 그들은 부두에 배를 묶고 가파른 길을 따라 작은 마을로 걸어올라갔다.

이리니가 그들이 지난번에 왔던 것을 기억하고 있었다. 그녀는 두 손으로 그들의 손을 잡고 따뜻하게 맞아주었다. 그녀는 이 행복하고 아름다운 커플이 방 두 개를 달라고 하는 것을 전혀 이상하게 여기지 않는 것 같았다.

"남은 방이 하나밖에 없어요. 하지만 침대는 두 개예요. 하나씩 쓰면 될 거예요." 이리니가 말했다.

"그렇게 해도 될 것 같은데, 어때요, 엘자?"

"그럼요." 엘자가 동의했다.

이리니는 한 번도 고향 마을 밖으로 멀리 떠난 적이 없는 것 같았지만, 그녀에게는 세상사의 지혜가 있었다. 어떤 것에도 결코 놀라서는 안 된다는 것을 알고 있는 것이다.

"데이비드가 데려온다고 한 그 아가씨에 대해 무슨 이야기 더 없었어?" 해럴드 파인이 세번째로 물었다.

"내가 말한 게 다야. 그 아가씨와 데이비드, 그리고 다른 두 사람이 그 섬에서 친구가 됐고, 둘이 집으로 돌아오는 중이라고."

"음." 데이비드의 아버지가 말했다.

"사귀는 것 같지는 않아." 데이비드의 어머니가 말했다.

"전에 여자를 데려온 적이 한 번도 없었잖아, 미리엄."

"나도 알지. 그래도 그런 사이 같진 않아. 무엇보다 그 아가씨는 아일랜드인이야."

"그게 사귀지 않을 이유가 되나? 여름 내내 그 먼 그리스 오지에서 살았던 아인데?"

"여자앤 하룻밤만 있을 거래, 해럴드."

"지금은 그렇게 말하지." 데이비드의 아버지가 어둡게 말했다.

"그런데 도대체 그애가 맨체스터에는 왜 들렀다 온다는 거지?" 숀 라이언이 바버라에게 물었다.

"설명을 들을 시간은 많지 않았지만 분명 그애가 만난 어떤 사람 때문인 것 같아요. 그 사람 아버지가 죽음을 앞두고 있다나봐요.

그래서 피오나가 분위기를 좀 부드럽게 만들어주려고 하룻밤 보내는 거라고요." 바버라가 말했다.

"머저리가 또 생겼나." 피오나의 아버지가 툴툴거렸다.

"피오나가 친절을 베푸는 거겠죠." 바버라가 말했다.

"친절한 것 때문에 전에 그애가 어떻게 됐었는지 봐." 그가 중얼거렸다.

"하지만 이제 다 끝난 일이에요, 라이언 아저씨." 바버라는 이따금 삶이 병동 안에서나 밖에서나 무자비할 만큼 유쾌한 것으로 느껴졌다. "피오나는 내일 여섯시면 셰인 없이 집으로 돌아올 거예요. 그게 우리 모두가 바라던 거 아니었나요?"

"피오나가 정말로 우리 중 누구도 공항에 나오기를 원하지 않는대?" 모린 라이언은 갈피를 잡을 수 없었다.

"네, 모르는 사람들 앞에서 감정적인 장면을 연출하는 게 싫대요. 비행기가 네시에 도착한다니까 여섯시 전에 여기 올 거예요."

"궁금한 게 있는데, 바버라, 내일 한가하면 혹시 네가……" 피오나의 어머니가 말을 꺼냈다.

"그러니까, 그애가 집에 왔을 때 네가 여기 와 있어주렴……" 피오나의 아버지가 대신 말을 끝냈다.

"분위기를 편안하게 만들기 위해서요?" 바버라가 물었다.

"내가 해서는 안 될 말을 할까봐 조심하려고." 숀 라이언이 솔직하게 말했다.

"그럴게요, 근무시간을 바꿔볼게요." 바버라가 말했다.

"그애가 떠날 때 이런저런 말이 많았잖아." 모린이 설명했다.

"오, 말은 늘 많아요, 저를 믿으세요." 바버라는 병원에 사직서를 제출하고 자신이 세상사를 관리하는 일에 정식으로 지원해야 하는 건 아닌가 생각했다. 근무시간이 아닐 때 자신이 하는 일이 바로 그것 같았다.

"네 생각엔 그애가 여기서 지내는 게 낫겠니, 아니면 네 집에 가서 자는 게 낫겠니?"

"음, 라이언 아주머니, 제 생각엔 다 같이 환영의 의미로 여기 집에서 저녁식사를 맛있게 한 뒤 제 집으로 데려가는 게 가장 좋을 것 같아요…… 그렇게 하면 지금 로즈메리가 쓰는 피오나의 방을 비워줄 필요도 없고, 더 말이 나올 위험도 없을 거예요."

바바라는 버스를 타려고 뛰어가면서 이번 달에 UN을 인수해야 하나, 아니면 조금 더 기다려야 하나, 생각했다.

"디미트리?"

"네?"

"그 편지 부쳤어요?" 셰인이 물었다.

"부쳤어요. 네."

"음, 그 멍청한 노인이 왜 아직 답장을 하지 않은 거죠?"

"나도 모르죠." 디미트리가 어깨를 으쓱했다.

"아마 읽을 줄 모르는 걸 수도 있겠군. 한여름에 끈부츠를 신는 미친 영감탱이 같으니."

디미트리가 가려고 돌아섰다. 셰인이 디미트리의 소매를 잡았다.

"가지 마요…… 나는…… 음…… 여기 있으니 솔직히 좀 무섭고 외로워요."

디미트리가 그를 쳐다보았다. 디미트리는 셰인이 그 여자의 머리채를 잡아 수감실 벽에 밀치고 때리려던 순간에 그의 얼굴이 어떻게 일그러졌는지를 떠올렸다.

"우리 모두 때때로 두렵고 외로워요, 셰인. 법정에서 변호사가 당신을 대변할 수 있도록 해뒀어요." 그가 손을 뿌리치고 수감실 문을 잠그며 말했다.

디미트리의 전화가 울렸다.

안드레아스였다. 경찰서에서 일하는 형 요르기스에게서 전화번호를 알아낸 것이었다.

"그 아일랜드 청년 말인데요."

"네, 그런데요?" 디미트리가 한숨을 쉬었다.

"그가 피오나의 소식을 알고 싶다고 편지를 써서 보냈어요. 자신이 아주 미안해하고 있다면서 그녀를 해치려 했던 게 아니었다고 말해줄 수 있겠느냐고요."

"그는 그녀를 해치려고 했어요." 디미트리가 말했다.

"네, 그 사실을 당신도 알고 나도 알지만, 그가 나보고 피오나에게 그 이야기를 전해달라고 했죠. 그에게 이 말을 전하고 싶어요. 나는 그녀에게 말해줄 수 없다, 그녀는 떠났다, 고향으로 돌아갔다, 이렇게요."

"잘됐군요." 디미트리가 말했다.

"그에게 그 말 좀 전해주겠어요?"

"편지나 팩스나 이메일을 보내주실 수 있나요? 뭐든요? 제 말을 믿으려고 하지 않을 거예요."

"내가 영어로 쓰는 건 잘 못해요."

"대신해서 써줄 수 있는 사람이 있나요?"

"네, 네, 있어요, 고마워요, 부탁할 수 있는 사람을 알아요."

"전화 끊기 전에 아드님인 아도니는 어떻게 지내는지 여쭙고 싶은데요. 같이 군복무를 할 때 아도니를 알게 됐거든요."

"잘 있을 거예요, 지금은 시카고에 살아요."

"돌아오나요?"

"그럴 것 같진 않아요. 왜 물어보는 거죠?"

"다시 만나고 싶어서요. 그리고 제가 결혼을 해요. 결혼식에 초대하고 싶어요."

"음, 소식이 오면 연락해보라고 할게요." 안드레아스가 무거운 마음으로 말했다.

디미트리는 한참 동안 전화기를 쳐다보며 앉아 있었다. 사람들은 때때로 뜻밖의 면을 보여주었다. 같이 군생활을 할 때 아도니는 아주 멋진 친구였고, 아버지와 언덕 위 타베르나에 대해 좋은 말만 했었다. 디미트리는 한숨을 쉬었다. 뭐든 이해하기 더 쉬워지는 경우는 없었다.

그들이 칼라트리아다에서 보내는 두번째 밤이었고, 데이비드와 피오나와 함께 왔던 때와는 달리 맑고 별이 빛나는 밤이었다.

이리니는 토머스와 엘자를 위해 야외에 작은 테이블을 놓아주었고, 그 자리에서 그들은 광장과 사람들이 오가는 모습을 볼 수 있었다. 이리니는 장식으로 테이블 위에 부겐빌레아 두 줄기가 꽂힌 하얀 자기 꽃병을 놓아두었다.

토머스가 엘자의 손을 잡고 어루만졌다.

"여기 있으니 아주 행복하고 마음도 어느 정도 차분해지는 것 같아요. 폭풍이 잠잠해진 것처럼요."

"나도 똑같은 기분이에요." 엘자가 말했다.

"물론 그건 말도 안 되는 소리지만요." 토머스가 말했다. "폭풍은 정말로 가버린 게 전혀 아니니까요. 우리 두 사람 앞에 코너만 돌면 곧 처리해야 할 폭풍이 기다리고 있어요."

"어쩌면 우리가 이제 그 폭풍을 처리할 수 있다고 생각하기 때문에 마음이 잠잠하게 느껴지는 걸 거예요." 엘자가 자신의 생각을 말했다.

"무슨 뜻인가요?"

"음, 당신은 빌에게 돌아갈 거예요. 문제는 오로지 언제냐는 거죠? 그리고 나는 독일로 돌아가지 않을 거예요. 그러니 문제는 오로지 어디로 가느냐 하는 거겠죠?"

"당신은 영리하고 똑똑한 사람이에요, 엘자. 뭔가를 아주 잘 요약해내는군요."

"그렇게 영리하진 않아요. 그건 내가 오래전에 깨달았어야 하는 사실이었어요."

"하지만 우린 후회하는 데 시간을 쓰진 않을 거잖아요, 안 그래요?" 그가 물었다.

"그럼요, 같은 생각이에요. 후회는 쓸모없죠. 심지어 파괴적이고요."

"커피 마실래요?" 토머스가 물었다.

"그럴까요. 사실은 좀 불안해요, 토머스." 엘자가 솔직히 말했다.

"나도 그래요. 하지만 커피가 마음을 진정시켜줄 것 같진 않네요. 일어날까요?" 그녀가 나무 계단을 올라가며 그의 손을 잡았다.

이리니가 그들을 보며 웃었고, 이 밤이 중요한 밤이라는 것을 이해한 것 같았다.

두 사람이 침실로 들어갔고, 어색한 분위기가 흘렀다. 엘자가 산봉우리들을 가리키며 이런저런 이름을 붙였다.

"아름다운 곳이에요." 그녀가 다정하게 말했다.

토머스가 다가가 엘자를 끌어당기고 목에 부드럽게 키스했다. 그녀가 몸을 약간 떨었다.

토머스가 물러섰다.

"거북하거나 그런 거예요?" 그가 주춤하며 물었다.

"아니요, 설레고 좋았어요. 이리 와요." 그녀가 말했다.

그리고 그녀는 먼저 그의 얼굴을 어루만졌고, 이어 그를 끌어안고 키스했다. 그녀의 손이 그의 등을 타고 올라갔다 내려왔고, 그는 부드럽게 그녀의 블라우스를 벗겼다.

"엘자, 잘 모르겠지만…… 내가 바라는 건……" 그가 말하기 시작했다.

"나도 잘 모르겠어요, 내가 바라는 것 또한……" 그녀가 중얼거리듯 말했다. "기억해요. 돌아보지 않고, 후회하지 않고, 비교하지 않는 것."

"당신은 아름다워요, 엘자."

"안아줘요." 그녀가 그에게 말했다. "나를 사랑해줘요, 토머스. 이 아름다운 섬에서 나를 사랑해주고, 오늘밤 말고는 아무것도 더 생각하지 말기로 해요……"

보니는 안드레아스와 함께 앉아 셰인에게 보낼 편지를 썼다.

당신의 편지에 대한 답장으로 피오나 라이언의 소식을 알려드립니다. 그녀는 이틀 전 이 섬을 떠나 아일랜드로 돌아가는 중이며, 그곳에서 다시 간호사 일을 시작하려고 합니다. 따라서 나는 당신이 그녀에게 보낸 사과의 편지를 전달할 수 없지만, 당신이 더블린으로 그녀에게 연락하는 방법을 알 거라고 생각합니다.

당신이 구치소에 있다고 하는데, 그 문제에 대해서는 아테네 당국과 잘 풀어나가길 바랍니다. 모든 마약법 위반은 심각하게 취급됩니다.

건승을 빌며,

안드레아스

보니가 안드레아스에게 내용을 번역해주었다.

"좀 냉정한 것 같아요, 그렇게 생각하지 않아요?" 그가 걱정했다.

"아주 냉정하죠." 보니가 동의했다. "혹시 보석금을 내주고 그를 여기 오게 해서 여섯 달 동안 머물게 하고 싶은 거예요?"

"아니요, 나도 다 알아요. 그저 그가 지금 구치소에 있고 사과를 했으니까요."

"안드레아스, 당신은 모든 문제에서 마음이 여려요…… 아들 문제만 빼고."

"이제는 그 아이에게도 마음이 누그러졌어요, 보니. 하지만 안타깝게도 너무 늦었군요. 아니, 어떤 예감이 든다는 말은 하지 마요. 그런 느낌은 이제 더이상 믿지 않아요."

"알았어요. 그 문제는 이제 그만 얘기할게요, 맹세해요. 이 편지를 보낼 건가요? 아니면 요르기스에게 팩스를 보내달라고 할 건가요?"

"당신 생각에도 냉정하다는 건데, 그래도 이대로 보내도 된다고요?" 안드레아스가 물었다.

"내 의견은 이래요, 당연히 내가 틀렸을 수 있지만요, 살다보면 냉정해야 하는 순간이 있는데, 지금이 그런 순간이에요."

"당신이 틀린다고요, 보니? 그런 일은 절대 없어요!" 그가 웃었다. "팩스를 보내 그 불쌍한 바보가 괜한 기대로 고통이나 받지 않게 해줍시다."

"집으로 돌아가는 길에 편지를 경찰서에 갖다줄게요." 보니가 말했다.

"오늘밤 집은 어디예요? 당신 아파트, 아니면 계사?" 안드레아스가 물었다.

"이제 당신이 토머스보다 더 나쁘군요! 내 집 사정을 가지고 오히려 더 놀려대니 말예요! 하지만 궁금하다니 말인데, 오늘밤엔 작은 게스트룸에서 잘 거예요. 토머스와 엘자가 같이 칼라트리아다로 가서, 나 혼자 그곳을 쓸 수 있어요."

"그들이 함께 그곳으로 다시 갔군요." 그가 자신의 턱을 만졌다. "알겠어요……"

"알아요. 그림이 그려지죠." 그녀가 말했다.

"그러면 언제 돌아온대요?" 안드레아스가 물었다.

"토머스가 쪽지를 남겼어요. 일이 뜻대로 흘러가면 며칠 걸릴 거래요."

"그들에게 좋은 쪽으로 흘러가기를 기대해봅시다." 안드레아스가 말했다.

"당신은 참 괜찮은 남자예요." 보니가 말했다.

"예전에는 그런 말 한 번도 안 해줬어요."

"그랬죠, 지난 세월 동안 나는 쓰레기 같은 말을 참 많이 했어요. 당신은 늘 내가 어떤 뜻으로 말했고 어떤 뜻으로 말하지 않았는지 아는 지혜를 지니고 있었어요. 내가 당신이 참 괜찮고 좋은 사람이라고 말했는데, 그건 진심이에요. 그건 알아주면 좋겠어요."

"알고 있어요, 보니. 당신이 나를 그렇게 생각해주니 기뻐요." 그가 말했다.

데이비드는 앉아서 아버지에게 피오나와 연습한 대로 이야기했다. 아버지의 생명을 앗아갈 질병에 관한 말은 입 밖에도 내지 않고, 회사나 다가오는 시상식에 관한 이야기만 많이 했다.

"네가 그런 것에 관심이 있는지 몰랐구나." 해럴드 파인이 말했다.

"사람들이 아버지에게 존경을 표하는 자리인데, 제가 왜 관심이 없고 왜 자랑스럽지 않겠어요?"

그의 아버지가 고개를 끄덕이며 미소를 지었다. "음, 솔직하게 말하면, 아들인 네가 와서 그 자리를 함께하지 않는다면 똑같지 않을 거야. 제 피붙이가 와서 그 순간을 함께 나누지 않는다면 그런 게 다 무슨 소용이겠니?"

옆방에서는 피오나가 데이비드의 어머니와 이야기를 나누고 있었다.

"미시즈 파인, 하룻밤 재워주신다니 정말 친절하세요. 정말 감사합니다."

"음, 당연한 일이죠. 데이비드의 친구라면 누구라도 대환영이에요."

"데이비드가 이 아름다운 집에 대해 다 말해주었는데, 그걸로는 턱없이 부족했던 것 같아요. 정말 멋져요."

미리엄 파인은 기뻤고 그만큼 어리둥절했다.

"데이비드가 그러던데, 더블린에 산다고요?"

"네, 여러 주 떨어져 지냈지만, 얼른 모두 다시 만나고 싶어요." 피오나의 미소는 흔들림이 없었다.

"거긴 멋진 곳이었겠죠, 아가씨와 다른 친구들이 있었다는 그 섬 말예요."

"오, 아름다운 곳이었어요, 미시즈 파인. 사람들이 아주 소박하고, 아주 친절해요. 그곳에 다시 가고 싶어요, 그렇게 할 거예요, 꼭 그렇게 할 거예요."

"그곳에는 정확히 뭘 하러 갔던 건가요?"

"직장생활에서 벗어나 잠시 휴식을 취했어요." 피오나가 유쾌하게 말했다. 셰인이나 유산, 셰인이 마약 밀매로 체포된 이야기 같은 건 할 필요가 없다는 데 그녀와 데이비드의 의견이 일치했다. 파인 가족의 평온한 삶을 어지럽힐 만한 건 뭐든 말하지 않기로 했다.

"그럼 더블린에서는 간호사로 일해요?" 미리엄 파인은 숨쉬기가 좀더 편안해졌다. 자신의 유일한 아들에 대해 뭔가 목적을 가진 여자는 아닌 것이다.

"더블린을 떠나기 전에는 종양과 병동에서 여섯 달 근무했어요. 이건 확실히 말씀드릴 수 있는데, 지금은 입원해서 지내야 할 시기예요, 미시즈 파인."

"무슨 뜻인가요?"

"요즘은 사람들을 도울 수 있는 방법이 아주 많아요. 깜짝 놀라실 거예요. 어떤 방법이 있느냐 하면……"

그리고 놀랍게도, 미리엄 파인은 엄청나게 큰 도움이 되고 아일랜드 억양을 쓰는 이 아가씨와 어느새 편하게 이야기를 나누고 있었다. 그녀의 집으로 찾아올 손님으로 이보다 더 나은 사람은 없었을 것이다.

안나비치호텔의 데스크에는 엘자에게 온 팩스 몇 통이 보관되어 있었다. 내용은 점점 다급해졌고, 얼른 이메일을 열어보라고 요구하고 있었다. 하지만 엘자의 모습은 어디에도 보이지 않았다.

데스크 직원이 로비의 공예품가게에 보니가 있는 것을 보았다.

"이 팩스 메시지들을 어떻게 하면 될지 조언해주실 수 있을까요? 그 독일 여자분이 한동안 오지 않으셔서요……"

보니는 팩스를 흥미롭게 쳐다보았다. "독일어는 못해요. 뭐라고 썼나요?"

"독일에 있는 남자가 보낸 건데, 이런 게임은 하지 마라, 자기를 떠날 수 없다, 그런 내용이에요."

"알겠어요." 보니는 기뻤다.

"그녀가 여기 없다는 내용으로 그에게 팩스를 보내줘야 할까요?" 안나비치호텔이 일을 잘 처리하지 못한다고 욕을 먹지 않을지 걱정하며 직원이 물었다.

"아니요, 나라면 그대로 두겠어요. 개입하지 않는 게 더 좋아요. 물론 그가 전화를 걸어오면 그녀가 떠났다는 이야기를 들었다고 말해주면 될 테고요."

"그녀가 떠났나요?"

"며칠 동안, 네. 방해받고 싶지 않을 거예요."

더블린

친애하는 보니,

집에 돌아온 뒤 스물네 시간 안에 편지를 쓰겠다고 약속드렸었죠. 이제 씁니다.

여행은 멋졌어요. 비행기는 관광객들과 휴가를 즐기는 사람들로 가득했어요. 데이비드와 저는 우리가 해변이나 디스코클럽만이 아닌 진짜 그리스를 안다는 사실이 아주 뿌듯했어요. 우리는 기차를 타고 데이비드의 집으로 갔어요. 그런데 그는 정말로 부자예요. 그의 가족은 아름다운 골동품과 값비싼 장식품이 가득한 큰 집에 살고 있어요. 그의 어머니는 아주 순진하고, 호들갑스럽고, 남편에게 평생을 바쳐온 게 분명해 보였어요. 미스터 파인은 상태가 매우 안 좋아 보이셨는데, 몇 달밖에 안 남으셨대요. 정말 몇 달요. 많이 두려워하고 계셨지만, 제게 완화치료에 대해 말씀하실 수는 있으셨어요. 완화치료가 어떤 건지 정말로 잘 모르셨고, 알고 싶어하지도 않으셨어요. 데이비드와 저는 맨체스터공항에서 울었어요. 사람들이 우리가 작별인사를 하는 연인인 줄 알았을 거예요.

집으로 가니, 분위기를 부드럽게 만들려고 바버라가 와 있었어요. 아빠는 제 기분을 상하게 할 말은 어떤 것도 하지 않으려고 계란 위를 걷듯 조심하셨어요. 엄마는 텔레비전에 나오는 그레이비와 홈쿠킹 광고 같았는데, 제가 맛있는 냄새와 맛으로 가득한 섬이 아니라 집단농장이나 뭐 그런 곳에 있다 온 걸로 생각될 정도였어요. 미드나이트 카페의 숯냄새와 안드레아스의 식당에서 먹은 구운 양고기와 잣 요리가 여전히 그리워요.

안드레아스에게 안부 전해주세요. 일을 시작하고 바버라와 제가 새 아파트를 구하면 연락드릴게요. 지금은 바버라의 소파를 쓰면서, 이틀에 한 번씩 엄마 아빠를 뵈러 가요. 두 분은 잘 지내시고, 은혼식 이야기는 거의 꺼내지도 않으세요. 두 여동생은 골칫거리로 변해버렸어요. 유산이나 구치소에 있는 셰인에 대해서는 그 생각에 빠져들지 않는 것이 최선 같아요. 음, 빠져들지 않았을뿐더러, 그 이야기는 아예 꺼내지도 않았어요.

당신에겐 아무리 감사를 드려도 부족할 거예요, 보니. 특히 아테네에서 보낸 그 하루에 대해서요. 제가 바라고 꿈꾸는 건, 남편과 아들을 다시 만나시는 거예요. 당연히 그럴 자격이 있으시고요.

사랑을 담아,

피오나

맨체스터

친애하는 보니,

오, 당신과 아기아안나가 날마다 순간순간 그리워요. 눈을 떠 밝은 하늘을 보고 별이 나올 때까지 걱정 없이 하루를 보낼 수 있다면 얼마나 멋질까요. 이곳에도 별이 있지만 구름에 가려져 잘 보이지 않는 것 같아요.

아버지는 상태가 아주 나빠 보이세요. 그건 그렇고, 피오나와 아버지는 아주 잘 지냈어요. 아버지와 평생 알고 지낸 사이처럼 이야기를 나누었고, 고통을 줄여주는 데 약이 얼마나 효과가 좋은지 말해주었어요. 제가 유대인이 아닌 아가씨를 집에 데려온다는 사실에 발끈하셨던 어머니조차 그녀를 마음에 들어하셨어요. 우리가 그냥 친구 사이라는 것을 아시고 아주 유감스럽게 생각하실 정도로요. 헤어질 무렵에는 피오나에게 다시 온다는 약속도 받아내셨어요. 피오나는 꼭 다시 올 거예요. 우리는 공항에서 울었어요. 그 순간이 모든 것의 끝을 상징하는 것 같았거든요. 여름과 그리스와 우정과 희망의 끝이요.

돌아온 것이 기쁘냐고요? 음, 간단히 말하면 저는 돌아와야만 했어요. 당신이 이야기해주지 않았다면 이렇게 못했을 테고, 그걸 생각하면 기운이 빠져요. 당신은 아주 통찰력 있고, 제게 무슨 일이 일어나고 있는지를 알려주는 데 굽힘이 없으셨어요. 다만 친척 어르신이나 친구들이 제가 안 좋은 일이 일어난 것을 알아내는 '직관'이 대단하다고 자꾸 칭찬을 해줘서, 그게 민망해요. 직관이라니요, 보니! 당신 덕분이었는데요! 하지만 우리가 말을 맞춘 대로 그 이야기는 하지 않을게요.

날은 스산하고, 저는 곧 다시 회사에서 일을 시작할 거예요. 아버지가 매일 저녁 그 이야기를 하고 싶어하셔서 집중하고 있어야 해요. 지금 회사를 맡고 있는 남자는 당연히 저를 미워하고 아주 분개하고 있어요. 제가 언제 시작할지 계속 알고 싶어해요. 저는 그 남자에게 내가 이 일 전부에 대해 어떻게 느끼고 있는지 정말로 말해주고 싶어요. 하지만 물론 그럴 수 없죠. 시상식이 다음주예요. 달 착륙보다 더 시끌벅적하고 준비할 게 많아요. 시상식에 대한 편지를 보내드릴게요. 제게도 편지 보내주실 수 있으세요? 마리아의 운전은 어떻게 되어가는지, 미드나이트 카페 사람들은 어떻게 지내는지, 토머스와 엘자는 그곳에 있는지 아니면 떠났는지 정말 궁금해요. 제 생각엔 둘이 사귈 것 같았는데, 어떻게 됐는지도요.

전날 밤에 아드님이 돌아오는 꿈을 꾸었어요. 선외 엔진을 단 배를 타고 항구로 들어오고 있었어요. 그런 일이 일어날 수도 있어요, 안 그런가요?

사랑을 담아,

데이비드

"우린 언제 진짜 세상으로 돌아가죠?" 며칠 동안 칼라트리아다의 언덕과 만을 돌아다닌 뒤 엘자가 물었다.

"아기아안나로 돌아간다는 말인가요, 아니면 더 서쪽으로 간다는 말인가요?" 토머스는 그녀에게 주려고 꺾은 야생화를 긴 줄로 묶어 작은 꽃다발을 만드느라 부지런히 손을 놀리고 있었다.

"아기아안나가 베이스캠프인 것 같아요." 엘자가 말했다. 그들은 이곳에서 현실 세계와 완전히 분리된 이상한 삶을 살고 있었다. 쇼핑을 하러 시장에 갔고, 점심으로 치즈를 사서 언덕에서 먹었다. 영어로 된 책을 파는 서점도 하나 발견했다. 토머스는 도예가에게 어머니 이름이 새겨진 접시를 만들어달라고 부탁했다.

이렇게 오래 있을 줄 모르고 짐을 많이 챙겨오지 않아서, 장날에 가판대에서 옷도 몇 벌 샀다. 토머스는 색깔이 화려한 그리스 셔츠를 입으니 아주 멋져 보였다. 엘자는, 토머스 자신은 좋아하는 것 같았지만 주머니가 주렁주렁 달린 칠부바지를 그가 버렸으면 하는 마음이 아주 커서, 그에게 우아한 크림색 바지 한 벌을 사주었다.

"오리아." 이리니가 잘 차려입은 그를 보더니 말했다.

"네, 정말로요. 참 멋지죠." 엘자가 맞장구를 쳤다.

"난 예전 바지가 그리운데요." 토머스가 툴툴거렸다.

"그거 좋아하는 사람은 당신뿐이에요. 그거 참 보기 흉했어요!"

"오, 엘자, 좀 봐줘요. 그걸 입게 해줘요, 마음을 안정시키는 담요처럼 익숙한 거라고요. 부탁이에요." 그가 간청했다.

"차라리 담요가 더 우아하겠네요." 엘자가 말했다. "어머나, 제가 아내처럼 말하고 있네요. 이러면 절대 안 되죠. 입고 싶은 걸 입어요." 그녀가 그를 보며 웃었다.

"내일 노를 저어 다시 아기아안나로 돌아갈까요?" 그가 제안했다.

"그래요, 그게 작별인사를 의미하진 않아요. 돌아가서도 여전히 함께 있을 수 있으니까요." 엘자가 스스로를 위로했다.

"당연히 그렇죠. 서둘러 어딘가로 갈 필요는 없어요." 토머스가 동의했다.

마리아와 보니는 그들이 칼라트리아다에서 돌아온 것을 알고 있었다. 그들이 항구에 배를 반납하는 것을 보았기 때문이었다.

"저 미국인 아주 근사해 보이는데요. 이제 바보 같은 바지도 안 입고요." 마리아가 만족스러운 듯 말했다.

"음, 그 점에 대해선 거룩하신 주님께 감사해야겠네요." 보니가 경건하게 말했다. "거룩하신 주님이 돕긴 하셨는데, 아주 영리하고 젊은 독일 여자의 유능한 협조가 있었던 모양이네요." 보니는 그들이 서로 작별의 키스를 하고 엘자는 안나비치호텔로, 토머스는 시내로 가는 것을 지켜보며 말했다. 그들은 느긋하고 서로에 대해 편안해 보였다. 여행은 성공적이었던 게 분명했다.

"자, 마리아, 파메, 가요. 오늘은 3점 방향 전환* 연습을 많이 할 거예요. 광장보다 더 나은 곳이 어디 있겠어요? 오늘 변호사 타키스를 보러 오라는 연락을 받았어요. 내게 전달할 메시지가 있나봐요."

"어떤 메시지요?"

"전혀 짐작이 안 가요. 몇십 년 동안 처신을 아주 바르게 해왔으니 법정 소환 같은 건 아닐 테고요. 가서 들어봐야죠." 보니는 어떤 사실도 더 알려주지 않았다. 그 내용이 스타브로스와 관련된 게 아닐까 궁금해하느라 보니가 거의 밤을 새웠다는 것을 마리아는 전혀 알아채지 못했다. 그녀의 남편과 아들, 어느 스타브로스건.

안나비치로 간 엘자는 큰 다이어리를 옆에 두고 앉아 있었다. 수개월 만에 처음으로 그녀는 독일에 있는 사람들, 언론사에서 근무하는 사람들의 연락처를 찾아보았다.

데스크 직원이 그녀에게 팩스 다발과 함께 전화 메시지 네 통을 받아 적은 것을 가져왔다. 마지막 것에는 디터가 이 주 후 그녀를 찾으러 올 거라는 내용이 적혀 있었다.

엘자는 팩스 전부를 읽지도 않고 조용히 반으로 찢은 뒤 전화 메시지 기록과 함께 쓰레기통에 버렸다. 그런 다음 비즈니스센터로

* 좁은 공간에서 차를 전진, 후진, 다시 전진하여 방향을 돌리는 방법.

가서 이메일에 접속했다. 그리고 거기서 자신이 하려고 마음먹은 일을 시작했다.

첫번째 이메일은 디터에게 보내는 것이었다.

내가 왜 돌아가지 않는지 그 이유를 설명하는 긴 편지를 써서 보냈어. 오고 싶으면 그리스로 와, 디터. 하지만 나는 없을 거야. 헛걸음이 될 뿐이야.

엘자

"앤디, 방해가 되나요? 토머스예요."

"그럴 리가요. 오늘 우리는 세도나라는 또다른 협곡에 와 있어요. 여기 정말로 아름다워요, 토머스."

토머스는 신이 나서 외치는 빌의 목소리를 들을 수 있었다.

"아빠예요? 아빠하고 통화해도 돼요?"

"물론이지, 빌. 너하고 통화하려고 전화하신 거야. 전화기 들고 가서 아빠하고 신나게 이야기하렴."

"아빠? 정말로 아빠예요?"

"다른 누구도 아닌 아빠지, 빌."

"아빠도 이곳을 볼 수 있다면 좋겠어요. 여기서 정말로 멋진 시간을 보내고 있어요. 색깔이 계속 달라져요. 그리고 할머니가 아주 아주 나이 많은 친구분들과 같이 오셨는데요, 할머니가 그분들을 소녀들이라고 불러요. 그래서 제가 얼굴에 주름살 많은 소녀들이라고 했더니 모두 웃었어요."

"아무렴 그랬겠구나."

"아빠는 뭐하셨어요?"

"작은 마을에 갔었어. 정말로 고풍스러운 아주 작은 마을이란다. 언젠가 너도 데려갈게."

"정말로요, 아빠?"

"아빠는 진심이 아닌 말은 하지 않아. 언젠가 이 섬에서 너하고 휴가를 즐길 거야."

"그 작은 마을에 혼자 가서 외로우셨죠?" 빌이 물었다.

"음, 아니, 외롭지 않았어. 아니……"

"그러면 우리가 안 보고 싶은 거네요?" 소년이 실망한 목소리로 물었다.

"왜, 보고 싶지, 빌. 날마다 보고 싶어. 그래서 아빠가 어떻게 하려고 하는지 아니?"

"아니요."

"열흘 뒤에 돌아갈 거야. 우리 아주 재미있는 시간을 보내자."

"아빠, 정말 좋아요! 얼마 동안 와 계시는 거예요?"

"계속 있을 거야." 그가 말했다.

그리고 그는 영원히 자신의 아들일 소년이 "엄마, 앤디 아저씨, 아빠가 돌아오신대요. 열흘 뒤에요. 계속 계실 거래요" 하고 외치는 소리를 들었다. 토머스는 얼굴 위로 눈물이 흘러내리는 것을 느꼈다.

"타키스! 어떻게 지내요?"

"잘 지내요, 보니. 당신은 어때요?"

"마리아가 차를 이쪽으로 몰고 와서 당신 사무실을 박을까봐 눈을 살짝 부릅뜨고 지켜보는 중이에요."

"사무실 안에서 지켜보자고요. 사선에서 직접 위험을 무릅쓸 것까진 없으니까요." 그가 말하고는 그녀를 안으로 이끌었다. "내가 어떤 일로 당신과 이야기하고 싶은지 알아요?" 타키스가 물었다.

"아니요, 전혀 모르겠는데요."

"짐작할 수 있겠어요?"

"스타브로스와 관련된 건가요?" 보니가 주저하며 물었다.

"아니요, 전혀 아니에요." 그가 깜짝 놀라며 물었다.

"음, 그렇다면 뭔지 당신이 말해줘야겠어요, 타키스." 그녀가 말했다. 그녀의 얼굴에서 빛이 사라졌다.

타키스가 빠르게 말했다. "니콜라스 야닐라키스와 관련된 거예요. 알다시피 니콜라스가 지난주에 사망했잖아요."

"가엾은 니콜라스." 보니의 표정이 약간 걱정스럽게 변했다. 그에게 모르핀을 준 것에 대해서는 당연히 어떤 문제도, 어떤 조사도 없을 것이다. 레로스 선생이 모든 것을 알았고, 전체 과정에서 협조했었다.

"그가 당신에게 전 재산을 남겼어요."

"하지만 남길 게 전혀 없었을 텐데요!" 보니가 눈을 크게 뜨고 말했다.

"충분히 있었어요. 그가 여섯 달 전에 이리로 와서 정식 유언장을 만들어뒀어요. 전 재산을 당신에게 남긴다고요. 작은 집과 가구 그리고 저축한 돈도……"

"음, 니콜라스가 그런 생각을 했을 줄은 상상도 못했네요!" 보니는 깜짝 놀랐다. "그 집은 그의 이웃에게 줘야겠어요. 그 집에 아이들이 많아서 공간을 더 넓게 쓸 수 있을 거예요. 제가 집을 좀 치워 주면 될 거고요."

"예금에 대해서는 안 물어보네요." 타키스가 진지하게 말했다.

"왜 물어보겠어요. 가난한 니콜라스한테 저축한 돈이라고 말할 만한 게 없을 텐데요." 보니가 말했다.

"당신에게 십만 유로 넘게 남겼어요." 타키스가 말했다.

보니는 놀라서 그를 쳐다보았다. "그럴 리 없어요, 타키스. 그는 가진 게 전혀 없었어요. 축사 같은 곳에서 살았는데……"

"전부 은행에 있었어요. 일부는 주식으로, 일부는 현금으로. 당신에게 말해주기 전에 전체를 합산해야 할 것 같아 기다렸어요."

"하지만 도대체 그 많은 돈을 어떻게 갖게 된 걸까요?"

"가족 재산 같아요."

"하지만 도대체 왜 그걸 자신의 편안한 생활을 위해 쓰지 않았을까요?" 그녀는 죽은 남자가 본인이 누릴 수 있었을 것들을 자기 자신에게 쓰지 않은 것에 화가 났다.

"오, 보니. 가족이 어쩌고저쩌고 그런 이야기는 하지 맙시다. 지금까지 만들어진 제도 중 가장 희한한 게 가족이니까요. 그 집안 어딘가에서 누군가가 누군가에게 모욕을 줬겠죠. 나도 모르니 나한테 묻지 마요. 하지만 니콜라스는 그 돈에 손을 대지 않는 걸로 끝을 냈고요. 이제 그 돈은 전부 당신 거예요."

보니는 아무 말 하지 않았다.

"그리고 그건 마땅한 일이에요, 보니. 그걸 받기에 당신보다 더 적격인 사람은 없어요. 당신이 그를 돌봤어요. 어느 누구도 당신처럼 할 수 없었을 테고요."

보니는 가만히 앉아 앞만 쳐다보고 있었다.

"어떻게 할 거예요? 아일랜드로 가서 가족을 만날 건가요?"

그녀는 여전히 충격에 빠진 채 침묵을 지키고 있었다.

타키스는 보니의 이런 모습에 익숙지 않았다.

"물론 아직 결정을 내릴 필요는 없어요. 내가 돈을 이체하는 문제를 해결하는 동안 시간을 두고 생각해본 다음, 당신이 내킬 때 내게 어떻게 할지 알려주면 돼요."

"지금 결정하고 싶어요, 타키스. 그래도 괜찮다면요."

"괜찮다마다요." 그가 광장을 바라보는 창문을 향한 채 그녀를 마주보고 앉았다.

"먼저 그것부터 말해줘요. 마리아가 미친 여자처럼 교통을 방해하고 있지는 않나요?"

"아니요, 잘하고 있어요. 회전할 때 좀 크게 돌긴 하지만 잘하고 있어요. 다른 차들이 전부 마리아를 잘 피해 다니네요." 타키스는 보니가 말하는 대로 받아 적기 위해 종이 패드를 자기 앞으로 당기며 말했다.

"나는 그 돈엔 한푼도 손댈 생각이 없어요. 지금 그대로 두세요. 이미 말한 대로 그 작은 집은 이웃 가족에게 주되 그들이 니콜라스가 직접 준 걸로 생각하면 좋겠어요. 그리고 나도 유언장을 쓰고 싶은데……"

"아주 합리적이에요, 보니." 타키스가 낮은 목소리로 말했다. 그는 그게 전혀 합리적이라고 생각하지 않았지만, 자신이 관여할 바가 아니었다.

"모든 걸 내 아들 스타브로스에게 남기겠어요. 공예품가게와 내 아파트와 니콜라스에게서 받은 유산까지."

"뭐라고요?"

"다 들었잖아요."

"하지만 스타브로스를 만나지 않은 지 오래됐잖아요. 그는 당신이 아무리 애원해도 당신에게 돌아오지 않았죠."

"나를 위해 이 유언장을 작성해줄 건가요, 타키스, 아니면 가서 다른 변호사를 찾아야 할까요?"

"내일 이 시간까지 작성해둘게요. 그리고 당신이 서명하는 걸 지켜볼 증인 두 사람을 부를 겁니다."

"고마워요. 이 모든 건 우리끼리만 아는 걸로 하는 거죠?"

"그래요, 보니. 우리 두 사람만요."

"알았어요, 나는 이제 마리아로부터 아기아안나를 구하러 가야겠어요." 그녀가 말했다.

타키스는 보니가 불안정하게 걸어나가는 모습을 보았고, 그가 문 앞으로 가서 섰을 땐 마리아가 차를 몰고 이쪽으로 달려오는 게 보였다.

"이제 알겠군요. 생각하는 것과 정확히 다른 방향으로 운전대를 돌리네요! 정반대로!" 보니가 우렁차게 외쳤다.

"당신 생각대로 하지 말고, 마리아……"

"타키스가 왜 부른 거예요?" 마리아가 물었다.

"내가 유언장 작성하는 걸 도와주려고요." 보니가 말했다.

"보고 싶었어요." 엘자가 백색 도료를 바른 계단을 올라 그의 아파트로 찾아왔을 때 토머스가 말했다.

"나도 당신이 보고 싶었어요. 이제 칼라트리아다에서 한가로이 보내던 나날은 더이상 없네요." 엘자가 그에게 가볍게 키스하고 거실로 들어갔다. "아름다워요." 그녀가 야생화가 꽂힌 작은 꽃병을 가리키며 말했다.

"당신 주려고 언덕에서 따 왔다고 말하고 싶지만 실은 보니가 거기 두고 간 거예요. 우리 두 사람이 돌아온 것을 환영한다는 메모도 남겨뒀더군요." 그가 작은 카드를 건넸다.

"그러면 보니도 알고 있었다는 거예요?" 엘자가 말했다.

"우리보다 먼저 알았을 것 같아요." 토머스가 유감스럽다는 듯 말했다.

"음, 이 꽃 좀 보세요! 찬성한다는 표시예요, 안 그래요?" 토머스가 말했다.

"맞아요, 그리고 물론 우리 또한 보니의 복잡하고 뒤엉킨 스타일에 가담했다는 뜻이기도 하고요." 엘자가 맞장구를 쳤다.

"뒤엉켰다고요?"

"음, 우리 좀 봐요! 사람들은 우주의 비밀이 타이밍이라고 말해요. 우리의 타이밍은 굉장히 나쁘고요, 안 그런가요? 당신은 이쪽으로 나는 저쪽으로 가게 되니까요!"

토머스가 엘자의 손을 잡았다. "우리는 잘 해결할 수 있을 거예요." 그가 약속했다.

"알아요." 그녀가 모호하게 말했다.

"정말이에요, 우리는 함께 잘 해결할 수 있을 거예요." 토머스가 말했다.

"그럴 거예요." 엘자가 좀더 확신을 내비치며 말했다.

더블린

친애하는 보니,

편지 아주 많이 고마워요. 편지를 읽으니 아기아안나가 몹시 그리워졌어요. 이곳에 돌아온 것은 잘한 일이었지만, 그렇다고 그 햇살과 레몬나무와 그곳에서 만난 멋진 사람들 모두가 보고 싶지 않은 건 아니에요.

수간호사 카멀은 정말 끔찍해요. 예전엔 그냥 우리 동료였는데, 권력은 다 부패한다더니…… 카멀은 내가 병원을 떠났던 일에 대해 벌을 받아야 한다고 생각해서 그 방법을 궁리하고 있어요. 바버라와 나는 멋진 아파트를 구했고, 토요일에 집들이 파티를 하기로 했어요. 행운을 빌어주세요.

엄마와 아빠는 아주 잘해주세요. 셰인의 이름이 거론된 적은 한 번도 없고, 셰인은 다시는 입에 오르지 않을 가족 비밀이 된 것 같아요. 그게 아마 최선이겠죠. 부모님은 은혼식을 아주 간단하게 치르기로 하셨대요. 테이블 카드나 그런 자질구레한 것 없이요. 정말 다행이에요. 데이비드에게 전화했었는데 약간 울적한 상태였어요. 아버지의 시상식이 열리는 날이었거든요. 그는 그저 다시 돌아간 게 싫은 거예요. 하지만 아버지가 돌아가실 때까지 거기 있을 거예요.

토머스와 엘자가 커플이 되다니요! 그런 일이 생길 거라고는 생각도 못했어요. 하지만 완벽해요!

친구들 모두에게 사랑을 듬뿍 보내며,

피오나

맨체스터

친애하는 보니,

제가 궁금해하던 이야기를 전부 해주셨어요. 당신은 정말 좋은 분이세요. 마리아의 발전이 아주 기뻐요. 마리아 혼자 칼라트리아다까지 운전을 했다니!

토머스가 집으로 돌아간다는 건 정말 좋은 소식이지만, 토머스와 엘자는 어떻게 되나요? 그 문제를 어떻게 해결해나갈까요?

집과 너무 가까워져서 아버지의 시상식에 대해 균형 잡힌 관점에서 이야기를 드릴 수가 없어요. 정말 끔찍한 날이었어요. 제가 두려워했던 것보다 더 나빴어요. 아버지는 아주 약해 보이셨고, 어머니는 우스꽝스러워 보일 만큼 자랑스러워하셨어요. 거기 참석한 모두는, 그 모든 업종의 사업가들은 그저 돈과 이윤이라는 신을 숭배할 뿐이었어요.

감정이 좀 가라앉았을 때 다시 쓸게요. 하지만 끔찍했어요. 아버지가 소감을 말씀하셨는데, 제가 내년 1월부터 회사의 대표가 될 거라고 선언하셨어요. 모두 박수를 쳤고, 나는 즐거운 듯 보여야 했어요. 하지만 저는 그게 싫어요, 보니. 이러는 게 아주 잘난 자기 연민이라는 걸 알지만, 제 삶이 스물여덟에 끝났다고 느껴져요. 제가 계속 나아갈 수 있도록 뭔가 긍정적인 말을 해주시리란 거 알아요. 당신을 자주 생각해요. 그리고 꿈속의 삶에서는 당신이 제 어머니고 안드레아스가 제 아버지면 좋겠다고 생각해요. 그랬다면 두 분을 실망시킬 일은 결코 없을 거예요. 하지만 제 가족 안에서는 그게 참 어렵네요.

구질구질하고 우울한 머저리가 사랑을 보내며,

데이비드

여러 날이 흘렀다. 엘자는 안나비치호텔에서 이메일을 쓰면서 많은 시간을 보냈다.

"도대체 누구한테 쓰는 거예요?" 토머스가 물었다.

"직장을 구하려고 이것저것 알아보는 중이에요." 엘자가 경쾌하게 말했다.

"하지만 나는 당신이 독일로 돌아가지 않는다고 생각했는데요?"

"잘 받아들여지진 않지만, 다른 나라도 있으니까요." 그녀가 웃었다.

토머스는 엘자 옆 다른 컴퓨터 앞에 앉아 함께 시간을 보냈다. 그는 대학에 연락을 취했다. 그가 일찍 돌아가면 캠퍼스에서 연구실을 쓸 수 있겠는지? 그 모든 문제가 해결되어야 했다.

토머스가 아테네로 떠나기 이틀 전이었다.

"오늘밤 안드레아스의 타베르나로 가서 저녁을 먹고 싶어요." 엘자가 말했다. "우린 할 이야기가 많아요."

"거기가 그 이야기를 하기 적당한 곳일까요?" 토머스는 의아했다. "거기 가면 늘 많은 사람들의 일부가 되는 것 같아서요."

"오늘은 아닐 거예요. 조용한 테이블에 앉을 수 있도록 할게요." 엘자가 약속했다.

엘자는 그날 밤 심플한 흰색 면 원피스를 입고 머리에는 꽃을 꽂았다.

"아주 아름다워 보여요. 옷 입은 것도 멋지고요. 칼라트리아다에서 산 세련된 바지를 입고 온 게 정말 다행이네요." 토머스가 그녀를 보더니 그렇게 말했다.

"오늘 당신한테 예쁘게 보이려고 이 원피스를 입었어요. 우리를 레스토랑에 데려다줄 택시도 불렀고요. 이런 스타일은 어때요?"

그들은 구불구불한 길을 올라 안드레아스의 타베르나로 가면서 서로에게 이런저런 장소들을 가리켰고, 바다 위로 평소처럼 별이 빛나는 하늘이 펼쳐지는 것을 지켜보았다.

그들은 테라스 가장자리에 준비된 2인용 테이블에 앉았다. 전망을 가로막는 것이 전혀 없었다.

리나가 그들에게 음식을 내왔다. 안드레아스는 안에 있었다. 요르기스, 보니, 레로스 선생도 그와 함께 안에 있었다. 그들 모두 손을 흔들어주었다. 그들에게는 나중에 이야기할 것이다. 두번째 커피를 마실 시간에.

"직장을 찾아봤는데, 그것에 대해 당신과 할 이야기가 있어요." 엘자가 말했다.

"그렇군요, 일부러 캐묻지 않았어요."

"왜 묻지 않았어요?"

"당신이 다른 나라도 있다고 했지만, 독일에서 아주 좋은 자리를 제안받을까봐 걱정됐거든요. 솔직히 나는 당신이 다시 디터를 만나게 되지 않을지 그것도 걱정되고…… 그리고…… 그리고……" 그는 그녀가 뭐라고 말하기 전에 서둘러 말을 쏟아냈다. "얼마나 빨리 당신이 나를 보러 올지, 그리고 내가 당신을 보러 갈지 고민하고 있었어요. 이제야 당신을 찾았는데 보내야 하다니 견딜 수 없어요. 빌에게 돌아가면 당신을 잃을지도 모르는데 그런 위험을 무릅쓰는 나는 아마 미친 걸 거예요."

"직장을 구했어요, 토머스."

"어디요?" 그가 몹시 떨리는 목소리로 물었다.

"말해주기가 거의 두려운데요."

"그러면 독일이겠군요." 그가 풀죽은 얼굴로 말했다.

"아니요."

"어디예요, 엘자? 장난치지 말아요, 부탁이에요."

"로스앤젤레스에 기반을 두고 서쪽 해안을 따라 돌아다니는 일이에요. 큰 잡지에 매주 칼럼을 써요. 인터뷰나 정치, 특집기사 그런 거요. 사실은 내가 할 수 있는 거면 뭐든 하는 거예요." 엘자가 그의 반응을 기다리며 근심스럽게 쳐다보았다.

"어디라고요?" 그가 어안이 벙벙해서 물었다.

"캘리포니아요." 그녀가 불안하게 말했다. "너무 이른가요? 나 혼자 생각이 지나쳤어요? 나는 그저 당신을 잃는다는 건 견딜 수가 없어서…… 하지만 만약 당신이……"

그의 얼굴에 천천히 미소가 퍼지기 시작했다.

"오, 사랑하는 엘자, 정말 잘됐어요……" 그가 말하기 시작했다.

"내가 꼭 당신과 같이 살아야 하는 건 아니에요, 나 때문에 당신 자리가 없어지는 건 원치 않아요, 하지만 나는 우리가 함께 많은 시간을 보낼 수 있을 거라고 생각했어요…… 우리가 오래 사귀지 않은 건 알지만, 이제 나는 당신 없이는 살 수가 없어서……"

토머스가 일어나 그녀 쪽으로 갔다. 그리고 그녀를 일으켜세워 그녀에게 키스했다. 그는 다른 손님들은 신경쓰지 않았다. 누군가가 그들의 사진을 찍었지만, 그들은 신경쓰지 않았다. 그 무엇도 절대 그들을 떼어놓을 수 없을 것처럼 그들은 서로를 꼭 끌어안고 있었다. 곧 주방에 있던 사람들이 나와서 그들과 합류했고, 많은 건배가 이어졌다. 이 한 쌍의 커플을 위해.

"사진을 찍은 그 남자, 그 사람 독일인이었는데, 엘자 당신이 텔레비전에 나온 사람인 걸 알아봤어요."

그녀는 아무런 걱정도 하지 않았다.

"그가 토머스가 누구인지 묻더군요." 보니가 말했다. "그래서 영향력 있는 미국의 교수이고 엘자의 약혼자라고 말해줬어요."

"뭐라고요!" 토머스와 엘자가 동시에 말했다.

"음, 당신이 주머니가 주렁주렁 달린 그 끔찍한 바지를 입고 있었다면 아무것도 말해주지 않았을 거예요, 토머스. 당신이 점잖은 바지를 입은 걸 보고 생각했죠. 어떤 팬이 그 사진을 독일 신문에 판다고 해도 엘자에게 문제될 건 없겠다고요!"

그들은 저 아래 항구를 내려다보며 늘 그랬듯 편안하게 대화를 나누었다. 마지막 페리가 한 시간 전에 들어왔지만, 안드레아스의 타베르나에 있는 사람들은 그 배를 타고 온 누군가가 손님으로 올라오리라고는 기대하지 않았다. 너무 늦은 시간이었고, 너무 많이 걸어야 했다. 그래서 그들은 누군가가 힘겹게 그 구불구불한 길을 올라오는 것을 보고 깜짝 놀랐다.

서른 즈음의 남자였다. 백팩을 메고 있고 양손에 여행가방을 들고 있는 게 틀림없이 건장한 청년일 것이다.

"저녁을 먹겠다고 작정하고 올라온 모양인데요." 엘자가 놀라며 말했다.

"보니가 만든 속 채운 포도잎에 대해 들은 건지도 모르죠." 토머스가 미소를 지으며 말했다. 그는 자신이 좋아하는 주머니가 달린 반바지를 모두가 싫어했다는 사실이 어리둥절했지만, 그를 엘자의 약혼자라고 말해준 사실 때문에 보니가 아주 좋아졌다.

"누구라도 여기로 올라오기엔 늦은 시간인데요." 레로스 선생이 영문을 모르겠다는 듯 말했다.

"정말로 그럴 마음을 먹은 게 아니라면요." 요르기스가 좀 묘한 목소리로 입구 쪽을 빤히 쳐다보며 말했다.

보니는 이미 일어서서 입구에서 머뭇거리고 있는 그 청년을 보고 있었다.

"안드레아스!" 보니가 목멘 목소리로 외쳤다. "내 친구 안드레아스, 왔어요, 정말로 왔어요!"

엘자와 토머스는 영문을 몰라 이쪽저쪽 쳐다보았다. 안드레아스가 일어서더니 두 팔을 벌리고 휘청휘청 입구로 다가갔다. 모두 그의 끈부츠가 불안하게 테라스를 지나가는 것을 지켜보았다.

"아도니……" 그가 외쳤다. "아도니 무! 돌아왔구나. 아도니 기무. 내 아들, 네가 나를 보러 돌아왔구나."

"여기서 살려고 돌아왔어요, 아버지. 아버지가 받아주신다면요."

두 남자는 영원히 이어질 것 같은 모습으로 서로를 꼭 끌어안았다. 그러고는 떨어져 놀라워하며 서로의 얼굴을 어루만졌다. 두 사람은 계속 같은 말만 했다.

"아도니 무!" 안드레아스는 그 말만 반복했다.

"파테라*!" 아도니가 아버지에게 말했다.

그 순간 요르기스가 앞으로 걸어갔고, 보니와 레로스 선생이 뒤따랐다. 그리고 그들은 다 같이 어우러져 그리스어로 흥분해서 이야기하며 서로를 부둥켜안았다.

토머스와 엘자는 손을 꼭 잡았다.

"우리는 이 밤을 결코 잊지 못할 거예요." 토머스가 말했다.

엘자가 말했다. "내가 너무 앞서나갔어요? 너무 밀어붙였나요? 말해줘요, 토머스."

그가 대답하기도 전에 안드레아스와 그의 아들이 다가왔다.

"아도니, 내가 네가 신경이나 쓸지 모르겠다고 생각할 때 이 멋지고 젊은 여자분이 너한테 편지를 써서 보내야 한다고 말해줬단다. 모두가 편지를 좋아한다고 하면서……"

아도니는 키가 크고 잘생긴 청년이었다. 그의 덥수룩한 검은 머리칼은 지금은 멋지지만 언젠가는 아버지처럼 희끗하게 셀 것이다. 하지만 지금 상태로 오래갈 것이고, 아마도 여기 아기아안나에서 셀 것이다. 텔레비전에 나와 수백만의 시청자들 앞에서 자기 뜻대로 문장을 구사하던 엘자는 지금 말이 없었다. 대신에 그녀는 자리에서 일어서서 오래된 친구처럼 아도니를 꼭 끌어안아주었다.

"정말 아름다우시네요." 아도니가 하얀 원피스를 입고 머리에 꽃을 꽂은 금발 여자에게 감탄하며 말했다.

"엘자와 토머스는 사귀는 사이야." 안드레아스가 오해가 생기지 않도록 서둘러 말했다.

---

* '아버지'라는 뜻.

아도니가 토머스의 손을 잡고 악수했다. "정말 행운아시네요." 그가 진심으로 말했다.

토머스도 맞장구를 쳤다. "나는 정말 행운아지요." 그리고 친구들에게 뭔가를 말하려고 일어섰다. 그는 너무 밀어붙이는 게 아니냐, 너무 앞서나가는 게 아니냐는 그녀의 질문에 대답하려는 듯 엘자를 똑바로 쳐다보았다.

"여러분에게 엘자가 저와 같이 떠난다는 말을 하고 싶어요. 함께 캘리포니아로 가기로 했어요."

"오늘밤 축하할 일이 또하나 생겼군요." 안드레아스가 눈물을 글썽이며 외쳤다.

토머스와 엘자는 다시 키스했다. 토머스는 그녀의 어깨를 한 팔로 감싼 채 앉아서 귀향 잔치가 벌어지는 것을 지켜보았다.

안드레아스, 요르기스, 리나가 돌아온 탕자를 위해 음식과 와인을 준비하러 급히 안으로 들어갔다. 아들이 시카고에서 그 모든 세월 동안 한 번도 제대로 된 음식을 먹지 않았을 거라는 듯이.

보니가 아도니 옆에 눈빛을 반짝거리며 앉았다.

"아줌마 아들 스타브로스는요?" 아도니가 물었다.

"어딘가에서 자신의 삶을 살고 있겠지……" 보니가 서둘러 대답했다.

"하지만 그애는 왜 자기 마음속에서……"

"지금 그 이야기는 하지 말자. 중요한 건 네가 돌아온 거야, 아도니! 그리고 말이야, 네 아버지는 달라지셨어. 예전 같지 않으실 거야……"

"저도 예전 같진 않을 거예요, 보니."

그리고 아도니는 그의 행복을 빌어주는 더 많은 사람들에게 에워싸였다.

보니는 오랫동안 그래온 것처럼 자신의 친구들인 안드레아스와 요르기스 사이에 자리를 잡고 앉았다.

"어느 밤에 스타브로스가 저 항구로 들어올 거예요." 안드레아스가 말했다.

"그리고 그날은 꼭 오늘 같은 밤이 될 겁니다." 요르기스가 힘을 실어주었다.

"네, 네, 꼭 그렇게 될 거예요." 보니가 눈을 반짝이며 희망어린 얼굴로 말했다.

그들은 보니가 일부러 밝은 태도를 보인다는 것을 알고 있었다. 그들은 동시에 손을 뻗어 그녀의 손을 잡아주었다. 이제 그녀의 미소는 진짜였다.

"당연히 언젠가는 돌아올 거예요." 보니가 그들의 손을 꼭 쥐며 말했다. "기적이 있다는 걸 알려면 오늘밤을 보기만 하면 돼요. 그걸 믿지 않는다면 더 나아갈 이유가 없는 거니까요."

레로스 선생이 흥분해서 주방에서 뛰쳐나왔다.

"밖에 부주키 연주자 두 명이 와 있어. 네가 집에 돌아온 걸 환영하는 의미에서 연주를 하고 싶다는구나, 아도니." 레로스 선생이 그의 뜻을 물었다.

"좋아요." 아도니가 웃었다.

음악이 흘러나와 밤을 채우고 레스토랑 안에 있는 사람들이 박자에 맞춰 손뼉을 치기 시작할 때 아도니가 일어서서 테라스 한가운데로 갔다. 그리고 모두 앞에서 춤을 추기 시작했다. 아도니는 마흔 명의 사람들 앞에서 춤을 추었는데, 일부는 무슨 일이 일어났는지 전혀 모르는 손님들이었고, 일부는 토머스나 엘자처럼 사연의 일부를 아는 사람들이었다. 또다른 일부는 그의 아버지, 삼촌, 의사, 보니처럼 그 사연의 자초지종을 다 아는 사람들이었다.

자신이 있어야 할 곳으로 돌아온 그는 기쁨에 북받쳐 허공에 팔을 높이 쳐들고는 허리를 굽히거나 휙휙 움직이며 춤을 추었다.

비가 흩뿌리기 시작했지만 아무도 신경쓰지 않았다.

비는 별의 길에 방해가 되지 않았다.

내가 어디로 가야 할지 알고 싶다면

이번에는 그리스 아기아안나에 있는 언덕 위 타베르나에 모였다. 아기아안나의 역사상 가장 비극적인 일이 일어난 그날, 각자 자기만의 고민을 품은 채 그곳에 모여든 그들.

『비와 별이 내리는 밤』은 2004년에 출간된, 지금은 고인이 된 아일랜드 작가 메이브 빈치의 소설이다. 2012년에 출간되고 우리나라에서는 2018년에 소개된 『그 겨울의 일주일』보다 팔 년 먼저 세상에 나온 작품이다. 『그 겨울의 일주일』을 읽은 독자라면 메이브 빈치가 우리의 보편적인 감성을 얼마나 따뜻한 손길로 다루는 작가인지 이미 알고 있을 것이다. 보편적일수록 우리 마음에 더 살갑게 와닿고, 그 살가움이 읽는 즐거움을 더욱 편안하고 친근한 것으로 만든다. 우리 마음을 더 부드럽게 노크한다. 다정하게 똑똑.

문을 열면 그리스 아기아안나 토박이이자 언덕 위 타베르나의 주인인 안드레아스가 우리를 맞아준다. 『비와 별이 내리는 밤』 또한 『그 겨울의 일주일』과 비슷한 구조로, 타베르나를 중심으로 사람들이 모여들고, 서로 속 깊은 이야기를 자연스럽게 펼쳐낸다. 그러는 가운데 작가는 우리의 보편적인 감성을 건드리고, 끊임없는 성장의 물결 속에 있는 인간이라면 누구나 가지는 공통의 고민들, 공통의 전환점들을 그려낸다.

타베르나에 모여든 여행자들을 결속시키는 것은 무엇보다 그날 아기아안나에서 일어난 사고다. 이야기는 안드레아스가 날마다 익숙하게 바라보던 유람선이 화재로 침몰하는 장면을 믿기지 않는 심정으로 바라보는 것에서 시작한다. 하지만 문학작품에서 다뤄진 사고에 대해 뭐라고 말하는 것은 조심스럽다. 어쨌거나 하나의 소재라고 말하기엔 그것은 너무 큰 아픔이다. 단 하루가 순탄하게 넘어가지 않는다고 느껴질 정도로 우리 주변에서는 너무 많은 사고가 일어나고 있고, 우리가 이미 경험한 사고는 커도 너무 컸으며 엄청난 충격과 슬픔을 안겨주었다. 게다가 이 책의 출간이 한창 마무리되고 있는 즈음에 그런 사고에 대한 소식을 또 접했다. 우리는 그런 사고들을 어떤 마음으로 대해야 하는 걸까. 객관성을 잃지 않고 그 사고를 현실적으로 다루어나가면서 그 원인과 책임을 가리고 방지책을 마련하는 게 한 축이라면, 또 한 축은 그 사고로 소중한 것을 상실한 사람들을 대하는 태도일 것이다.

메이브 빈치는 당연히 후자에 관심이 있다. 아일랜드가 섬나라인 만큼, 어떤 이유로건 바다로 나가 돌아오지 않은 사람들에 대한 이야기는 많을 것이다. 『비와 별이 내리는 밤』에는 그런 일들을 가까이에서 경험하고 같이 아파하면서 살아남은 자들의 남겨진 모습을 지켜보았을 메이브 빈치의 모습이 담겨 있는 듯하다. 슬퍼하는 사람들을 마음껏 슬퍼하게 놓아두는 일, 나보다 더 슬픈 사람들의 빈 일상을 묵묵히 채워주는 일, 그들의 슬퍼하는 마음에 최대한 가닿기 위해 진심을 다하는 일, 그들을 성급하게 상실 이전의 자리로 돌려놓으려고 하여 그들의 마음을 더 아프게 만들지 않는 일, 흘러가는 일상은 계속 흐르도록 두는 일, 그전과는 결코 같을 리 없는 각자의 달라진 삶을 존중하는 일. 메이브 빈치는 이 소설에서 우리에게 그렇게 하라고 말해준다. 사고로 남편 마노스를 잃은 마리아의 집을 찾은 보니와 마리아의 대화는 작가가 전달하고 싶어한 메시지를 엿볼 수 있는 아주 분명한 장면인 것 같다. 어떤 말이 우리의 아픈 마음에 상처가 되고, 어떤 말이 우리를 위로할 수 있는지.
"오, 해서는 안 될 말을 하는 사람들은 늘 있어요. 그들은 그런 데 전문가인 것 같아요."

여행자들은 독일, 잉글랜드, 아일랜드, 미국에서 왔다. 엘자, 데이비드, 피오나, 그리고 토머스. 누구는 일과 사랑을 버리고 비장한 마음으로 새로운 걸음을 딛기 위해 왔고, 누구는 가업을 물려받기 싫어 자신만의 갈 길을 찾으려고 왔다. 누구는 자신들의 사랑을 받아주지 않는 가족과 주변 사람들을 떠나 자신들만의 새로운 정착지를 찾아 왔다. 누구는 안식년 휴가와 아들의 행복을 핑계로 자신이 겉돌 수밖에 없는 환경을 피해 이곳을 찾았다. 다들 뭔가에 대한 결론과 결정을 내리고 왔는데도 이들의 고민은 완결형이 아니라 끝나지 않은 진행형이다. 그들은 자신들이 선택한 여행지에서 유람선 사고를 접하면서 삶과 죽음의 문제를 맞닥뜨리고, 살아남은 자들인 자신들에게 주어진 삶의 문제와 더 치열하게 마주한다.

그런 삶의 문제를 더 극명히 보여주는 순간은, 사실 스스로 그 문제를 끌어안고 혼자 버둥거리는 시간이 아닐 때가 더 많다. 혼자 버둥거리는 데 쓴 시간의 양은 때때로 아무 소용이 없다. 그렇다고 아무에게나 조언을 구하는 것은 위험한 일이다. 그 아무가, 조언하는 것을 좋아하되 자기 자신이 세운 가치의 틀 속에 박혀 있는 경우에는 더욱 그렇다. 이 소설에서 조언자로 등장하는 보니는 언뜻 타인의 삶에 지나치게 개입하는 듯도 보이고, 언뜻 지나치게 독설 같은 말로 듣는 이의 심기를 건드리기도 한다. 하지만 참견하기 좋아하는 보니가 살면서 경험한 그녀만의 이야기를 들으면 우리는 그녀에 대해 고개를 끄덕이게 된다. 그녀가 자기만의 고민을 가졌음을, 자기만의 체념을 가졌음을, 자기만의 기대를 가졌음을, 그녀의 조언은 그 모든 것에서 비롯했음을, 그리고 왜 그런 지나침이 나타날 수밖에 없었는지를.

보니의 직설적이나 전체를 보는 조언은 분명 여행자들에게 도움이 되는 것이었으나, 그렇다고 그들이 보니의 말에 설득되지는 않는다. 그것은 혹 늘 조언자였으나 늘 설득에 이르지는 못했을 메이브 빈치 자신의 체념과 깨달음이 드러난 부분일까? 엘자는 토머스에게 말한다. "음, 난 누군가에게 뭘 어떻게 하라고 말하지 않아요. 보니가 우리 모두한테 이렇게 해야 한다, 저렇게 하면 안 된다, 그런 말을 했을 때 우리가 얼마나 화가 났었는지 기억해봐요. 당신도 내게 어떻게 하라고 말하지 않았고요."

여행지는 나와는 다른 새로운 사람들을 만나기 좋은 곳이다. 하지만 우리는 똑똑한 기계들의 시대에 살면서 그런 기회는 누리지 않기로 한 것 같다. 가본 적 없는 모르는 먼 곳에 가서 익숙히 잘 아는 곳의 잘 아는 사람과 대화를 나눈다. 이런 시대에 여행자들이 안드레아스의 유선전화기로 소통하거나 우편을 이용하는 것은 한편으로 얼마나 촌스럽고 구시대적으로 보이는가. 하지만 여기서 만난 그들이 그들만의 친밀한 관계를 만들어낼 수 있었던 것은 스스로 휴대전화를 쓰지 않기로 하면서였다. 나는 여기서도 메이브 빈치가 나직이 들려주는 목소리가 들리는 것 같다. "현지에 가면 새로운 사람들을 생생하게 만나, 알던 사람만 기계로 만나지 말고. 그래야 우리는 성장할 수 있어." 그들은 그렇게 했기에 자신의 속을 끄집어내는 대화들을 나눌 수 있었고, 일상에서 만난 사람들보다 더 친근한 무언가로 결속되었을 것이다. 나는 그래서 메이브 빈치가 좋다. 메이브 빈치는 우리를 인간으로서 생생하게 살아갈 수 있도록 하는 따뜻한 자극을 준다.

우리는 살면서 여러 순간에 여러 사람들을 만난다. 우리 삶을 인생곡선으로 그릴 때 누가 내 인생에 중요한 역할을 했는지에 따라 그려본다면 어떤 그림이 나올까. 누구를 만나는가, 누구와 헤어지는가. 누구에게서 어떤 말을 듣는가. 이 소설을 읽으면 그 전부가 중요하게 다가오지만, '누구에게서 어떤 말을 듣는가'에 좀더 초점을 맞춰보는 것도 의미 있을 것 같다. 독일에서 온 엘자는 누군가를 변화시키는 일을 좋아하는 사람이다. "당신은 정말로 내 영웅이에요." 엘자가 자꾸 소심해지려고 하는 데이비드에게 여러 번 해주는 말은, 그에게는 기존에 듣던 말들로부터 자신을 떼어내 스스로를 새롭게 바라볼 수 있게 해주는 말이었다. 누군가를 성장시키는 말. 우리는 왜 타인에게 그런 말을 해주지 않고 농담으로라도 자꾸 비아냥거리거나 평가절하하는 말을 하려고 하는 것일까. 그런 말은 타인의 건강한 성장을 막는 것 말고는 아무 역할도 하지 못한다. 악플이 난무하고 남을 싸잡아 내리는 일에서 보상적인 기쁨을 느끼려 하는 것. 그리고 더 지적인 사람들은 그것을 사회적 정의라는 이름으로 합리화하려는 것. 메이브 빈치의 글에서는, 그녀가 그려내는 주인공들 사이에서는 그런 깔아뭉개는 잔인함이 아닌, 보듬는 따뜻함이 느껴져 참 좋다.

한 가지만 더, 내가 만난 사람들 중에 "남 일에는 별로 관심이 없어요"라고 당당하게 말하는 사람이 더러 있었다. 그런 사람들 중에서 인간에 대한 따뜻한 이해가 아주 깊었던 사람은 없었던 것 같다. 그것은 그 사람이 자기 분야에서 어떤 지식을 얼마나 가졌고 사회적으로 어떤 성공을 거두었는지와는 상관이 없다. 그런 맥락에서 엘자가, 굳이 그녀의 이야기를 해줄 필요는 없다고 말하는 사람들에게 자신의 이야기를 기어코 해주겠다고 말하는 부분은 참 인상 깊었다. 마찬가지로 보니에 대해 궁금해진 여행자들이 보니에 대한 이야기를 다른 사람들에게 묻고 다니는 부분 또한 인상적이었다. 우리는 흔히 묻지 않고 내버려두는 것이 배려라고 생각한다. 말하고 싶지 않은데 묻는 것은 실례라고 생각해서일 것이다. 말하는 사람의 입장에서는 말하지 않는 것이 배려라고 생각한다. 내 문제로 다른 사람에게 폐를 끼치고 싶지 않아서일 것이다. 하지만 꼭 그럴까? 그렇기도 하고, 그렇지 않기도 한 것 같다. 그 사람의 마음이 정말로 어떤 것인지는 알 수 없다. 가끔은 말하고 싶어도 아무도 물어주지 않아서, 아무도 관심이 없을 것 같아 말하지 못하기도 하고, 가끔은 들어주고 싶은데도 말을 하지 않으니 그냥 내버려두기도 한다. 물론 내 마음에 들어줄 여유가 없어서, 자기보호를 위해 타인의 가슴 아픈 이야기를 차단하는 경우도 있다.

하지만 누군가에게 관심을 가진다는 것은 그 사람에게 질문이 생긴다는 말일 것이다. 아무런 질문이 생기지 않는다면 그 사람은 내겐 있어도 그만 없어도 그만인 사람일 것이다. 그러니 엘자가 자신의 이야기를 꼭 하겠다고 한 것은 그 사람과 정말로 친구가 되고 싶다는 말일 것이고, 여행자들이 보니에 대해 묻고 다니는 것도 보니에게 관심이 생겼고 더 가까워지고 싶다는 말일 것이다. 그러므로 인간을 따뜻하게 사랑하고 싶은 사람이라면, 그리고 그 누군가가 말할 준비가 되었다면 물어봐주는 게 어떨까. 이야기하겠다고 하면 들어주는 게 어떨까. 망설이는 것 같아도 언젠간 마음을 터놓을 것 같으면 기다려주는 게 어떨까. 가끔은 내가 그럴 기분이 아니더라도. 그렇게 하지 않고는 공감 능력도 생길 수 없으니까. 그렇게 할 때 나 자신의 문제도 좀더 자세히 들여다볼 용기가 생기니까.

이 소설은 거의 대화로 이루어졌다. 그 대화들은 친밀하고 일상적이며 속마음을 끄집어낼 수 있게 도와준다. 묻고 답하는 과정은 우리에게 분명 현상태에서 한 걸음 더 나아갈 수 있는 자극을 일으키고 변화를 일어나게 하는 계기를 만들어준다. 변화를 함축하고 있는 여행지에서라면 더할 나위 없이 좋을 것이다. 나 자신이 그 순간을 민감하게 잘 포착할 수 있는지 아닌지는, 그리고 용기를 낼 수 있는지 아닌지는 여전히 나의 문제다. 가던 길을 계속 갈 것인가, 방향을 돌릴 것인가. 어느 한 단계의 고민이 끝나면 우리는 그 순간을 즐기며 조르바의 춤을 출 수 있지 않을까. 비록 곧 또다른 고민이 나타나더라도. 결국 메이브 빈치가 우리에게 주고 싶어한 메시지는 타인에게 관심을 가지라는 것, 변화와 성장에 열려 있으라는 것, 그리고 용기를 내라는 것이 아닌가 한다. 우리의 용기를 북돋우는 책 속의 말을 마지막으로 떠올려본다. "기적이 있다는 걸 알려면 오늘밤을 보기만 하면 돼요. 그걸 믿지 않는다면 더 나아갈 이유가 없는 거니까요."

정연희

옮긴이 **정연희**
서울대학교 영어교육과를 졸업하고 미국 펜실베이니아대학교에서 석사학위를 받았다. 전문 번역가로 활동하고 있으며, 옮긴 책으로 『디어 라이프』 『착한 여자의 사랑』 『소녀와 여자들의 삶』 『엘리너 올리펀트는 완전 괜찮아』 『운명과 분노』 『플로리다』 『다시, 올리브』 『내 이름은 루시 바턴』 『무엇이든 가능하다』 『에이미와 이저벨』 『그 겨울의 일주일』 『체스트넛 스트리트』 『커먼웰스』 『헬프』 『비둘기 재앙』 『사랑의 묘약』 『라운드 하우스』 『페인티드 드럼』 『안녕이라고 말할 때까지』 등이 있다.

문학동네 세계문학
비와 별이 내리는 밤

1판 1쇄 2019년 7월 19일 | 1판 9쇄 2023년 9월 12일

지은이 메이브 빈치 | 옮긴이 정연희
기획 이현자 | 책임편집 윤정민 | 편집 홍유진 이현자 오동규
디자인 신선아 이원경 | 저작권 박지영 형소진 최은진 서연주 오서영
마케팅 정민호 서지화 한민아 이민경 안남영 왕지경 황승현 김혜원 김하연
브랜딩 함유지 함근아 박민재 김희숙 고보미 정승민 배진성
제작 강신은 김동욱 이순호 | 제작처 (주)상지사P&B

펴낸곳 (주)문학동네 | 펴낸이 김소영
출판등록 1993년 10월 22일 제2003-000045호
주소 10881 경기도 파주시 회동길 210
전자우편 editor@munhak.com | 대표전화 031) 955-8888 | 팩스 031) 955-8855
문의전화 031) 955-1927(마케팅) 031) 955-2634(편집)
문학동네카페 http://cafe.naver.com/mhdn
인스타그램 @munhakdongne | 트위터 @munhakdongne
북클럽문학동네 http://bookclubmunhak.com

ISBN 978-89-546-5697-9 03840

www.munhak.com